任水流觞

解子 著

中国戏剧出版社

图书在版编目(CIP)数据

任水流觞 / 解子著. — 北京 : 中国戏剧出版社,
2022.7
ISBN 978-7-104-05192-3

Ⅰ.①任… Ⅱ.①解… Ⅲ.①散文集—中国—当代
Ⅳ.①I267

中国版本图书馆 CIP 数据核字(2022)第 014876 号

任水流觞

责任编辑：赵宇欣
责任印制：冯志强

出版发行：中国戏剧出版社
出 版 人：樊国宾
社　　址：北京市西城区天宁寺前街 2 号国家音乐产业基地 L 座
邮　　编：100055
网　　址：www.theatrebook.cn
电　　话：010-63381560（发行部）　010-63385980（总编室）
传　　真：010-63381560

读者服务：010-63381560
邮购地址：北京市西城区天宁寺前街 2 号国家音乐产业基地 L 座

印　　刷：成都兴怡包装装潢有限公司
开　　本：710mm×1000mm　1/16
印　　张：28
字　　数：480 千
版　　次：2022 年 7 月　北京第 1 版第 1 次印刷
书　　号：ISBN 978-7-104-05192-3
定　　价：148.00 元

你不可低估仲跻和

——《任水流觞》序

姜琍敏

每每见到仲跻和，便有一派斑驳的暖阳，透过青松，辉映我心。

不过这是后来的情形了。坦率说早年我初识仲跻和时，对他的感觉不过了了。盖因心目中先已存了个“他是个喜欢写作的企业家”之意念。喜欢写作的人我见过太多，企业家我见过的也不在少数。而喜欢写作的企业家甚至官员，优秀者众；却也有太多玩票的或附庸风雅、自作高深的。仲跻和也曾自嘲他是“企业家中的作家，作家中的企业家”——某种心理定式就此形成。而片面的心理定式是很可恶的，它常让人一叶障目，不见森林。倘若你换个主语来看：作家且能办出个好企业，好企业家还能写一手好文章，这样的人物你扳着指头数，在作家里有几个？企业家里又能有几个？那印象是不是大不同了？

直到有一天，我得知他加入了中国作家协会（这可不是玩得来的），便细读了几部他的随笔集，并且又一次在他精心营造的花香鸟语、亭台楼阁、日新月异的“蓉和怡心园”，亲眼见到他一脸虔诚，身披僧袍，在家庙中精心操持一场水陆法会，以“超度列祖列宗、仲子宗亲和六道中的受苦众生，使之离苦得乐，同证佛道”。而彼时他刚刚辟谷至第六天，却仍然陪我用餐。他泰然面对着满桌珍馐，只喝几口矿泉水，侃侃而谈；目光依然炯炯，智识迸如星火。我心头怦然一动，暗暗对自己说：“你不可低估仲跻和呢！”

说低估其实还不够恰切。相识日久，我不仅对仲跻和刮目相看，更常叹自愧弗如。许多地方他都须得我去仰视。如他坚如磐石般的意志力；看准目标就咬定青山不放松的执行力；雷打不动、持之以恒的宗教与政治信仰（新近他又写了篇重读党史的长文），都是我所罕见的。再如他每天做“早课”：不论冬夏，无论阴晴，每天鸟儿未醒之际，慧济居士（他的法名）便已头戴僧帽、身披“海青”，足蹬布鞋，步履矫健地踏着星光，来到他建在怡心园里的观音堂。令袅袅香烟中凝然望着其虔诚信徒的菩萨，露出满意的微笑。

早课的主要内容是吟诵《心经》和长拜：

“是故空中无色，无受想行识，无眼耳鼻舌身意，无色声香味触法，无眼界，乃至无意识界，无无明，亦无无明尽，乃至无老死，亦无老死尽。无苦集灭道，无智亦无得。以无所得故。菩提萨埵，依般若波罗蜜多故，心无挂碍。无挂碍故，无有恐怖，远离颠倒梦想，究竟涅槃……”

呵，“涅槃”！我仿佛看到那无为，那自在，那不生不灭诸般妙境，瞬时如天花纷纷、繁星烁烁，飞扬、旋舞于慧济居士面前……

不管有没有旁人在侧，慧济居士的诵经声总是最明朗、最清晰的。不仅因为他分外心诚，也不仅因为他吐词分明，抑扬有度；他天生有副好嗓门，日常谈吐便清亮、磁性，有板有眼。有文章还说他早年当兵前，曾在公社宣传队里唱过样板戏：“朝霞映在阳澄湖上……”每一亮嗓，台下即爆出一片喝彩。后来他又参军入伍，钻进了越南的猫耳洞。洞里逼仄、闷热又潮湿，许多人头面出疹，皮肤溃疡；耳畔还枪林弹雨、泥浪翻飞。有些新兵惊惧绝望，暗暗落泪。但他却经常高歌：唱流行的战歌，唱家乡的山歌，更多的是唱他当年练就的革命样板戏。许多人包括他自己，因此而重新焕发了士气……

长拜时的慧济居士依然一丝不苟。那可不是寻常的拜。每一次他都要双手合十，面向拜毡虔诚地双膝下跪，身体前倾，两掌分开贴向地面，完全匍匐在拜毡上，做到标准意义上的五体投地。之后双手再度合十，在额前行一个彻底的皈敬礼拜后，撑地起立。而慧济居士在平常日子里，这么一次一次地拜下去，腰再酸，背再痛，从来不少于六十次。逢到菩萨生日或其他佛家的重要日子，他至少要拜上一百零八个，甚至一百二十个。每天礼拜完，慧济居士都会大汗淋漓，濡透僧袍。而其精神却分外抖擞、满面愉悦。令我不禁想起古代一位义青禅师的妙谒：

“任凭你三尺大雪，压不住一寸灵松！”

“人是要有点精神的。”而正是有了这份虔诚不贰的信仰的支撑，这样一种几乎是把自己生命掰开来、揉碎了，掺进他钟情的一切事业、一切有情中，掺进缤纷五彩的生涯里，掺进点滴时光里的精气神；仲跻和才能把偌大一个包含着铁道配件、农业机械等五大板块的企业，经营得风生水起、蒸蒸日上。并能把许多卓有成就的作家常视为畏途的写作，坚持多年而不怠。且无论内容、技法、思想都日见精进。手边摊开的这部《任水流觞》便是明证。更让我叹为观止的是，他还穷十年之究，完成了一部对古典奇书《素书》的解读与阐发之著。

《素书》之奇，奇在该书相传为秦末著名隐士黄石公所著，他预见到秦朝必亡、汉朝将兴，想物色一个优秀的人才，辅佐有道明君推翻秦朝暴政。终于遇到了在博浪沙行刺秦始皇未果而被追杀、亡命落魄的张良。黄石公故意脱鞋让张良穿鞋考验了张良的胸怀和修养，认定“孺子可教”。然后又三次相约，提前到场，考验了张良的耐心和诚心，以《素书》相授。张良研读《素书》后，运用其中的智慧辅助刘邦成就了霸业——可想而知这样的典籍必然包含大量文韬武略和哲学思想。让我来读，看一眼就觉头晕。而仲跻和不仅读透读精了，还毅然将自己的心得感情发而为书。而他解读《素书》绝不是为解读而解读，或一头拜倒在书中出不来；而是将读书心得与自己的人生追求和企业管理紧密融合。善于在《素书》中寻找灵感，用《素书》指导自身的实践。这点尤值赞赏。因为世间任何哲理都是抽象的，但对于理解和为它精神实质所启悟的人来说，某些玄理却又可说是十分具体而普遍适用的，所谓放之四海而皆准也。记得北宋有位重元禅师曾这样回答僧徒之问：

“如何是禅?”

师曰：“入笼入槛。”

僧拊掌。师曰：

“跳得出来是好手。”

——仲跻和学经典，显然就是一个好手了。因为他既能“入笼入槛”，而又能“跳得出来”。

而他在《任水流觞》中对读书的见解，也印证了这点：“对书的理解，需要用心。不忘书之言，需要机缘，领悟突破后进入另一个层面。这就是一本书为什么读了十年，读着读着就有了新的认识。是书在给我提醒，还是生命给予书时代的理解?”“从古至今，有些标准通行不变，比如仁、义、礼、智、信。随着社会的发展，具体的理解有差异，但内核是相通的。企业的仁，爱岗敬业；义，克尽所能；礼，相互尊重；智，放眼未来；信，全力以赴。而两千多年的仁、义、礼、智、信，特别是经过董仲舒扩充后，有了三纲五常；五常即父义、母慈、兄友、弟恭、子孝，都是这个道理……”

这样的理解与认知，在《任水流觞》一书中比比皆是，如点点珠玉，闪烁于数十万言的字里行间。不能不说仲跻和读书别有一功，更应说他读书用心用情且善用智。而且，仅从《任水流觞》中就可看出，仲跻和是一个酷爱国学、儒释道兼修且能活学活用的好学者。别说一个日理万机的企业家，就是单纯以写作为饭碗的我辈，要让我像他这样涉猎广博又持之以恒，也是很难做到的。这让我想起罗丹的名言："对于我们的眼睛，缺少的不是美，而是发现。"而对于发现，太多人缺少的也不是眼睛，而是能辨识事理而发乎于心的一双慧眼！仲跻和无疑是具备了慧眼的人。而信仰之慧根、人格之高迈、对哲思与真理之膜拜，乃是他生出一双慧眼之不二前提。

还想强调的一点是，仲跻和在本书中《写着玩的》一文中如是写道："写作于我来说，写着玩的。"——这无疑是戏说。实际上在我看来，仲跻和写作的最大特点，就在于他不是玩的。正如他所说写作于他："既不是给人看，也不为换米下锅，更不为职称学历之需。至于为应景而动笔，更无能为之。写作全是在空闲时，内心有话说，也可以说是借写作理一理思路、清一清头绪，把想法归置归置……即一吐为快，即笔尖随心而游走。心里有，笔下才会有……"

不为功利，有感而发；不事浮丽，言之有物——仲跻和实乃在实践中悟得了写作尤其是散文随笔写作之根本大法。迅翁早已有言："从喷泉中出来的都是水，从血管里出来的都是血。"仲跻和散文的根本特色，就是他的一文一字，都是从他的血管里自然而然地迸涌出来的。而我对于散文写作和鉴赏，向来有一个"真诚为文，见性见情"之见。如仲跻和这样的人和文，恰恰都如他之于信仰一般，非常之真、非常之诚。无论是办实业，礼佛道以至做人都是如此。他的人格中大大地住着一个严谨、自律、不屈不挠，凡事要往极致上求的本我。这样的人写出来的文章，也许粗看上去貌不惊人，细细品鉴，则比那些无病呻吟，只会吟风弄月或雕饰辞藻以至空洞无我、让人读半天也不知所云的大作，高了去了。

忽然想起文友苏迅曾有一联曰：

"生年须臾，有限欢欣。欲望如潮，无刻休止。

人性之毒，曰贪嗔痴。从何说起：戒定生慧。"

——这也是我不敢低估仲跻和，常常还要仰视之的另一个内因。相比起来，我在这方面尤其需要奋起直追呢！

自　序

自从准备将近期的文章整理成册，就一直在想起个什么书名好。也许是年岁的原因，脑子不够用了，至今未有结果。

既然没有头绪，也就欣然搁置，把文章再推敲一番，同时请朋友帮我找一找错别字。说实话，我是“的”“地”“得”难以区分的人，还有同音字、同义字之类，也不能准确把握，让专业人士帮忙，省得留下遗憾。

前几天，看完曹德旺的《心若菩提》，从“怎么样管好企业，特别是疫情后的企业”的困惑中走了出来。企业难，但并不是无路可走，至少我现在可以选择的路就比曹总多。他“聚焦”于生产玻璃，相对而言选择面就少一些。而我，可以选择做实业，也可以选择做投资；可以选择做配套件，也可以选择做整机；可以选择做棉花机械、农业机械、再生资源机械，也可以选择做校平线。当然，选择多了，也就容易乱，难以把控。这也是我目前最头疼的问题。我也想学曹总，“聚焦”一点，不涉足其他。但，现状已经形成，要改变何其难啊！

书看完了，放下了，我的选择也就放下了，因为我现在几乎是没有选择。企业规模有限，我的能力有限，可以利用的资源也很有限，那就顺其自然，把自己能做的事情做好，让自己的日子无愧于自己的良心，不因虚度年华而后悔，也就可以了。

朋友送我三本王蒙的书：《庄子的奔腾》《庄子的快活》《庄子的享受》。拿到这三本书，就想起庄子关于“穷困”与“潦倒”的观点，尤其是庄子在妻子死后“鼓盆而歌”的典故，一下子就从脑海中跳了出来。

听不同的人讲过《庄子》，心中也就有了不同的庄子。王蒙的“庄子”又会是怎样的呢？“快乐”“享受”似乎是庄子的主基调之一，而“奔腾”似乎与庄子不太靠得上。于是我先打开了《庄子的奔腾》，想到了一个词——任水流觞，这也许就是庄子的“奔腾”吧？

回想走过的人生路，从年轻时的《梦已飞扬》，到后来的《随风起舞》，再到现在的《任水流觞》，不正是我人生几个阶段的真实写照吗？我想，如果以后再出书，书名就叫《随遇而安》。

随风起舞，还有年少气盛的味道，有不认输、出风头之意。大势和宏观政策就是风，就应该“随风”，随风你才能有舞台。“木秀于林，风必摧之”，如果没有能力“秀”，又不能“秀”，安于林中，岂不更好？

河水向东流，奔流入大海。你说有错吗？在你没有去过伊犁并见到伊犁河之前，一定会说这是对的。但见过伊犁河之后，就发现不一定，因为河水也会西流。

人生即是如此，没有绝对的对与错，只有相对正确。你认为的错未必是真的错，而你认为的对也未必是真的对。这就是人生，这就是世界，这就是真理。

用“任水流觞”作为书名，突然觉得挺合适的。至少此刻我心动了，觉得这就是我近几年的主打色和主旋律。

随着年龄的增长，对社会，对自己，越来越多了顺从、适应的觉悟。“和光同尘”“槁木死灰”“呆若木鸡”“不上心就不伤心”，未必是坏事。反之，“伤心且忧虑”，也未必是好事。犹如人生，生中有死，死中有生，生即死，死即生。如此一想，62 岁与 26 岁有什么本质区别吗？要说有，也就是“起舞”和“逐流”的区别，“风”与“波”的区别。26 岁的时候，飘在天上，是“风”；62 岁的时候，立在地上，可能还是在地上的凹塘里，是“波”。风无形，而波有形。

“随波中逐流，心安处安身。”我不知道什么时候再出散文集，但我已准备了书名——“随遇而安”。无论是 100 岁甚至 120 岁，还是如常人 80 岁，或是未必如愿而化为另一种生命态，接下来的时间里，“安”是我人生的主题色、主题乐，“舞”与“流”已固定在过去式里了。

疫情带来的大变化才刚刚开始，未来如何，还是到未来才说得准。当下就是一个字——“安”，即顺应、顺从，且主观、主动地顺应、顺从才可以真正得以安。“心安处安身”很好，而我总觉得能“安身处心安”更好，就像我的那句口头禅：“心在哪，哪里好。”

王蒙的庄子到底是如何奔腾的？也许把书全部看完后就会明白，也许看几遍还不一定会真正知道，一切看缘分吧！

目 录

任水流觞

中流击水

细水长流

似水流年

任水流觞

穹窿山

司徒庙也叫邓尉庙，位于苏州西南的光福镇香雪海村，是祭祀东汉初大司徒邓禹将军的祠庙。因庙内有邓禹手植的柏树，故又称“柏因精舍”。庙里有四株古柏，树龄近两千年。乾隆看后给四棵古柏树分别命名为清、奇、古、怪。清柏碧绿苍翠，挺拔清秀；奇柏主干断裂，其腹中空；古柏纹理纡绕，古朴苍劲；怪柏卧地三曲，状如蛟龙，被雷劈开后的两个枝干完全离开了主干，都还活着，并发出了新枝。四棵古柏树组合在一起，宛如一幅天然的古柏图。

“清”者，主干笔直，体态稳健，树叶苍翠，英姿飒爽，挺拔、潇洒，富有朝气。“奇”者，苍老遒劲，枝干奇特犹如青峰，主干破裂而一空其腹，宛如剖开的瓠瓜，其空间之大，可容人立，显现出一种生命欲尽而神威自若的气概。“古”者，少皮秃顶，满身皱纹，仿佛百索绕躯，具有肃穆庄重、苍老古朴的神态。“怪”者，曾遭雷击而劈成两爿，一爿远离母体后落地生根，呈卧地三曲，弯如强弩的姿态；另一爿是母体本身，就地卧倒，呈蛟龙昂首，势欲腾飞的姿态。“清奇古怪画难状，风火雷霆劫不磨”是它们的真实写照。在风吹雨淋、霜欺雪压的环境里生活了千百年的古柏，是大自然留下的宝贵财富，不只是因为它们具有使人难以忘怀的自然美，给人们增添了生活情趣，还在于它们是活的文物，是研究古植物、古气候、古水文、古地理的珍贵遗存。

参观过这几棵汉柏的人，都为它们顽强的生命力所折服。特别是被命名为“奇”和“怪”的两棵柏树，“奇”柏的树芯已完全空了，“怪”柏的两个枝干被雷劈开落地后相距二十多米，却都没有死，它们鼓励着每一位参观者要对生活充满信心和勇气。

著名的穹窿山位于苏州藏书镇西部，因其形状像穹窿而得名，是东吴国家森林公园的主要景区，为吴中洞天胜地。穹窿山高峻挺拔，地域宽阔，巅坡高耸，绵延光福、藏书、胥口三镇。主峰笠帽峰高 341. 7 米，为太湖东岸苏州地区群山之冠，亦为苏州地貌之最高点。

穹窿山在苏州地区有四誉，一即主峰 341. 7 米，素有“吴中第一峰”之称；二为苏州地区最大的山，有最幽深的山坞；三为苏州地区唯一一条最长的盘山公路；四为苏州地区唯一的省级自然保护区，有国家保护植物及中国特有植物楠木和名贵树木 217 种、药用植物 151 种，是苏州市科普教育基地之一。

穹窿山不但气势雄伟，而且风光旖旎，偶尔雾巅相连，缥缈似烟，若隐若现，犹如一位羞答答的少女；晴朗天气，山姿巍然屹立，郁郁葱葱，犹如一群力拔山河勇猛盖世的武士。正是“云来山更佳，云去山如画。山因云晦明，云共山高下”。穹窿山山道蜿蜒盘旋，曲折伸向山巅，郁苍山巅，密密丛丛，云高气爽。如果你翻山去南坡，眺望太湖风光，却是湖光浩瀚，渔帆点点，七十二峰犹如出没云际一般，美不胜收。

穹窿山景区历史悠久，人文景观众多，文化底蕴深厚。有独特的军事文化、宗教文化、名人文化。著名景点有兵圣胜地孙武苑、望湖园（山顶花园）、穹窿寺、宁邦寺、上真观、玩月台、中日友好樱花林、朱买臣读书台，等等。清乾隆帝六次临山，并在望湖台留有御碑。古人神农雨师赤松子、大军事家孙武、汉谋士张良、名臣朱买臣、抗金名将韩世忠曾在此炼丹、隐居、读书。孙武在此隐居期间写出了中国历史上第一部兵书《孙子兵法十三篇》。近代名人李根源、章太炎、于右任等来此游览、作诗，留有多处摩崖石刻。

景区内松苍竹翠，古树参天，竹林成片，泉水潺潺。茅蓬坞是苏州唯一的原始森林，20 世纪 80 年代初被江苏省人民政府列为省级自然保护区。游览穹窿山景区，可尽情享受大自然的美景。

穹窿山北沿苏福公路，交通十分便利，大小客车可直达景区。景区内有盘山公路，全长 6. 5 千米，小客车可直驶山顶。公园内还备有旅游专车，提供有偿服务。

贵州之行（五）

游学的课程是《看水浒，说管理》，主讲人赵玉平。据他说，自己是全国排序第五位的讲师。平心而论，讲得不错。“言证、心证、史证、身证”皆有，特别是“心证”“言证”尤佳。由于课堂气氛特好，我也用心听、认真记，收获甚大。特辑录主要内容在此，与大家分享。

传统文化的分类：经、史、子、集。研究传统文化要倒着走，从集开始。

对传统文化的研究：言证、心证、史证、身证。讲一个情节，给你一个人物；讲一个故事，给你一个道理。

学管理是为了改善生活质量，提升生活品位。

《水浒传》与《三国演义》的主要区别：《水浒传》，真事假人，无意之书；《三国演义》，真人假事，有意之书。

对能人：把名给在明处，把利给在暗处。

关于“送”：管理学叫“送”；道家说“损”；佛学讲“失”。

关于烧香的学问：数量三炷为佳，大小指粗为宜。

关于许愿的学问：两索取一付出。最好的许愿——一炷香：众生受苦，让我替他们受吧！二炷香：我能帮您做点什么？三炷香：我能为身边的人做点什么？

“富”“付”“负”的因果关系：以付为富，富得长久；以富为付，富为负担。

沟通的学问：开口说“建议”，不说“意见”。

沟通的八字原则：主动、坦白、柔情、互惠。

二把手提建议的学问：决策时民主，执行时集中；关起门民主，开了门集中；允许提建议，不可以停手。

做工作，为“利”开始，但不能只为“利”。

如何对待他人的缺点：认可缺点是好人，交换缺点是能人，喜欢缺点是圣人。

当领导的不能选拔庸才提升自己，不能被下属牵制。

领导者需要树立的三大标杆：关怀标杆、信念标杆、价值标杆。

为什么“鲜花”要插在“牛粪”上？是优势吓人。因为“牛粪”不要面子，不在乎过去，不追求未来。

“鲜花”怎么样才能不插在牛粪上？学“秋香”——优势资源提前配置。“三笑”就是提前配置具体化的举措。

对君子来说：一个人不会被别人管住，但会被自己说的话管住。

关于团队执行力的奥秘：高层次的关键所在是忠诚；中下层次的关键所在是利益。

要想做大事，就要主动让人占便宜。

只有承认自己不能，才能做大事。

要想拉近关系，就要准备小礼物。

要学会唱好说“不”的三部曲：承诺，诉苦，出路。

识人、选人、用人的学问：能不能用？看能力；可不可控？看品行。

做大事时：看精神状态；看人际关系；看言行差异。

企业可以有闲事，但不能有闲人。

管理就是不断搅动锅中的水。

不要让两个能人做一件事。

生命在于运动，管理在于折腾。

以上这些话，虽不是赵玉平博士的原话，但至少大意差不多。虽说类似的话也听说过，但还是觉得震动心灵。虽说有的观点未必完全认同，但还是觉得应该记得。我不只是我的，还是社会的、企业的、时代的，唯有改变自己才能适应社会需求、企业需要。不论心灵深处是不是认可，至少也要能够在言行上认可。

由此想起了听课的境界话题。同样的课，有人说：“值得！不错！”而有的人则说：“没劲！”“没有一点意思！”差异如此之大，根本原因在于听课人的境界差异。是忘我，被讲课的人俘虏？是严重自恋，带着审判的心态？还是游离于我与讲课的人之间，寻觅一个稍佳的切入点？这些都决定了听课的效果是不是显著。

飞机上“抬杠”

自卑的心态决定了我无论是坐火车还是乘飞机，都不会主动与人搭讪。即使偶尔有人主动与我说话，我也是有一搭没一搭的，很快也就没话说了。不知道今天哪根筋出现问题，与邻座的“问题女性”说了半路的话，奇怪!!

从北京飞盐城的候机换到D区，远了，累了；弯多，晕了。好在提前两个半小时到机场，又放弃了去VIP休息，直接到登机口候机，成了早到的旅客之一。

登机很准时，比正常起飞时间提前30分钟。进入机舱后找到位子，放好行李，向服务员要了一份《参考消息》、一杯矿泉水，等待起飞。

预定起飞的时间到了，舱门还没关，服务员说是“等一位旅客”。就在此时，一位女性急匆匆地走进机舱，把行李交给服务员，坐到我的身边。也许是害羞的原因，我没好意思正眼看她长得怎么样，眼睛余光从《参考消息》的边缘看到破烂的牛仔裤，以及一对裸露的膝盖。

“比原来多用了几倍的时间，还差点儿赶不上。”算是她的道歉吧。随即舱门关了，飞机开始滑行。一阵困倦袭来，我把《参考消息》插入面前小袋，慢慢睡着了。

等我醒来时，飞机已在空中。随手抽取小袋中的《参考消息》翻阅。突然听到一声：“这种报纸不能看!”我以为听错了，抬头往旁边一看，还真是她说的。我说：“你说什么?”她说：“这种报纸不能看，太保守，应该看南方系的。”我说：“是吗?”她又问我：“你看南方系吗?”我说：“看啊。”

至此，我想起了南方系的事情，想起了她的破烂的牛仔裤，也想起了订阅的《南风窗》。其实对我来说，保守与激进都有可取之处，当保守时则须保守，当激进时则须激进。选择的标准，是看其是否有利于民族强盛、民众幸福，用通俗易懂的话说，即能不能让人们过好日子。

接着我们聊到“依法治国”的话题。我说：“依法治国没有错，而更迫切需要的是执法为民。”“也不是我们所有的都不如西方。”人的道德底线需要得到法律的保障与维护，特别是“公仆”“园丁”“天使”的道德底线需要得到法律的保障与维护。“公仆”的示范作用，“园丁”的言传身教，“天使”的救死扶伤，是当前修复道德底线的灵丹妙药。

最后谈到了“城镇化”，也就是当前轰轰烈烈的“拆迁运动”。我说：“要为农民说话，首先要真的了解农民的需求。”我把一个老党员、生产队队长劝导老婆说的话学给她听：“不拆迁，万亩粮田哪里来？不机械化，田谁来种？”虽说我能够理解接受“拆迁运动”，但也未掩饰我的不满。“公仆”的急功近利导致一些“主人”认为“拆迁运动”“操之过急”，权利没有得到法律的保障与维护，授予别有用心的人攻击政府的把柄。

飞机已在下降，我俩聊兴正浓，作为大她二十多岁的我，主动结束了我们的谈话：“我们思想观念的差异就像我们着装的差异一样：一目了然！”她让我给她名片，我给了。发现没有手机号码，我又在名片上写上手机号。

快到公司的时候，收到一条短信：“北京＊＊经济社会发展研究中心副主任王＊：跟您抬杠很快乐。”这时方知她是谁、干什么工作的。

心灵的洗礼　升华的动力

井冈山——向往已久的圣地；三湾、八角楼、黄洋界——伴随我成长的字符；毛泽东、朱德——崇拜的偶像；共产党员——孩提时的梦想！

如今，我已有30年的党龄，而且是党委书记，圆梦已久。

省委组织部组织“省科技企业家赴井冈山培训”，其中有我。虽说工作有些多，但还是放下所有的事情，参加了此次培训。这次培训，让我领略了圣地风光，感受了红军的崇高，真的是一次“心灵的洗礼”，获得了升华境界的动力。

《井冈山的斗争》《中国的红色政权为什么能够存在?》《星星之火可以燎原》这三篇文章我在学生时代就读过，但在井冈山的茨坪，吃着红米饭、喝着南瓜汤，再读它们，感受的是毛泽东的智慧与精神。八角楼，小方桌，“敌军围困万千重”，毛泽东找到了红军生存发展的途径：“武装割据”“枪杆子里面出政权”“土地革命”“党指挥枪”“士兵委员会”，从而开创了井冈山道路，塑造了井冈山精神，打出了中国的脊梁。

井冈山精神的核心是实事求是、敢于创新；灵魂是坚定信念、矢志不渝；基石是依靠群众、艰苦奋斗。这样的精神不正是今天所需要的吗？看看眼前、想想井冈，看看“公仆”、想想红军，我禁不住要呐喊：井冈山精神快回来吧！

中国的脊梁，是井冈山近五万烈士的灵魂铸就的。“为大多数人谋利益”虽说没有“为天下人谋利益”响亮，但在实际的生活中更实在更好操作。“高调不如实际。”正是这样一群“为大多数人谋利益”的人撑起了井冈山的天，撑起了中国共产党的天。

“井冈山的红色政权为什么能够存在？天时地利人和共同作用的结果。”听到此说，倍感真实。只有客观允许加上主观努力才能成功。只突出主观努力，无视客观实际，是无法令人心服口服的，而且容易误导他人。这一点印象特别深刻。

天时，大环境，地方军阀割据政令不畅；地利，小环境，群山怀抱，“一夫当关，万夫莫开”；人和，主观努力，人心所向，齐心协力。其实，企业经营也是如此，企业成功也需要天时、地利、人和共同发挥作用。

这个问题，蒋介石想过，没有得到符合实情的答案。1949 年 6 月 8 日中华人民共和国成立前夕，蒋介石在日记中反思在大陆失败的原因：“感知国军失败，不是因为外敌，而是因为内乱。”他还在日记中细数共产党的七大优点，并将“干部不准有私产”作为特别标注——“一、组织严密；二、纪律严厉；三、精神紧张；四、手段彻底；五、军政公开；六、办事方法：调查、立案、报告、审查、批准、执行、工作检讨；七、组织内容：干部领导，由下而上，纵横联系，互相节制，纠察彻底，审判迅速，执行纪律……”

这个问题，美国等西方国家还在追溯：苏联共产党散了，为什么中国共产党不散？今天的中国与井冈山时期的形势本质上是一致的——天时地利人和！井冈山精神成了中国的精神！坚持“为大多数人谋利益”的为政原则，也就团结了大多数人，巩固了执政基础。基础牢固了，政权也就巩固了。

井冈山培训感触至深的有：

思想工作重要。井冈山物质上缺吃少穿，军事上缺枪少弹，而红军战士斗志昂扬、精力旺盛，其根本原因就是思想工作做得好。“士兵委员会”让战士们觉得自己是主人，是在为自己的信念而战。“支部建在连上”保障了思想工作的有效性与及时性。

沟通交流重要。有人曾说“国民党税多，共产党会多”。我也曾附和，现在想想好幼稚。开会是为了统一思想，统一认识，统一标准，统一规划。只有大家思想统一了，才能形成战斗力。特别是在艰难困苦的时候，没有公认领袖的时候，开会讨论是形成统一思想的好方法。不身临其境，很难理解沟通交流多么重要。

环境影响重要。井冈山的沿街没有看到“足疗店”“洗头房”，而是“红军传统代代传，井冈山精神永放光芒”等内容的宣传牌子。与红军后代面对面交流，言谈举止、衣着神采，令我看到了老红军的影子。井冈山的精神在他们的身上闪闪发光。上海的下乡知青也在井冈山的熔炉中成长为“为大多数人谋利益”的新井冈山人，至今坚守井冈山。

“吃饭是为了生存，不是为了享受，更不是为了显耀。”五天的培训，餐餐红米饭、南瓜汤，是我的首选。红米饭，有点儿硬、糙，南瓜汤有点儿稀，口感是差点儿，吃的人也就不多。虽说只有小小的一盆饭，而且是成百人就餐，再晚也能餐餐如愿吃到红米饭、喝到南瓜汤。井冈山的红米饭，磨破了奢侈的习性，让人铭记红军艰苦朴素的传统。

五天的培训，晨起散步的习惯没有丢掉。茨坪，群山怀抱。山间公路，绕山而建。树木成荫，鸟蝉齐鸣。百分之九十几的森林覆盖率，造就了富氧的环境，正是锻炼身体的好地方。五点钟步行出发，七点钟返回房间，脱掉汗透的衣裳，冲个澡，正好赶上与同学们一起吃早饭。诸般重要，身体第一，没有好的身体就不能“为大多数人谋利益”。企业是所有成员的企业，企业财富是社会的财富。现在又增加了“里昂电力”板块，没有好的身体就不能履行一把手的职责。

五天的培训，让我感到党委、政府应定期把年轻干部送到井冈山进行传统教育的轮训，特别是新进公务员队伍的年轻人、分管组织工作的一把手、党委政府的一把手。半年来一次，或一年来一次，对党的建设、政权的建设都会起到事半功倍的效果。

五天的培训，让我荡涤了心灵的污垢，坚定了心中的信念。我要弘扬“为大多数人谋利益”的红军传统，确立“为企业所有人谋利益是基础，为社会谋利益是核心”的宗旨，把企业经营好。

仲子广场记

仲子广场，为纪念仲子而建。仲子，姓仲，名由，字子路，师从孔子，位列“圣门十哲”，四科之“政事”科，孔门十二贤之一，也是孔子亦文亦武的弟子。“负米孝亲”“闻过则喜”“三善治蒲”的道德情操惠及仲氏，恩泽华夏。

广场位于怡心园核心地。东有香椿林、杨树林、养殖场、孝道。孝道两侧的“二十四孝”碑刻，图文并茂，是宣传孝文化的佳地。北有沐芳斋、致远簃、观音堂。堂前小山上的观音像，妙因天成，形神逼真，令信徒心生敬畏，是弘扬善文化的圣地。西有蓉和礼院，青砖小瓦，飞檐斗拱或翘角，院里有院，屋中有屋。五福堂是婚庆、宴客、聚会的首选之地，是传播礼文化的福地。南有四季果园，樱桃、板栗、李子、橘子、冬枣、雪桃、石榴……树树挂果，季季飘香。

自五十六代子宣祖从姑苏迁居海安蓉塘，至今已六百余年。族人恪守忠孝祖训，诗书相授，耕商兴业，勤俭持家，和睦乡里，人才辈出。六十六代仲振奎，是把小说《红楼梦》改编为戏曲的第一人。七十一代仲贞子，诗、书、画、印皆精，德艺双馨。七十二代仲满，奥运击剑冠军……为仲子添光。

广场占地四亩多。矗立在北边的汉白玉仲子像，被孝竹簇拥。九米见方的小广场，寓意“做人方方正正”与“人生九九归一”的铁律。中央是直径十六米的莲池，池中有一朵盛开的莲花，寓意与人相处要圆润，有慈悲。莲池往南，是两个“八”字形小广场，中间是一座花岗岩牌坊，高高耸立，巍峨俊美，寓意铁肩担道义，共圆富强梦。

挺拔的柚子树，似列队的士兵，守护着广场。红梅、紫薇、石榴、蜡梅，象征春夏秋冬，寓意四季常青。四棵百年罗汉松，似点兵的大将，气宇非凡。

十二本石书，十二个故事。仲子美德情操，跃然若现。它是仲子后裔的，也是有缘人的。弘扬践行，福佑苍生！

仲子广场，为传授仲子美德情操而建，为倡导吾邦文武兼修而存。

楠溪江游学

温州、永嘉、楠溪江、永嘉书院、永嘉学派，要不是此次游学，只有温州一词是我熟悉的，它是中国最有经济头脑、最敢闯的一群人的代名词。其余真的是闻所未闻，这都缘于自己孤陋寡闻、才疏学浅。

今天看来，我揣着沉甸甸的工作压力与情感伤痛，撑着胃溃疡的身子，拖着疲惫的脚步，参加这次游学，不但调整了心情，抛弃了压力，恢复了体力，而且领略了楠溪江的风光，真的是太值得了。

知道了“永嘉书院”“永嘉学派”，特别是听骆玉明老师的“诗与禅”主题讲座，兴奋不已。

“消弭固执和对立，消弭贪欲和妄念，消弭紧张和焦虑，便能以空尽玄妙的智慧、朴素自然的心情、随缘自适的态度求得属于你的真实的生命。”要是能够把最后一句改为“活出属于自己的人生”，似乎更能表达我当时的心情与想法。特别是在当前，风云突变的世界、需求锐减的市场、人心易变的团队的“新常态”下，应对压力与风险可想而知，稍有不慎，后果不堪设想。

怎么办？上面的这段话就是最好的回答。

由此，我想起了十六个字：人生是诗，诗即人生；人生即禅，禅即人生。算是自慰吧。

受此启发，我草拟了两首小诗：

楠溪江行

师生永嘉诗与禅，
只为自由不羡仙。

热汗夹雨湿衣衫，
山中泉鸟声相闻。

思 想

对窗思孙妻①，
落泪湿我衣。
忆起庭院日，
鸟眠声已稀。

我还学着填《醉太平·永嘉行》词一首：

心怡，芳伶。意洁，情真。
楠溪永嘉禅诗，对视侧耳听。
当惜，珍藏。茶情，诗意。
遥想伯牙子期，候闻新乐声。

是不是诗？是不是词？有没有禅意？无所谓了，兴之所至，随手拈来而已。
大女婿艳领看了我的词后，也发来一首：

南歌子·行者影

永嘉隐溪江潺，撩枝侧耳闻，
音似伯牙鼓乐瑟，隐若入我梦中寻。
一枕解黄粱，无痕亦有痕。
为何归乡觅闲云？自有伴我行者妻与孙。

读了艳领的词，我看到了自己的差距，感觉他胜过我多了。
参观“红蜻蜓”，对鞋文化博物馆感触甚深。能把企业的鞋文化挖掘得如此

① 孙妻，作者的孙子和妻子。

之深、之广，让我佩服得五体投地。还有大事记馆的布置，企业宣传片展示出的洒脱，也给予我很大的启迪。怎么深？从树皮、兽皮的鞋开始到今天的款式百出、材料百出的鞋。怎么广？国内所有民族的鞋，令我大开眼界，对鞋子的发展史有了大致了解。

今年是企业成立三十周年，怎样包包扎扎，轻装上阵，迈向新的三十年，是我近期耗费心血所想。受此启发，“空灵的开放、专一”，已深入我的脑海，刻在我的心肺上。

骆玉明老师说：“禅是一种哲学、一种宗教，但禅更是一种体验、一种生命形态。禅远看似乎虚无缥缈，不可触摸，但真的走进去，它却平平实实、真真切切。”说实话，我感觉到了，这可能与我礼佛六年多是分不开的。

游学是短暂的，三天时间不知不觉就溜走了。好在还有登山、漂流的照片记录下游学的足迹，足够以后慢慢回忆。

游学的收获，是过眼云烟，一笑而过，还是人生的突破口，将视各人之修为而论。

以金融为平台，整合农业产业链，提供有效供给，是企业未来三十年的目标、宗旨、战略，同时用“合作·分享”有形的物质之手，牵动员工的心，用“德根深植”无形的文化之手，托起员工的道德底线，用好这两只手，确保企业的目标、宗旨、战略得以实现。

这是我游学期间的突发奇想，是不是适应社会趋势？是不是适宜企业选择？是不是能够实现？问号还会有，我已想够，不想再耗费心血了。

心动不如行动。先动起来，再让时间给出答案。

当然，真的“夜静水寒鱼不食，满船空载月明归”时，也当“喝茶去”。努力过、拼搏过、奋斗过，人生就精彩。

与“烂木头”为伍

再去一趟大理，且专为健康而行，可说是真的不易。

本不想去，一是月初，企业工作多，特别是与各企业高层人员的面谈，是我把控企业、了解实情、下情上达的重要举措之一；二是孙子崇铭越来越调皮，只靠兰芳一人担心管不了他，再加上兰芳因妈妈去世，身心未能调整过来，不放心她一个人在家；三是大理已去了 N 次，真的只为健康而去，觉得有点儿不值得。

之所以去了，是为了呵护一颗激情的心。与佟结缘已十多年了，彼此都有了些许的了解，特别是前段时间的楠溪江游学，与佟交流时为他重新燃起的激情而高兴。当他告诉我“8 月份大理健康之旅”的计划时，我脱口而出：“我去!”

男子汉大丈夫，一言九鼎，言出必行。我不但参加了，还动员了我弟弟一起参加，这才有了人生拐点之说的又一次大理之行。

在大理，降压药扔在了住的古榕会馆房间，没有带回来。因为我看到“季大哥”的精气神，相信靠自我的内力调整，也一样可以治好我的高血压、高血脂。“季大哥”行，我一定也行。

是不是盲目？不知道！但我已这样发愿了。

是不是科学？不知道！半年后，让事实说话。

至少，打坐、五行、五德，相生相克是被历史证明是对的，有道理的。

“是药三分毒。”依赖外力只会让自己的身体变得越来越懒散，丢掉自我修复的功能，这是没有争议的。更何况还有“季大哥”的先例，他的面部神经麻痹、高血压不药而愈，给了我最好的示范。还有“雪丽姐”的癌症自愈，彻底打消了我最后一丝怀疑。

倾听、拍打、拥抱，真的是灵丹妙药。在我内心，如果说还有放不下的，就是兰芳。女儿大了，能自立了。孙子也有了，女儿不是问题。企业可以请职业经理人，我只要把战略定好、规则定好就好。而兰芳则不行，她需要我。虽说她嘴上说的正好相反，但我明白她的内心。

当然，虽说明白了她的内心，但没找到一个恰当的表达方式。“德本”师的一席话，令我茅塞顿开，找到了打开这把锁的钥匙。那就是倾听、拍打、拥抱。

人与人之间的相处，语言交流固然重要。拍打、拥抱产生的生物电，是打通经脉、气脉、血脉的灵药，三脉通了，人的心情就好了，心情好了，一切烦恼就烟消云散了，人生也就愉悦了。

“长拜”又叫“大拜”，从昨天起着手准备，今天正式开始，坚持天天“长拜”，且每天不低于60个，逐步达到108个。坚持农历的初一、十五上午在观音堂诵《药师琉璃光七佛本愿功德经》至少一遍。

此时，想起早上“长拜”时的情形，头发淋汗珠，衣服湿透了，粘在身上。好在手上戴了棉手套，否则真的是无法拜下去了，到后来，两腿发软，会不由自主地拜下去，但起来，好难好难啊，身体好像要散架似的。

心里还是有些担心的，身体能不能适应？能不能坚持？我还好说，他们怎么样？要是没有他们的陪同，我还能履行自己的誓愿吗？

为了不影响上班时间，对原来的早课内容做了些许的调整，以确保早课控制在一个半小时之内。

胃溃疡已是老毛病，也就没有把它当回事，直到近来又因胃出血第六次住院治疗，联想起基因检测报告的数据——得胃癌的概率高于常人十倍，这才引起重视。

“胃出血，根不在胃”“虚劳脉”“芤脉”“风木旺”全是专业术语，我没能理解，但“尽力忌口”的告诫，我坚信还是能做到的：奶类、豆子、咖啡、海鲜、河鲜、粽子、青团、年糕等不易消化的食物少吃，水果少吃，最好是煮着吃。为此，向朋友要了一个可以煮水果茶的电热水壶。

此次大理之行，遇上几位高人，是我意料之外的喜悦。无论是夏勇先生的针灸、“大禹治水”先生的偏方、“德本”先生的禅修、“虚出”女士的美庐、“容兴”女士的茶艺，都令我震撼。

一群人坐禅堂喝茶，不知不觉中，困意来了，真的是奇了。要不是亲身经历，打死我也不信会有这样的事。事后想一想，也可以理解。参与的人关上手机，盘腿坐在禅堂，静等大师泡茶，等着品鉴。心静了，没有了干扰，盘腿坐着，看泡茶喝茶，一切都放下了。身心轻松了，人的意志已被本能代替，睡意也就不知不觉来了。

拐点之说，未必妥帖，可我一时又想不到一个更好的词汇，用来写出我此行的感受。

从对红木感兴趣，到对“烂木头”感兴趣，不只是一个简单的喜好转变，更重要的是理念的改变。“烂木头”未烂，只是多了岁月的打磨，多了时光的雕刻，更显木头的本质。与红木相比，它多了自然、本真、艺术、自由、放松。

有人说“送给我，也不要”。是的，要是在以前，我也会这样说的。可是这次来大理，我开始喜欢上了“烂木头”，并做好了与“烂木头”为伍的准备。

以自然为师，与智慧同行，心存本真，放松自由，一起静修的人是一个圈子，也是一堆“烂木头”。

鸡足山游记

鸡足山，终于有幸一见。虽说没有佛教信众们那么至诚，但依然是带着敬畏心和好奇心而来的。迦叶头陀守衣入定侍佛祖出世之地，特别是他抛弃对衣、食、住等物质的贪欲，其苦修之道，似乎与庄子有些相似之处，也算是种逍遥吧。只是迦叶的这种逍遥有着神圣的信念与责任：守衣侍佛，与庄子的无待人生还是有些差异的。

上山的路还算好走，先乘汽车，再上缆车。游人、松树、猴子及一路的风景有的从车窗外一闪而过，有的在脚下慢慢溜过，少了些许刻骨铭心的感受。

祝圣寺，进入鸡足山的第一站。除正式的礼拜外，也没忘让小孙子孝孝学我，请佛祖饶恕他的不敬——从灵山到会坊下车时，他实在憋不住了，在大门下小便。四岁小孩子充满了好奇心，他站在我身边，先看我“三叩拜”，然后伸出小手：“拿钱来。”拿到一百元后，他放进功德箱后行三叩拜礼。虽说不像法师们那样标准，但也像模像样了。

而我则多了份留意文字的习惯。

孙中山的“饮光俨然”与赵朴初的“大雄宝殿”题字皆可理解，而梁启超的题字“灵岳云辉”不常亲近，有些新意，故入了心。同时入心的还有一副“退后一步想，能有几回来”的对联。蛮有回味的，口语化，对我的口味。也正是这副对联支撑我走完了下山的全程。

金顶寺，位于天柱峰极顶，因高峻挺拔状如擎天巨柱而得名，又因在此可以东观日出、南观彩云、西观洱海、北观玉龙雪山而被称为“四观峰”。四观未有体验，高峻挺拔是有感觉的。虽说是坐缆车上来的，但还是要走一段山路的。陡而险，再加上有孝孝，有点气喘吁吁。

寺内金殿供千手观音，真的是没有想到。以为不是佛祖，也是迦叶。金碧辉煌的金殿，金碧辉煌的观世音菩萨，让同行的师兄们有些心神浮动了。先是三叩拜，诵大悲咒，再诵“南无观世音菩萨”佛号。本来拜完准备走了，结果，我被动情的师兄挤门后去了，也不好意思推师兄，只能双手合十，默念佛号。而孝孝还在不停地叩拜。高潮是罗有师兄的放声哭泣，以及叶师兄的加持手势，令在场的师兄们屏住呼吸，充耳只有哭泣声与佛号声。好在我经历多了，噙在眼里的泪水硬被我又挤了回去。好在，观音菩萨道教也供奉，只是叫法不同。真不知道师兄们该如何面对同行的师父，领我们来的道长师父。但我坚信，刚讲过《庄子》的师父，一定会践行“外化内不化”“顺人而不失己”“无侍人生”的信念，不会在乎这些细小之举的。

“上山容易下山难。”今天又一次验证了。游过金殿，开始下山了。虽说路已不是泥泞小路，水泥路面，台阶连台阶，但是不是泥泞路反而更好走呢？至少晴天应是这样。水泥路因受地形限制及追求平整会更长更硬，而泥泞路，顺山势而生，因人走而有。更何况踩在泥泞的土路上有些弹性，让膝盖骨有些忍让，而水泥路则不行了。

空手人，已艰难，更何况我有个孝孝呢！好在有众师兄帮我一程，让我有个喘气的工夫，否则真不知会怎样。每当看到港大吕教授单薄的身姿，在前面有说有笑地走着，更没有理由不坚持了。她患肺癌晚期，且已转移到骨头上，虽经治疗已有好转，但体质的恢复还需要一段时间。“她能坚持，我有什么理由不坚持？”这是兰芳说的，也是我心里想的。

华首门右前侧的山坡上有一块空地，空地上有两个小棚子，有一个男人坐在棚后树下，座位面前有小桌，桌上有茶壶和茶杯。看见他时，我想起济公，心想是不是济公转世？因为他的衣着太破旧了，似乎比济公还多个“脏”字。

闲聊之中得知，他原是天津人，来此七年了。这时我想起了庄子见魏王的故事。魏王看到庄子穿着的破鞋子以及补了又补的粗布衣服，揶揄道：“先生，你是怎么混的，竟然这样潦倒？”庄子反驳道：“我这是贫穷，并不是潦倒。”

我不是魏王更不是庄子，只是觉得未必非要如此苦行才是修行，衣着整洁，至少是对他人的礼貌。再参观他的那间小棚子，伸头一看真的不敢恭维，就像一个垃圾房，破房、破棉被，更要命的是灰蒙蒙的垃圾色。

我悄悄地在他屋檐的佛像下压了一百元，同行的刘师兄也压上了一百元。是对佛的敬意，更是对修行者的一份心意。他选择的自有他的道理，“顺人而不失己”。我无有谈论之意。

与他相邻的另一间小棚子住着一位女性修行者，她热情地邀请师兄们进去，听师兄们与她交流时得知，她是上海人，曾是电视台的记者，来此一年多了。从她让师兄们看她手机中原来的照片，觉得她还没有完全走出来。离开时，我跟兰芳说："真想在此盖三间房，建个小院，然后在此了此一生。"兰芳说："你喝西北风。"我说："我可以编故事卖钱啊：从前啊，有个老人，他奋斗了一生，到老了他想过逍遥的生活，抛弃了一生辛苦挣得的一切，来深山苦修，享受人生的另一种滋味。"没想到孝孝听了进去，学我说："从前啊，有个老人很有钱，后来进山了，再不回去了。"我与兰芳看看孝孝，相视而笑。这孩子真的像钟师兄说的"人不大，思想已经不小了"。

从华首门向下的路上，除了迦叶殿，没有其他的景点，而且山路更陡了，也更长了。导游曾说"你在迦叶殿等着我们"，我就与兰芳背着孝孝先往山下走了。

这时我的膝盖是又疼又热啊，真的是没有办法。师兄们在后边，也没人可以帮我，兰芳要背孝孝我不放心，与其让她累坏了，还不如我自己来，心里还有点儿数。顶多膝盖疼，还能咋的？

后来发现背着小孩下山，不好走，还是骑在肩上省劲儿，也更平稳。就这样，一会儿放孝孝下来走几步，他不走了再骑在我肩上。好不容易到了迦叶殿，正好进去礼拜，也借机休息一会儿。

礼拜好了，又在殿前的树荫下与另一位马来西亚的游人闲聊了一会儿。后来马来西亚的游人被两人抬的轿子抬下山了。我知道兰芳不同意，心疼钱，也就没有开口说请轿夫的事。兰芳问了要400元，她省钱，是对的。上山我还放心，下山我还是不放心，更何况我体重160斤，比那个马来西亚的游人至少重60斤。

还不见师兄们上来，我们也就不敢再等了。我让孝孝骑在肩上，继续往山下缆车的出发地走。好在半路上看到了猴子，给孝孝一个兴奋的机会，让他下来玩了一会儿。我拿出裤袋里的糖果扔给猴子吃。兰芳可能怕扔得不好，也许是想让猴子再靠近一点儿，就把糖拿在手上给猴子吃，可猴子不理解，上来就到兰芳手上抢糖果，吓得兰芳大叫起来，赶快把糖果扔在了山坡的台阶上。我便拉着依依不舍的孝孝往山下走。孝孝边走边来了一句："奶奶你别怕，猴子是因为你长得漂亮才喜欢你的。"兰芳乐得合不拢嘴，疲劳也就少了几分。

看到了缆车出发地的电塔，可还有几百米远呢！我咬着牙往前，不停地在心中提醒自己："快了！快了！"几乎是一步一个"快"字。膝盖有多疼，戳心啊！后来没有办法，转过来，面朝山上，手拉着路边的栏杆，一步一步地往后挪着。

直到圆方师兄的老公来接我，我才得到了解脱。

想起祝圣寺“退后一步想，能有几回来”的那副对联，觉得如此之苦，又算得了什么？但还是不得不承认，旅游就是拿钱买罪受啊！

台湾地区追踪

“应该从‘五四’新文化运动的高度来看待魏建功先生的国语传播。国语传播是台湾光复后的一件大事呀。”在国语日报社的座谈会上，何院士的话让我心潮澎湃。魏建功是《新华字典》之父！纪念魏建功先生，怀念魏建功先生，应该从原本应有的高度来做这件事。这是我台湾之行追踪魏建功先生推广国语足迹的收获之一。

从开始筹建“魏建功纪念馆”，到现在的“魏建功纪念馆”建设，已过去了两年多。两年多来，联系熟人，申报立项，收集资料，制作雕像，也做了不少的工作，但魏建功重要的生平经历还未深挖，总觉得有些欠缺，少了拿得出手、贴得上墙、激动人心的东西。

此次台湾地区追踪，事先联系了齐益寿教授，并委托齐教授联系了梅家玲教授、蒋竹君董事长、黄英哲教授等，算是做了充分的准备，故到目的地之后一切顺利。

台湾大学拜访梅教授。原来的紧张情绪与担忧因梅教授的和蔼可亲、平易近人而烟消云散。

梅家玲教授是台湾大学文学系的主任，没想到住的还是日据时期建的房子，办公室的布局还是台静农主任时的样子，给了我很深的印象。这样朴素的办公室，仅仅是因为没有钱吗？更多的是怀念！是传承！《战后初期台湾的国语运动与语文教育——以魏建功与台湾大学的国语文教育为中心》是梅家玲教授在台湾文学研究集刊（第七期）（2010 年 2 月）发表的文章。文中的观点：“语文复原是魏建功来台推行国语时的政策主轴，而从台湾话学习国语，则是其具体实践策略。”让我明白了推广国语的难度不是一般的大！也不只是为了统一而统一，而是出于强国、富民的目的。

与拜访梅家玲教授家人串门、朋友聚会式的感觉不同，拜访国语日报社、拜访蒋竹君董事长就是正式的工作访问。有欢迎标语，有会场布置，有程序安排，且班子人员全部参加座谈会。特别是当蒋竹君董事长把《国语运动百年史略》送给我的时候，我的眼泪已噙在眼中，八十多岁的人了，把书中有关魏建功的四十多处都用便笺贴注了。说心里话，我做不到。

“魏伯伯好厉害。1948 年，我放学回家时，经常看到魏伯伯在我家和我爸爸聊天，一聊就是好久。那时候小，也不知道他们聊什么。直到有一天傍晚，魏伯伯又来了，带来了四根香蕉，黄黄的，好香。我爸爸拿着香蕉，放在鼻子下闻闻，‘嗯，好香’，剥皮咬一口，‘嗯，好吃’。不一会儿，四根香蕉就被爸爸一个人吃完了。我妈妈说‘你怎么一个人吃完了，四根香蕉，四个人，你至少应该给孩子们留一根’。我爸爸说，‘怎么？想吃香蕉？好说！我带你们去吃个饱，而且天天有得吃’。这才知道魏伯伯是劝我爸爸一起去办《国语日报》的。”这是一起参加座谈会的大导演王正方先生说的。听得我们在座的人开怀大笑，再一次体会到在我国台湾地区推广国语有多难。

何大安教授的发言，话虽不多，但有醍醐灌顶之感。“两千多年前，秦始皇统一了文字，统一了度量衡；七十多年前魏建功等老一辈统一了语音，为国家统一、民族富强打下了坚实基础。”同样做一件事，高度不同，效果就不同。2019 年是五四新文化运动一百周年，魏建功作为陈独秀、鲁迅亦师亦友的“建功兄”，“要是能在纪念馆中把魏建功与他们的交往联系在一起展示，将会增加纪念馆的内涵”这句话给我很大启发，为今后收集资料工作开拓了一个新思路。

去嘉义拜访黄英哲教授，更是记忆犹新。二十四日，夜间醒来，还未睡觉的吴文凯说：“打扰一下，司机说明天嘉义大风大雨，停课停工，让你决定去还是不去。”我还没有完全清醒，就说：“还是天亮了再说吧！”又翻身睡着了。习惯了早睡早起的我，可不愿深夜为明早的事而纠结。

四点钟，我醒了，想起了吴文凯夜里的话，就给司机发微信：“来一次不容易！能约上黄教授更不易！结合天气变化，我想改乘高铁去，请问可以吗？”

直到五点二十分，司机才回我：“没关系，还是一样开车去，慢慢开。”

从台北到嘉义高铁站还算顺利。雨虽下个不停，但也不大。风是有，但也没有要吹翻车子的架势。一路上没有看到交通事故，暗自为自己决定冒雨过来而庆幸。

约的见面时间是十一点，见面地点为高铁站星巴克咖啡店。可快十二点了，还没见到人。突然，司机来说：“他过不来，路淹了，让我们去嘉义市区碰面。”

先是一条路还算顺利，导航显示离市区只有五公里了，前面的路被挡住了，有一辆警车横在路中央，只好掉头。

转一条小路。七拐八拐地开了好远，也不知道在什么地方。雨天一色，连东西南北也分不清了，突然间发现前面的小路也被淹了，只好又掉头，顺路往回开。

发现路边有一个警署，司机下车去问警察，按警察的提示，又转另一条路，七拐八绕地终于来到了市区。在一个星巴克咖啡店内，见到了黄教授。他一个人在那儿，见我们进来了，很热情地主动打招呼。

黄教授在日本爱知大学任职，是文学教授。从他送我们的一篇文章《魏建功与战后台湾国语运动》以及梅教授送给我们的黄教授的另一篇文章《论战后初期“五四”在台湾的实践——许寿裳与魏建功的智慧》以及现场的交谈，觉得黄教授不愧为“台湾研究魏建功第一人”。这是梅教授对他的评价，从一个人的活法、言行挖掘其中的精神内涵，没有全面的了解、没有深刻的认识、没有精准的提炼，是很难做到的。

筹建魏建功纪念馆，目的就是传承魏建功的严谨的治学精神、拼命的敬业精神、无私的牺牲精神，而这正是当今社会最稀缺的。了解是为了理解，理解是为了传承。中国梦，需要有这样的精神传承做基础。

干什么没有困难呢？难道因为困难就放弃吗？从北京来台湾推行国语，魏建功不但自己放弃在北京大学的工作机会，而且动员好友一起来台湾为推广国语拼搏。为了《国语日报》可算费尽了心思。

就像这次嘉义拜访黄教授，要是被电视上嘉义“停工停课”的新闻吓住了不来，要是第一次被迫掉头就放弃了，或者说第二次被迫掉头就放弃了，怎么能见到黄教授？怎么会有机缘了解魏建功对台湾推行国语作用上的提升？正是践行魏建功的敬业精神，这才有了机会听到黄教授对魏建功等老一代大师学者们的崇敬与佩服，也才有了纪念馆需要将学习、演讲、展览、评奖结合起来的新思路。

在台湾准备回来的时候，一行人在一起，就下一阶段的工作做了分工，做了归纳。虽说我是牵头人，可事实上工作是他们在做，我只是提供一些后援。

徐兆熊负责收集整理资料；吴文凯负责与魏建功先生亲属、同事、学生联系，与北京大学联系，仲磊协助；詹皖负责协调一些名人支持；朱万川负责音像资料整理。

目标是明年开馆，赶上魏建功进学北大一百周年、五四新文化运动一百周年，也算是给五四新文化运动一百周年献礼。

戊戌祭祀先贤仲子

“时维仲秋，谷风轻飏。群贤毕至，齐聚龙乡。华夏文明，源远流长。卫圣仲子，厚德无量。”这是《恭拜先贤仲子文》的第一段话，也是掀起仲氏、种氏族人心灵共鸣的序幕。

2018 年 10 月 3 日，时值先贤仲子两千五百六十周年诞辰活动日。全国各地仲氏、种氏族人在仲子历史文化研究会的号召下，相聚龙城濮阳，肃立于仲夫子祠，敬颂始祖先贤仲子功德，畅叙仲氏、种氏亲情。

参加的族人主要来自江苏、山东、河南、安徽、江西、四川、湖北、宁夏、新疆、内蒙古、黑龙江、辽宁、河北、北京、上海等。有的开车一千六百多公里，有的途中多次倒车两天时间才赶到。辈分从仲子世家六十九代至七十八代，共计有十代族人参加，年纪最长的为八十七岁，最小的仅一岁九个月。有一家祖孙三代一起参加的，共有近五百人。

此次祭祀特别邀请了曾经为始祖先贤仲子安葬与守坟的薛氏、刘氏、赵氏后人。正如沈阳仲典（七十三代）所写的一样：“享殿之前，作为司仪，不敬京官，不礼方吏，只向薛、刘、赵的后裔深深的一鞠致礼。两千四百多年前，你先祖收葬的不是‘正统’，而是‘非礼’；你先祖守护的不是‘王公’，而是‘叛逆’。我的先祖也曾避祸改姓，而你的先祖曾付出多大的勇气，是不是这秉性才佑其建立汉、宋王朝，或为封疆大吏？或许没有你们先祖的安葬与守坟，我先祖的德行不足以让皇、臣勒石铭记，但唯我们先祖真身所在，才有了今天的祭礼。沧海桑田，至善至理。潮起潮落，生生不息。两千多年轮回，两千多年展望，只为你的先祖深深的鞠躬致礼。”有此程序，超越我的预期。

身为先贤仲子第七十二代孙，且是个有心于探讨并传播先贤仲子美德的人，真的不敢说是了解先贤仲子，特别是对重要的典故既茫然更不知所以然。经过与仲跻明族兄以及仲磊一起探讨《恭拜先贤仲子文》，才有了个初步的了解：“毓生卞里，少年英强。负米养亲，孝子榜样。委质圣门，早游孔墙。才优从政，学造升堂。闻过则喜，闻善则扬。见危必拯，见难必帮。敝裘无憾，缊袍用臧。片言折狱，千乘知方。治蒲三善，承运安邦。正大高明，圣迹昭彰。”

先贤仲子作为孔子亦友的学生，是“圣门十哲”之一，是孔子重要的保护人，正如《仲志》刊宋高宗皇帝御制赞中所说：“恶言不耳，仲尼赖焉。”虽说经过了两千多年的稀释遗传，历经了七十余代，“先贤仲子”的基因保留得甚少，但肯定还会有，而且随着各种机缘的不同，差异还会很大，有的遗传基因保留得多，有的则相对少些。比如，耿直过了就是粗鲁，诚信过了就是迂腐。当然也就为修谱修志期间的惑找到了“解”的钥匙：不忘初心——传承先贤仲子美德，做个问心无愧的人。

祭祀先贤仲子不是为了磕头、敬香、上供，而是利用这个活动，缅怀先贤仲子的功德，学习先贤仲子的美德，让其得到发扬光大。“江河滔滔，嵩岱茫茫。神像凛凛，祠貌煌煌。瓜瓞延绵，薪火炽旺。克绍家声，无愧炎黄。砥砺前行，初心不忘。自信在胸，步履铿锵。奋勇担当，刚健自强。崭新时代，伟业恒昌。”新常态，新动态，新市场，新天地，新思维，新新传承；中国梦，民族梦，企业梦，家庭梦，个人梦，梦梦将圆。

祭祀活动是短暂的，也是轰轰烈烈的。能有这么多人的规模，而且请来了昆吾小学戚城校区的学生，身着汉服，表演朗诵先贤仲子的古典名句，更增添了祭祀活动的庄严隆重。从微信群反馈的效果来说，还能说明此次活动的意义深远、意义重大。

正如安丘的仲伟国在微信中所说：“不虚此行，受益匪浅。振兴仲氏，你我做起。”

青海的仲新春跟我说：“这次来，我找到了根，很开心。”

举办的“仲子、仲姓与新时代姓氏文化传承”报告会，让参加祭祀活动的族人有机会了解了仲夫子祠的昨天、今天，了解了子路博物馆的筹办与陈列，了解了关于先贤仲子坟的真假之辨，这是戚城文物景区管理处李中义副主任带给族人的精神大餐。中华炎黄文化研究会姓氏文化工作委员会的王大良会长，就全国姓氏文化研究的情况向与会族人做了报告，并对仲子历史文化研究提出了希望与要求，对今后的研究工作指明了方向。

祭祀活动得以成功筹办，离不开中华炎黄文化研究会、濮阳市文广新局、子路博物馆的大力支持与协助，离不开昆吾小学戚城校区师生的热心参与，离不开濮阳当地仲氏、种氏族人的无私奉献，离不开各地仲氏、种氏族人的热心热情参与。特别是仲磊为了筹备活动累得吐血，仲典提前飞赴濮阳参加协调组织，仲伟高帮助出谋划策，仲黎明盛情赞助两万元支持活动的筹办。

“始祖恩泽，山高水长。子孙苗裔，和睦欢畅。追古励今，矢志不忘。凝心聚力，同筑梦想。恭献馨香，祈福告祥。佑我国族，福祉绵长。敬祷夫子，再现灵光。竭诚禀告，伏惟尚飨。”

戊戌祭祀大典已圆满画上了句号，午餐后族人也乘坐不同的交通工具踏上了归途。回首这次活动，不知道说什么好，是我多心了？还是……虽说找到了“解惑”的钥匙，但要“去惑”，还是有些勉强。

当然，如果再好好努力一下，祭祀活动还可以完美些。

先贤仲子两千五百七十周年诞辰，我们再一起努力，共叙今年未了之情，共话先贤仲子美德之行。

心灵洗礼

采风，听说过，未经历过，总觉得有点儿与我相去甚远。没想到的是，此次参加南通市文联组织的贵州采风活动，算是对采风有了个皮毛的了解。

采风，就是一群创作人员，到一个有特色的地区感受、收集当地的创作素材。特别是像这次市文联组织的有作协、美协、书协、舞协、摄协等协会人员参加的贵州采风活动，可以说是群英荟萃，笑语不断，精彩纷呈。对我来说，真的是享受，后悔这样的采风活动没有早参加。

贵州，对于我来说既陌生也不陌生。说陌生，我并不了解贵州的过去、现在，更不了解当地的风土人情。虽说因企业业务需要去过贵州多次，但并未到过遵义会议旧址，也没到过梵净山、镇远古镇。至于樱花、杜鹃，更是第一次听说。要说不陌生，毕竟来过多次，对贵州的红色景点多、少数民族多、酒的品种多，而且都是酱香型，还是有所耳闻的。遵义会议是我党我军历史上的重要会议，在此次会议上确定了毛泽东同志的领导地位，拨正了红军的航向，为中国革命的胜利奠定了领导基础。

站在遵义会议旧址外，听着讲解员的介绍，我会心一笑，心里有一股热血在体内流淌。干革命需要高瞻远瞩，需要在决策前运筹帷幄，各个说服，以保会议能顺利形成决议。经营企业同样需要看到一般人看不到、想到一般人想不到的问题，需要在会议决策前充分做好各个与会人员的思想工作，达成共识，以保证想法在会议上得到赞同。

里昂投资就是个最好的例子。当准备召开董事会讨论决定是不是投资里昂的时候，从不同渠道得消息：与会的董事大多不赞同投资里昂。怎么办？放弃投资？太可惜了。硬着头皮玩个“会议强行通过”？虽说投资可以如愿，但开了个坏的头，伤了董事会成员的心，还会为今后决策程序埋下隐患。想想还是找董事们谈一谈吧。

我先从家人开始统一认识，结果很容易得到了支持。然后我分别找各位董事会成员坐下来喝茶，掏心掏肺地说出我主张投资的理由，以及不投资会给企业带来的影响，“苦口婆心”这个词完全可以用来描述我当时的心路历程。结果，功夫不负有心人，董事会“八票同意，一票弃权”，顺利通过了投资里昂的决议。

干革命是为人类，其实经营企业也是为人类。只是干革命追求政治、政权、精神、信仰。搞企业追求财富，也可以说是追求价值、信仰，为社会、为大家追求财富、价值，一样高尚。个人的、社会的，怎么分？有人说，自己花掉的，才是自己的。我不这样认为。我花钱不少，可花在我自己身上的钱有多少？穿的基本不买，不抽烟、不喝酒、不玩高尔夫球之类的高档娱乐项目，唯一的运动是散步。少有的开支，仅是一日两顿饭，且以怡心园种植的食材为主。当然，就这样，我的生活可比红军好很多很多了。他们为了革命随时有牺牲生命的危险，我经营企业与他们是不可比的。这也是我此时此刻热血沸腾的原因。

从红军烈士，我又想起了 1979 年同去广西参加中越边境自卫反击战牺牲的战友们。想想他们，至今仍活着的战友们，你还有什么好计较的？知足吧！党和政府已经为参战的战友们做了很多，还不满足吗？想想牺牲的战友，我们不脸红吗？

其实，采风也是自己心灵净化的过程。面对倒下去的人，看活下来的自己，还有什么不知足？面对屯堡内那些头发苍白仍然在辛苦摆摊的老人们，还有什么理由不好好干？面对同行采风的各位老师，还有什么脸不好好学习？

活到老，学不了啊！面对《猪猫狗牛》相法全集，不得不为传统文化的博大而鼓与呼。“养好猪崽不寻常，猪崽毛粗尾要长，猪牯生成船底肚，嘴圆红身似新娘，腿脚粗直鼻孔润，短嘴凸眼最为良，腰直又兼摇橹尾，此猪养得六尺长。”此相猪秘诀之一部分。“看屋狗儿样要精，两眼要凹眼水清，金钱圈尾搭左好，开门睡觉也安宁。”此相狗秘诀之一部分。现在有太多的人养宠物狗猫，还有人养宠物猪，可他们知道何为好？只是品种因素吗？

说实话，真的没想到在边远之地有镇远古镇这样一个美丽的地方，既有边远之地的宁静，又有古镇的风韵，更有现代的气息，如此巧妙地结合在一起，超越了我的预期。当我把古镇的夜景拍照发在微信群时，马上有人问我：“又到哪个国家去了？”更有道佛儒三教共寺胜景的青龙洞景区，令我印象深刻。

离开镇远古镇的早上，五点钟起床，冒着淅淅沥沥的细雨，一个人来到了青龙洞寺。因为担心时间不够，就穿门而过，拾级而上，先到最上面供奉道教最高神灵的三清殿。虽说殿内只有三幅神像悬挂在墙上，但令人肃然起敬。再到紫阳书院，同样是只挂着朱熹像，也没有人在管理照看。供奉佛教三圣的大雄宝殿有僧人在照看，有香火，有供品，有些生气。但总体来说，还是不可与遵义会议旧址可比。我国的信仰缩影在贵州得到了神奇的验证。这也许是一般人不曾注意的地方，因为一般人很少是既信共产主义、崇拜老一辈的共产党人，又是一个热衷于传播弘扬传统文化的人。

采风活动结束了，留给我的将是长久的享受，思想的、文化的、习惯的，精彩而有趣。

人生无意外

——美墨之行花絮

美国去过多次，让我再去实在有点儿不愿，可为了“随和”也就同意了：去就去吧，也就这么回事。时间是挤出来的，挤一挤也就有时间了。兴趣是随心的，真的融入了，同样的哈佛、华尔街、金门大桥也会有新的发现、新的乐趣。

临行前，爱人交代了“不喝酒、不购物、不涉险”的“三不”原则，这与中美贸易战无关，更与美国的大战略无关。即便如此，美国之行发生的一些小事，还是令我在回国的飞机上有了“人生无意外”的感叹，以及想写下此行花絮的冲动。

企业的事本就多，再加上新旧产业转换，特别是南通棉机的股权转让因个别股东新老负责人变更带来的无理无法的纠缠，令我特别生气，真的是有力无处使、有冤无处申、有法无人依。南通棉机的生死存亡以及员工的工作，于他们的个人利益、名誉来说，在他们心中“算个狗屁”。还有明年的企业规则决策、人事安排决策、制度流程、考核指标的完善与确定，诸事皆到了决断的阶段。可为了不给领导留下“不近情理”“作怪”的印象，还是随着“海安市美国—墨西哥招商经贸团”无奈地第四次踏上了美国之行。

也许因为心里的不安与烦恼，再加上前几次美国之行的“经验主义”作怪，把本应该注意的一些细节忽视了，从而发生了看似意外、实则情理之中的一些小插曲。

从旧金山进海关时，因为多带了美元而被美国警察单独检查盘问近一个小时，令我有些不爽。

在旧金山机场行李大厅，我们拿到了行李以后，没有立即通关出去，而是十几个人集中在行李转盘边等领导。由于地方小，我们十几个人都有大箱子，也就有点儿不方便他人行走，正闲着没事的海关警察过来巡查盘问。我们不会英语，也就不知道说什么好，知道说了人家也不懂。他让我跟他走，我就随他走到检查台上，在他的示意下，我打开了行李箱与背包的拉链，他叫来了一名亚洲人，可能是中国人，但我从这个人后来的言谈举止猜测，还是把他归类于像中国人的亚洲人（日本人、韩国人、越南人）警察。因为这个人说话的用词、眼神透露着一股敌视的气息。

经过“亚洲人”的解释，我才知道是查我有没有水果或肉类，带了多少钱？

“水果与肉类都没有，钱带了。”

“亚洲人”问我带了多少？我说：“美元 15000 元、人民币 10000 元。”

他问我为什么带这么多？我说是帮人带的。

“你包里的就是你的。”

我还能说什么？他们把我的行李箱与背包拿起来，并让我跟他们走。没说的，只能跟着到了小房间。我心想最多没收，就当生病吧，其他也没违法的东西，也就没有害怕。

到了小房间，警察示意我脱掉外套、脱下鞋子，双手按在桌子上，然后其中的一个警察开始搜身、搜口袋，再用手从上到下摸过两遍，也没有摸到什么。接着把我信封中的美元、人民币以及皮夹中的零钱全部统计起来，把人民币也换算成美元，总计 18628 美元。然后示意让我把钱装起来，我也就顺从地装好，再跟他们回到检查台。这时候“亚洲人”警察才跟我说：“给你一个重新申报的机会。”在他们统计好的单子上签上我的名字。等他们办好手续，同意我出去时，我还是比领导早，领导在另外的通关还没出来。

等回到了国内，听企业的人问：“你们是不是被美国警察叫去一个多小时？”我问：“你怎么知道的？”由此可见，此事是多么的恶劣，人们又是多么的无聊。本可以没有的事情，一个大意加不懂带来了一场虚惊。发生在大洋彼岸的例行检查，到了国内就传成“被警察审问一个小时”。不过也对啊！是跟警察在一起一个小时。

纽约丢包复得。纽约，华尔街，第五大道，没去过的人确实可以去一去。对去过的我来说，则未必有此雅兴。铜牛无论摸一摸牛头，还是摸一摸牛的蛋，于我来说都已经没有了这样的冲动。前些年来摸过，并没有给我带来什么，又何苦要凑热闹呢？特别是又有了爱人的“三不”要求，我更缺少了一些冲动。

为了晚上的聚会，早上临离开酒店去华尔街时，我把带去的两瓶茅台酒放在背包里，把放在包里的美元拿出来放在衣服的口袋里。好在这样安排，所以当发现我们乘坐的小车上的东西没有拿下来时，我一点儿也没有着急，因为钱在，不会影响到我晚上请大家吃饭。同时也放在小车上没有拿下来的还有另一位同行的背包以及团队准备送给美国中小企业局纽约分局领导的礼物。

本来我还担心自己不能守住爱人交代的“三不”原则，现在好了，钱包丢了，信用卡也就全部没有了，想买东西也没有钱。在手表店帮助同行的王××先生买手表时，申总让我给爱人也买块手表，因为她也买了。我说：“一是爱人不肯买，二是没有钱。”听我如此说，王与申都说：“没钱，我有，你买吧。”但我还是没有买。这倒不是因为中美贸易战引起我的爱国情怀，更不是借此助力民族振兴之大战略，而是觉得在美国买瑞士产的手表未必是最经济划算的。此时，二女儿正在欧洲，要是想买还不如在欧洲买，不但可以退税，而且还能拿到手续费。结果，在第五大道没有花一分钱，我不知道“川普”（美国的华人都这样叫他）知道了会不会吐血。

回到酒店，又谈起丢包的事情，我已交代企业的人帮我把所有银行的信用卡挂失了，把损失降到最低，对剩下的损失，也就没有当回事。

“美墨失马，焉知非福。”逆来顺受，坦然面对，丢了包，破财消灾。不是担心我多带美元吗？那我还带回去呗，也正是有了如此心态，也就显得无所谓了。

正如同行的发改委夏主任所说：“我们的权利不能丢了。”选择报警。

结果，很快就来了两名警察，问明了情况后立即派人到司机家找到了司机。司机说他睡了一天，没有听到手机响。当然，这是听导游说的，真的情况如何，天知地知司机知。近一个小时后，司机就把包送了过来。包里的东西一样没有少。完璧归赵，失而复得。

按照我的推理，司机知道我们是中国人，来美国会有钱，也不在乎这一点儿损失，也就抱着“你不找我，我就顺便收了”的心态。一天没有接导游电话，也不回信息，没想到遇上的是一帮“不想被剥夺权利”的中国人报警找警察，就只好用睡觉来搪塞。其实，要追究是不是在睡觉，查一查他的行车记录仪也就知道了。而行车记录仪在美国营运车辆上应该是普遍装有的，但这一切已经没有意义了。多一事不如少一事，我们的东西找回来了，也就没有必要再去找事了。

回过头来想想，真的不理解。为什么与我同车的导游没有要求我们把车上的东西拿下来，而他应该知道车子是一次性使用，而不是全天跟着我们的。司机打开后备箱让我们把背包放进去，又为什么不在我们下车时打开后备箱让我们把背包拿走呢?

爱人的“三不”原则，让我省钱省出一场虚惊。否则，我要买东西的话就不会忘了钱包，更不会忘了装东西的背包。

失之坦然，得之淡然。我做到了。事后想想，人生即如此，之所以觉得意外，是把这两点忘了：一切应发生的总会发生，发生的也无所谓好与不好。

因为我上次去美国的时候，有过行李箱在我不在场的情况下被撬开检查的经历，这次再去，我就没有让行李箱的密码锁发挥作用，只要一按就可以打开箱子，也就没有被撬坏行李箱。只是我的善意提醒并没有引起同行人的注意，结果有人被弄坏了行李箱，还要去找人家赔偿，结果可想而知。这样的意外，本可以不发生的，但既然发生了，就要坦然面对，国度不同，衡量的标准也就不同，这在情理之中。在美国这样的私权得到保护的社会，安检权受保护是在不影响他人安全的前提下，也就是说集体的安全大于个人的私权。

回顾所到之处的商场与人员接触，有两点发现。一是店铺的商品似乎单调多了，没有原来的丰富，更没有国内丰富，不知道是中美贸易战的影响，还是导游偷懒没有带我们到商品丰富的卖场。二是觉得检查比原来严了，多了冷淡，少了热情；多了环节，少了快捷。不知是我太敏感，还是事实就如此。

中美两国之间的事情，我说不清，也无须说清。身为中国人，我一定是坚定的爱国者，而且是个有头脑的爱国者。身为企业人，虽说过了退休年纪，但我还能再干十年。

企业兴，国家强。尽心尽力把企业经营好，为社会创造更多的财富，为国家创造更多的税收。国家强，我们到国外才有尊严。

畅游新疆

“新疆去吗?”初听，还以为是问我是不是真的去新疆呢。

在此疫情非常时期，还是宅在家里少给国家添乱，少给医护人员添堵吧!

新型冠状病毒肺炎暴发。国家延长春节假期至2月2日，省里下文要求工贸企业春节后复工不得早于2月9日，也就是正月十七才可以复工。

是不是真的能复工，还是个未知数。如果遇上来自疫区、经过疫区的员工，还要再医学隔离观察半个月呢!

从身边的情况来说，饭店关了，商场关了，公共汽车停了，村与村、县与县的路上堆上了土或拦上木头，都杜绝相互往来了。

当然，怡心园也关门了，早上的礼佛早课也停了，我来企业的路上车少得可怜，也就有了畅通的感觉。

“在这样的情况下，还去新疆，开玩笑的吧?”

既是认为开玩笑，我就笑着说:“去!去!什么时候去?”

听我如此说，知我误解了去新疆之意，忙说:“此去新疆非彼去新疆，去新疆是个借口，重要的是做自己想做的事情。”

我一听才知:“原来如此!那想做什么呢?”“当然是大家都想做，你我也想做的事啦。”

值此疫情阶段，本就烦恼众多，何不找个乐子，让人生多些开心与快乐?

我想也是啊，这几天宅在家里，雨又不停，无法运动。又赶上春节，鸡鸭鱼肉一大堆。不吃可惜，吃了更可惜。身体一天天见长，体重也回到辟谷前了。能找点儿乐子，运动一下，又有何不可呢?

两情相悦之人，真的是无话不谈，无谈话不风趣，无风趣不悦心。像“去新疆”这样的话题，沉浸在回忆之中，海阔天空地翱翔，真的是别有情趣。在疫情隔离的时候，这样的情景更令人向往。

广阔的沙滩，一眼望不到边，开车不担心剐到车，更不要说碰到人。

虽说有些颠簸，可颠簸也有颠簸的快乐。一脚油门到底，任由汽车飞奔。

好远没有看到加油站，油已不多了，有点担心，恨不能撒下一泡尿加入油箱当油用，好不容易坚持到二十公里外的加油站。担心时的紧张、焦虑，快到加油站时的兴奋，唯有亲身经历过方知其中的滋味。这是一种任何言语也无法表达的境界之妙、之好、之乐。

还有一望无际、天地相连的遥远天际线，似触手可及，实实在在地就在眼前，可当你好不容易又开了近一百公里，天际线还在远方。它仍在静静地看着我们，在嘲笑着我们，同时又似乎在鼓励着我们：加油啊，坚持啊！快到了！快到了！快到了！

当时，唯一的选择，也就只有坚持了。我不断地在心中默默说：“坚持，快到了！坚持，快到了！坚持，终于到了！”一口气吐出，浑身轻松极了。

到了加油站，绷紧的心弦终于放松了。好轻松、好疲惫、好快活、好开心。同行的焦与黄各抱着个大哈密瓜。我来不及等刀切，用手一拍，瓜就裂开了。咬一口，真甜。新疆的瓜就是甜。

这还是那年我们去新疆时，从火焰山脚下开车去喀什途中的一段时光。至今回忆起来，仍是如此的娇美、诱人、醉人。当被疫情困在家里好几天，躲在床上，有此畅游真的是神仙般的享受。

新疆，我还真的去过不少次。与南大的同学们一起去北疆，游草原、天池、纳斯湖，还写过好几篇游记呢！与领导一起去南疆，火焰山是起点，一路经阿克苏，至喀什、戈壁滩、坎儿井，驾车的紧张，坐车的疲惫。还有与她一起去的，这个她是谁？你认为是谁就是谁，我说了你也不信。辟谷，跑这么远去辟谷，是追求气场，更是为了放松心情，让生活多些趣味。

北疆的雪、草、湖，南疆的沙、果、羊，皆曾有过亲密接触。真想有朝一日，再去一次新疆，而不是畅游。真的去饱览新疆那诱人、迷人的风光。

中流击水

- 论职业经理人的能力修炼
- 企业需要有职业意识的经理人
- 重建企业诚信体系
- 与星云大师谈管理
- 偶像浅见
- ……

论职业经理人的能力修炼

随着经济危机的不断加深，处在风口浪尖上的企业，尤其是制造加工型的企业、配套型的企业，更是难上加难。为了应对经济危机，企业对职业经理人的要求也将发生重要的改变。如果还是以学历和关系论英雄，注重“维持秩序”的能力，肯定不行。经济大环境的改变，仅仅是“维持秩序”已经不能适应需要，必须有创新的能力。面对企业的现状，必须根据市场需要、客户需要，做出创新的改变。

作为职业经理人，特别是企业的中高层管理者，在此非常时期，创新能力显得更加重要。企业的管理工作是以哲学为依据，以科学为手段的一系列有目的性的实践活动。所以它同时包括了哲学性、科学性和实践性。而哲学性、科学性、实践性的关键所在是创新。沿用过去的成功经验，已经不能解决企业当前所遇到的问题，唯有具备创新能力的职业经理人，才能带领企业战胜危机，度过经济危机的险境。

中高层职业经理人，是身兼“人才”和“人才使用者”两职的职业经理人，除须具备创新能力外，还需要全面提升素质，以适应企业战胜危机的需要。企业能否战胜危机度过险境，关键在于中高层职业经理人是否具备应对经济危机的能力与素养。所以，提高职业经理人素质便成了企业应对经济危机最直接、最便捷、最有效的手段。

那么，如何提升中高层职业经理人的素质呢？我认为有以下三项修炼。

第一项修炼：责任心修炼。

什么是职业经理人？德鲁克认为，职业经理人是对其他人的工作负有责任的人。我认为职业经理人是把管理工作当事业的人。企业在不同的发展阶段、不同的层面，需要不同的职业经理人。职业经理人也有他们基本的操守，不能以个人的利益为导向，而应该以企业的发展为重。更重要的是职业经理人不能因职责完成等原因而降低自己的责任感。这不但会影响和企业的继续合作，而且会大大降低职业经理人的价值。所以职业经理人应增加对自己主要负责工作的关注度，甚至可以用写管理笔记的方式加深对整个工作过程的了解，并养成事情不完成、不解决就不罢手的习惯，禁止“打太极”的现象发生。同时可以开展一些拓展训练，尤其是一些需要团队共同完成的项目，从而增强集体观念，增强自己的责任感。

第二项修炼：专业技能修炼。

职业经理人都有自己较擅长的能力，这也可以说是成为职业经理人的重要条件。任何专长都是因熟练而产生的，这也是职业经理人绝不可放弃的优势。所以，在成为职业经理人后，更应提升专业技巧和专业能力，不断磨炼自己，以增加优势，加重自己的管理砝码。同时可以观察下属的工作进行总结，找到更多提升专业技能的技巧。另外也可以采取给下属做培训的方式，增加自己对专业技能的了解。

第三项修炼：语言能力修炼。

语言能力是职业经理人最容易展现也是最容易让下属信服的技巧之一。有很好的语言表达能力也是解决企业问题的关键。如何提高语言能力呢？一是增加阅读量。好的语言表达能力是需要丰富的知识储备的，阅读是增加知识储备最便捷的手段。成功者往往都是阅读者，阅读多了，也就容易增加自己语言的信服度。二是增加沟通量。随着电子计算机的普及，职业经理人彼此之间的交流以及和下属的交流也越来越少了，取而代之的是 MSN 等即时通信工具，这便使得很多职业经理人的书写能力很强，但表达的能力却逐渐减弱了。所以经理们应该适当增加面对面的语言上的交流，以增强自己的语言表达能力。三是增加在公众场合讲话和演讲的机会。不妨以此方式做部门内培训和互动游戏，这不但能锻炼自己，而且也能提高部门员工的表达能力。

企业需要有职业意识的经理人

由于受传统文化的影响，以及我国社会形态的影响，强调主人翁意识，人人当家做主，人人参与决策、参与管理，成了很多企业推崇的观点。家文化的流行，助推过一些企业某个阶段的发展。但随着全球化、西方化浪潮的冲击，“公司是老板的，身体是自己的”“给多少钱，做多少事”的意识代替了主人翁意识。特别是“80后”“90后”员工，强调“我”的意识，拥有主人翁意识的员工已是企业难得一见的宝贝。

有人对现在企业的员工意识状况做过调查：5%的人在破坏性工作，制造矛盾，无事生非；10%的人根本就不想干手头的工作，在等待自己喜欢的工作；20%的人在我行我素蛮干盲干胡干；40%的人正在跑龙套随大溜按照流程工作；只有15%的人属于有职业意识的员工，但由于这样那样的原因，还是干不好工作。虽说不敢百分之百苟同此调查，但面对企业中发生的一些事，又不得不正视这个调查，结合企业的具体情况，针对性地有所作为。

首先要郑重其事地告诉大家，企业需要有职业意识的员工。强调主人翁意识没有错，这是企业文化的灵魂。面对有的员工不认同“家”的企业文化，否认主人翁意识，怎么办？用制度告诉大家，职业意识是企业员工的底线。“拿人钱财，与人消灾”，你拿了工资，就要履行职责，把对应的责任担起来。否则，你就不要拿这份工资。

何为职业？职业是个人获取生活来源的一种主要手段，是一种特定的社会角色，是一条自我实现价值之路。何为意识？意识是潜在的想法，刻骨铭心的、能左右言行的价值取向。

员工的职业意识主要有六个内涵：一是以实用为导向的知识，知识能满足你岗位的需要；二是以专利为导向的技能，能力能满足你的岗位要求；三是以敬业为导向的态度，工作要积极主动热情；四是以生存为导向的心理，为了获取生活来源而工作，为实现价值而工作，为了被尊敬被认可被信任而工作；五是以结果为导向的思维，懂得企业是以结果论奖赏的；六是以开放为导向的价值观，懂得与时俱进，不断创新是企业永远的话题。

员工的职业意识主要体现在：以最小的成本获取最大的效益；以职业为事业，专业化发展提升；具备不可替代性；理性对待工作、同事；细微之处更显专业；善于配合。员工需要在合适的岗位用合适的方式做合适的事，创造最好的效益。

怎么样才能拥有职业意识？做好五个“千万要”：千万要抛弃认为自己是“打工的”，是“帮老板挣钱的”雇佣意识；千万要抛弃“企业是老板的”的观点，懂得“老板”拥有的是企业的生存与发展的责任，而不是企业的财富，企业财富首先是企业员工的，然后是社会所有人的；千万要牢记企业是员工获取生活来源的渠道，渠道畅通，员工才能分享到好处；千万要牢记企业是员工实现价值的平台，企业搭台，员工唱戏，戏唱得好，首先是员工光彩；千万要牢记企业是社会的一个缩影，是社会的重要场所，员工的一言一行将会在社会传播。由此可见，职业也是生活，职业意识是生活意识的重要组成。

总之，只有企业员工，特别是中高层经理人员、关键岗位的核心员工拥有职业意识，企业才能在市场中立于不败之地。员工只有拥有职业意识，才能更好、更快地获得自己想要得到的。

重建企业诚信体系

现在，是个人都会说：这个社会没有诚信！这至少说明三个问题：一是诚信问题已经成为全社会普遍性的问题；二是诚信问题已经到了非整顿不可的时候；三是诚信问题已经成为全社会有识之士关注的问题。

诚信危机的形成是历史的原因、时代的原因与个人主观原因共同作用的结果。“上梁不正下梁歪，中柱不正倒下来。”企业出现诚信问题，首先是企业领导者出现了诚信问题。作为企业领导者，我应承担示范责任、领导责任、教育责任、监督责任。

是奥的斯的姜总给了我当头一棒，令我猛然惊醒。问题出在员工身上，原因在我这里。企业出现诚信问题是因为没有建设好诚信体系，导致员工们忽视诚信的重要性。特别是企业的中高层管理团队忽视了团队的诚信教育与监督，甚至于在某些方面、某些时候带头造假、吩咐造假，让团队成员误以为“只要对企业有利”“只要不出大问题”就行。由于有了“在一些细节上造假无所谓”的习惯想法，结果导致企业管理失控、信息失控、结果失控，发生了不应该犯的错误，严重影响了企业的信誉。

怎么办？从我做起，从现在做起，重建企业的诚信体系！着手开展为期一年的诚信体系突击教育活动，要求全体员工参与活动：仔细读好一本书——《有什么比诚信更重要》；认真填好一张表——“诚信自查表”；定期写好参加活动的体会；扎实搞好每月一次的排查交流体会活动；系统健全企业的诚信体系。确保通过一年的突击教育活动，彻底改变企业的诚信状况，形成重用讲诚信、重赏讲诚信的人与事的氛围，让讲诚信成为员工的行为习惯，杜绝企业经营活动中一切违反制度、流程、标准、细则、承诺的现象发生。

诚信建设犹如逆水行舟，需要日复一日、月复一月、持之以恒。“冰冻三尺非一日之寒。”要想改变企业的诚信状况，一定会有意想不到的压力。对来自社会的压力，要有心理准备，要储蓄抗压所需要的毅力。作为企业领导者，更要有壮士断腕的勇气。

表扬在社会与企业中讲诚信的人与事，是建设企业诚信体系的关键。只有对社会、企业、员工充满信心，看到诚信的火花，才能树立做好企业诚信体系的信心。回望社会生活中，确实有很多不能够信任、不可以信任、不值得信任的人、企业、团体，但一概而论地说“这个社会没有诚信”，有些欠妥。也许我们曾经有过不诚信的时候，但至少我们现在想要做个诚信的人，想要建设一个讲诚信的企业。

与星云大师谈管理

“与星云大师谈管理？你见过星云大师吗？”

“当然见过！没见过怎么能与星云大师交流管理心得？”

其实，人与人是否相见，在缘！有缘，不见似见，一见如故；无缘，见似不见，见了等于没见！

我算是与星云大师有缘的。虽说只是短暂的相聚，却似久别重逢的老友。难掩的乡音、慈祥的面容、谦和的语言、温暖的手掌、甜蜜的留影……快三年了，至今仍是记忆犹新，回味无穷，兴奋不已。

这里所说的与星云大师谈管理，则是与大师的书交谈，边读边思，边看边悟，一会儿看书中大师怎么说，一会儿想想为什么、我又当如何。

“涅槃”，佛家之语，真的能运用佛的智慧管好企业吗？我曾经怀疑过。“空即是色，色即是空。”“放下！放下！”“远离颠倒梦想。”如此还要挣钱吗？还要为挣钱奔波、忙碌、竞争吗？从而怀疑过佛的智慧。

现在，我醒了，明白了！人生在世，各有因缘。该干啥，都有因。不干好，未必好！我也许就是来经营企业的，既然如此，就要想办法经营好企业，让人生圆满。

星云大师说：“做领导的首先一定要将自己的一颗心管理好。让自己的心中有时间的观念，有空间的层次，有数学的统计，有做事的原则。尤其重要的是，让自己心里有别人的存在，有大众的利益。”

扪心自问：我管好自己了吗？特别是管好自己的心了吗？我的心是否管好了只有我知道，特别是到了现在这个年龄段，处于现在这种境地。心想的，嘴说的，手做的，未必是一回事。这也许就是“城府”“深奥”“阅历”吧！

居士五戒，我做到了吗？好人标准、老板、父亲、丈夫、女婿、同学、战友、伙伴、朋友、兄弟的情分、义务，我做到了吗？想到这些，寒气从脚下传来，需要“涅槃”的还有很多！

让心与生活的激流融为一体。与人相处，经世行事，有激流，无我心、执着心、复杂心、怨恨心、计较心。做到忙时井然、闲时自然，知道顺之偶然、逆之必然，能够得之淡然、失之坦然，如此也许就可以算是管好了我的这颗心了。

随着不断地结缘，以及未来对这颗心不断精进管理，结下的就一定是善缘。

星云大师引用《去伪斋文集》中的“处人不可任己意，要悉人之情；处事不可任己见，要悉事之理”来劝导管理者，做管理要坚持三个原则。

一是用“情”管理。人心都是肉长的，用爱用情来管理，才能赢得人心、众人的心，心往一处想，劲儿往一处使。

二是用“理”管理。“有时太重情爱管理，无法折服对方，这时就必须讲究‘理’了。”“长幼有序、尊卑有别、上慈下孝”“上下和谐”“有条有理”。

三是用“法”管理。如果道理行不通，就只能仰仗于“法”了。国有国法，家有家规，企业也应有制度、流程、岗位说明书等企业的“法”。

回想走过的路，这三个原则真的是千真万确、相辅相成、缺一不可。人与人不同，当然是适宜的为佳。“情”对“上等人”，“理”对“中等人”，“法”对“下等人”。更准确地说，对“上等人”用“情”管，对“中等人”用“理”管，对“下等人”用“法”管。

这里的“三等人”之分是根据自我管理、约束的能力来划分的，与地位、职位无关。

星云大师说管理就是“给人信心，给人欢喜，给人希望，给人方便”。“给”是核心，这一点真的是精辟。

而我在管理中“给”的太少，要的太多，需要“涅槃”。当然，结合企业的现状，我认为还是要给点儿规矩、制度、流程、机遇、引导、示范。只有这样才能算是一个好的管理者。人与人不同，需要不同的管理，当然也就因人而异了。比如，有时需要亲力亲为、示范引导，有时则需要懂得“不管理也是管理”。有人需要详细指导、越详尽越好，而有人只需要稍加提醒就行。

人们常说：“过到老，学不了。”随着时光的流逝，越来越觉得这句话说得太对了，太精辟了！

从事管理工作已几十年，似乎越来越不自信了。星云大师说的有道理，厉以宁也有道理，毛泽东更有道理，站在他们的角度看，他们都是对的，因为他们成功了。而我是否可以引用呢？需要辩证地看！说到具体的管理措施、管理方法，则需要建立在适应的前提下了解自己、了解需求、了解条件，找到适应的，就是好的管理。

偶像浅见

我的偶像是谁?

偶然的机会,在安全会议上想起调查一下核心员工心中的偶像,这想法看起来有点突然,其实,也是必然。

如何管好企业?如何发挥“80后”“90后”员工的积极性和主观能动性?受传统管理智慧影响,我想起了偶像对国人、民族的影响,也就是偶像在中国特定的土壤中发挥的作用,偶像思维由此产生。

偶像是标杆,达到了,就胜利了,就能被认可。

偶像是灯塔,是前进的方向,是往哪个方向努力的目标。有了偶像就知道往哪里去赶!

偶像是能量,累了、困了的时候,想起偶像,就会又一次充满干劲,朝着既定目标前进、奋斗、拼搏。

想起前阶段某些人追明星,真的是到了痴迷的境地。要是企业人都有一个适合自己的偶像,都能选对自己的偶像,那么企业管理也许就能达到事半功倍的效果。

但当我面对收集上来的问卷结果时,我真的明白了,要想引导大家寻找适合自己的偶像,真的是件不容易的事情。

我不怕没有偶像,怕的是他们选错了偶像。

“一张白纸,可以画最新最美的图画”,而一张已经写有字的纸,要想再把它改造完善,就不那么容易了。而我要做的就是这个改造的工作,不敢企求完善,只想尽力而为,做我应做能做的工作。

学生时代,雷锋是我的偶像,做好人好事,刻苦学习,勤奋劳动,放学回家,挑猪草,捡破烂,很少有时间玩儿。

随着岁月流逝，董存瑞、黄继光成为我青春时期的偶像。特别是参军 28 天，动员“支边”，那时候，还不会打枪，更不要说专业器械的使用了。正是有了偶像的指引，才鼓起了心中的豪气，割破手指写下血书，申请“支边”。

退伍回乡进企业，李嘉诚、史玉柱成为我创业时期的偶像。企业家敢于“创”、勇于“斗”的精神，深深地影响了我的人生，左右了我的人生。

慢慢地，人老了，偶像是毛泽东，立志奉献自己，服务社会、活好当下。

再看看员工的偶像选择，我不能说不好，至少可以说不是太恰当，丢掉了选择偶像的目的性与必要性，只是为了选择而选择。

人不能没有偶像。没有偶像就没了方向，不知道往哪里去；没有偶像就没了标准，不知道什么才是正确的。

不同时期也应有不同的偶像，不同时期有不同的人生追求，学生时代、中年时代、老年阶段，都应根据自己的情况做出相应的选择。

我们需要偶像，偶像就是我们努力后可以达到的一个具体的、有形的、跳一跳可以够得到的一个桃子、一个苹果，而不是为了造神、造菩萨，让偶像高高在上，成为我们顶礼膜拜的空中楼阁。

选择偶像要结合自身实际，量力而行，否则，偶像不是正能量，反而会成为心理负担。员工应有员工的偶像，经理应有经理的偶像，老板应有老板的偶像。如果错位了，不但不能带来正能量，反而会引起无谓的烦恼，阻碍了人生前进的脚步。

当然也可以说，女人有女人的偶像，男人有男人的偶像。如果女人选了男人做偶像，男人选了女人做偶像，这个社会还是我们想要的社会吗？

一个偶然的偶像问题，引起了这些思考，真的出乎意料。

找到了又一个管理团队的手法，更是意料之外的事情。

接下来的事情，就看结果了。

但愿人人都能选到正能量的偶像，让大家的人生更幸福、快乐一些。

企业需要孙子兵法吗？

要求读《孙子兵法》是一个巧合。等我看完了《孙子兵法》，才觉得让“148”成员看这样的书有点儿勉为其难、牵强附会。

结合培训主题读一本书，是为了更好地拓展主题思想。但由于自我选择后，效果不是很理想，从上次的读书心得交流中，我看到了这一点；也正是由于看到了这一点，我才要求读一样的书。这样利于交流心得，拓展思路，提升培训效果。

军训——执行力。令我想起了《孙子兵法》。本想从中找到提升执行力的智慧，但看了之后，我不得不说有点儿失望了。《孙子兵法》主要强调四种思想。

首先是“统摄全局的大战略观”，也就是我们今天所说的“顶层设计”。

是“摸着石头过河”，还是先弄好“顶层设计”再有序推进？其实这没有绝对的对与错，重要的是量力而行。符合实际能力的就是好的、对的。这个“实际能力”主要是一把手或者说领导核心的能力。我在企业也提倡顶层设计，这是企业发展到现阶段的必然选择。需要统筹规划、分步实施，让企业少走弯路，少犯错误，当然最好不犯错误。有了企业的“统摄全局的大战略观”，企业的未来才会有保障。从没有路，到找到了一条路，再到今年有好几条路。如果不能很好地规划，只是拍脑袋、想当然，就会有风险，而企业试错的成本太高，容不得半点儿冒险。

其次是“‘不战而屈人之兵’的‘全胜’思想”。

“全胜”谈何容易！企业涉及五个板块，涉足农业、旅游业、养老业，个个能够盈利已是不易，还能全胜吗？虽然我坚持是否涉足的“三大原则”——“是否有团队”“是否有市场”“是否有独到的核心竞争力”没有变，但如此太散，也不符合做强的惯例。坚持什么，放弃什么，是件头疼的事情。事实上，不是我想坚持什么就能坚持什么的，也不是我想放弃什么就能轻而易举地放弃得了的。机遇、财力、资源三大因素同时碰撞产生火花的概率太小了，目前我就缺财力。

回过头看看，我之所以会走到今天这样的多元化状态，也正是受到“不战而屈人之兵”的思想影响造成的。“东方不亮西方亮”“另辟蹊径”，随缘而为。

虽然“顶层设计”仍未形成最终方案，但我心中已有了“不战而屈人之兵”的“全胜”的初步概念。但愿企业能涅槃重生，缔造一个全新的海迅。

再次是“行之有效的‘战胜’思想”。

各个“战胜”，才能谈到“全胜”。要想战胜，不是想当然的，需要具备一定的实力。目前，对我来说，“借力打力”“借船出海”“腾笼换鸟”，也许是“战胜”的必然选择。否则，等我有了实力，机会恐怕早已不再属于我了。借用《谋攻篇》中的“十则围之，五则攻之，倍则分之”，反其道而用之。

未来十年，是金融的十年，资本的十年，幸运的是企业早已涉足这两个领域。重要的是筑牢阵地，做强做大。有了一个山头，就要控制一个山区，最终拿下整个地区。海迅金融、海迅投资，将是企业新的发力点，这个“战胜”了，海迅就真正地上台阶了。

最后是“重视将帅素质，主张文武兼施的治军理念”。

企业的竞争，就是人才的竞争，没有适用的人，再好的想法也没有用。为了有适用的人，我们才有了“148”“一日老板”“金牌员工”“提前牵手、共同圆梦”；为了有适用的人，我才准备将海迅金融公司设在上海自贸区；为了有适用的人，我才决定参股里昂。日常的管理也告诉我、提醒我：将帅的素质真的很重要！

“智信仁勇严”，企业管理者同样需要，在今天这样的环境中，特别需要，更为需要。“进不求名，退不避罪，唯人是保，而利合于主，国之宝也。”这样的人，当然也是企业之宝。

《孙子兵法》论的是行军打仗的思想方法。对于企业来说，以上四种思想，一样有用。重要的是灵活运用，死搬教条只是又一个“赵括”“马谡”。

“148”，企业的未来，有用的将帅的摇篮。读《孙子兵法》是形式，关键在于悟，从中悟到与工作有关的思想方法。

漫话变与不变

古希腊哲人曾说："人不能两次踏进同一条河流。"

曾经，我认为这句话既好懂也难懂。好懂，是指动与静的辩证关系。河看起来还是那条河或那段河，但河跟随地球在宇宙中走过了很远。还有河里的水、草、鱼、虾，都已经发生了改变，河也就不是原来意义上的河了。难懂，是"同一条河"与"不是同一条河"。想了干什么？想了又有什么意义？人生要想的问题很多，何苦钻牛角尖？

可当我越过了"知天命"的关口，走向"耳顺"的征途时，已能体会到一代文豪苏轼"大江东去，浪淘尽，千古风流人物"的感叹。

看起来，我还是我，企业还是企业，家还是家，妻女还是妻女，同事还是同事，可事实上呢？随着时间的推移，我已不是昨天的我，企业也已不是曾经的企业，家也已不是原来的家，妻女也不是从前的妻女，同事更不是早先的同事。

"大江东去"，是自然规律，祖国地形西高东低，水往低处流。当然也有例外，新疆的额尔齐斯河就向西流向北冰洋。

"浪淘尽"，感触甚深。兄弟、同学、战友、同事，踏进的是"同一条河"，但结果差异何止千里？如果说人是一滴水，最终是一起流进了大海，还是被留在了路途中？浪淘尽了的是不能顺流顺势的那滴水。长江发源于西藏康区格拉丹东峰西南侧的冰川，纯洁的水，穿溪，跃涧，过闸，奔波千里，向东，向东，向东……终于流进了大海。只是不知道，流进大海的水，又有多少还是冰川那原始纯洁的水！

"千古风流人物"，大江淘的是沙，历史淘的是人。芸芸众生，算得上是"风流人物"的又有几何？"千古风流人物"更是凤毛麟角。

想着，想着，又犯糊涂了。说这些和"变与不变"的主题又有什么关系呢？

有关吗？无关吗？……留待日后再说吧！还是顺着思路走，走到哪儿是哪儿！

大江还是大江，水还是水。大江不是原来的大江，水也不是原来的水了。我更不是昨天的我，企业也不是曾经的企业。

借用古希腊哲人的语调智慧：人不能两次遇到同一个问题。基于这样的认识，我还是我，但又不是昨天的我；虽说还是同样的企业问题，但已不是昨天遇到的问题了；虽然还是昨天的同事，但已不是昨天的那个同事了。这就需要持续不断地关注、研究、寻找，半点儿懒都偷不得！

时光在变，环境在变，人也会变。人变了，是因为心变了。心变了，言行就变了。言行变了，结果也就变了。这是无法逃脱的事实。正确的选择是勇敢面对事实，你变，我也变，变了才能去适应你！

变，源于需要，而不是想不想、愿不愿、敢不敢、能不能、要不要。顺流顺势，才能掌握主动，才有可能是最终流进大海的那滴水，才有可能是“千古风流人物”，至少会是“风流人物”。哪怕是“成功人物”也好，总比被留在向东向东向东的路上强多了。

变，需要勇气。人习惯安于现状，“小富即安”也好，“知足”也罢，已经成功了，何苦再变呢？乍一想，也是啊，何苦呢？何必呢？但再想一想，则未必！人生似逆水行舟，不进则退。我“知足”了，人家却还在奋斗。我“成功了”，与曾经的柯达、诺基亚比，又算得了什么？如今它们都被历史湮没了！所谓成功，也是曾经抱着“穿草鞋的不怕赤脚的”的勇气求变的结果。没有曾经的股份合作制，就没有我这个“老板”；没有与美国特雷卡合作，也就没有快速发展的财力；没有与迅达合作，也就没有企业吃了这么多年的主打产品。今天，社会变了，企业也就要变。如果企业不变，就是自断前程，很快会被湮没、遗忘！企业的变，核心在我变——我先变，我主动变。

我知道，变有两种可能，更好或者更差。更好是追求，但愿如此。至于更差，不变也会更差，只是可能差得慢一点儿，多喘几天气而已。自信告诉我，只要坚持顺流顺势，就会更好，不会更差。而不变，只有一种可能，慢慢地被淘汰。我了解我自己，也了解我的同事，更了解企业的现状，一味地固守，未必是智慧的选择。人与人不同，他能未必我能，而我能的则他肯定不能。这样的选择才是最佳的。

变，很快乐。人是不识好歹的动物，空闲了，没事做，就无聊、没劲；忙了，紧张了，就会特精神，充实有味。不断否定，不断试错，总是走在寻找的路上，是我生活的习惯。有人戏言我是“变色龙”，也有人说我“脚后跟装了轴承”，我觉得挺形象的。人能如此，有何不好？其实我更像是“蒋老儿”（小孩子的一种玩具，像陀螺），抽得快，转得才快，要是不抽了，它就倒了。

现在都在谈“工业 4.0”“互联网+”，说实话，我觉得离我还是有点儿远。“一带一路”是机遇，问题在于我想没有用，要有实力，更要有机会才行。

我知道“唯一不变的就是变”的说法，但事实上，不只是变，也有不变的。不能变的不可以变，不该变的不可以变。既然够不着，就先安心待着，关注着，等到机会来的时候，再发力。

就我个人来说，心已变，人在变，事当变。企业是我的命，我是企业的命，都不是该固守的。企业是社会的，是全体员工的。企业靠文化管人，靠规范管事，靠市场监督，才是发展方向。

回顾近一年多来的事，觉得挺好笑的。摸着石头就过来了，科学决策谈不上，专业咨询更谈不上，更多的是我拍脑袋想出来的，当然原则是顺流顺势。

发心涅槃，借力发力“助变”；

入股里昂，暗度陈仓“主变”；

挂牌和信，偷梁换柱“突变”；

升级制造，借船出海“质变”。

明天怎么变？明天再说吧！有一点是肯定的：会变!!! 顺流顺势的变!!!

军人　军营　圆梦

人有好多情结，即使岁月流逝，光阴荏苒，仍不时乘机展现风采、慰藉心灵，伴随一生。

五年的军旅生涯，虽然其中有三年时间是在医院度过的，但军人情结始终伴随着我。走过这么多年，至今仍是豪情不减。也许正是五年太短、三年太长的原因，才使得我更加珍惜军人的身份，怀念军营的生活以及当年的豪气、义气、志气。

自从 1999 年八一节，第一次到县武警中队慰问战士们，午饭时豪饮见证"我身体好了，没问题"，许下"我会年年来慰问"的诺言，至今没有间断过。不只是八一节到警营，春节也去，而且每年老战士退伍前，还会请他们到怡心园聚餐，加深他们对第二故乡海安的印象。

我已不再在乎穿什么，只要不破、不脏、不冷就行，但我在乎穿军装时的豪气、朝气与自信。每当听到兰芳说"你穿军装就是精神"，我心里就会特别的舒坦。其实不只是心里舒坦，更重要的是军装穿在身上也确实舒坦，远比西装革履舒坦多了。

正是由于与武警中队结下了这份浓浓的军民情，才有了我时常到军营体验生活的迫切愿望。如此，既安抚了我的军人情结，又延伸着军人情结的生命。

这次"148"团队活动，我安排到武警中队体验锻炼，得到了中队以及支队领导的大力支持。开始组建了我的"部队"，培训的主题是"执行力"。我希望通过两天的警营生活，能使大家真正体会到令行禁止、"知彼知己，百战不殆"与执行力之间的关系，体会到生活小节、工作小节对执行力的重要性，从单调、简单、重复中找到执行力的灵感。

《孙子兵法》是这次指定的必读书目。说实话，我看过后也为自己的决定后悔，让“148”团队的年轻人读这本书，有点儿难为他们。但是，令我没想到的是，他们大多数人联系工作谈了体会，而且谈得很好。这样的结果，真的是出乎我的意料。由此，我看到了这个团队的希望。当然，也看到了指定必读书目是个很好的提升团队读书效果的方式。

利用地理优势，参观看守所，进行警示教育，效果也是出乎意料的好。这能让大家认识到自由的重要、自由的好，从而珍惜自由。最好的培训，不是说教，而是体验、参与、直观的认识。亲身的经历、用心的感悟，远胜于任何形式的听课。

军营生活是短暂的，但体验是强烈的，印象是深刻的。虽说我未能自始至终全程参与，但我还是看到了正面的回应。

企业的梦，离不开团队成员的梦。团队成员的梦圆了，我的梦、企业梦也就圆了。

学会说话

——读《为什么你说话别人不爱听》

为什么你说话别人不爱听？因为不会说话。

你心里想什么，人们未必知道；但你说出来了，人家就明白了。这是会说话的人。

对不会说话的人来说，心里想的，嘴上表达不出来，词不达意，口不应心，也是容易让人着急上火的一件事。

“不会说话”的人，与家人在一起时还能包涵些，毕竟一家人不计较这些。好说歹说，好听歹听，也就那样了，你说的什么意思，能猜个八九不离十。

“不会说话”，在生活中无所谓，顶多闹个笑话，而且笑话可以增添生活的乐趣，多些笑料，多点幽默。

“不会说话”，在工作中就不行了。同事之间，无论你愿不愿意、承不承认，都存在着一种竞争关系，“斤斤计较”是人性的竞争本能在工作中的自然反应。再加上难免的误解、误会、“道听途说”的消息，要是“不会说话”就惨了。别扭、僵持、吵架，甚至打架都是有可能的事。

“不会说话”，在同事间还有可以回转的余地，要是面对客户也“不会说话”，就没了余地。不是进不了客户的门，而是见不着客户的面，也就更加谈不上打动客户、抢到订单了。

“不会说话”，对于领导者来说，是更加可怕的事情。领导需要布置工作：什么人，什么时间，在什么地方，做什么事，达到什么标准。五点缺一不可，少了任何一点，工作都很难如愿以偿地达到自己想要的效果。

领导需要指导工作。不会说话，就不能让被领导者明白你说的是什么，又怎么谈得上让被领导者按照你的指导去开展工作？这样的指导也就失去意义了。

领导需要讲评工作。不会说话，很难令人服气。讲评要恰当，指点也要恰当。否则，就很难有人能听进去。那么讲评也就失去意义了。

如此，领导还能是个合格、称职的领导吗？还能把工作做好吗？还能让人放心吗？

《为什么你说话别人不爱听》，详细地从不同角度、不同环境、面对不同对象时该如何说话做了具体论述。应该说开卷有益。读了，会知道该怎么说话。读进去了，会知道自己应该从哪些地方着手改进。消化了，就是个会说话的人。

将书上的常识与生活阅历结合起来，我认为要想会说话，需要——

认清场合：不同的场合，说不同的话。比如，同是批评，公开场合对事不对人，私下场合对人不对事。

看清对象：见什么人说什么话。比如，有交情的宜直言，有过节的需迂回。

寻找机缘：顺其自然，不唐突。比如，闲聊时顺带上。

先有道理：道，事实为据。理，公认的标准。如此才可说。

再有逻辑：先说什么，再说什么，应有所准备。不可信口开河，想到哪儿说到哪儿。

注意选词：中国的词汇很丰富，总有一个是相宜的，恶话善说很重要。

注意语气：语气词不能忽视。有与没有，效果大不一样，千万小心。

注意表情：心中要能装住事，不能让人看透心思！

当然，最好的会说话是不说。当没有把握的时候，是可以不说的时候，就不说。不说，不错。

我们3岁就会开口表达，但是30岁、60岁的人，也不一定会说别人爱听的话。

玩好就好

都说现在的年轻人爱玩儿，其实何止年轻人爱玩，我也爱玩，虽然我已不年轻。

玩与玩有点儿不一样。我的玩，是“快乐的引擎”，制造人生的快乐。同时将玩中的灵感应用到工作中，成为提升工作智慧的动力，而不只是为玩而玩。

随着“大众创业，万众创新”时代的到来，互联网对生活的影响越来越大，个人而非组织的力量在社会中的地位被急剧放大。我们正在迎来一个真正的“个人为中心”的新常态时代。

“满足人内心的欲望”的价值体系正在快速影响着人们的决策，特别是影响着年轻人的决策。身为企业的最高负责人，如何满足企业的大部分人，特别是那些能满足企业需要、能给企业带来财富的人的需要，是我最头疼的事，也是我最着急的事，更是我正在纠结的事。

我不得不说，我不懂这个时代，更不懂这个时代的主力军——年轻人。毛泽东曾经对年轻人说：“世界是你们的，也是我们的，但是归根结底是你们的。”说实话，我现在最能体会毛泽东当时的心态，豪迈中透着无奈，自然规律如此，谁也无法改变。

特别是这个互联网，我是真的不懂。罗振宇说：“眺望互联网的远方，有两个脉络隐隐呈现：1. 协作的机制从强制变成自由；2. 劳动的动机从自利变成游戏。”

有人说，现在有点儿春秋战国诸侯争霸的味道，百花齐放，百家争鸣。能活下来的，就是好的。那么，今天是不是也是一样，能活下来的就是最好的？

我现在考虑的不只是活下来，而且是怎样活好；不只是我活好，而且是大家都能活好！重用人才，重视有功之臣，分享发展成果，是对内的举措。回看几年来的效果，似乎并不尽如人意。有些我想留的人走了，而且未能吸引到更多需要的人才。

为什么？为什么？

谁能告诉我？

看来是我不了解这个时代，不了解年轻人，或者说，虽然有点儿了解，却没有发心改变自己去适应这个时代，适应年轻人。总是幻想去阻止这个时代的改变，去改变年轻人以适应我、适应企业，是我错了！

选《游戏改变世界》这本书，我做了妥协。是对年轻人的妥协，是对这个时代的妥协，更是基于立志改变！

充分了解世界上最优秀的游戏是怎样的，用游戏的心态、理念来工作，让人更快乐，让工作更高效，是这本书带给我的最大收获。用我的话说：玩就好好玩，就要玩好！

面对风云突变的市场，企业该何去何从？驾驭爱玩的天性，并利用这种天性，做些正确的引导，将年轻人的活力、利益、智慧、理想融为一体，形成特有的价值观：企业是我的，我也是企业的。

说具体点就是：要让大家玩，给机会展示才能、智慧、理想、活力，划小核算单位，让更多年轻人“当老板”，和大家一起玩。将企业的资源利用好，企业的资源包括资金、场所、渠道、美誉以及30年的发展经历。

回顾走过的30年，要说有什么值得自豪的，也许就是不断地否定自己。否定自己，不但需要勇气，更需要自信。这一次，能否再否定一次，也许是最后一次决定了。毕竟我已经快60岁了，60岁下岗，留给我的时间和机会已经不多了。

其实，人生也是这样，想开了，想透了，一切都可以改变。只要觉得有道理就去改变，不要在乎太多。

只要坚持以适应时代、适应时代主体的年轻人为原则，坚持用玩的心态做事，用玩的活力做事，就一定能实现初衷。

玩就玩好。从顶层设计开始，到战略实施，处理好鼓励与执行、激励与操作、思考与实践的关系，守住董事长的魂，不越位，不缺位，留出更多的时间用于思考、激励。

可说与不可说

与道结缘，实是不可理喻。家人不理解，同事不理解，朋友不理解，重要的是我也不理解。干吗会走上今天的路？世事就是这样无常，不可说也不好说。怎么说？我都不知道为什么。怎么说，只是有一点是肯定的，那就是现在的我是最好状态的我，无论是体力还是心态，都是人生最佳状态。

网络上有篇判定人是不是老了的文章，说是只要拥有五个习惯就说明没有老。看了全部的十二个习惯，我都有。哪些习惯？不告诉你，不可说。

有人说，做任何事都是有一定目的的。我不反对这样说，只是觉得人生到达何处，并不是完全靠规则设计出来的，而是你本来就应该到那里，才能到达那里。随着年龄的增长，随着对道的理解，越来越觉得我之无能，我之愚痴，我之狂妄。

虽说与道结缘了，但我之“道”与道未必是一回事。正如大夫道人说：“不发大愿，难以有成。”我之“道”，在事道。做事，怎么样才能得心应手、事半功倍？当然，此“功”非彼功，乃“功”之功。佛说“放下”，道讲“贵生”，如何把“放下”与“贵生”应用在事上，是不是就是做事的道？

事有因，才有果，也未必有果。对于我是这样，对于他人则未必这样。60岁退休，享人生之乐，人之常情。虽说我没能享受到公务员的退休待遇，也没有享受到事业人员的退休待遇，当了近三十年的公务员，不但没拿一分钱工资，没有享受可以提前退休的待遇，更丢了进县人才站享受事业人员退休待遇的机会。据说我是仅有的一个特例，让我不必担心愧对退休工资。这样一想还觉得挺好的，比他人多了自豪的本钱。有哪个公务员三十年不领一分钱工资，而且不要退休待遇？

也正是如此，我才会在同岁人已退休要享受晚年生活的时候，却开始了人生的第二春，制定了未来三十年的人生规划：十年企业工作，前五年唱主角，后五年唱配角，尽可能把能做的事业做好，让人生在企业工作上不留遗憾。挣多少钱？不可说，也不好说！挣钱是搏击的结果，也不是搏击的结果。“命里有时终须有，命里无时莫强求。”后二十年，自我修炼让人生更自由自在。说起来轻松，真的能自在的又有几人？心自在是关键，身自在更需要努力。

与道结缘，练功已有两年多，不少人说我变了。我不知道是真的还是恭维话？我看不到自己的样子，更记不住曾经的样子，这也许是我缺心眼儿的地方。对我来说，能忘的尽量忘了，能放下的尽可能放下，否则装得太多，记得太多，太辛苦了。又何苦呢？这也许就是人生的道。

做一回人不易。不要说做人难，要修炼多少年才能投一个人胎啊？

既为人就要把人的责任尽了，该还的债，要还了。人生会有不解、痛苦、打击、挫折、失败，就当是还债了。这样痛苦又算什么？一切都事出有因。

有人问我：“你是共产党员吗？”我回答：“当然是，而且是党委书记。”“为共产主义奋斗终身”，正是余生不享退休的闲福，选择再奋斗十年的信念。为“共产主义奋斗终身”，我会做到，你呢？你呢？你呢？

当然啦，“奋斗终身”不是原来意义的盲目蛮干，而是建立在“贵生”的基础之上的。先有个好的身体，再谈“奋斗”，所以我现在会每天坚持花四个小时用于调理身体，让身体保持年轻态、健康态。

想想人生真的是不可说，三十年前，医生判定我“活不过三个月”，吓得我的外公外婆、父亲母亲，特别是刚怀有身孕的妻子为我日夜流泪、担心，而我不但活过了三十年，而且还要再活两个三十年。当然啦，这只是戏言，我只是想说：“我的身体很棒，还可以为共产主义奋斗，当祖国需要的时候，我可以像年轻人一样为国捐躯。”

人生道，可说与不可说。我说了这些，还是违道的。不可说，话多易错，话出口即错。这道理我懂。也正因如此，才在平时很少说，也就在纸上说说了。可不说，我心里也憋得难受，全放在头脑里，涨涨的、昏昏的，失了清醒，乱了思绪，坏了思路，也就在纸上说说，社交场所还是会闭上臭嘴，不可说。

养成良好习惯　提升生活品质

——在集团2015年度工作会议上的讲话

时间过得真快，转眼间一年又过去了。

虽说今年困难多，但并没能阻挡我们前进的脚步。各企业、各部门都有亮点可陈：里昂新能源的快速扩张、快速反应；和信科贷的抢抓机遇、创新突破；天恒纳米的创新意识、攻关意识；铁配集团的合作、分享；特雷卡的降低采购成本……都是亮点。正是由于有了这些亮点，企业才取得了较好的业绩。

在此，我谢谢大家！是你们带领团队取得了如此骄人的业绩，特别是里昂新能源、天恒纳米利润大幅度增长，支撑了整个集团的整体增长态势。

明年的形势，依然相当严峻。虽然我们已经制订了计划，但大形势我们无法左右。我们只能主动适应大形势，采取积极措施，改变自我，改变企业，以适应市场。里昂新能源的燃料风险、资金风险；天恒纳米的客户风险、产品风险；和信科贷的突破风险；铁配集团的投入风险；特雷卡的新产品风险……挑战面前，重要的不是我们想做什么，而是我们能做什么。

具体的工作思路已有，我不再强调，只想就我们的习惯养成问题说几点，和大家一起理理思路，找到突破自我的切入口，实现自我提升。

养成良好习惯，是提升生活品质的保障。生活有了品质，工作才能更勤奋、更有效率，企业业绩也才能有保障。

让总结成为习惯

大家写的总结与规划，我也看了。说实话，你们的确花了不少的精力和时间。也许你们还不明白为什么要求你们这样认真地写总结写规划。其实，对企业界的人来说，特别是在当前大环境不好的情况下，更需要认真准确总结，分析工作中出现问题的原因，研究解决问题的方法，这是对过去的一种理性再认识的过程。如果出于应付或者是完成任务的心态，总结就不能发挥其应有的作用。

总结也是统一认识、解决思想问题的过程。一个团队，全体人员必须心往一处想，劲儿才能往一处使。由于工作岗位不同、认识能力不同、阅历不同，对待事情的看法就会不同，这就需要首先统一认识，达成共识，这样才能形成合力。

今年存在的问题是什么？什么原因造成的？怎么克服的？借助总结，通过反复的辩论、争论，共识也就形成了，同样的问题也就不会再犯了，明年工作的突破口也就找到了。因此，总结需要全员参与，需要反复思考，才能发挥总结的作用。

我要求写明日工作计划、周工作计划、月度计划、季度计划、年度计划，就是为了总结提高。计划的基础是总结，必须在总结的基础再拟订计划，否则计划只能是应付的，而不能真正发挥计划应有的作用。这一点可能被我忽视了，特别是月度计划、季度计划以及年度计划。

让总结成为习惯。就是要在制订计划时先进行总结，把总结作为计划的基础。我们是企业，不是高校。干得好与坏，要么由市场检验，要么由我们自己检验。等待市场检验给我们打分已经晚了，所以，我们要抢在市场前面给自己一个认真、准确的剖析，好的坚持，不好的改进，每天进步一点，每周进步一点，每月进步一点，每季度进步一点，每年进步一点。像里昂新能源、天恒纳米，年年翻番的进步是偶然的，是特殊的，不能奢望成为常态。

总之，让总结成为习惯并不难，重要的是我们要有意识为之。是我们自己要总结，而不是老板要我们总结；是干好工作需要总结，而不是为了总结而总结。

让学习成为习惯

我说让学习成为习惯，不是责怪大家不学习，而是强调要会学习，强调学习的效率。学习的目的是应用，把我们的工作做得更好，而不是为了生活快乐，为了消磨时间，为了交际需要。

企业的一把手、部门的一把手，在出现形势严峻、工作困难大、意外事情多的情况下，抽出时间学习，未必是件容易做到的事情。我知道大家忙，可越忙越要学习。这一点，里昂新能源的郭总、和信科贷的钱总就是很好的榜样。正是由于他们会学、善学，为企业寻找到了很多新的机遇、新的平台，进一步推动了企业各项工作的开展。

学什么？不一定只是学管理，有益的都要学。国学智慧、养生知识、社交技巧、专业知识等都可以学。

通过什么渠道学？书刊、电视等传统媒体工具要用，网络等新媒体工具也要用，比如微信、博客、QQ 等工具都要用。更重要的是要参加一些培训，不但能学到老师与培训教材上的知识与智慧，更能建立新的人脉关系，在与同学们的不经意的交谈中擦出火花，一个点子，生发一个商机。

怎么学？理论联系实际。学习不忘工作，工作不忘学习。举一反三，触类旁通，悟出你的独到见解。由于有些人未必能看到学习的作用，所以轻视学习，产生不想学习、不愿学习的想法。工作是忙，但学习的时间一定会有的。建议每人参加一个学习班，既能放松休息，又能学到知识，做到工作、学习、休息三不误。

让敬业成为习惯。

敬业，是说一个人对所从事工作的扎实、认真、勤奋的态度，体现的是一个人的责任心、事业心。

要想做出成绩，必须要有敬业精神，并且持之以恒地发扬这种精神，使之成为一种习惯。

在当前如此艰难困苦的环境中，要想经营好企业，取得预期的业绩，更加需要养成敬业的习惯。

在这方面，里昂新能源的郭总是我们学习的榜样。他的工作时间、工作深度、工作广度远远超出了一个总经理的职责范畴。他的全局意识、创新意识、危机意识，更是我们所不具备的。说实话，我没有做到。

一把手是企业的带路人，承担着企业所有的责任，压力很大，怎样化解？养成敬业的习惯，是很好的途径。钱××曾经跟我说：他夜里睡不着。我说：你睡不着，我就能睡得香了；你要能睡得着了，我就睡不着了。我很想帮你们分担一些，但无从下手，而且有可能越帮越忙，与其如此，不如送大家减轻压力的方法与途径：你敬业了，尽心了，就行了。结果有时候不是我们能够控制的。只要注重过程，淡化结果，把能做应做的事情做好、做精、做优就行。

曾经有人问我，作为老板你主要做什么？经过再三思考，我觉得主要做三件事，即确定做什么、找对的人来做、让做的人身心愉悦。其余的时间，娱乐自己，尽享天伦之乐。当然，心情好的时候，也可以去客串一下，助推一把。

我要求大家让敬业成为习惯，是因为你们还年轻，你们还在需要敬业的岗位上。等到有一天，你们离开了需要敬业的岗位，我带着你们放松娱乐、尽享天伦之乐。

敬业，主要依赖于大家的自我总结、自我约束、自我锤炼、自我管理。在做好自己的基础上，再管好团队，使得企业或部门人人有事做，事事有人做。

敬业之人，还需要带出好的敬业的团队，让团队里的所有人都养成敬业的习惯，这样的一把手才是最优秀的。

习惯的养成很难，但只要我们发心、坚持，就能够做到。

同志们，今年很快就将过去了，我再次感谢你们为企业做的奉献，没有你们，就没有海迅的今天。

即将来临的一年，对企业来说，是充满严峻考验的一年，困难重重，矛盾重重。但我坚信，只要我们能让总结、学习、敬业成为习惯，并影响到我们的核心团队，就一定能够像毛泽东在诗词中写的那样："不管风吹浪打，胜似闲庭信步。"

这次会议，任务明确了，责任落实了，接下来就是我们甩开膀子大干一场的时候了。

借此机会，希望大家要劳逸结合，不要把身体累垮了；要时刻不忘安全、不忘质量。安全和质量都是企业的生命线，历史教训要牢牢记取，不能重蹈覆辙。

最后，祝大家健康、愉悦！

德根深植

快过年了，事情是多，但我还是挤出时间去参加了壮志小学举办的“最美墨香人”颁奖典礼。这既是履行我这个名誉校长的责任，也是借机了解壮志小学一年的变化。

参加活动前，李校长让我写一幅“墨润人生”，用来刻在学校进门的一块石头上，被我谢绝了。一来是因为我的字登不上大雅之堂，用我的笔迹太对不起“墨润人生”这四个字；二来是我觉得这四个字并不能代表我最想对壮志小学师生们说的话。不过，我一时也想不出一个更合适的词。

颁奖典礼庄严隆重。全新的形式，全新的节目，全新的参与者，特别令我感动的是全体教师的诗朗诵——

在新古河畔仲子之乡

有一座美丽而又温馨的校园
这里的每一棵草，每一朵花
每一处栏杆，每一堵墙
都散发出浓郁的墨香
在新古河畔仲子之乡
有一座小巧而又大气的校园
这里的每一位老师，每一名学生
每一项活动，每一节课堂
都被墨香深深地浸染
当五星红旗迎上那初升的朝阳

这里的上空已然飘荡着童声琅琅
那是我们辛勤的园丁
默默地把经典根植在孩子的心上
……
我用语言播种
我用彩笔耕耘
我用汗水浇灌
我用心血滋润
只要我们的幼苗能长成参天大树
我们不悔墨汁浸透我们的青春
只要我们的希望能把他们的前路照亮
我们宁愿把自己化作灰尘
我是墨香壮小人
三尺讲台是我的人生舞台
黑白两色是我的人生画笔
我是墨香壮小人
我用课堂搭成知识进步的阶梯
我用书法铺就传承文明的底蕴
……

当我站在颁奖台上，右手拿着“最美墨香人”的奖状，左手捧着学生献给我的鲜花发表感言的时候，“德根深培”四个字跃入我的脑海，脱口而出：

我说三个词：汇报，感谢，拜托。

汇报：海迅公司今年的经营状况。你们是壮小人，也是海迅人。托大家的福，海迅今年利润比去年增长了16.7%，也就是说，我将有能力为壮志小学做更多的事情。

感谢：过去的一年，壮志小学取得了很好的成绩，我要感谢全体师生，是你们的辛勤努力，换来了如此好的成绩。

拜托：我曾经是壮志小学人，在这里读到五年级。我希望壮志小学能够走出海安，面向全省，奔向全国。在“墨润人生”的基础上，我也送大家四个字——德根深培。希望老师和同学们都成为有道德的人、人人称颂的人。

才能受很多因素制约，机会也有很多限制，唯德在自己，没有什么能限制我们成为一个人人称颂的有德之人。

晚上，回到家，把鲜花送给爱人。她问我："哪儿来的？"我说："是学校送的。"她说："你为学校做事，我支持你。"我说："要是你不支持，我哪里敢私自行动，你又怎会有鲜花在手，愉悦身心呀！"

第二天，去书画院找王奇寅谈点儿事，正好杨兴旺、吴文凯都在，图书馆丁馆长也在。谈起写字的事，想起了"德根深培"，就请他们每人帮我写一幅字。丁馆长听了这四个字之后说："还是'德根深植'更好。"大家也都说好，我当然也同意了。

德根深植，字好解，词也好解，要做到则未必容易哟！

德根深植，是一项艰难而长远的工作，需要有能力的人共同参与，共同努力。

德根深植，是社会和谐、人民幸福的需要。需要大家具备主人翁意识：是我需要怎样，而不是需要我怎样。

德根深植，我们一起努力。

只有人升级了， 企业才能升级

——读《从管理者到领导者》之后

不知是越老越糊涂，还是什么原因，总觉得有点不认识这个社会了，不认识曾经熟悉的人了。

不是所有的木材都适合雕刻工艺品，不是所有的路都可以开汽车，不是所有的河都可以行船、养鱼，不是所有的反对都是错的，不是所有的赞成都是对的，不是坏人就没有善良的时候，更不是好人就没有邪恶的意念。就这样一些简单的道理，现在都似乎有点儿不明白了。

直到看了《从管理者到领导者》才知道，是我落伍了，已有的认识、观念已不适应当今社会了，也就不认识当今的一些人了。

社会在发展，企业在发展，人也随着社会的发展而改变。特别是“双创”“转型升级”“供给侧”“互联网+”“工业 4.0”等概念的出现，成为时代的强音，干扰人们的神经，左右人们的言行。

我不知道这是好还是坏，历史一定会给出答案。好也罢，坏也罢，而我唯一能做的就是改变自己，适应员工、适应客户、适应行业、适应社会、适应国家。

有人说世上有两件事最难，一是把自己的想法装进别人的脑袋里，二是把别人的钱装进自己的口袋里。而我就是做这两件事的人，不做？放弃？谈何容易，像俗语说的“上了贼船下不来了”。企业这一摊子，固定资产在，需要发挥作用，成千的员工需要工作，银行的贷款需要还，抛弃？放下？良心上过不去，特别是在当前这样的经济环境中更不忍心！

既然这两件事不能不干，那么我只有改变自己了！

我无法把我的想法装进别人的脑袋里，但我可以把别人的想法借用过来，为我所用。你想要的，我给你！不喜欢的，留给我。用你喜欢的、想要的激励你，鼓励你，有的放矢。

既然我不能把别人的钱装进自己的口袋里，那么就请你一起“创造”成果，共同把蛋糕做大然后再分享成果，一起把钱装进自己的口袋里。其实也就是放弃“小我”，成就“大我”，把你、他都当成我的一部分、一分子，一起创造价值。

通读《从管理者到领导者》这本书后，我不但思想上得到了升华，更重要的是“术”上得到了精进。

企业管理是个系统工程，这个道理我懂，真正做到，则未必容易。能力是基础，意愿是动力，制度是保障，只有这三者结合，才能提升企业的执行力。可在实际操作中，做到能力适应、意愿积极、制度有效，好难啊。现在的人，自信得很，从不认为自己的能力有问题，但到做事就现相了，连起码的职业经理人素养都没有，典型的眼高手低，怎么办？作为领导者则必须解决好这个问题，否则，就不是好的领导者。

作者在书中说“目标达成、团队培养、领导力提升”是企业管理者关注的对内三件事，当然还有“判断趋势、洞察客户、确立战略”的对外三件事。这样构成要做的事，算是帮我确认了关注各位总经理的工作重点，对工作点评会有很大帮助。

企业的“腰”不太好，就如一个人的腰不太好，行动力肯定会大打折扣，而且承载与抗压能力比较“弱”，这话对我触动特别大。中层领导力、基层执行力，一直是我头疼的事。决策得不到落实，任务不能完成，目标无法实现，而且还找不到需要打板子的人，其中的问题除能力与环境外，沟通是个根本的原因。

领导的话，员工听不懂，也就无法执行。为此，我请上海复旦大学的教授专门来企业讲部门沟通。经过两天的培训，大家都有所收获。因担心五分钟热度，所以我要抓好后续的持续改进，帮助养成习惯。只要把企业“腰”弄好了，企业的执行力就来了，核心竞争力也就有了。

对我来说，需要改进与高层的沟通，变集体沟通为单独的面对面沟通。同时要注重对工作关注：时间控制、绩效；对人关注：责任、方法、授能，特别是在授能方面要加大力度，以求一起成长；提升良好的目标感、过程控制能力，提升绩效意识。如果我把集团的“腰”练好了，各企业、各部门把各自的“腰”练好了，海迅集团的“腰”就有力了。

推行最大权量积分奖励制度。通过积分计划，将企业需要的与员工需要的有机结合起来，形成相对直观、可控、公开、公平、合理的积分制度，有利于提升企业管理水平。相对应的奖励，不再只是钱，而是形式多样，丰富多彩，最重要的是满足员工的成就感。

读一本书，有一点儿收获，足矣。而我则收获更多。在读到一半的时候，我果断地推荐给企业中高层人员，由管理部购买，人手一本，并要求写读后感，同时联系书的作者谈老师，邀请他来企业讲一天的课，一起再读《从管理者到领导者》。

联系当前遇到的一些事，我还写了一篇《格局决定结局》的文章。格局取决于胆量、智慧、眼光、见识、爱心、责任心、使命感。没有大的格局难成就大的业绩。领导者的格局，由气度、气宇、精神三个维度构成，气度是外层，气宇是内层，精神是核心。气度包括开放、宽容、沉静；气宇包括正气、自信、从容；精神包括进取、坚韧、激情。如此说来，想做大事，就要有大格局，外有大气度，内有大气宇，核心有大精神。否则，难以让人信服，共成大事。企业这样，政府这样，国家也应是这样。

读一本书不难，难的是把学到的东西应用在实践中；用在实践中也不难，难的是要根据实际情况做持续的完善与改进。更难的则是持之以恒，持续地再读书、再实践、再改进。

有人问我：“你家被评为‘书香人家’了，你知道吗?”说不知道是假的，但我并没有太在乎是不是能评上。重要的是我家的特殊情形，决定了与书结缘。在当今社会，你要想活得自在、自由、自信，就要不断地读书、学习，吸收书中的智慧，丰富自己的知识，升华灵魂。一家人，除去我那还未懂事的小孙子，都从事着世界上最难的两件事。不读书、不学习，就难以提升自我，就难以适应不断发展的社会需要，也就难以把两件最难的事做好。

格局决定结局

这些天，听到了太多，看到了太多，也经历了太多，以至于心有些乱，无法静下来，总是疲于应付。

虽说我也强迫自己坐下来看看书，把浮烦的心捂捂，让它平静些、平和些、平淡些，但似乎事与愿违，浮烦的心不但浮烦，而且有些烦躁了。特别是政府决定自今日起，“化工园区所有企业全部停产整顿”。还有一个房地产的老板来和我协商贷款处理事项，看到他老泪纵横，说实话我心里真不是个滋味。还有一对朋友夫妻一起过来找我有事。我想他能有什么事，没想到是资金出了问题，弄不好要去“阴国”。我问：“你去英国干吗？”朋友说：“不是真的英国，是阴国，阴阳的阴。”我这才感到了严重性。一天中三件事，我的心再也无法淡定。

看看桌上《从管理者到领导者》的书，脑海中突然冒出“格局决定结局”这句话来。

“经济过快发展是难以支撑的”，单从字面讲是对的，但结合我国实际可不一定敢这样肯定地说了。至少我不敢，也不认同这种说法。年增长10%就高，6%就是“新常态”？一切应视许可、可能、需要而定，一切“想当然”“我以为”都是错误的。违背了这个规律，就注定要走弯路。可惜的是，众多的企业成为牺牲品，众多的凡人成为牺牲品。

有人否定前十年，我认为过早。让人民过好日子，让社会安定和谐，让国力强盛，在十几亿人口的大国，真的不容易。更何况还有那些我辈道听途说的一些阻力存在，没有大的格局，能有繁荣的十年？

环境保护是对的，蓝天白云、绿水青山人人有责任保护。特别是危及人的生存质量的时候，更应注重环境保护，大力整改。可为什么不事先作为，强化管理？真的不知道有味气体是从哪儿来的？还是装糊涂？现在事情闹大了，没法向群众交代，就来个省事做法，“所有企业全部停产整顿”。可企业是市场主体，与市场有千丝万缕的联系，影响的可不是园区几十家企业，而是几百家乃至上千家企业。需求本来已不多，竞争又很激烈，现在拱手让人，让没有污染的企业怎样生存？政府该对企业怎么交代？只有这一种手段吗？当然不是。这是推责任最省事的做法。如果真的是对人民负责、对企业负责，可以让企业签承诺书，有气味的企业重罚，直到刑法惩治。这也是手段，同样是解决问题的办法。

县里房地产企业已处于严冬，再加上“连保”“互保”，一家企业有问题，好多企业一起受难。五十多岁的男子，几十亿元资产的老板哭了，“男儿有泪不轻弹，只因未到伤心处”。看来他真的到伤心的地步了，当然也是他的良心未泯，心存焦虑，“欠个人的钱不还，我死不瞑目”。我听了，心好酸，既可怕又可恨。前几年大扩张，真的好风光，一年上缴税金好几亿元。可现在，我觉得这也是格局问题。我未涉足房地产，既不懂这个行业，也不知道有多少工业企业的人进入了房地产，如果说因为房地产而让工业企业一起陪葬，就太可惜了。如果这也是“新常态”，就更不能理解了。房地产企业对政府有贡献，政府应尽可能拯救这些企业，“连保”“互保”是政府提供的政策，政府应主动作为，有保有弃，确保大局稳定。如果政府从一个极端走向另一极端，简单“一刀切”，那是对党和人民的不负责任。民企财富、国企财富，所有的财富都是社会财富、人民财富、国家财富。放任财富损失，就是对党和人民的不负责。

我知道，我无权，更无处去指责谁，我只是尽一个企业人的良心、党员的党性、公民的责任心，在此鸣不平，吐心声。

我曾多次说：“狼来了！”“寒冬来了！”今天，我真有了不寒而栗之感，为朋友担心，为企业担心，为政府担心，为国家担心。

朋友有难，当尽心施救，可这么多企业怎么办？我真的无能为力啊。

在此“新常态”下，应高唱《国际歌》，断腕自救是首当其冲的选择，想办法活下来，再求发展。

在此“新常态”下，应高唱《团结就是力量》，相互抱团，共同取暖，战胜市场的冲击。

在此“新常态”下，政府应有保有弃，才能不致形成经济断崖式下滑，造成社会财富的浪费。

感谢菩萨保佑，虽然形势如此恶劣，至少到今天为止，海迅还未有太大的影响，这得益于前几年的不断拓展，得益于团队成员的尽心尽职。

面对如此形势，还有更多的人并未感受到即将面临的竞争形势，这才是我最担心的。原材料价格在上涨，产品价格在下降，市场需求越来越少，恶性竞争在所难免，怎么办？

需要企业所有人要有大格局，胸怀大局，面向大局，改变自我，适应企业，改变企业，适应市场。只有怀有这样的格局，企业才能生存下去。

作为企业的带头人，更应有大格局，胸怀大局、放眼全局、壮大实力、凝聚人心、挖掘潜力、共商对策。

企业是企业所有员工的。有一份安稳的工作，有不错的收入，不容易。大家要珍惜，有付出才有收益。企业请你“要么挣钱，要么省钱”“力不是财，用掉还有得来”。企业减员加薪，是为了确保大家的收益，当然需要大家提高工作效率，多为企业做贡献。

我想起《三国》，想起诸葛亮、周瑜、司马懿、庞统、郭嘉等，要说名气，当数诸葛亮、周瑜；要说智慧，当数司马懿；要说格局，当数郭嘉，可惜他英年早逝，否则哪有三国啊？当然也与曹操、刘备、孙权有关，明主配贤相，才有好结局。

有人说：现在的社会有“春秋战国时代”之特色，天下大乱，达到天下大治，没有大格局，谈何容易啊，反对容易，赞成就难了。

经济不行，人人着急，是真的着急，还是着急给人看的？不看说的，看他做的。

经济基础决定上层建筑，上层建筑也反作用于经济基础。现在就是需要上层建筑反作用于经济基础的时候，而且是大力反作用的时候。如此草率决策，不论事实依据，一棍子打死，注定是对海安经济的雪上加霜。

究其根源，能怪他们吗？答案是大家都知道的。他们也有难处，民意如此强烈，气氛如此“新常态”，光有大格局之领导，是不可能跳出是非功过之圈的。

做出科学决策的大格局又非一般人所能。诸葛亮、周瑜尚且如此局限，何况当今凡人。

有人说我运气好，我不否认。运气对我很好，也正因为如此，我伸出援助的手，帮助朋友渡过眼前的难关。是的，他没帮过我什么忙，而且有过一次失信于我，但这又算什么？要是换位思考，我也许会像朋友当初一样失信。一百万元虽于我是不少，但对他来说更多，而且能通过“放水”挣更多的钱，更何况菩萨已惩罚了他，我又为何要落井下石呢？

曾有朋友说我“没真心朋友”，我笑笑以对，不到生死攸关、急难之处，何以分辨真心与假心？

我不敢说我的格局有多大，但我至少知道格局决定结局。我会在格局上多修炼。大环境如此恶劣，有困难的人多，有困难的企业将会更多，我能做的，就是集中财力，凝聚人心，苦练内功，抓住机遇，顺势扩张，努力发展，渡过难关。

今年，海迅三十岁

时光流逝，企业已走过了30年的风雨征途，到了而立之年。

过去的30年，企业靠创新不断发展壮大，从一个初生的婴儿成长为今天的大小伙子。

1992年，股份改制，企业能决策企业的事情了。

1994年，与上海实业公司合作，产品结构得到了根本性的调整。

1996年，进军铁路市场，企业有了自己的第一个“孩子”。

2004年，与美国特雷卡合作，借力发展，企业有了第二个“孩子”。

2006年，进军微电子材料，企业有了第三个“孩子”。

2012年，进军准金融业，企业有了第四个“孩子”。

2014年，进军里昂生物能源，与人家共养了第五个“孩子”。

至此，企业拥有了在电梯市场、铁路市场、微电子材料市场、准金融市场、新能源市场唱戏的机会。

技术创新、管理创新，一直是企业的两根手杖。助企业从会跑到快跑，再到坐“火车”、坐“飞机”。

作为企业的家长，我知道，我无法改变员工，更无法改变客户，无法改变我生存的这个社会。故我总在不断地改变自己，去适应这个社会、适应我的客户、适应我的员工。

家文化，是企业的招牌，更是凝聚人心、走向市场的金钥匙。

“合作·分享”是我近期的又一改变，也可说是创新。与有能力的人合作，与有贡献的人分享，是我迎合人心、整合资源、共同成长的理念，是新常态下我的唯一选择。

过去的30年，得到了好多老员工的关爱与奉献，得到了好多朋友的理解与帮助，在此我真诚地道一声谢谢！

如今，企业长大了，欢迎你们常回来看看。这是你们曾经付出过心血的企业。

“而立”之年，立什么？怎么立？谁来立？我想过，还在想，且有幸请了“中国品牌第一人”李光斗先生帮我想。在此，我也请您——我的有缘人帮我想一想。

突然间，耳边响起这样一首词的一阕：“东城渐觉风光好，縠皱波纹迎客棹。绿杨烟外晓寒轻，红杏枝头春意闹。”

新常态，选择适应。

新思维，应对之策。

愿“合作·分享”为企业带来下一个30年的繁盛。

工匠精神是供给侧结构性改革的保障

——在“供给侧暨工匠精神高峰论坛”上的致辞

在我们适应“新常态”的时候，迎来了此次论坛。作为承办方，首先请允许我代表海迅集团，对出席论坛的各位领导、各位嘉宾、各位朋友、各位同事表示热烈的欢迎，并致以真诚的祝愿：祝大家金秋吉祥、身心愉悦！

说起“供给侧结构性改革”，我承认曾经有过迷茫。除了知道是应对“新常态”的需要外，之前未深入去想过它。筹备此次论坛的时候，我不得不认真补课。即便如此，也只能略知皮毛。

什么是供给侧结构性改革？我的理解就是：顺应人们不断提升的生活需要，根据掌握的资源，及时提供有效的产品与服务。

再说得直白点儿，就是想办法不要让国人再去日本买马桶盖、电饭锅和中药。特别是中药。何为中药，那是中国的药！现在人们偏爱去日本买中药，反而不相信国产的中药，实在可惜啊！

据统计，2015年春节的10天，有45万国人在日本消费了约60亿元人民币，日本的马桶盖供不应求。消息一出，舆论哗然。争议再多，却掩盖不了一个事实：富裕起来的中国人，要追求更高品质的生活。而国内的生产制造，尚不能有效满足这种消费需求。

供给侧结构性改革的目的，在于提供有效供应。还以马桶盖、电饭锅和中药为例，我们能生产吗？当然能。但为何不能满足人们的要求呢？不只是质量、款式不能令消费者满意，也有价格的因素，觉得去国外买更“划算”。身为制造业的人，我为此脸臊得慌，“无颜见江东父老”啊！

供给侧结构性改革，需要思考的是如何根据我们拥有的资源要素，制造出质量好、款式新、价格合理的产品，适应市场、满足各层次需求。

自从进入新常态，制造业的日子越来越难过，特别是小型配套生产企业。我也曾有过负面反应：抱怨，责怪，不理解。

如今，随着对新常态的适应，对供给侧结构性改革渐渐认清、看透，心态截然不同了。身为企业人，唯有顺应大势，主动应对，方可笑对新常态；只能随风起舞，为实现中国梦、企业梦、员工梦，踏踏实实往前走。

说供给，就不得不先谈一谈需求。需求，以结果为导向，以市场需要作为指导。而供给是以资源为导向，以拥有的资源种类、数量作为出发点。

需求有投资、消费、出口三驾马车，这三驾马车造就了全球第二大经济体。海迅集团三十年的发展，也得益于这三驾马车。随着投资的边际效益递减，很多产品逐步到了微利甚至无利的境地。不能确保按期收回投资，企业主也就没有了投资的热情与冲动。另外，节俭是传统美德，再加上对未来的担忧，令国人不敢放开消费，内销不畅。外销更不行。全球经济下行，也制约了外国人的消费冲动，出口也不灵了。如不进行供给侧结构性改革，挖掘拥有资源的潜力，明确经济工作的重点，我国的经济 L 型底还不知道在哪儿呢！

到底我们拥有哪些资源呢？国家层面、地方政府、企业视角分别看过去，是不一样的。从国家层面看，主要资源有劳动力、土地、资本和创新四大要素。我站在海迅的层面审视：海迅现在拥有什么资源呢？文化、信誉、团队，当然，还有梦想。以上也可以说是“海迅供给侧结构性改革”的四大资源要素。

供给侧结构性改革的首要条件是必须真实了解所拥有的资源要素。国家、地方、企业都应如此，否则难以发挥优势潜力去提供有效供给，实现转型升级和开启新的增长模式。也就是说，在知根知底的基础上，更要讲究优化配置。

供给侧结构性改革的重要保障是工匠精神。资源再好、再多，没有人才，不能好好使用，就等于没有资源，甚至比没有资源还要糟。

这里讲一个插曲。十年前，我一个好朋友得了癌症。他信任老中医，听医生吩咐，吃中药，与癌细胞和平共处。十年过去了，他活得很滋润，还经常性整点小酒。

有一次，老中医来海安，我请他给我父亲也开点儿药。当时我父亲气管炎引起了心肺综合征，发病时只有靠西医救急。老中医望闻问切一番，开了张药方递给我，说：“你要准备个麻袋去打药。”一听此话，我傻了。一般中药都是一个一个的纸方包，最多一次拎一串回来煎。用麻袋装，得多少？

老中医见我疑惑，解释道：“现在的人抵抗力强了，照原来的剂量，作用很小，野生的药草改成种植的药草，药力又要减少。我开出的药量，比一般医生开出的药量会大很多，不然没效果。"

我恍然大悟。为什么老中医能治好癌症，除去其他的因素外，很重要的一点就是辨证下药，而不是照本宣科。

这就是工匠精神的重要性。同样的药草，有了工匠精神，用了工匠心做事，就能治好病。是中国生产不出人们需要的马桶盖、电饭锅、中成药和化妆品吗？当然不是，是我们没有用心去做，才导致我们生产的产品供需不对称。

好的东西是生产出来的，故生产人员要有工匠精神和工匠责任。

我平时跟员工们讲："如果你的产品连你都不满意，你认为客户会满意吗？"也就是说：首先要生产出自己满意的产品。

当然，标准不能降。明确我们应达到的标准和想实现的目标，通过教育、培训、示范等手段，让标准与目标成为员工耳熟能详的常识，扎根在他们心底。为此需"日日讲，天天提"啊！

试举几例。一次班前会上，我拿出一件新的白色T恤，让一名满手油渍的员工穿到身上，然后请他本人谈体会，让其他成员说想法，使员工懂得产品的内在质量很重要，产品的整洁度也将严重影响到产品的美誉度，从而激发员工的工匠责任和工匠精神。

工匠精神和工匠责任要从小处培养。我们利用"每周改进三个点"和"积分计划"两大手段来推行。社会浮躁，习惯难改，员工们不可能"立地成佛"。管理者只能每天督促其改变一点点，把小事做好，从自己做起，从而实现产品品质和制造成本的不断优化。

好的生产是管出来的，故管理者也要有工匠精神与工匠责任。

前些日子，企业为了解决消防和噪声问题，新建了临时办公用房。我的办公室有一个多媒体接线箱，搬进去时发现，多媒体接线箱外面挂了三个东西。我问公司IT的人为什么会这样，回答是"箱子放不下，只能挂在外面"。我不解："这样妥当吗？这个问题我认为不难解决。"等我忙完回来，问题已经解决了。我说："怎么样？事情是你们做的，前后差距这么大！知道为什么吗？"看着他们迷茫的眼神，我点拨了一下："你们没有把'自己满意客户才能满意'落实到行动上，做事得过且过。"他们点头表示赞同。扪心自问，问题出在IT员工身上，我也有责任，因为我既没有安排专人验收，也没有重申安装标准。说白了，管理上不到位。

类似的事以前也有过。一次，巡视车间，我偶然对某个垫片的制造成本产生了兴趣，纯粹出于偶然。问管生产的经理：“这个产品的生产工资是多少？成本是多少？销售价格是多少？”生产经理说：“工资我知道，每只垫片九分钱，制造成本与销售价是多少，我不太清楚。”我让他去具体了解一下，然后告诉我。

第二天早上，生产经理如实报告：“销售价每只二毛六分，制造成本每只二毛九分。”我追问：“管理成本、营销成本又是多少？”他无法回答。“不算管理和营销成本，每只产品亏损三分钱，你认为这样的生产有意义吗？其中有降低成本的空间吗？比如人员工资每只九分钱是按照什么定的？”

其实，供给侧结构性改革，同样体现在管理细节上。成本控制、价格制定、工资定额等诸多方面，都需要充分发挥资源因素的潜力，为市场提供有效供给。否则，管理水平就在低层次徘徊。

为此，我要求生产经理举一反三，要关心制造成本和销售价格，要转变理念，生产出市场需要、品质无缺、成本最优的产品来。要以市场允许的制造成本为目标，倒逼生产成本。

以此为契机，我安排监审部开展一次制造成本与销售价格对比的专项检查，全面了解企业的制造成本情况，为提升品质控制成本提供准确的突破口。

按理说，这样的工作不需要董事长过问，应由各企业总经理和工厂负责人管。但由于他们履职未到位，我只好临时救急，一问到底了。

好的生产是管理出来的。缺乏工匠精神和责任心的管理者，管不好生产，也就无法生产出好产品。

我理解的好的产品是：性能满足需要，品质达到标准，价格符合市场。

我理解的好的生产是：员工满意、成本达标、品质无缺。

新常态下的海迅，将坚守“顺势而为、多维整合、构建产融生态系统”的新战略；完善三大标准——技术标准、质量标准、管理标准，使之环环相扣，形成体系；实施四项工程——“工匠海迅、科技海迅、金融海迅、生态海迅”；整合五方资源——政策、行业、客户、企业、员工，合作分享，共生共荣。

与此同时，依据新常态，完善海迅的“家”文化价值体系，将“德根深植”落到实处，挖掘团队潜能，增强员工动力，培养更多优秀的“海迅工匠”。

源于个人见识，只能结合企业实际、自我感悟，谈一点体会，以求抛砖引玉。

感谢大家的倾听。再次向莅临论坛的领导、嘉宾、朋友、同事们，以及不在现场却一直支持海迅、帮助海迅的朋友们道一声感谢！愿你们吉祥如意、健康愉悦。

2017 年新春致辞

光阴似箭，岁月如梭。弹指一挥间，30 年，恍如隔世。

思绪万千，犹记当年。从橡胶制品扭亏为盈，到跨行业挤进电梯配件，随之涉足铁路器材，推行股份合作制改革，再到探索新型纳米材料，继而向金融领域进军，毅然入股里昂生态。现如今，入股南通棉机，关注三农，成立现代农业服务公司，构建农业生态产业链，精准扶贫，捍卫生态，产业报国，30 载含辛茹苦，30 年持续创新，筑就海迅“家”和万事兴。

过去的一年，是海迅发展史上意义深远的一年，是海迅又一次与时俱进、锐意进取的一年。

过去的一年，“供给侧改革与工匠精神高峰论坛”，掀起一股政府、专家、企业家之间有关“转型升级”的头脑风暴。认清形势，发力“供给侧”，从容不迫笑对“新常态”。

过去的一年，“30 周年庆典”，公开新 LOGO，发布新战略。一段精简的《海迅蓝皮书》昭示了海迅美好的明天。忆往昔，谋未来——以金融为平台，整合农业产业链，提供有效供给的战略，以“德根深植”与“合作·分享”为抓手，开启海迅又一个 30 年的新征程。

过去的一年，机遇与挑战同在，梦想与拼搏共存。得益于领导的关心、客户的信任、朋友的支持、员工的拼搏。艰难与挫折不但没有阻挠海迅前进的脚步，反而彰显了海迅新战略的“妙手回春”，让海迅更加坚信未来一定能走得更好、更久、更远。

机遇孕育精彩，转型成就未来。新的一年，海迅将紧紧依托“顺势而为、多维整合，构建产融生态系统”的新战略，围绕“创新海迅、工匠海迅、产融海迅、生态海迅”四大路线，开创转型升级新局面。

值此新春佳节即将到来之际，我向关心、支持海迅的领导、朋友，对拼搏、奉献的海迅家人，真诚地道一声："谢谢！"感恩有你们一路相伴，让海迅在而立之年越战越勇。未来，海迅仍需要你们关心、理解、支持、拼搏。共圆中国梦、企业梦、你的梦、我的梦。

祝愿大家在新的一年，身体健康，生活美满，事业兴旺，家庭幸福！

撸起袖子好好干

2016 年我们不屈不挠，2017 年我们勇往直前！在此，首先祝大家新年快乐！

回顾过去的一年，在总结成绩的同时，也发现了工作中的不足和问题，主要在产品制造精细化、技术创新、销售渠道拓宽、管理创新等方面有待进一步探索。展望新的一年，我们将“撸起袖子，好好干”，力争各项工作更上一个新台阶。

今天的新春培训会，我们与大家共话以下几个话题。

我了解“家”吗？

我们的家，有多少人？总资产有多少？占地多少亩？研究生以上学历、本科学历的多少人？工龄超过 10 年的多少人？员工平均年龄是多少岁？

站在我的角度去看这六个问题，我们的人员平均年龄偏大。最近，李强当了我们的省委书记，他评价江苏的干部偏老。现在要求干部年龄“七八九”，即 90 年代生的当科长、80 年代生的当县长、70 年代生的当厅长。于是搞了一个上下流动一百人的活动，即上调一百人、下派一百人，目的是什么？就是要降低干部的平均年龄。我们里昂生态有三个厂长，分别是 1984 年、1986 年、1989 年出生的，海迅要学习这样的模式。2017 年，我们将着手培养 20~30 岁的年轻人。不管是管理层还是生产层，只要你有能力，只要你有自信，积极参与企业活动，你就有被提升的机会。

我家有什么“特色”？

30 年来，海迅积累了很多其他企业所没有的东西，这就是“海迅特色”：《海迅之歌》、《海迅誓词》、《三大纪律八项注意》、《员工道德底线》、《海迅》内刊、按时发工资、“合作分享”、“德根深植”、“工匠活动”、“积分计划”。

未来我们“干什么”？

干什么，是用战略来回答的。集团的战略：顺势而为、多维整合，构建产融生态系统。我们“可以”做什么？即政府许可、市场许可。我们“能够”做什么？即海迅能力范围内可以做的。战略，是结合“可以做”与“能够做”而定的，这是制定战略的大原则。

“顺势”首先要识“势”。我们海迅到底面临什么样的“势”？我们海迅从一开始做“电梯配件”，到“铁路配件”，再到“新材料”，之后“投资电厂”，继而又建立“小额贷款公司”，一步步走过来，随着市场的变化，如今又紧紧围绕“大农业服务”方向发展。

“多维”是什么意思？多维就是多层次。无论是电厂、农业机械、现代农业服务，还是将来涉及的金融租赁，它们都属于不同层面、不同业态的发展。

“产”即制造业，“融”即金融业。传统制造业面临残酷的竞争，所以我们必须进行转型升级，着重研发农业机械的“终端产品”，为大农业服务公司提供设备服务。和信科贷业务如今分为三块：三分之一传统业务、三分之一小微贷业务、三分之一投资业务，为大农业服务公司提供经济支撑。海迅未来 30 年要构建的，就是以制造业为基础，依托金融平台，大力发展农业服务，构建海迅的“产融生态系统”。

要积极宣传集团战略，让战略深入人心。所有子公司的战略都是紧紧围绕集团战略来制定的，希望在座的各位员工一定要牢记自己所在公司的战略，明确战略路线与战略要点，有目标、有计划地开展工作。

未来我们“怎么干”？

集团战略定了，那我们的路线是什么？什么是路线？举个例子，我们去北京是坐汽车、坐火车还是坐飞机，就是确定路线。我们为实现海迅大农业服务的战略，制定了“创新海迅、工匠海迅、产融海迅、生态海迅”的四大路线。

战略要点是什么？什么是要点？就是抓住时间节点。海迅的战略要点即“科技创新、工匠精神、投资孵化、产融报国”。

创新海迅，最重要的就是转型。坦诚地与大家说，电梯与铁配两大行业目前涉及的都是配件制造、零件生产，未来我们要朝着“生产农业终端设备”发展。

工匠海迅，重在提升品质。通过培养“海迅工匠”的活动，激发员工的荣誉感，提升员工的责任心。

产融海迅则是我们的优势，不是所有的企业都具备这样的条件，比如说我们和信科贷的对外投资，其他的小贷公司几乎没有涉足这一方面。

生态海迅，一项政府喜欢、老百姓青睐的服务，就是一种生命力。我们做员工，只有人人喜欢，才会有发展空间。我们做企业，也只有人人喜欢，才有生存空间。

“人”是决定性因素。

毛泽东说过：“政治路线确定之后，干部就是决定的因素。”

人，是企业无形的资产。如果要砌墙，人才就是基石；如果建大厦，人才就是栋梁；如果搞企业，人才就是保障。在这里，关于人才，我分为三个标准：一是适用之人，即你正好适合这个岗位；二是可用之人，你可以将就这个岗位；三是有用之人，即你是没有人可以替代之人。扪心自问，你属于哪一类？作为企业的一员，要客观地对自己进行评价，明确自身的优势与不足，取长补短，及时修正，才可更上一层楼。

在人才这一方面，我们除了要大力培养年轻人挑大梁，还要加大委外培训的力度。与此同时，人事部门要对“148”名单重新调整，遵循自愿原则，方能共同进步。

“我”该干什么？

我的评判标准有五个层次：一是基础层，严格按照岗位说明书的要求开展工作；二是达标层，满足岗位需要，完成领导分工，就是我的本职工作；三是提升层，主动向领导申请更多工作，并出色完成，才更有出息；四是专业层，以专业的技能处理工作，站在企业的立场应对各种挑战，成为杰出人才；五是职业层，以职业经理人的标准严格要求自己，共圆企业梦、员工梦。

我们要准确定位自己的层次，而后努力向上发展。

“我”要怎么干？

要严格执行规章制度，按流程办事，这是“基础”；用心做事，把事做“好”，而不是做“了”才能“达标”；向领导提建议，对不合理的制度、流程给出合理化修改意见，才可称为“提升”。大家一定要记住，做好了，才是企业的人才；创新了，才可称为“杰出人才”。

如何为家添砖加瓦？

第一，把分工的事，也就是答应的事做好。记住，是“做好”，而不是“做了”。什么是“好”，精益求精，无可挑剔；什么是“了”，只求交差，不求更好。

第二，要抓住重点：省钱的，把能省的钱省下来；挣钱的，把要挣的钱挣回来。人人牢记，业绩论英雄，企业只论业绩。

第三，有余力，则学文。人，只有不断地学习，提升自己，才能适应不断发展的企业的需要。大家要记住，今年的要求一定会比去年更高。你们，都准备好了吗？

第四，牢记企业规矩，做守规矩的标兵。

第五，抓住重点，推动企业管理上台阶。我们的管理层，要积极抓好“积分计划”；我们的生产层，要扎实开展培养“海迅工匠”的活动。管理与生产各司其职，互相促进，才能推动海迅更上新台阶。

最后，再次祝大家鸡年如意，一生吉祥！2017，让我们撸起袖子，好好干。

淡泊名利

名利是迷药，会迷失人的理性，让人沉沦。

名利是春药，令人亢奋，忘了自己的年纪。

其实，名利既不是迷药，也不是春药，而是药引子，自己心中的迷药或春药遇上药引子，就发作了。

淡泊名利，到了我现在的年纪，应该可以做到。快 60 岁的人，该准备安度晚年了，更何况有佛的智慧、道的智慧、老庄的智慧不时地熏陶。想想庄子说“吾将曳尾于涂中”的神念，心里就觉得特别的舒坦。

礼佛八年来，自认为我已能淡泊名利，外人看来也似乎淡泊名利了。

不在乎吃什么，有什么吃什么，只要是素的。

不在乎穿什么，连弟弟都说我：“你就这一套衣裳、一双鞋？天天穿！要不要我给你买？”

见人就点头，主动和人家打招呼。

有人问我：“为什么这样拼命挣钱？”我说：“没有啊！挣钱已成为生活习惯，与钱没有关系。不挣钱，我还能干什么？”

昨天晚上去如皋参加朋友儿子的婚礼，老婆还说我：“不换衣裳，就这样去？”我说：“当然啊，他还能因为我的衣裳不让我吃饭？”

诸如此类的事例，还可以举好些呢！

上午来公司时，先送女儿去火车站，路上顺便说出我的想法：“清理一下资产，把银行贷款还清，留下现金，随你们自己干什么。”

女儿问我：“为什么？”

我说：“你妈也不让我给你压力，你也说压力大，我自己也快 60 岁了，干不了几年了，何必留压力给你们？做父母的都希望子女幸福，还是留钱给你们，让你们做喜欢的事好！”

“我没压力啊！我说有压力也是一时冲动说的，其实我现在已经很轻松了。”

听到这儿我无语了。我的女儿我了解。

真的了解吗？这当然是以我的眼光去了解，而不是女儿的看法。站在女儿的角度，也许正好相反，我并不了解女儿。没办法，代沟啊！

昨日下午快下班的时候，里昂的郭总来了，说起里昂的事。我给他出了三个题目：里昂未来怎么干；银行抽贷的应对之策；法律法规的严格督导。特别是第一个问题，是在当前特定情况下的破题，有点突然。

在我破题之后，郭也谈了些选择的可能。我认为都可以，先往前走。里昂要发展但要持久、要稳。宏观形势、国家政策，我们无法左右，我们能干的就是顺应大势，提前谋划，主动应对。

也许正是有了昨日下午与郭的谈话，才有了我心底的打算，也才有了与女儿的一番谈话。把这段时间以来的内心世界整理了一番，形成了完整的思路。

60 岁的年纪，是个岔路口，是沿着当前的路继续往前，乘势发展，还是实行转型。继续前行的前提是需要有不断的后继力量支持，特别是来自子女的支持。至少有与我一样的兴趣与爱好，像我一样的心思与策略。实行转型，让子女干喜欢的事。下决心，好难。几十年了，企业到现在不易啊！感情还是有的，转型好伤心啊！

这就引出了名利的事来了，我真的放下了名利吗？看起来放下了，其实没有，至少，在心底没有。

子女有子女的想法。既然希望子女幸福，就尊重子女的选择，就是亏了也是子女亏的。给了子女，就让子女决定好了。企业在不在不重要，重要的是子女以新的姿态活得更好。

社会在发展，《0 到 1》才是最应该的，总是像这样则未必是明智的。

修炼，修炼，修炼！

我，是我，亦不是我。名利是药引子，也不是药引子。

新常态，需要新思维，需要新人。

要么，我新；要么，新我。

子女的事，让子女决策。我来个华丽的转身，抛弃名利的束缚，亮亮晶晶地活好未来人生！

同心共赢

我能理解此时此刻大家的心情，既压力山大，又有点儿小兴奋！不论怎么说，明年的任务已定下来了，再不要为明年做多少而犯愁了。其实未必，还有止漏纠偏的工作，需要持续不断地进行，这样才能完成明年的任务。

指标是死的，形势是活的，而且复杂多变。目前实现指标的措施是基于已知的形势而制定的。未来形势会怎样变化，我不知道习大大是否知道，反正我是不知道。

基于这个原因，指标，是刻在石头上的，是不可以改变的；而为实现指标制定的措施，是写在沙滩上的。你们是制定措施、落实措施的人，一定要睁开眼睛，竖起耳朵，用心感受来自外界的信息，及时做出准确判断；已经制定的措施是正面的助推，还是反面的阻挡，要做出及时的调整，确保指标的全面实现，甚至超越指标。

由此，引出创新的话题。创新是多方面的，对今天与会的你们来说，创新的重点在理念创新、观点创新、方法创新、程序创新、考核创新、用人创新等形而上的创新，而形而下的产品、工艺、原料、工装、流程创新，是交给我们的技术团队来完成的。

在海迅，形而上的创新与形而下的创新一样重要。特别是形而上的创新，可以很快扭转今年的不利局面。今年快过去了，大家应轻装上阵，从今天开始，从我开始，全身心投入明年的工作中去。

各企业、各部门情况不同，创新重点是以形而上的创新为主还是以形而下的创新为主，或是各有侧重，先后有侧重，需要大家针对具体情况制订出具体的工作计划，以便按计划推进创新。

面对指标，大家有压力，而且很大，我知道。但有一点，把压力化成动力是你们唯一应该做的事情。今年，海迅遭遇了历史上从未有过的灾难，有天灾，更有人祸，从而导致企业的业绩发生异常，这是事实。

同时，我们也要看到我们的有利因素。原材料价格上涨对销售额增加是有利的，关键是把产品价格调上去。增加农机装配，废纸打包机生产，可以增加一亿多元的销售额。北京工厂搬迁，和信南京设点，日立开发成功，农业的环卫机遇，更重要的是团队的进步、成熟，特别是仲伟嫱、顾小玲两位年轻人的成熟，对指标的实现是极大的利好因素。希望大家也要看到这些有利因素，用好这些有利因素。

在这里我还要强调一下，指标有两个：

一是考核指标。这是根据去年订立五年合同时订好的，明年考核指标没有调整，仍以前年的作基数，以约定增长率编制明年的考核指标。之所以感到指标有压力，是今年指标未能实现造成的。

二是经营指标。这个指标是作为指导工作用的，是指导各位明年的工作思路。

这两个指标，我建议大家选相对高的那个作为工作目标，这对完成考核指标有好处。

借此机会，我想提醒大家注意以下三点。

一是树立自信。对行业自信，对企业自信，对团队自信，对自己自信。这四个自信缺一不可，否则新年还未开始，你就输了。

我们遇到的困难，别人也可能会遇到。同样，别人遇到的困难，我们可能会遇上。生活在同样的社会，面对同样的大形势，菩萨对每个人都是公平的，不会难为你一个。如果你觉得菩萨特别为难你，你就要反思是不是做了违背天理的事情，否则不会的。

有的人遇到困难不是从自身找原因，而是从外部找原因，总是埋怨社会，埋怨客户，埋怨员工，甚至认为自己不行，打退堂鼓、辞职、撂挑子，这是绝对错误的。没有尽力过，怎么知道不会遇难呈祥、逢凶化吉？

你以为就你有困难，其他企业没有？其他人没有？这次会议要求每人都准备一个成功案例，就是为了帮助大家树立自信心，看到自己的优势，看到团队的优势。虽然我们还有这样或那样的问题，有时还有很大的失误，但不影响你是团队中最优秀的一员，是企业需要的人才，是企业的宝贵资源。

说到这，我要向大家道歉，工作中批评多、表扬少，是我影响了你们的自信心。其实，在我心里，你们都是企业的宝贵财富，是我的得力干将，企业需要你！我需要你！

二是坚守自觉。今天在场的都是管理者，如果我们不能自觉管好自己，又有什么资格去管理团队，带领团队完成指标？

职业经理人是个有职业素养要求的称谓，是必须有相应能力支撑的称谓。企业是个有机整体，职业经理人是关键的重要的要素，只有这些关键的重要的要素有机组合起来，才能发挥应有的作用。靠什么组合？制定流程、规定、岗位说明书是最重要的规则。就像一辆汽车，是宝马、奔驰，还是大众、长安？为什么要召回？单个关键部件质量有问题，不能很好发挥作用，影响到汽车的性能。海迅这辆汽车是不是不需要被召回的宝马，就要靠大家自觉发挥应发挥的作用。记住：不作为，不对！过分作为，即越权作为，更不对！

我知道，不断挑战自己的人性弱点，自己管自己，很难。但正因为难，大家能克服自己的人性弱点，才能体现我们的与众不同，才可能得到比一般人更多的"被希望""被奖励""被重用"，也才能体现自己的独特价值。

三是懂得自立。海安工厂，北京工厂（将来应该叫唐山工厂），都实行阿米巴模式管理，划小企业内部核算单位，实行买卖关系，目的是提升企业的核心竞争力，增加员工收入。海安工厂实行已近半年，效果是明显的，原来的普通员工当了老板，开始关注成本、质量、交货期，开始关注浪费问题，开始算账了，这是好事，是好现象。但重要的是建立在维护企业整体利益基础上的算账，而不是只算自己的账，甚至不关心上下工序的利益。只有上下工序合心协作，才能给各位带来更多收入，也才能更好地体现各位的价值，这是自立的大原则。

自立的关键在立。如果立不起来，一切只能免谈。海迅的理念是给你机会，确实不行时，再把你换下来。怎样算行？能完成岗位职责，能实现指标，能完成任务，而且是基本靠自我量力完成，而不是主要靠领导帮忙完成的。这就需要各位不断提升自己，多学习、多提问、多请教、多用心、多用脑。供给侧改革、工匠精神以及社会主要矛盾的改变都需要各位尽可能提升自己的能力，以适应社会的需要，企业的需要。这样，企业才能适应市场需要，适应发展需要。

同事们，即将过去的一年，有的有功劳，有的有苦劳，这些都将载入史册。海迅过去 30 年，在编制的志书上都有记载。未来的 30 年已正式启航，能不能有你的痕迹，关键在各位自己。

明年对企业来说是个相对今年要好的年份。光有指标，光有措施，光有希望，光有订单，都不行，只有我们在座的拥有“四个自信”，并带动更多的人拥有，才能将企业明年的指标变成现实。

困难是弹簧，你弱它就强。

不是你没能力，是你还未沉下心来钻进去。

上天是公平的，你的作为一定会用到你身上。

时间是无情的，也是公平的，你、我、他一天都是二十四小时。

对有的人来说，平台更重要，比如我没有海迅这个平台，我就不是今天的我，也许退居二线等退休，赋闲在家呢！

珍惜当下，珍惜眼前，珍惜拥有的！

身体比工作更重要，不要因为工作忘了身体，适当的休息是必需的！

亲情比挣钱重要，至少一样重要，不要为挣钱丢了亲情！

这几句话是我今年常想起的话，送给大家，愿大家心想事成，理想成真！

北海董事会

广西北海的12月17日，正值秋冬交替，气温不高不低，在10℃~20℃之间。但是偶尔有北风或东北风吹来，也有可能。故去北海开董事会，也就留了心，既有羽绒服，防止刮北风，也有短袖衬衣，防止吹南风热得受不了。

这次董事会选在北海开，是出于利用开会的时间方便各位董事以及监事视察一下即将投产的合浦电厂。说实话，虽说身为董事长三年，除准备入股时去各个电厂考察过，也利用开会之机视察过贵港、扶绥、郎溪电厂，还真没有专门花时间考察过电厂的运营情况。难怪上一次的海安董事会上，股东李光斗说："这届董事会是不作为的董事会。"其实，就是说董事长是不作为的董事长。听到如此评价，我不但没有恼火，而且有点儿庆幸，连股东都看出来我没有作为，营运班子的高层，董事会其他董事、监事会的监事也应看出来了，只是出于各自的顾虑没有说出来而已。

要进行董事会改选，并确认是否成立"广西里昂"这两大决定，注定了北海的董事会是一个不平凡的董事会。

关于董事会改选。董事会秘书曹辉12日上午10点打电话给我："仲董，王董建议增加两名董事，你认为怎么样?"听了此话，虽说心里有气，但还是很婉转地说："我建议非常时期不要增加董事，不利于决策。具体意见，你与郭总商量，听听他怎么说。"挂断电话后，我坐在椅子上开始愣神了。要增加董事会成员，也不是不可以，重要的是决策权将旁落。不是我在乎董事长的名分，而是与郭总有事先达成一致的协议，这样有关重大利害的关键时期，我们能保持三票，确保有效决策权控制在手。如增加两名董事，无论是员工代表，或是其他投资方，我将不能保障在董事会决策需要时的有效票数。因为郭总可以说："我不能保障员工代表董事与我保持一致!"另增加的投资方，我也不知道郭总能不能按一致行动人的协议去约束投资方董事。正是出于这样的考虑，我反对增加两名董事。

但我还未完全想好想透应对之策，知道只是粗暴不同意，并不能阻挡一件合情合理的建议作为议题提出来。如若真的有董事在会上提出来，我更不敢说不被通过。即使不通过，董事会和谐的局面将就此被打破，这对企业以后的董事会运行不会有任何好处！

11点5分，曹辉的电话又打过来了。曹说："如果不增加董事，那么就要海迅减少一个董事。"一听这话，我心里本来被压住的火又蹿了上来，立即回曹："同意！减掉我，让赵斌参加，就这样吧！你告诉郭总，这就是我的回答。"话一说完，立即挂断电话，不让曹辉有任何解释。

挂断电话就是告诉他："我生气了！"同时也给曹一点儿压力！虽说我生气没有什么可怕的，但可能对企业今后的运营会有麻烦，特别是当前，面临企业不能按约定时间上市，战略投资需要回购他们的投资，国家政策补贴资金又拖后，而且建设又不能停下来造成的资金风险。任何股东之间的矛盾都将有可能影响到企业决策，更何况我方仍然是名义上的第一大股东。

做企业不可以任性，外人看到的也是经过深思熟虑之后的任性。我看到了这一点，相信郭总也会看到这一点。大约30分钟后，也就是留下了足够的时间让曹辉打电话给郭总，告诉郭总我生气的信息。这样我再打电话给郭总才能达到我想要的效果。

其实，曹辉电话中说"王董建议"还不如说是郭默许，因为郭总的股份和郭夫人的股份，再加上员工激励股份，已经是实际上的第一大股东，而作为员工持股平台的法人代表员工股份合情合理。至此，我想好了对郭总说什么："郭总，你好！刚才曹辉打了电话给我，让海迅减少一个董事，我同意了！把我减掉，留下赵斌。"

没等我说完，郭即在电话里说："仲董，你别生气，我来做工作，这次改选董事会就不要变化了，没有你当董事长怎么行？"

我说："你当一样的，只要你确保我的投资安全退出就行。这样还省得你每个月跑这么远来海安谈工作！这次董事会我就不去了，我让赵斌去开会。"

可能郭也没想到我会反应这么激烈，只是在一个劲儿说："你不要急，我来协调，一会儿再给你打电话。"

我也见好就收。"好吧！就这样吧！"挂了电话。接着我又给曹辉打电话，抢在郭总前："曹辉，这一次董事会我就不去了，就不要为我买飞机票了。"然后挂了电话。

至此，我已感到"山雨欲来风满楼"的味道。董事会还没开，火药味已是这样浓。真的不知道这次董事会的结果会如何。

于我来说，确保董事会决策受控是唯一原则，也是底线。无论是情巧万端，还是巧捷万端，我自稳坐钓鱼台，手持"一致行动人"的撒手锏，看郭如何去沟通协调。

用"以退为进"的策略，打乱他人的思路；不以常理出牌，只求按我的套路走，由此才能心定神闲，真的如此啊！有了一定的应对策略，也就放心了。也许是有点儿累，午饭没去食堂吃，在办公室的小房间卧床休息，很快就进入了梦乡。

突然，手机的铃声吵醒了侧睡的我，起床拿起放在办公桌上的手机一看是"郭总"，时间 12 点 1 分。"仲总，我已协调好了，这次董事会改选不做任何改变。你放心吧！你不来可不行！董事长还要当！"

我说："郭总，我充分尊重你的意见，但董事长还是你当好！既便于你决策，也省得你总是浪费时间来海安汇报工作。"我这样礼貌地说，是出于没有摸到郭总的真实底细，也就没有放开说。

"不行，不行，不行！董事长还是你当！说实话，你是能给我快乐轻松的人，能给我踩刹车的人，里昂没有你当董事长不行！"

听郭总如此说，我也就慢慢打消了心中的顾虑。因为我也是企业的法人、运营人，实际上的一把手，我理解一把手的难，家人的担心，环保、安全、税法、劳动法的风险，来自董事会、市场的压力，特别是来自市场的压力，不是亲身经历，是不能体会到其中滋味的！正是缘于这个原因，我总是劝郭注意身体："不能把身体弄垮了！""要放慢速度！要劳逸结合！""不要总是惩罚员工，多用正面激励！""不许晚上给下属打电话！"诸如此类的谈话，不像个董事长对总经理的语气，更像是兄长。

我对郭总说："回顾二年多来的合作，虽说我们有一致行动人协议，但总是以维护你的意见为主，我有时候不同意你的观点，但还是迁就同意你的意见，特别是我们合伙协商好的事情总被你改变，还是维护你，因为我知道你不易！知道你比我更了解企业实际情况，也是为了协助你在涉及我方利益时能与我一致维护我方利益。可现在的董事会改选这样重大的事情，涉及我方在董事会的表决权控制，你不与我协调一致，而是委托曹辉与我沟通，令我不得不产生‘是你不愿我留在企业’的联想。既然你不愿我留在里昂，那么就请你考虑我方退出方案，大家是朋友，不要因为利益弄得朋友也做不成，这不是我要的结果。”

郭听我如此说，也有点儿急了，再说他也可能认识到了他在处理董事会改选这件事上的不妥，赶忙说：“仲总，你放心，我绝对没有让你退出的想法，企业在现在这个节骨眼上，我需要你的支持与帮助。你也知道，现在能给我帮助最大的董事就是你，我怎么会想让你退出去呢！”考虑到已经面临不能上市与战略方退出的压力，再让我退出也确实没有这个实力，就是想引进其他投资方，也没有这么快。基于此判断，我说：“既然你不是想让我退出，那么我就要重申‘一致行动人协议’的有效性。像董事会改选这样的重大议题，必须要事先与我协调一致再交由曹辉具体操作。”郭说：“行！这个没问题！我们重新签一个协议，就原则问题进行重申。”我接着说：“既然这样，我就同意去，你让曹辉买飞机票吧！”

也许是话多，时间不知不觉就过去了 25 分 30 秒。

接下来的 13—14 日两天，忙于企业年会的准备工作，也就把董事会的事放下了。说实话，应对这样的事，还未需要我整天劳心费神去琢磨。更何况海迅近期年会也需准备，也需要静下来思考团队其他成员没有考虑到而企业又必须要解决的问题。开会的形式改变，目的是引起大家的兴趣。年会无法改变的话题是总结今年、落实明年，而开会的形式的改变是唯一的选择。增加成功案例介绍，既是相互学习的需要，也是帮助大家树立自信心的需要。我把自己的讲话用微信发给与会人员，留 5 分钟阅读，然后挑选重要的人员进行体会交流，而不是像往年一样由我在台上读，大家在下面听，真的是“累死皇帝，闲死大臣”。

15 日，怡心园，集团各企业及集团总部各部门经理以上人员与会。会议真的是如愿：紧凑高效、活泼鼓励。在会上我重点强调了“自信”“自觉”“自立”，同时也通过多种形式引导、督促，提醒“树立自信”“坚守自觉”“懂得自立”的意识。企业每个时期遇到的问题不同，作为董事长要审时度势，及时发挥“引领、指导、培养意识”的作用。

16 日，5 点 15 分，我即打开院子的大门，把行李箱推到门外，站在门口等车子来接我去上海浦东机场，妻子兰芳不放心，也站在门口陪我。

5 点 26 分，车子才带着同去参加董事会的赵斌、胡海荣来了。而这在平时是不可能的，大家都知道我的习惯，约定的时间宁可早几分钟到，也不能迟到，而今天这样重要的时期，又是要赶 9 点上海飞北海的飞机，就更没有道理迟到。心里一惊，又想起了12日关于董事会改选的交涉，难道预示着什么？

上车后，安坐下来。我把12日的经过向赵斌与胡海荣做了简介，让他们心里有数，在涉及海迅的问题上，我们一定要坚守底线，绝不退让。

也许是太困了，2点多钟起床练功，昨天晚上又与兰芳聊得有点儿晚，11点30分才睡觉，说完后我即靠在座椅上睡着了。等我醒来时，已经到了浦东机场二号航站楼出发厅门口，赵与胡已开门下车了。下车后，我先去了一趟卫生间解决了内急的问题，省得在办理登机安检时人多等的时间太久闷得难受。没想到，好事多磨，还是遇上了麻烦。等我办理登机手续时，已是7点52分了。

我是头等舱，本不需要排队等候，应该比赵与胡快很多，而赵与胡在那儿排队呢！前面还有几个人呢！正在我高兴时，办票的小姐说："你的名字不对，不好出票。"我说："名字不对？怎么可能？"因为这不是他们第一次帮我买机票，而且也是原来负责买机票的刘平负责的，怎么可能错？可我不信有何用？办票的小姑娘拿着她从电子计算机中打出的是"仲路和"，而不是身份证上的"仲跻和"，看到机票还有什么可怀疑的，名字就是错的。

我立即给曹辉打电话，未接，这时又想起12日的折腾，会不会是有意为之？说"董事会改选维持原来的董事人数不变""董事候选人不改变"，只是为了应付我，而实际上在买票的问题上来一手，让我参加不了董事会。我问值班柜台的经理，"我们不好改？"得到的回答是："必须在哪儿订的在哪儿改。"

8点10分，我给郭打电话："郭总，我的机票名字写错了，现在出不了机票我不知道是为什么？又不是没买过，况且是在这个时候买错了？是不是觉得12日说好的又要改变，不希望我去参加董事会。如果是的话，我认为应该明说，没有必要这样复杂嘛！"

郭听了我说的话，也是不知其所以然，就不住地对我说："对不起，对不起，对不起，是他们弄错了，我正在让他们想办法改。"

我说："我打曹辉电话也不接，为什么？"

郭说："我已骂了曹辉，要他必须想办法解决，否则开不了董事会他也不要干了。"我知道这是气话，未必当真。但心里还是有些消气了，至少他让我排除了有意为之的怀疑，也许真的是个失误。

赵与胡办理好登机手续后，见我还在办票柜台前，不放心过来看看，发现这种情况也傻眼了，只好一起帮忙想办法解决。催促刘平想办法改，与值班柜台经理沟通有没有其他办法改，与售票柜台沟通可不可以重新按我的这张票买回来。

因为航班满员，已没有余票，只好等我的票退了才可以买，真的是忙得焦头烂额。

这时我反而心静了下来，就对赵与胡说："我就不去了，你们去吧，看他们到底想干什么？"赵回："你不去，我们去干吗？也不去了。"话虽如此，但从赵与胡的忙乱中，我读出他们不信这是有意为之，而是无意之过，还是希望我能去，不管怎么说，企业投资一亿元，说不去就不去也不妥。

8点45分，还是没有能改好。刘平还在回赵的电话上说："好改。"可就是没有结果，说是正在与卖票的人联系，正好星期天卖票的人没有上班，可能还在睡觉手机未开。

这时，值班柜台经理过来说："还有一法可试一下，但需要交费50元！"胡说："怎么不早说，赶紧的！"立即按照值班柜台经理的指点，用手机上网点击链接付费，可就是无法打开确认窗口。

时间在一秒一秒地溜去，而不是一分一分漏走。9点58分，值机电脑关机，已没有办法网上改签了，而赵与胡还在弄呢！结果值班经理说："不行了！关机了。"而这时网上的窗口也打开了，但已不需要更改了，只好放弃了。

9点1分，郭又打电话给我："实在对不起，能不能改个航班，你不来，董事会就没法开了。"我回："我也没办法，我们已经尽力了。"我接着说，"这样吧，我再想想办法，实在不行也没有办法。"

选择有两个：浦东飞北海当天还有一班，下午4点多，需途中经贵阳转飞北海，这样到北海就比较晚了，原定的在会前与郭总沟通"重申下'一致行动人协议'，再签一个《会议纪要》作为附件存留"的计划就要落空了。

另一个选择就是浦东飞南宁，这样可以下午3点多到达南宁机场，如郭前去接机，正好可以利用车上的时间先做简单的沟通，为晚上的会谈打下基础。

最终选择了浦东飞南宁，买好票我打电话告诉郭，也让他放心，省得郭再纠结。说实话，郭也不易，作为总经理他是称职的、优秀的，只是在资本运作上与我总是有差异。其他董事、监事还有战略投资方的人都去了，需要接待，就不让他去接。但郭执意要去，我也就没有再推辞，正好可以利用车上的时间先交流一下。

接下来，还算顺利。安检、登机、飞行，放下了不愉快，安心休息了一下，否则晚上的会谈怕精力不够。年纪在这儿呢，不服不行啊！这样，当空姐问我"吃什么"时，我说"不吃了，不要打扰我休息"。空姐说"好的，需要时您叫我”。一直睡到飞机开始下降，我才被服务员叫醒，让我把椅子恢复原状。

离出口还有十几米远，我便看到郭总站在出口处东张西望。见面后，郭笑嘻嘻地说：“对不起！这事弄的！”我说：“算了，过去就过去了，不要提了，只是希望今后不要再出现类似的事情。”可能是天气的原因，身上的羽绒服搭在了手臂上，衬衣正好发挥了作用。一路上由于有司机在，也就没好说多少。既然郭亲自从北海坐车到南宁机场来接我，已说明了一切，如我再纠缠，也就显得我小肚鸡肠了。

我们先去了即将投产的合浦电厂。在电厂见到了郭的弟弟郭正元，说实话，对郭正元我抱有敬佩心与同情心，他跟在哥哥后面工作真的压力很大，有人告诉我，郭正元前期都有了尿失禁的毛病。我拉着他的手，发自肺腑地说：“辛苦啦！谢谢你！但也要注意休息，不要总是一而再地赶！赶！赶！安全第一！质量第一！不能为了赶投产时间而累坏了身体！”郭总、赵、胡跟随后面，一言不发，边走边看，到了办公楼下的门前，我拉着郭振元的手说：“我们三个拍个照片做纪念。”转身叫郭总过来，由赵斌帮忙拍照。不是兄弟胜似兄弟的三个人，在合浦留下合影。然后，把赵、胡拉上，请电厂的人帮忙又拍了一张五人的合影。

电厂的管道还在安装，场地未清理，按我的估算一个月很难完成，就建议郭总：“不要急于春节前投产。春节将至，人心浮动，如再赶工期，易出安全事故。只要赶在 3 月投产，就可以赶上申报国家补贴的时间。让人放松点儿，不要总是赶时间。”郭正元接着解释：“应该可以赶上春节前投产。”我连忙说：“我理解，毕竟是亲兄弟，当大哥的说了，再大困难也要维护大哥的威信，我能理解这样的信任与支持，也渴望这样的信任与支持。但实事求是，我可不希望出安全事故。”

晚饭之后，我先与郭、赵三个人一起在我的房间，就一致行动人协议的相关话题，以及当前面临的实际问题，开诚布公地进行了交谈。我先是倒水劝吃水果，营造了和谐的气氛，拉近了彼此的距离，也为坦诚交流创造了条件。接着我先破题：“赵斌你准备好纸、笔记录，我与郭总好好谈谈当前的问题。”会谈形成了六点共识。

应该说这是我三年来第一次畅快地说出了心中的想法，坚守应有的底线，说服了郭，达成了共识，应该说交流是轻松愉快的。由于有了上午名字出错，导致不能按时登机的失误，郭觉得有些过意不去，再加上我是站在企业角度、运营一把手的角度考虑问题，而不是海迅的角度、董事长的角度，所以他也没有理由不同意。

考虑到董事王焕庆、王强还要与我沟通，三人谈妥后，我先让赵回自己房间整理会议纪要。然后叫两位王姓董事就董事会的主要议题进行会前沟通。我认真听了他们三位的意见，明白了各自的想法。王焕庆力争上市，王强认为上市是有益的！郭说上市有风险，应确保在安全无风险的前提下上市。我站在企业的角度、董事长的角度，综合三位的想法与诉求，最后形成统一意见：上市工作是中止不是终止，今后的上市工作由董事会来具体操盘，经营层配合。关于资本运作，有三种选择：一是直接上市；二是被上市公司收购合并；三是出售部分资产。关于广西的公司设定，不完善的地方待进一步完善，同时准备一个股东退出机制方案，方便个别股东退出，在未上市前按照原来的约定加大分红比例，让股东们尽快收回原始投资额。我反复征求三位意见："是不是这个意思?"得到了三位肯定的回答。

谈好这些，已是深夜 11 点钟了，好在飞机上、车上休息得好，否则还真扛不住。说实话，我这个早睡早起的人，遇上这些夜猫子还真不适应。

等他们走了，我关上门，也没洗漱，倒在床上很快带着轻松、知足、愉悦进入梦乡。

第二天早饭时，赵拿来昨晚的会议纪要，我与郭都签上自己的名字，各自保留一份。回来后，我把这份纪要交给秘书，与"三会"档案一起保存。

一场山雨欲来的董事会，至此被智慧化解。北海的风不再那么热，太阳也不再那么烈，风和日丽的北海，让人心情变得好了起来。

早饭时，我喝了三碗小米粥，吃了一碟花生米。

上午 8 点 30 分，三楼北海厅，董事会准时召开，山雨已去。

人人都是企业成长的发动机

——在2018年集团年会上的讲话

年会，对于大家来说，也许有些无奈，也许有些麻木，也许有些迷茫。当然，也可能会有点儿小小的兴奋。不论怎么说，今年已过去，好坏都得有个交代。明年已开始，总要有个态度。而对我来说，相当于带领大家泡一次温泉，消除今年的疲劳，荡涤人生的尘埃。眯上眼，放空心，感受自我真实的存在：我开心吗？我满足吗？我怎么办？想明白了这些，做个有心的明白人。

即将过去的一年，于海迅来说，波涛汹涌。无论是里昂股权转让、北京工厂搬迁、基金公司筹备，还是现代农业的合作、特雷卡的投诉应对、铁配集团的阿米巴推进，惊险胜过唱大戏的，“一波三折”，惊险不断，惊喜不断，好在各位的心理承受能力也有了适应，否则不知道会发生什么惊险了。现在中风的、脑梗的人是越来越多，而且是越来越年轻化。国家的宏观经济形势严峻，企业界的人又特别多，值得拍手称快的是，过去的一年我们是健康的，没有因为企业的惊涛骇浪而影响到大家的身体健康，我高兴!!!

至于具体的业绩，在我心里还不重要，多挣几千万元与少挣几千万元，相对于大家的身体健康、身心快乐来说就不重要了。我的始祖子路有这样一句话：“愿车马衣轻裘与朋友共，敝之而无憾。”这是我的座右铭，也是我要求修改积分计划，加大奖励力度，特别是加大一线员工的奖励力度的原因。还有股权激励计划，也需要修改，一定要让员工，特别是核心员工、做出贡献的员工，共同分享企业的发展成果。

今明两年都是打基础的时间，也就是战略转型期。以金融为平台，整合产业资源，把企业战略“顺势而为，多维整合，构建产融生态系统”落到实处，完成由蓝图到现实的转变。随着国际国内形势的变化，企业将是社会的企业，企业将是员工的企业，将会越来越被更多的人认可。真正的好企业是将员工当资源当财富，把员工利益置于与股东一样重要的位置的企业。真正的好企业是将社会责任放在与企业利益同样重要位置的企业。被社会认可，被社会需要，被员工视为自己的企业，才是有发展前途的企业。遵循这样的原则，海迅还将继续加大改革转型的力度，力争早日实现战略转型。

明年的任务已落实，与各企业的总经理签订了责任书，而且未来五年的目标也已经确定，也签订了责任书。责任书即军令状，责权利已确定，该放开手脚全力以赴地开展工作。

这次目标的确定，我没有过高地、过多地提要求，而且放低了发展速度，年增长 20%，应该说这是个保守的发展速度，目的就是调动大家的积极性，让大家充满信心，努力一下就可以达到目标。

当然，海迅的发展速度不可以这样低。怎么办？结合战略调整，注重寻找新的发展空间。我跟现代农业公司的人讲，要用独特的眼光、特殊的视角发现商机。“成功是因为不正常，而正常的思维是很难成功的。”基金公司的成立，将打通金融板块的资金通道，同时改变企业属性，增加了更多的投资机会。里昂股权转让，北京工厂土地转让，让企业有更多的现金流来实现战略转型，由不同心多圆，变成同心多圆；以服务农村为主线，以金融为载体，将机械制造、租赁、销售整合起来，把扶贫攻坚、环境改造、能源转换、有机种植、美丽乡村融为一体，既要金山银山，也要绿水青山，更为乡愁贡献海迅的智慧与力量。

随着年龄的增长，我越来越觉得有些力不从心。回顾人生六十年，越来越觉得自己的渺小，不是我改变了什么，而是我适应了什么。要说改变，就是成功地改变了自己，适应这个社会、这个市场、这个企业、这个团队。我想有用吗？如是想改变自己还可以，虽说人性难改，但只要发心，还是可以的。就像喝酒一样，曾经戒过八年，后因偶然的劝说，破了戒。今借此机会，再次郑重承诺：在外戒酒，希望得到大家的理解与支持。当然，更希望大家帮我宣传，帮我创造一个戒酒的环境。

当然啦，戒酒并不影响我去考虑交班的问题。戒酒与不服老无关。老是自然规律，必须认真面对。有一本书上说，交班需要十五年，这可能有点太长了。我准备在五年到十年的时间，从企业的规范管理，到企业的转型升级，寻找企业可以传承的产品与业务，到接班人的选择与培养，都考虑好。谋而后动，才可以省去折腾。

规范虽说难，但可以请外力帮忙；而执行规范，只能依靠大家，依靠团队了。财务的三大规则、阿米巴的推进、内外审把关、制度的完善、不断的内训外训，都是为了提升大家的执行力。执行力的关键是执行意识与自觉性。再好的规则与制度，不能严格执行等于零，甚至比没有规则还要危险。而企业团队的执行力，提升空间是很大的。我也借助今天的机会，再次呼吁大家要有执行意识与执行自觉。特别是各企业一把手，各部门一把手，你们的以身示范很重要。在执行过程中会遇到这样或那样的困难与压力，只要你是为企业利益着想，就不要怕，企业支持你，我支持你。

我的始祖子路有这样一句话送给大家："食其食者不避其难。"也就是"食君之禄忠君之事"，"在其位要谋其政"。没有困难，那还要我们干什么？

我一直容忍年轻人犯错误，没想到在培训课上，有员工说"过分纵容"，话有点儿刺耳，但还真是那么回事。我们有些人，特别是有的年轻人，同样的错误不是两次、三次，而是四次、五次，甚至六次。为什么我没有果断采取措施，因为我没有更好的人来代替他。再加上也不是品行错误，如果品行错误是没有第二次的。当然，我在这里提出这类事情，就是提醒有些人要引以为戒。海迅不可能永远招不到需要的人才，再说我们真的非要到失去了才知道严重性吗？离开海迅的人过得怎么样？你们比我清楚。平台很重要，离开了平台，他们什么都不是。而且海迅这个平台还是个不错的平台。我认为海迅最大的优点是不拘一格用人，给员工机会，而不是论资排辈，更不是投亲靠友，以学历选人，同时这也是给有才能、有理想的员工的机会。只要有能力，满足企业需要，只要你有这个想法，企业就会给你机会。"师带徒""148""季度述职"都是机会。只要好好争取，你的梦想就能实现。

同事们，大家聚在一起不易，我借今天的机会，把企业今明两年以及未来五年的打算与设想与大家交流，希望能引起大家的共鸣，形成海迅的合力，共同为海迅梦、员工梦而一起奋斗。

在这里有几句话送给大家，希望大家能记住，并贯彻于工作与生活中。"家，是温馨的港湾。在海迅大家庭中，有爱，有信任，有义务，有责任。只希望企业是家，而自己没有家人的意识，也就是没有责任与义务，是当不成海迅家人的。"

海迅的理想是"与有能力的人合作，与有贡献的人分享"。你要想有尊严和丰厚的收益，要么"有能力"，要么"有贡献"。企业用你，要么挣钱，要么省钱。既不能挣钱也不能省钱，那就没有存在的必要了。坚守做人的准则：正直、勤奋、谦虚、坚强、节制、利他、利己。在企业，不要认为什么都无所谓。人的口碑是千金换不来的。口碑并不会因为你离开而离开，而是会随着企业的生命而流传。要想人不知，除非己莫为。把别人当呆子，自己才是真的傻瓜。坚守底线是根本，千万不可忘记。

同事们，我们生活在一个大变革的时代，未来发生什么，常人很难料到，一切似乎是那么的不可调和：物质是丰富的，精神却是空虚的；行动是自由的，感觉却是闭塞的。只要你肯努力，也许什么都能得到，但也可能会一夜间失去。怎么办？守住底线，做好可以做的事。底线思维一定要有，否则人生将会风云不测，结局难以预料。就像美国的股市教父说的：“我可以少挣钱，但绝不能容忍亏损。”海迅在坚守这样的底线，我也希望大家与我一起坚守这样的底线，让我们的人生光彩经久不衰。

规范人才搏击

——在2019年集团年度工作会议上的讲话

刚刚过去的2018年，在新常态的催生下，新旧动能转换加速，作为旧动能主力的民营中小企业，困难比往年更大，主要反映在以钢材为主的各种原材料价格暴涨，劳动力成本上升，交易成本增加，融资难度加大，多头夹击，危机重重，让企业人犹如置身悬崖之边，稍有松懈即有粉身碎骨之忧。

更有吴小平“中国私营经济已完成公有经济发展的任务，应逐渐离场”的论断，不少人在网上留言跟帖：“这话说得太客气、太含蓄、太文雅。”可见，吴小平代表的是一群人的观点，而不是他个人的一时兴起。从百家争鸣的角度说，吴小平的文章观点无可厚非，但在严管的网络上出现且跟帖留言者甚众，就比较令中小民营企业揪心。再联想到李嘉诚抽身欧洲、王健林转移、万科改制等一些知名人士、知名企业的举措，大有“山雨欲来风满楼”之势。

就这样，市场与政府两只手同时发力，中小民营企业的日子也就更难过了。市场无形的手，让人有苦无处说，只能改变企业适应市场。而政府有形的手，企业人就更难了。怎么办？对抗，死得更快。自古以来，“民不与官斗，穷不与富争”“识时务者为俊杰”，看来只有“逃避”“躲离”“等死”三种选择了。

这些情况，虽说有些残酷，但并不是无解的题。

庆幸的是，习主席及时看到这些，主持召开了民营企业家座谈会。各级政府也闻风而动，开始扭转吴小平、邱小平论调的影响。“治大国若烹小鲜”，从思想的转变到行为的转变，再到成效，没有个两三年是不行的。

有人说这个社会没有信仰，我认为是没有信任。若是政府、领导朝令夕改，言而无信，叫人民如何信任？对你说的话不信任，制定的政策不信任，人民还会对你说真话，还会认真做事、用心做事吗？正是由于认清了社会信任的危机频发的本质，避免因缺少信任而有可能给企业带来的灾难，中央适时对企业的经营战略做出了调整，从而避免了企业有可能出现的经营风险。

年中，政府规定的“一企一策”不再有效，这就意味着工业用地作为商业用地抵押贷款的支持政策不再有效。如果没有2018年初确定“紧缩投资，现金为王”的理念，及时果断地做出“里昂转股，唐山租厂”的决策，以应对2018年有可能出现的现金流风险，后果真不敢想象。企业因贷款“抵押物”不足，被银行压缩贷款5000万元，企业仍然在经营上不受影响，还取得了良好的业绩。

既然没随2018年一起走，那就要活好2019年。

如何活好当下？我感觉，2019年有比2018年好的地方！至少政府不再会出台伤害企业的政策。但来自市场的竞争将更加激烈，就像战场上杀红眼的敌我双方，虽说伤痕累累，但为了生存，必须拚死一搏，否则倒下的只能是自己。为此，企业只能破釜沉舟，全力搏击。

更重要的是规范经营、合理决策。企业战略的调整，需要有经营措施来保障战略的实施，而确保所有的战略措施合规合法是关键、是前提。“金税三期”运行后，网上有个“税法最了解你”的玩笑段子。其实，税法更了解企业。因此，企业需要全面清查经营主体及活动，从我清理，减少浪费。该合并的合并，该关停的关停。企业的一切经营主体与活动，必须以《税法》为准，以《劳动法》为准，以《合同法》为准。当然，还有《安全法》《环保法》，也是企业不可触碰的底线。法律无儿戏，必须严格遵守，无条件执行。

企业的竞争，核心的核心是人的竞争。建立起一支德能兼备、能满足市场要求和企业需要的员工团队是重中之重。建设团队，凝聚人心是首位。“无利不起早”不可忘，“不可使欲”也不可忘，故凝聚人心要在“不可使欲”与“无利不起早”之间寻找一个结合点。合作分享是对企业精英制定的政策，那么对企业的核心员工、骨干员工怎么办呢？积分计划是一个方面，各种各样的培训更是不可或缺。股权激励是另一个方面，员工的身心健康更不能放松。

关于员工的身心健康，有两点设想：一是“生活道”的引领，让员工知道怎样的生活才是有益于身心愉悦的生活，养成健康的生活习惯；二是用“感恩基金”建立起企业的援助体系，让企业员工不再“看不起病、上不起学”。

当然，员工的技能培训，要切实有效。思想培训解决“德”的问题，技能培训解决“能”的问题。一支“德”“能”都很优秀的企业团队，将是企业笑傲市场的本钱，是在竞争中立于不败之地的保障。

总之，2018，有惊有险，算平安度过。

2019，征途艰险，务必在险中求胜！

最后，借用毛泽东的《七律·长征》以表我此时的心情："红军不怕远征难，万水千山只等闲。五岭逶迤腾细浪，乌蒙磅礴走泥丸。金沙水拍云崖暖，大渡桥横铁索寒。更喜岷山千里雪，三军过后尽开颜。"

以上，与诸位共勉。

企业兴亡　我的责任

——在2019年集团营销部成立大会上的讲话

大家好！值此桂花飘香之际，我们带着月圆之光的洗礼，聚集在怡心园参加集团营销部成立大会。我对大家的到来，表示衷心的感谢与欢迎。

海迅的未来会因为今天的会议而更加辉煌。你们也会在海迅的发展史上记下浓墨重彩的一笔。你们的大名会载入海迅发展的史册。

海迅已经走过了33年的历程，从婴儿学走路开始，到今天成长为一个壮实的小伙子。我要感谢曾经为海迅发展做出过重要贡献的老员工们。虽然他们因为种种原因离开了海迅，但他们为海迅发展做出的贡献已经成为海迅历史的闪光点。更要感谢一直伴随海迅成长的员工们。你们任劳任怨，不辞艰难困苦，遇到再大的困难，受到再多的委屈，从没想过抛弃海迅，你们是企业最珍贵的财富。

今年以来，海迅面对风云多变的大环境，积极进取，主动应对。在借贷回收无望、投资亏损严重的风险前，我们不是畏难不前，而是迎难而上，充分发挥海迅的资金优势、文化优势、管理优势，选择了走兼并重组之路，因为我们才有了这么多同事坐在一起共商海迅的营销之计的机会。

无论是海迅恒鼎的员工，还是南通棉机的员工，我们坐在一起，就说明我们同是海迅人，不要再分恒鼎人、棉机人了。这也就是我今天想说的第一个话题——认同，即身份认同，我们都是海迅人。

认同，有多种。形式认同，也可以说是嘴上认同，表象上认同。这一点，到今天来说，已经基本上解决。如果说还有极个别的人还在犹豫中，可以理解。“强扭的瓜不甜”“强按牛头不饮水”，这些道理我懂。只是劝君早做决策，要么留下来，与企业同心同德。同心才能行得远，同德才能走得近。要么尽早离职，“年怕中秋月怕半”，中秋节已经过了，今年的时间已经不多了。“身在曹营心在汉”，既误企业，也误自己。

随着营销部成立大会的召开，我们就要开始谋划海迅集团以及所属企业明年的计划以及未来五年的规划。光阴荏苒，不要认为“我还年轻，不急”，告诉你吧，我也曾经这样想过。可今天，我已经是个退休后的老人了，赶快做决断吧！

再谈谈文化认同。说文化认同，其实就是价值观认同，也就是“三观”认同。海迅的家文化经过几十年的不断完善，已经形成了一个体系。是不是没有问题？肯定不是，还需要大家一起共同完善。“三纲五常”、海迅作风、海迅誓词，还有员工道德底线等都要完善。我坚信，只要你真心为企业着想，懂得“皮之不存毛将焉附”的道理，与企业共进退，就能在家文化中寻找到彼此都能接受并践行的支撑点。

“领导永远是对的”“今日事今日毕”，都是海迅特有的文化。特别是“领导永远是对的”，有人不理解，更有人不践行、不遵守，这很正常。因为领导有时候可能确实会在某些方面出问题，但我们要总体看问题。之所以能当领导，一定有他独到的地方。我为什么选择崔建新与彭璐来组建营销部？因为他们是目前最合适的人选，是我在与他俩交往过程中得到的信息告诉我的，是他们的言行透露给我的，更是他们的业绩告诉我的。其中最重要的一点，是他们认同海迅文化，也就是认同海迅的“三观”。

第二个话题，合作。

合作是海迅为适应创业、创新的热潮而制定的应对战略。企业顺潮流而动，才能事半功倍。海迅是个平台，或者说是戏台子，可以提供给有能力的员工来唱戏。阿米巴是一种形式，让有能力的员工当老板，对产品的成本、质量负责。在销售上，我也想推行阿米巴，但没有找到一个更好的模式。

平台重在品牌推广，重在产品推广，更重在文化推广。平台可以提供资金支持、管理支持。大家不要小看管理，有很多企业就是因为管理不当造成亏损的。有些员工就是不会管理而不能适应岗位要求的。我对棉机的销售员不了解，其他的销售员还是了解的。恒鼎的问题，就是管理的问题，当然，更有“三观”的问题。

怎样更好地发挥有能力的员工的作用，实现企业与员工的双赢，大家可以献计献策，更鼓励有需求的员工主动找企业洽谈合作的事。合作的大门是永远敞开的，随时欢迎你加盟。

当然，合作要有利于海迅的发展，同时有利于员工实现梦想，是双赢、多赢。损害任何一方利益的合作，是不可能长久的。

在此，有一句话送给大家：“永远不要把别人当傻瓜。”同时，我也向大家保证，我肯定知道你们的智商不比我低，情商不比我差，一定把大家当伙伴、兄弟来对待。

第三个话题，分享。

有人认为这一点最难。鲁迅也曾经借“豆腐西施杨二嫂”的嘴说过：“真是愈有钱，便愈是一毫不肯放松；愈是一毫不肯放松，便愈有钱。”我不知道大家是不是知道这句话，又是怎样理解的？而我可以坦诚地告诉大家，这话本身没有说错。它说出了人性的本来面貌。我也是从这句话引申出海迅“该花的钱，一分不省；不该花的钱，一分不花”的要求。中秋节前，棉机厂发生过这样一件事，在节前已经办理了离职手续的员工，按道理是不享受中秋节200元的中秋礼的，可管理部的人还是照抄了离职员工的中秋礼，被监审部审核时发现了，没有同意。结果，管理部的某人还说海迅人没有人性。请问：不该发的员工发了，那该发的员工会怎么想？发中秋礼，是对企业员工的奖励、安慰，已经离职的人还发，难道是奖励员工离职？棉机本就亏损，还这样大手大脚，真担心啊！

棉机现在有些设备闲着没活儿加工。我建议开展外加工业务，把设备充分利用起来，同时，给出加工业务利润的20%作为奖励，发给联系业务的人。这就是分享的一个案例。

对恒鼎，实行的政策更优惠，为什么？因为恒鼎的情况更特殊，资不抵债几千万元。希望能通过三年到五年的努力，让恒鼎走出困境，从亏损的债务坑里爬出来。

请大家记住，只要你通过自己的努力，为企业创造价值，那么利润的20%就归个人所有。如果你对企业核算利润有疑问，可以向监审部申请复议。

同事们，海迅注重机制激励人、文化塑造人、感情留住人、事业凝聚人。当然，人与人不一样，不是任何一个人就可以与企业讲价钱、谈酬劳的，需要你为企业做出贡献，至少也让企业知道你有能力为企业做出贡献。有了贡献，什么都好说；没有为企业做出贡献，也就什么都不要说。企业以盈利为目的，员工在企业要么挣钱，要么省钱。销售员是为企业挣钱的，你能拿到订单，而且是能拿到挣钱的订单，同时还要把钱收回来，你才是企业需要的销售员。

有些销售员，担心没事做，而现实是许多事情没人做。南通棉机、海迅恒鼎、铁配集团都存在这样的问题。当然，也存在有些人没事做。这次成立营销部，就是整合集团所有企业的产品资源、信息资源、人才资源，让有能力的销售员有更多的事可做。

明年的销售任务艰巨，压力很重。棉机 1.8 亿元的销售额，恒鼎至少 1 亿元的销售额，还有特雷卡、铁配集团的销售压力都很大。和信由于大环境的影响，处于战略转型阶段，要由“人人以放贷为主”转向“人人以筹资为主”。总之，需要大家早做准备，齐心协力，共克时艰。

销售的关键在于知道自己可以销什么。销什么呢？是产品、管理还是品牌、服务？我认为是能力。知道企业能做什么，这一点对我们这样规模的企业很重要。借助会议时间，希望各位要尽可能熟悉集团所属企业的制造能力是什么，核心竞争力是什么。

同事们，我希望这次销售部成立大会开成一个学习的大会、誓师的大会。我为营销部制作了一面旗子：“龙头队。”营销是企业的龙头，企业要先有订单才有生存的可能。你们都是“龙头队”的成员，是海迅腾飞的关键人员。你们的业绩决定着企业的未来。

会议的召开，掀开了海迅发展的新篇章。谁能在未来的海迅发展中成为英雄，哪个团队能成为标兵团队，我与所有的海迅人将拭目以待！

“撸起袖子加油干。”中国梦，企业梦，你的梦，我的梦，大家的梦，都一定能实现。

再次祝大家身心愉悦，并代向你的家人问好！

确立工厂主体意识

——在2019年集团运营部成立大会上的讲话

“芳林新叶催陈叶，流水前波让后波。”

海迅为了适应社会大局的变化，及时对企业的管理模式做出重大的调整，其目的就是实现资源效益的最大化，同时把海迅的“合作分享”落实到具体的行动上。

大局发生了哪些对企业有重大影响的变化呢？“人口红利”，传统产业的退出，5G的试用，更重要的是国家宏观政策的调整与“00后”员工成为企业员工的主力军；传统的制造业脏乱差，让企业的年轻员工很不适应；更有国家政策以及残酷价格竞争给企业运营带来的严重挑战。

一边是订单越来越不能满足企业的制造能力，一边又是因为某个工序能力欠缺而来不及交货；一边是好多人找不到想做的工作，一边是企业招工难，一人难求；一边是忙得焦头烂额，身心疲惫，一边是闲则生非，没事找事。面对这样的矛盾，如不采取果断措施，不要说发展，就连生存都会有问题。

怎么办？怎么办？怎么办？

我曾为此彻夜难眠。“智者顺时而谋。”习近平主席在2018年春节团拜会上引用的话点醒了我，思来想去，唯有改革、创新才是正确的选择。

不改革、不创新，等死。改革、创新有两种可能，要么获得新生，海迅迈上一个新台阶；要么因为改革创新不成功而失败，但至少还有50%的成功机会。

9月集团营销部成立大会期间，集团各企业、各部门与会人员共商营销大计，确定实行“资源整合，集团一盘棋”的战略，以产品线的纵向穿透力冲破企业与企业、企业与集团的障碍，全员参与把海迅集团的产品送到需要的人手上。以战区驻场攻关的横向协调力，不漏一个机会，争取到更多的订单。同时把“合作分享”落到实处，让有贡献的人分享到更多的企业发展成果，争取培养出20个年收入超过百万元的商务代表。

让有能力的人参与到企业的资源整合中来，有资金出资金，有知识出知识，有市场出市场，有关系出关系。知识、市场、关系、资金都是企业需要整合的重要资源。企业需要更多与企业一起成长、一起发财的供应商、配套商以及有资源的员工，培养出能适应海迅集团产能需要的配套体系。借用配套体系，提升企业的产能，确保满足销售的需要。

“事者，生于虑，成于务，失于傲。”厘清了思路，心里就踏实了，改革创新的成功率就多了一成。

今天，运营部成立，是贯彻集团公司改革创新方针的又一举措。

“道虽迩，不行不至；事虽小，不为不成。”重要的是行动起来。

确立工厂主体意识，是运营部能否实现扩能、降本、提质、保交货期的关键。海迅集团有南通工厂、唐山工厂、西场工厂、开发区工厂、特雷卡工厂、海安工厂，产能有相似又有不同。如何充分发挥现有产能，以及各个工厂潜在的加工优势、配套优势、运输优势、政策优势，是运营部最重要的，也是首要的任务。

运营靠管理，靠优化，靠配置的手段，确保目标任务的落实。大宗原材料的集中谈价、集中采购，可以节约采购的成本。集中下料，可以套用材料，减少原材料的损耗。同类型产品一起加工，可以提高生产效率。

确定工厂主体意识，是因为产品是工厂生产出来的，质量是工厂生产出来的，成本是工厂控制的，安全重点在工厂。这就说明了工厂的重要性与关键性。工厂把工作做好了，运营部的工作就有了实现基本目标的保障。

工厂能不能完成营销部下达的订单业务，关系到集团此次改革创新能不能成功。而对产品杂、设备旧、人员少的现状，说实话，我也有担心。集团未来将以校平线、轧花线、破碎线为主打产品，同时还要兼顾电梯配件、铁路配件、废纸打包机、秸秆捡拾机等产品的生产，而且量也会有所增长，压力很大。既有人的问题，员工难招，也有设备的问题，设备老旧、效率差、精确度低，还有工厂管理团队年轻，管理能力需要进一步提升的问题。这些困难我知道。

除我上面说的工厂主体意识外，还有产能的“木桶意识”、工作的全局意识、管理的创新意识。决定一个工厂产能的不是最高的那一块，一定是产能最少的工序或机台。我们一定要准确地了解自己的工厂，有哪些工种，有哪些设备。制约工厂产能的，要提前制定好预案，确保遇到具体问题时，能迎刃而解，忙而不乱。

全局意识，即工厂与工厂、工厂与部门之间的协调意识。当遇到具体困难的时候，要为对方想：我还能做什么努力来解决问题？而不是推诿，更不是指责。总之，一切为销售、为客户，后道主动配合前道，不要等前道催后道。就像百米接力赛一样，要主动迎上一段去接棒，而不是机械地在起点上等。

运营部是新成立的部门，怎样开展工作是个新的话题。运营部的人要有创新意识，因循守旧是管不好的。有再多的不如意，也要想方设法解决困难。从内心来说，我对运营部的几位还是有信心的，李家荣的全局观，季宏斌的专业能力，贾兰华的工作经验，都是运营部宝贵的资源。确立了工厂主体意识，服务好协调好，海迅的产能将会有一个突飞猛进的提升。

我给营销部授“龙头队”的旗子，因为营销是企业的龙头。龙头舞起来，企业才能活起来。

我给运营部授“老虎队”的旗子，希望大家像老虎一样生猛凶狠，敢于面对一切挑战。守江山难，开拓江山更难。我们生活在一个大变革的年代，就要有足够的智慧与勇气来应对变革的现实，一定要坚信“我行!”“我们团队行!”“海迅行!”

行不行，首先是在观点上要行。我这里有几句话送给大家，希望能成为大家的共识：

人类的一切胜利，都是价值观的胜利。海迅的价值观就是胜利的价值观。

人类的一切竞争，都是“人品”与“产品”的竞争。我们的产品就是我们的人品。

短期拼机遇，中期拼能力，长期拼人品。这是说人的。

短期拼规模，中期拼模式，长期拼产品。这个说的是企业。

无论是人，还是企业，都已经进入拼“人品”与“产品”的时代了。经过整合南通棉机与恒鼎，海迅新拥有轧花线、破碎线与校平线等自主知识产权的产品，这三类产品在市场上有很强的竞争力，是海迅未来发展的坚强后盾。

能不能生产出来，而且要技术性能先进，产品成本达标，产品质量优异，交货期得到满足，是海迅此次改革创新的关键。决胜在市场，靠营销部，决战在工厂，靠运营部。

“等闲识得东风面，万紫千红总是春。”只要我们牢记习主席“幸福都是奋斗出来的”“奋斗本身就是一种幸福”的教导，奋力拼搏，海迅一定能迎来万紫千红的春天。

在此，我拜托大家了。希望大家不要令股东们失望，不要让员工们失望。

同事们：“吾心信其可行，则移山填海之难，终有成功之日；吾心信其不可行，则反掌折枝之易，亦无收效之期也。”重要的是我们要树立信心。

我行！团队行！！企业一定行！！！

企业之道

我知道，我言“道”，有班门弄斧之嫌。

我既不是“道”的学者，对道有着高深的理解，也不是企业的成功者。且不说与国际上的松下幸之助先生、稻盛和夫先生，国内的李嘉诚先生、王永庆先生、任正非先生不能相提并论，即便省市区也有好多优秀的企业家，是我崇拜的偶像、学习的榜样。

我之所以谈企业之道的话题，是觉得萤火虫的光也是光，小草虽小，也绿了脚下的土地。我作为一个喜欢一吐为快的企业人，此刻有了谈企业之道的冲动。

回顾人生60年，在企业的时间超过了一半，说是个企业人，应不为过。摸爬滚打，酸甜苦辣，连接过去和当下的，既有时代的烙印，更有个人特定的音符。际遇虽平凡，但动心。

仔细想一想，所发生的一切，都是应该发生的，从开始到现在，一幕又一幕，缺了任何一幕，都不是这回事了。

高考失利—参军参战—肝炎致残—临危授命—破格升职—坚守企业—辞官为民—人生路长。其中，只要有一幕戏变了味或不发生，人生的路就不知道走到什么地方去了。我也不会是这个样子了。

再就企业发展来说，亦是如此。乡镇企业—股份合作制企业—股份制企业—中外合资企业—混合所有制企业，一步一步走来，要是少了其中之一，亦是面目全非，不会有今天的企业。

随着时代的节拍，乘着政策的东风，企业随风起舞，一路走来，既随大势，也小有作为。不断改变企业，适应社会，适应员工，适应我们生存的这个世界。特别是作为一介平民的我，这也是我唯独可以走的路：在政策许可的前提下，找到一条允许我走而且也是我能走的路。既借了可以借用的外力，又充分发挥自身的能力、潜力。为何特别点出潜力？是因为我也不知道自己已有这个能力。之所以强调潜力，因为成功的关键在于发挥潜力。因为不发挥潜力，只发挥能力，是很难走好路的。只有充分发挥了潜力，才会有不同的存在。

我曾经看过一本连环画。汉代名将李广，晚上与朋友聚会后，路过传说有老虎出没的小山岗时，本就紧张，再加上喝了些酒，突然间一阵风吹来，发现右前方草丛中有一只老虎，随手从箭筒中抽出一支箭，搭上了弓弦拉满射击。见没了动静，心想也许老虎死了，就回家睡觉。第二天醒了，想起昨晚上好像遇到老虎了，而且老虎被打死了，就去看看。到昨天晚上打虎的地方一看，才发现原来是一块石头在草丛中，箭头入石三寸，想把它拔出来，可怎么也拔不出来。由此可见发挥潜力有多重要，潜力又有多么厉害。

随着年龄的增长，企业的规模也越来越异地化。曾经面临的选择题又一次摆在面前。社会允许做什么？想干什么？能干什么？这三个问题，是企业的基石，如在这个问题上不能选择好，要想把企业弄好，不知是不是有可能？

社会允许做什么？即市场需要什么？政府鼓励什么或允许什么？更重要的是与我有什么关系？只有这三个问题的答案是重叠的，才是社会允许的。

想干什么？想干什么就干什么不是不可能的，而是必须在有前提的情况下，也就是说你想干的正是市场需要的、政府允许的项目。而更多的人是不可能想干什么就干什么的。理想很丰满，现实很骨感。特别是诸如我这样的平民百姓之后。三十多年的企业之路，也多次教育我不是想干什么就能干什么的。

人心大于天地，也就难免会与管理天与地的政策有冲突了。就像一只蝴蝶，如在天地间，就自由地飞。如在透光的玻璃房中，那就安静地飞。要是异想天开冲出玻璃房，飞向自由的天地，那结果只会头破血流死在玻璃房内，更有无数的蚂蚁正在仰头以待，等着吃蝴蝶的尸体。

能干什么？就是把想干的与社会允许干的重叠在一起，再加上自己的能力，特别是潜力。不仅要看眼前的能力，更要看到看不见的能力。经营企业是这样，干其他任何事都是这样。遇到困难是正常的，没有困难才是不正常的。重要的是发挥潜力，这样就有成就理想的可能。酒好喝肉好吃是对的，可重要的是要能吃能喝，如果只是能吃能喝则未必有什么了不起。能喝到“他人皆醉我独醒”，他人皆说“不行不行了”，而你却说“我还可以再来半碗红烧肉”。只有这样的人，才有把企业经营好的希望。以上，就是选择从事什么行业的道。

“师傅领进门，修行在各人。”选择从事的行业，选对了也未必就能把企业弄好。还有“变”与“不变”之辨。此辩可比选择行业更难。再就是有的企业本来很风光的，几年就没了，就是没有审时度势把应变的变好，把不变的坚守好。

回忆三十多年的企业生涯，我深知“变”的重要。既要知道应该变，更要知道怎么变，并适时变，绝不能拖泥带水“和稀泥”。因为“一着不慎，满盘皆输”，因为“过了这个村，就没有这个店”，因为“木秀于林，风必摧之”，因为“早起的鸟儿有虫吃”，因为个人永远是渺小的，因为太多的教训告诉我“他山之石，可以攻玉”，因为“天下神器，不可为也，为者败之，执者失之”。

“神器”尚且如此，更何况一个决定、一项制度、一个产品、一个市场、一份荣誉、一个官位。无论是机制、体制，还是产品、服务或措施、技术，都是不需执着的。社会在变，人在变，人的需求也在变，根据变化而变化才是可取的、正确的。企业是个菜篮子，把能买到的好菜装进篮子来就是本事。昨天证明是正确的，在变化了的今天则未必正确。改变被证明正确的决定、制度、措施是需要勇气和智慧的。

有人问我：“你想干什么?”

我说：“不是我想干什么，而是我能干什么。我想是没有用的，不要说我想改变社会、市场，就是改变企业的员工，我也做不到。我唯一能做的就是改变自己、否定自己，让自己的过去归零，一切从现实出发。我能做什么，这就是我变的准则。”

当然，变中也有“不变”。谦让、奉献、搏击、勤奋皆是不可变之点。恐龙没了，蚯蚓还在。秦始皇没了，长城还在。诸葛亮输给了司马懿，失去了天下，赢得了人们上千年来的崇拜，“鞠躬尽瘁，死而后已”。还有铁人王进喜的吃苦精神，以及王成“向我开炮”的牺牲勇气。如果没有这样的精神勇气，也就不要期望把企业做好。当经营企业成为生命的一部分，也就不会忘了这些令人尊敬的人们。

“天地以万物为刍狗，圣人以百姓为刍狗。”从本质上说，我亦不是天地之“刍狗”、圣人之“刍狗”，做企业的人有“刍狗”的心，但未必有“刍狗”的命。这就是现实。

曾经多次有人在我面前说：“买田买到卖，发财发到败。”这就是“发财之道”。道之如此，我一个连“刍狗”之命也没有的人，又如何能改变“发财之道”？若要执意抢，可能连晒太阳、呼吸空气的权利也要被剥夺了。与其如此，还不如把“刍狗”的心表现好。

企业之道，不只有选择变、不变，还有更多的需要去辨。此辨只为区别，不为是非本身。我的企业路还在走。走多远？不要问我，问苍天还允许我走多远？我能做的就是顺天道、随大势，尽可能把人生过得充实些，有意义些。

侥幸成功了，我要感谢除我之外的所有相关人、有缘人，是你们成就了我！如有不幸，责任全在我，我是决策人、执行人，是我没有这个福，是我没能适时地随风起舞，太在乎我“刍狗”之命。

其实，我乃企业之道上的一粒尘埃，活在世人的脚下，偶尔被风吹起，飘飘然，不知天高地厚。风过后，落回地上，回归常态。这就是我的“企业之道”。

致集团公司各企业中层管理人员的感谢信

各位同事：

你们好！此时此刻，我怀着崇敬的心情，书写对你们的感动之心、感激之情。你们不但履行了一个职业经理人的职责，为集团公司的生存与发展奉献了所能，而且在与我单独沟通的时候坦荡交流，为集团公司的发展出谋划策，帮助我找到了解决集团公司发展的突破点，为正在进行的集团公司来年规划做出了重大的贡献。在此，我作为集团的大股东、集团公司的法人代表谢谢你们！谢谢!!

社会正经历着前所未有的震荡，国际经济环境、国家的经济政策、企业的规模也在发生着深刻的变化。企业如何面对现实改变做出恰到好处的调整，以确保集团公司不被时代淘汰，甚至于能够在当前的逆势环境中得到长足的发展，是一直困扰我的难题。近期的人大学习，给予我原则性的提示，确立了改革的大方向。此次与集团公司各企业中层管理人员的沟通交谈，理顺了实际操作的思路。因此，困扰我多日的难题迎刃而解，此时觉得特别轻松愉悦。

集团公司来年的改革将遵循“整合资源、强化职能”的原则。集团公司将以全权代表的面貌面对企业的外部环境，处理好相关的业务往来。集团公司需要履行的主要职能：资产管理、审计监察、品牌建设、文化建设、员工培训。彻底改变集团公司职能弱化的现象，充分运用集团公司的各项资源为各企业营造宽松环境，降低各企业的公共管理成本、营销成本、人力成本。

集团各企业来年的改革将遵循“专业突出、冲刺提升”的原则，让专业人员做专业的事情，让所有人的潜能得到充分发挥。企业渴求全才，但也要面对现实，社会有专才，至少有专长的人不少，充分发挥好他们的潜能是企业的首要任务。只有充分发挥好他们的潜能，才能推动企业的冲刺提升。怎样才能够让有专长的人充分发挥好他们的潜能？第一，让他们做喜欢的事情；第二，给他们换岗的机遇；第三，用制度告诉他们，真正为各企业做出贡献的人，企业会给予升职、培训、荣誉、奖金等；第四，不能为各企业做出贡献的人，是不被欢迎的人。

同事们，你们为集团公司的发展冒高温战酷暑奋战在第一线，特别是日夜奔波在市场上的销售人员、工作在操作台上的生产人员，我感谢你们！由于某种原因我未能与你们有当面交谈的机会，但我能感受到你们的心跳，体会到你们的辛劳。正是因为有你们的辛劳，才有了我感谢你们的机会。没有你们，也就没有集团公司的今天，也就没有今天人五人六的我。在此，我再次衷心地感谢你们！

职场五诫

一诫：目空一切、我行我素。

“天生我材必有用”没有错，但首先要是“才”，而且企业需要你这个“才”。用黄金锻造锹与用铁锻造锹，哪个是“才”，哪个不是“才”？反过来说，用铁做导体与用黄金做导体，哪个是“才”，哪个不是“才”？又是为什么呢？

还有黄铜与黄金，有相似之处，更有不同之处。如果以铜代金，是否就能解决问题呢？是不是就没有区别呢？

毛泽东曾经评价项羽一生有三大错：一是不听范增的劝，放跑了刘邦；二是鸿沟之约，他认真了；三是定都徐州。

再说，我自己怎么样？正是“目空一切”，才有了“官场失意”。虽说我不在乎官场，但是灰溜溜地被人挤出来，总不是光彩的事情；还有苏州特雷卡的一年打工经历，就是由于没把威廉·托马斯当老板一样对待，瞧不起同事中的外国人，结果给自己的工作带来很大的阻力和困难。

由此可见，我们的年轻人，特别是刚离校门进厂门的新员工，一定要“夹起尾巴做人、埋下头来做事”。文凭不代表能力，而大家需要的是能力。你能不能胜任工作、顺利完成任务，需要团队的支持与帮助，靠你的个人英雄主义不能解决问题。只有杜绝目空一切、我行我素的坏习惯，才能让大家理解你、认可你、帮助你、支持你，至少不会为难你，你才能用事实证明你是好样的。

二诫：应付了事、缺乏激情。

干好工作，激情相当重要。反之，缺乏激情就难以干好工作。

为什么没有激情呢？

一是缺乏自信，认为自己努力了也干不好，就混吧！二是缺乏韧性，遇到困难产生畏难情绪，“这么难，换了谁也这样”。三是缺少勇气，被困难吓住了，怨天尤人，寻找种种理由为自己开脱责任。四是没有理想，没有寄托。

人生如逆水行舟，遇到险滩、漩涡时怎么办？是振奋精神、集中精力一拼，还是随波逐流、放弃抗争呢？两种选择的结果有着很大的不同。选择一拼有两种可能：一是拼了还是被险滩挡住了前行的路，被漩涡淹没；二是冲破了险滩、漩涡，驶向新的航程。其概率各占50%。如果选择放弃，其结果只有一个：被险滩挡住、被漩涡淹没。这个道理很好懂，但要在实际生活中做到，就有些难了。西子调价的事情就证明了这一点。还有弹条CRCC认证一事也说明了这一点。

三国时代，吴国有个吕蒙，行伍出身，没文化，不识字，打仗很不方便，后来在孙权劝说下，勤学苦读，当上了吴国的统帅。假如吕蒙是抱着应付孙权的想法去读书行吗？能当统帅吗？正是吕蒙的精神鼓舞了我，才有了今天由高中生成为硕士、作家、教授的我。

再说写体会。发自内心写的人有吗？有，少。更多的是应付。是不是用心，靠什么判断？联系企业、岗位、自己说出心里话。也许用词很土，造句还有错，但只要是用心写的我都乐意看。当然要是能把字写好一点儿，让我看时省点力，就更好了。不要像我这样写的字很少有人认得。

你是不是人才，看你写的东西，看你做的事。

能不能把东西写好，把事情做好，就看你是不是有激情。怎样才能有激情呢？

建立理想——制定职业生涯规划。

树立信心——世界上最难认清的就是自己。领导让你干，就说明你适合，一定能干好。之所以现在有些忙乱，是因为没有找到突破口，还没有习惯。

懂得适应——只有适应，才能被认可；只有被认可，才能被重用；只有被重用，才能得到自己想要的。

能够坚持——人就是为解决困难而活着的，价值通过战胜困难而体现。

刘备为什么要三请诸葛亮？曹操为什么重用杀死自己儿子的张绣？因为他们是“才”。

所有这一切告诉我们：职场忌“应付了事，没有激情”。

三诫：害怕沟通、自我封闭。

人与人的沟通交流常用的有两种方式：说与写。由于人与人存在差异，有的人喜欢说，也就是说的比写的好。听他说的心花怒放，而看他写的不是没感觉，就是错会本意，这样的人，交流的方式以说为佳。而有的人说的能力不及写的能力，能写得头头是道、条理分明，让你看了不得不佩服，这样的人交流方式以写为佳。实际生活中特别是处于职场之中的人，说与写都要用到，并不因为你善于说就不写，强于写就不说。

为什么会害怕沟通交流呢？

一是缺乏自信，觉得自己不如人。二是过分自负，觉得没必要沟通，认为是“对牛弹琴”。三是太重得失，害怕沟通交流会得不到自己想要的效果。四是性格内向，天生怕沟通。

为什么有的人得不到理解、支持、重用？都是不了解引起的：我不知道你想什么，怎么理解你？我不知道你需要什么，又怎么支持你、帮助你？我不知道你是不是与我同心同德，又怎么敢重用你？

“与人说话，不吃亏。”你叫我一声，我至少说一声：“嗯，你好！”特别是我们的销售员、管理人员害怕与我说话，能躲尽量躲，实在躲不过去，就轻轻地哼一声，我也不知道你说什么。叫人的目的是让人听到，如果没听到，就应该大声地再叫一次，直到让人听到并有回应。为什么见了客户没话说？因为不具备没话找话说的意识与能力。为什么客户两句话就把我们的销售员打发了？因为你不知道怎样找到正确的话题。

公司曾经聘请过一位高层管理人员，他的年薪从 50 万元/年降到了 25 万元/年，最后还是没有留下来，为什么？他的沟通能力不行，无法融入团队，四年了没有一个知心朋友。

四诫：犯了错误拒不承认。

说一个网络上的笑话：为了检查学校的教学质量，某教育局派人到某学校了解教学情况，正好赶上该校某班正在上自然课。这位教育局的先生就问张姓学生：“这个地球仪为什么倾斜二十三度半？”张同学说：“不是我弄的。”又进来赵姓同学，面对同样的问题他为自己分辩道：“我刚进来，什么也不知道。”后来进来一位老师和校长，就问老师：“这是怎么回事？学生连地球仪为什么倾斜都不知道？”老师道歉说：“不能怪他们，这个地球仪刚买来时就是这样的。”校长也在一边赔笑：“因为学校经费有限，我们只能买地摊儿货。”

再如：去年企业拓展训练时发生了张小磊摔伤事件，要求参加培训的人写出报告，能主动在张小磊事件里承担责任的有几人？

为什么会有这么多人拒不认错呢？认知失调、自我辩护、推卸责任。

首先要肯定的是：这样做不都是欺骗，要说骗也是自己骗自己；这样做不都是坏人，只是人的习惯性作为。

推荐一本书：《谁会认错》，作者是美国一位心理学家。

现在不是讲星座吗？请问狮子座的人有吗？摩羯座的人有吗？天蝎座的人有吗？

而据网上说，这三种人是拒不认错型的人。

举几个能认错的例子。三国时代的曹操，有一次行军中，因马受惊违反了规定，把麦子踏坏了，按照军法当杀头。而曹操是一人之下万人之上的统帅，因为这点儿小事被杀了头谁来统帅军队？仗还怎么打？如果不杀头又如何确保军法得到执行？曹操拔剑自杀，被众人拦下，后曹操割发代首，了却此事。

都说曹操是奸雄，为什么曹操能挟天子以令诸侯？从割发代首可见其智谋与胆略，能知错即改，以身示范。

知错能改，善莫大焉。

五诫：急功近利、抢当鸡头。

首先需说明的是此鸡头是“宁为鸡头，不当凤尾”的“鸡头”。与此有着同样影响的，还有“宁在小国为君，不在大国为臣”。

抱此观点就一定是错的吗？不是的！我就是抱此观点的人。当时我进乡办企业时有两个企业可以进，我选择了年销售额20万元的橡胶厂，而没有选择年销售额800万元的巾被厂。为什么？因为我到橡胶厂能得到机会施展自己的才能。后来到了橡胶厂当了6个月的销售员就当了厂长，事实证明我是对的。而有一个与我一起长大的同学也与我一样想当“鸡头”，而且我也帮他争得了机会。结果呢？没干三年就离开了那家企业，现在一个人在以色列打工。为什么同样的想法、同样的机会却结果不一样？“鸡头”有“鸡头”之命，需要有“鸡头”的能力、意识、态度、毅力，否则就不是“鸡头”。也就是说，在没有确保自己具备当“鸡头”的条件之前，要先踏踏实实当好“凤尾”。

再说，当“凤尾”有什么不好？先说孙海东，承包RPC项目一年，也挣了钱，但现在他不愿意再当头了，为什么？他说的理由是“我不是这块料，还是让我干销售好”。要是我不给他机会，他就无法知道当头的滋味，一定还在怪我“为什么不给我机会”。还有陈爱华，他是我的四名学生之一，我很欣赏他的胆量和毅力，他的英语水平是我最佩服的，还有钻劲儿、韧劲儿。多年的实践告诉我，他是我的“特战先锋”，优秀的“凤尾”。还有“商界奇才”杰克韦尔奇为通用电气打工一辈子，掌握着六千亿美元的资产。所以说，只有我们选对了企业——富有生命力、是只凤凰，跟对了人——视你为才，把你当才用，你才是个凤头。即使打一辈子工，也一样能很有面子。

毛泽东在评说梁武帝时说："时来天地皆同力，远去英雄不自由。"

当好运未来时，我们且先做"凤尾"，把工打好。当时运来时，我们也当乘势而发，过一把"老板"的瘾。

职场五诫，是我根据企业的现状，结合自己的所学所见、所闻所悟总结出来的，并不是"放之四海而皆准"的真理。每个人可结合自己的实际情况，对照我讲的五诫，做好思想上的修正，制定出切实可行的职场规划，努力做一个企业需要的、领导喜欢的、同事认可的员工。

顺势而为再出发

昨天，有人问我："忙啥呢？怎么现在很少写博客啦？"当时一愣，"是吗？我不是才写过吗？"等他走了，我查看了下，还真是。今年以来才写了12篇，去年写了14篇，前年是21篇。

身为企业人，这样也属正常。特别是在当前宏观经济不景气，主要客户、主要市场需求趋于下降，同行竞争处于杀得眼红的时刻，更需要将主要精力和时间放在企业的经营和发展上。

再加上企业处于涅槃后的蜕变重生阶段，需要我决策的事情更多，如未来的发展方向、着力点、重点、达成目标的途径以及团队的转型升级。如此种种，说说容易，要真正做到却非常不易。

所幸的是经过这几年的努力，企业转型升级应该说有了良好的开端，但要真正达成目标，尚需"顶层设计"。这个"顶层设计"不是交给专家就能解决的，需要我根据企业面对的大环境、小环境以及拥有的资金与人才的现状，认真听取不同专家的意见，统筹谋划，拍板而定。

真的是应了那句"人越过胆越小"的俗语。人老了，想得多了，顾虑也就多了。人老了，拥有的多了，在乎的也就多了。患得患失，做个决定何其难哟！越是这样，就越难拍板，可不拍板又不行，时间不等人呀！过了这个村就没这个店了。三月是节点，八月也是。过了这两个点，机会也就失去了，能不拍板？

资金在哪儿？首先要筹到钱！没资金说什么都是没用的。而且是要在关键时刻筹够筹足。由于企业所从事的行业不是互联网，不是高科技，再加上企业不是非常著名，没有大影响力，筹资好难。但是困难再大也要争取，三月的节点不能失去。

人又在哪儿？我这样说，也许有好多同事不高兴。你一边在要求压缩成本、实行末位淘汰制、强制减少管理成本，一边又在问“人在哪儿”。

企业转型升级，首先是企业人的转型升级，没有企业人的转型升级，就是空谈。如果不能不断提升自己的能力和素养，就不能适应转型升级后企业的岗位需要。

员工能力的成长对企业很重要。也正是缘于此，企业采取多种培养措施，以提升团队的能力和素质，号召两个月读一本书，并写出体会，用于团队交流。可又有多少人能理解企业的良苦用心呢？

就这样一个很好的倡议，而且是面向企业赋予“未来使命”的“148”团队成员开展的一项活动，结果不尽如人意。看了大家写的体会，我真是哭笑不得。不得不调整思路，统一读本，写体会交流。用对待“中等人”的办法来培养我们的“148”团队。

要求大家读，我首先得以身示范，否则，我又有什么底气去说他们呢！

也就是缘于这些，写博客的时间少了，上网的时间少了，也是情理之中的事儿。

这些天，找同事统一思想，找领导寻求支持，找券商咨询方法，找合伙人推介项目，找熟人了解政策。同时，挤出时间看了两本半书。半本是《孙子兵法》，刚开始看。看完的两本是有关雷军和张艺谋的——《雷军顺势而为》《孤独张艺谋》。

雷军真的是了不起！张艺谋真的是了不起！相对于这两位，我的人生算是平淡的人生、顺当的人生。相对于他们二人而言，我所面临的又算得了什么呢！

看明白了，也就想明白了，想明白了，思路也就通了，思路通了，心也就不再纠结了，心不再纠结了，天也蓝了，云也白了，人也美了，饭也可口了，觉也睡得香了。

思路通了，“顶层设计”也就有了原则——顺势而为。在风险可控的前提下，坚信天不负我。

资金，会有的！

人才，会有的！

穷则变，变则通，通则久！

顺势而变　再创辉煌

光阴似箭，对我来说，感触甚深，还没能把应做的事做好，今年就没了。

回首猪年，可以说是“往事不堪回首”。展望来年，也可以说是“柳暗花明又一村”啊！

猪年，于我来说，有许多“诸事不宜”。总体来说运气不好，坎坷磨难多。起初我还是疑信参半，而到了现在，不得不说：“命运真的很神奇，与命运抗争肯定不会事半功倍，甚至有可能是徒劳无益，至少也是事倍功半。”

市场如战场，隙间变化则会失之毫厘，谬以千里。可为、不可为也就一念之间。特别是赶上大环境的瞬息万变，企业更应顺势而变，结合企业内外的各种资源，对战略、战术做出适当的调整。

即将过去的一年，海迅经历了太多的不确定，也做出了一些努力。虽说有些决定从目前来看，还不能肯定是对的或错的，但既然已经发生了，就要坦然面对，让我们一起为我们做出的决定承担责任。

海迅恒鼎运行半年来，虽说还面临着订单无法满足生产需要的困难，但至少稳定了团队，维持了正常生产，且能实现盈利，实在是难能可贵。这件事说明，只要有产品且有利可图，企业也能生产出来，也就具备相应的生产能力，而仅仅受制于管理与资金上的问题，海迅完全可以伸手参与，发挥各自的长处，实现“1+1>2”的效果是可能的。在此，我感谢海迅恒鼎的全体员工，特别是管理团队的全体人员。谢谢你们！

南通棉机虽说股权转让至今还未办好，但海迅参与管理五个月来，企业也发生了翻天覆地的变化。特别是精减管理人员，就是精减掉既不能为企业挣钱又不能为企业省钱的人，更重要的是要感谢那些正在用海迅文化、海迅理念去影响员工、改造员工的同事。正是因为有了这些改变，南通棉机才实现了扭转亏损的局面。当然，目前面临的困难还是很大的，需要大家站在企业生死存亡的角度思考问题，从对企业有利的立场出发，去看问题、想问题、解决问题。看到南通棉机的改变，我很高兴，因为我看到了希望。谢谢你们！

集团最艰难的工厂是唐山工厂，虽然这样的艰难有些无奈，可对企业员工来说，却是不可忽视的。特别是饮食困难、天气寒冷、招工难、留人难，是常人难以想象的。面对这样的困难，唐山工厂没有被吓倒，更没有逃避，而是想方设法克服，确保工厂的正常运转。在此，我谢谢唐山工厂的同事们，谢谢你们为了企业不辞劳苦、忘我工作。谢谢！

今年，和信遇到的困难也是前所未有的。但经过全体员工的共同努力，特别是以钱秀明为首的经营班子的努力，面对大环境的改变，适时调整工作重点、工作思路，实现战略转移，既确保了经营指标，又为明年及未来的发展打下了坚实的基础。真的是难能可贵。谢谢你们！

正是由于大家的共同拼搏、相互协调、相互支持，形成“集团一盘棋”的良好格局，基本上实现了年初制定的目标。

在此，我代表全体股东、全体董事，向经营团队表示衷心的感谢与美好的祝福。祝福大家身心健康，家和万事兴！

关于明年的工作，一句话：顺势而变，再创辉煌。

宏观形势，我们无法改变，那么就主动适应转型升级。说说容易，做好难。也正是因为难，我才在这里鼓与呼！

首先是全体员工思想上的顺势而变，特别是参加会议的中高层员工思想上的顺势而变。毛泽东曾说过，“政治路线确定之后，干部就是决定的因素”。现在，集团已经确定“顺势而变，再创辉煌”的主基调，关键就是全体员工的认可、认同，并将其贯彻到工作中去。这是当前的重中之重。

营销的“龙头意识”以及网络化的组织架构，运营的“工厂主体意识”以及阿米巴模式与满足营销需要的服务意识，和信的战略调整意识，现代农业的断尾求生意识等都需要得到强化，使之成为企业中高层人员，特别是各经营班子一把手、各部门一把手的行为准则。你心里怎么想的我不知道，但你的言行会无意中暴露你的思想，所以我希望在思想转变上不要学鸵鸟，把头埋在沙子里认为别人看不到而自欺欺人，把别人当傻瓜的人，自己一定是傻瓜。

思想的转变不是一蹴而就的，需要周周讲、月月讲，要利用各种形式，不断提醒、强调。特别是对海迅恒鼎与南通棉机的员工，更要加大强调、提醒、贯彻的力度。可以有奖问答，可以进行考试，可以与奖励挂钩，可以与升职挂钩，也就是与用人挂钩。思想不能适应企业需要的人，必须坚决淘汰。只有这样，才能将思想转变落到实处。企业管理不是请客吃饭，来不得半点儿虚情假意。

思想转变的关键是一把手。没有一把手的转变，肯定没有班子的转变。没有班子的转变，也就谈不上全体员工的转变。不管是企业一把手，还是部门一把手，都肩负着实现企业与部门指标的神圣使命。企业的业绩、部门的业绩就是你能力的体现，更是你工作表现的体现。

也许有人说："我没有功劳有苦劳。"理是这个理，没有业绩不等于没有工作，只是工作不得法。但我要在这里重申一下："企业用人，要么挣钱，要么省钱。"你不能完成目标，说明你违约，至少也是说话不算数。对一个言而无信的人，你认为我应该怎么办？企业又应该怎么办？

针对大环境的改变以及企业面临的实际情况，集团新设了两个部门——营销部与运营部，看起来只是增加了两个部门，实际上是集团管理理念的改变。集团由服务型、支持型向管理型转变。强调集团意识，将各企业的资源集中在集团的平台上，协调使用，充分挖掘潜力，实现资源的充分有效利用，同时也就弱化了各企业的某些职能作用，特别是铁路器材集团明年将不再作为实体运营。

营销部是利润中心，工厂是成本中心，各部门是费用控制中心。这些措施都是集团"顺势而变，再创辉煌"的具体落脚点。

关于网络化的销售架构，虽说相关人员已经知道了这么回事，但并不知道为什么要实行网络化架构形式。这样的优点是什么？作为处于网络中的产品线经理、战区首席商务代表，又应该发挥怎样的作用以及怎样发挥作用？又有多少人真正明白，并能贯彻到工作中去？不是我悲观，而是不敢盲目乐观。

在此，我要求营销部要组织网上讨论、强化贯彻，对不明白的员工要一对一的帮助，直到这些人完全明白。千万不要小看这些看似"务虚"的工作，"磨刀不误砍柴工"。我希望在春节后的培训周，要看到所有产品线经理、战区首席商务代表的书面答案，请营销部落实。

关于工厂主体意识，关键是各工厂的一把手，要会管、能管、敢管，这一点是当前最关键的问题。希望运营部在这一点上要首先发力，做些具体的工作，帮助五个工厂的一把手解决"会管、能管、敢管"的问题。

工厂的主要指标有安全、成本、质量、交期、现场五个方面。各个工厂情况不同，也就各有侧重。西场工厂、南通工厂、唐山工厂，降本是头等大事，有很大的空间可以挖掘；海安工厂、特雷卡工厂要将增加产能作为重点，用设备取代人，提升效率与品质是发展方向。确实需要投入的，且投入产出显著的，要立即投入，要上就上最好的设备、自动化数控程度高的设备。

关于阿米巴运行，要在实施中完善，真正实现调动积极性的目的。对阿米巴不要存在任何怀疑，必须无条件推进，这也是工厂管理顺势而变的重要举措。理解要执行，不理解也要执行。

关于产品标准化，要义无反顾地执行。提升效益，降低成本，这是必经之路。当然，这并不影响我们满足客户的特别需求。特殊需求，特殊价格！

关于产品重点，集团确定以校平线、轧花线、破碎线作为重点，是基于市场需要，也是企业能够做出的。既然是决定，随着形势的改变，也随时可以改变，这一点大家不要担心。还有一点，确定产品发展重点，不是说立即放弃其他产品。比如，废纸打包机，如果说真的能把成本控制在 20 万元/台以内，而且产品质量比原来还要可靠，不但不会放弃，而且要大力发展。最重要的是控制成本与质量，有钱挣的产品肯定不会被抛弃。

今天，我就工厂管理与销售讲得多一点儿，是因为这两个部门新成立，需要界定明确一些东西，而且这两个部门在集团很重要，我们的财务部、资金部、行管部都是为这两个部门提供服务保障的。

关于和信，由于行业特殊，我已事先做过单独交流，强调“顺势而变”的具体细节，并且和信也给出了调整后的明年计划。虽说计划有些保守，但为了支持战略调整，我基本上认可和信提交的明年计划指标。

关于现代农业服务，这个企业有些特殊，虽然摸索了三年，仍然未找到很好的盈利模式，为了强化责任，我采取了断尾求生之举。赵兵不再担任集团副总裁，而是担任农业服务公司的执行董事，带领刘春生、陈冬生等一群人再干一年，争取找到一个好的盈利模式，真正实现他们确定的利润指标。我将拭目以待，海迅全体股东拭目以待。

关于壮志康养小区建设。明年是起步年，先做好前期准备工作，一些可以做的工作应加快推进，总的思路已经明确，要按照计划分步实施，关键是用好用足政策。少花钱，办好事。

同事们，“一寸光阴一寸金，寸金难买寸光阴”。也许有些同事并没有真正理解其中真实的含义，等到了我这个年龄再理解就有点晚了。

“一万年太久，只争朝夕。”人生几十年，转眼就过去了。珍惜吧，从现在开始，从小事开始，从“我”开始。

新年的钟声已经敲响了，你准备好了吗？我希望明年至少有十个年收入百万元的员工。大家有信心吗？

映日荷花别样红

又一个农历六月初三，就这样在不经意间滑过，又多了一道人生年轮。

我名“和”，也曾以“荷”自喻：“出淤泥而不染。”而今方知，荷花的香、色，才是人们关注的重点，至于“花中君子”之性，已慢慢被遗忘了。曾经有人感叹：“既然不愿纤尘染，何必立身淤泥中？”可是，不长在淤泥中，那还是荷花吗？

晨练结束，来到院中，看到墙角荷花缸里的荷花开了。不但盛开了一朵，还有一朵含苞待放的荷花与它相依偎着。我想起了母亲，想起了父亲，我也好想拉一拉父母亲的手，跟着再走一段路，说一说我心里的欢乐，分享我的感受。

“父亲、母亲，你们好吗？儿子也长大了，已经牵不到你们的手了，你们要好好的，极乐世界是个美好的地方，也是人不得不去的地方。总有一天，我会去找你们的，希望你们到时候要认识我哟。”

“你们的两个孙女长大了，重孙很调皮，虽说我现在比过去更忙，但我总是挤时间多陪陪他们。我陪你们的时候少，也是我一直以来特别愧疚的地方。我就把欠你们的陪伴，代你们陪伴重孙子、重孙女吧！”

“你们教给我的‘吃不穷，穿不穷，不会打算盘一世穷’‘跑得快，要饭都能多要点’‘叫人不蚀本，舌头打个滚’‘待人好就是待自己好’‘做不到就不要说，说了就要做’等，我一直都没有忘记。我不但传递给了你们的俩孙女，而且已经开始让你们的重孙也要懂这样的道理，要是你们还在多好！仲崇铭一口的海安话，很会哄人开心，一定让您二老笑得合不拢嘴。”

面对荷花，我想起了很多、很多……直到两腿酸疼，我才扶着墙站了起来。拿出手机拍了个照片发在朋友圈，并附上感言：“看到荷花开了，想到石榴也快熟了。一花一果一世界，一天一年一人生。”当我晚上看微信的时候，发现有近百人点赞，也有人留言，能触心者一二。

其实，人生之美千万种，随遇而安之美，是离道最近的美。能忙不易，疫情当下，经济萎缩，工作减少，有事做不易，是好事、美事。会忙，更美。有事做，还要会做。如能会做，好事美事。在我家，忙似乎是特色，总是忙，而且还忙不完，越忙越忙。进入了一个忙的通道，而且无法停下来。

既然如此，那就忙吧，忙亦乐！

不知不觉，一天的时间就没了，兰芳打电话说，晚上在饭店吃饭，要我早点儿回去，我说："好的，马上就回去了。"

放眼办公室，又成了花的世界。深红的玫瑰，粉红的百合，鹅黄的康乃馨，不同的花，一样的祝福，嗅一嗅，百合的味道更浓，浓得令人头晕。

办公桌上，还有一封近米长的书信以及一幅长卷。说实话，能与字画有缘，结识一批书画家，交为好友、挚友，乃人生之乐，也让我这个门外汉多了些许风雅。

过去已去，未来已来！人生没有空挡，更没有倒挡，唯有向前，哪怕是随遇而安地向前！

敬业带给自己

国家号召“大众创业、万众创新”，想法是好的，但不是想就能实现的。对个体来说，实现目的，机会是不可逾越的障碍，当然，还有能力因素，也是很重要的。

曹雪芹若没有经历过家族由盛而衰的变故，没有天生的写作能力与爱好，是不可能写出千古奇书《红楼梦》的。

曾国藩是毛泽东、蒋介石两个生死对头都尊敬的人，也是当前许多人崇拜的偶像。曾国藩能成为一人之下万人之上的杰出人物，与他生活的时代有关，也与他自身有关。

机会可遇不可求，这话没错。曹雪芹、曾国藩以及当代的乔布斯、索罗斯、王石、任志强都因了时代的机会，成就了自己的事业与名声，成为时代的典范。

可生活在同样时代的人那么多，为什么他们没有抓住时代给予的机会，找到成就自己的突破口，从而成为时代的典范呢？

——敬业！敬业！敬业！差的就是敬业！

历朝历代，由盛而衰的家族很多，遭受的巨变更艰险，曹雪芹之所以写出《红楼梦》，是因为他比别人付出的更多。红学家们说《红楼梦》是“百科全书”，从中能学到很多知识。没有丰富的知识，是写不出“百科全书”式的《红楼梦》的。而《红楼梦》之所以成为名著，就是因为是“百科全书”，是“教科书”，各色人等都能从中得到自己想得到的东西。

与曾国藩同时被任命为“帮办团练大臣”的退休、丁忧的前官员共有43人，只有他不计“帮忙”之嫌，“傻傻地”将其看作朝廷的信任，真抓实干，管好治安，广纳人才，招兵买马，严格训练……正是因为有了这些扎扎实实的准备工作，这才有了攻下安庆、金陵，成就不世之功，被封为武英殿大学士、一等毅勇侯、两江总督的荣耀。

正是敬业，成就了他们。做什么都严肃认真，力求最好，才能有更多的机会施展才能。虽说我不敢与这些大家相提并论，但在敬业这个问题上，我还是很自信的。事情虽小，意义一样。

写日记，很简单，天天写，有点儿难，天天认真，更难。偏偏我能坚持天天认真写，从高中开始，坚持到 1995 年。我的人生有两次因日记而改变。新兵刚下连队，指导员到宿舍检查卫生，掀开我床头的枕头，看到了我的日记本，拿起来翻了一会儿，问我："是你写的?"我说："报告指导员，是我写的。请指示!"指导员嗯了一声，朝我笑笑，什么也没说就走了。三天后，连里通知我调到连部当通讯员。后来才知道是指导员看了我的日记，觉得我不错，才调我去当通讯员的。

后来请假回家探亲。家里来人访亲，女方的父亲看到我放在床上的日记，才决定留下来吃饭的。按照我们这里的风俗，访亲的人留下来吃饭，就说明女方同意了。不留下来吃饭就是不同意。这个细节是后来听兰芳说的。正是日记，又带给了我人生的际遇。

说这些，就是想说：机遇可遇不可求，但是机遇同时也是留给有准备的人的。借用时尚的话说就是"敬业"。

敬业的人，总会比别人多做一些事。多做的事，一两天可能没人发现，但时间久了，机会来了，就会被发现了，成为捷足先登的那个人。

人总是喜欢与敬业的人为伍。领导喜欢敬业的人，用起来省心。同事一样喜欢敬业的人，与做事到位、做人到位、童叟无欺的人一起共事，心里踏实。

宏观形势如此严峻，更需要敬业。只有团队敬业，企业才能被市场认可，不被这波大潮淹没。改进质量、降低成本、提升服务，没有团队的敬业是做不到的。

市场的机会，我们无法左右，但敬业是我们能抓住的。这也是我们能做的。

上午借工间操之际，我再次向大家发出了呼吁，希望大家认清形势，改进自我，提升效率，以适应企业发展的需要。但愿能听进去的人多一些。

又将到谋划明年的时候。谁能够胜任更重要的工作?谁的工资应该超常规地调整?谁是未来能够委托重要工作的人?也就是说谁将有机会得到更好的平台施展才华?谁将有机会得到更高的薪水?我的要求不高，只是希望大家能把应做能做的工作做好，而不只是做了。

像个称职的职业经理人一样工作!

机会就是给你们准备的!

细水长流

潇洒

晚睡早起的快乐

难释的艰辛

生日

结婚纪念日

……

潇　洒

潇洒，男人追求，女人喜欢。但能真正潇洒的又有几人？不是潇洒难求，而是不懂潇洒。潇洒说透了就是真正理解人生的意义，并将这理解刻骨铭心化成人生的价值观、人生宗旨。我也是正在追求潇洒的一员，那种对此似懂非懂的男人。

潇洒是一种心态、一种精神、一种任何环境中都能自得其乐的幸福。潇洒不是由财富多少来决定的，而是由对待财富的态度影响的。美国是世界超级富国，但你能说它比中国更潇洒吗？整天东奔西跑的CEO、董事会主席们与工作八小时的员工们，你能说得清哪个的财富更多，但你说得清哪个更潇洒吗？花花世界，一鸟一天堂，打打小麻将，喝碗豆腐汤，端着一杯茶，说说东家长、西家短，自由自在，优哉游哉，未必就不如灯红酒绿、美女如云者潇洒。对人生的境遇坦然面对，多也不多，少也不少，就这样正好，拥有这样的心态，你想不潇洒都难啊！

潇洒是一种风度、一种大气、一种拿得起放得下的豁达，心无杂念，坦然面对，而不是说长道短，哄闹嘲笑，恶意中伤。不是对别人察言观色，申诉求告，重要的是心底无私、问心无愧；不需要理会别人的评论，重要的是自己的人生不要偏离了航向；不需要在意升迁荣辱、名来利往，重要的是让自己的每一天充实有意义地忙着就行，做自己能做、应做的事；不需要介意别人是否善待你、喜欢你，重要的是善待自己、喜欢自己，如果连自己都不喜欢自己，又怎可能让别人来喜欢自己呢？更何况我们的人生不是为了让别人喜欢自己，我们是为自己活。

潇洒是一种信念、一种责任。追求潇洒就是追求人生真谛，能懂人生真谛者有几人？艰难、困苦、迷惑、失败、挫折、疾病是守候在潇洒门前的把门神，只有坚守人生真谛，才能过五关斩六将战胜它们，才能跨过人生真谛的大门，拥有潇洒。不能拥有潇洒，不能怪世界不公平，只能怪自己的信念不坚定，未能把追求潇洒当作人生的一种责任，总认为潇洒是别人的事，与己无缘，其实拥有了信念、责任就已拥有了潇洒，因为只要是自己发自内心强烈地想做的事，就是再苦、再累、再难，你也会感到是快乐、幸福、潇洒的。

潇洒是一种豪情、一种激情、一种大彻大悟。当敌人把刀架在阿基米德的脖子上时，他却说“等我把这道题做完”，这就是潇洒。以一介柔弱书生担领重任的瞿秋白，临刑前，泰然自若赴刑场，盘腿端坐于自选的青草地上，对行刑的刽子手说：“此处甚好！”这就是潇洒，是生与死的潇洒。诸葛亮唱空城计是潇洒，黄盖的苦肉计同样也是潇洒。这样的潇洒，人生难遇。

举止言谈的潇洒不过是表面的花拳绣腿，真正的潇洒却是灵魂的潇洒。只有透彻而深刻地理解了人生，懂得了人生的真谛，才能让心灵获得最大的自由，精神得到彻底的解放，这样心存潇洒，行必潇洒。

潇洒是什么说起来容易，做起来就不是那般容易了，要有水滴石穿、持之以恒的毅力来磨砺心智。这种磨砺将相伴一生。想要一辈子潇洒，就需要永无止境地去探索、追求人生的真谛。当然，昨天的潇洒在今天未必是潇洒，今天的潇洒同样也有可能在明天不是潇洒。

潇洒无储备，潇洒只有创造。

晚睡早起的快乐

年关将至，企业的工作也到了该总结规划的时候，对企业有过帮助的领导朋友，公司要借年关略表心意，传递一个信息：我感谢你，你为企业做的一切我会时刻记在心里面。对企业的员工，也要在年前对他们过去一年的工作给予鉴定：你的工作我很明白，谢谢你所做的一切。这两项工作本来就比平时忙，再加上今年特殊的情况，新增加了天津工厂和北京海迅华田两大块，内外并重，忙忙碌碌就在所难免。好在我充分运用了授权，只要不是非我不行的事，全交给大家来做，我还能抽出时间来亲近女儿，和她们谈人生、理想、生活、学习、工作。好在现在的电话也方便，请示的事情实在不行就电话指挥了。每天总能抽出点儿时间来和女儿在一起。

1 月 2 日，早上六点送二女儿仲马去海中上学，然后就到办公室，先是解决文件邮件的问题：要回复的回复，要办理的找人办理。然后到上班时间再接待来人，审批发票，解决问题，布置工作。一直忙到快十一点钟了，我想起该问一问兰芳，大女儿的午饭是否按我早上安排好的芋头烧羊肉、清炒菠菜给做的？兰芳说她在店里不在家，女儿中午吃早上的剩稀饭。我立马放下电话，开车回家。赶到家时，女儿还没有起床，可能是因为时差还没有调整过来。

我立即打开冰箱，取出羊肉放在洗菜的水池里，用温水把冰化开，再淘米煮饭，又来洗菠菜，切生姜，找油盐。最后打开两个电磁炉，放上锅，一个锅用来烧芋头羊肉，另一个锅用来炒菠菜。不到二十分钟，一顿美味的午饭就准备好了。女儿也赶快起来帮忙准备碗筷。

看女儿吃得快乐满足的样子，我真是好有成就感。这一顿饭我们父女俩吃得特别香，特别有味，也特别开心。说实话，我忙来忙去不就是为了让女儿快乐吗？

吃完饭后我们洗好碗筷，我又赶忙赶往企业，因为企业还有工作在等着我呢。如果能与两个女儿多亲近些，又能享受新家环境的快乐，同时不影响二女儿的学习，忙也无所谓。现在，我每天晚上十点二十分之前到海中校门口接二女儿，一起往壮志家里赶，回来后洗洗涮涮，时间在不知不觉中度过，等我上床休息时已是快凌晨一点了。早上我五点半醒来，叫醒二女儿去上学，就这样在睡觉的四个小时中总要醒来好几次，全是因为担心睡过头而影响按时送二女儿到学校。

就这样，在女儿回来的日子里，作为“早睡早起”的我，虽然只有“早起”的义务，而没有了“早睡”的权利，但我是快乐的。

即使这么忙，我也没有忘记当父亲的一个很重要的责任：对女儿的言传身教。她们正在人生观、价值观的形成阶段，为她们做好示范，是命运给我的机会。

难释的艰辛

下午三点钟后，处理好公司的事情，想起第二天又要去北京了，就安排办公室替我买机票，自己偷取这点时间回乡里的老宅看望年迈的父母亲。

考虑到还是不太熟悉新购置的别克商务车的性能，正好借机练练车，省得到了北京再开的时候不适应。

到公司门口时看见我舅舅，请他与我同行，一来增近两人之间的感情，二来了解一些公司的情况，他在公司的时间比我多，地位较为特殊，我通过他来了解一些平时不知道的信息。

一路上我的车子总是被飞驰而过的汽车抛在后面，看着急匆匆的赶路人，我俩谈兴大增。在工作的空隙中与信任尊敬的舅舅开心地回忆往事真的是很快乐的享受。

我们谈到吃苦耐劳的话题。舅舅说："像你学生年代那样吃苦耐劳的人几乎绝迹了。""现在你能够日奔夜行不知疲惫，得益于那时候的锻炼。"

细细想来也有些道理，要不然如何解释身体素质的适应能力呢。上初二那年冬天，为了挣钱缴纳学费，减轻父母亲的负担，我骑自行车到无锡贩运苗猪。

去无锡时的路还算好，回来的路就令我难以忘怀了。32 年过去了，还像昨天发生的一样历历在目。

回来的时候是第二天中午，我和舅舅为了躲避江阴璜塘的市场检查站（贩卖苗猪是违反规定的，查获后要没收苗猪），从无锡出发往东向常熟方向，从常熟方向折回头往沙洲到江边的八圩码头过江，再经靖江如皋到家。

我们到常熟时天已经黑透了，且下起了毛毛细雨。那时从常熟到江边的路还是石板路，路面的石板被车磨雨淋后，在昏暗的夜晚发出绿光冒着阵阵寒气，现在想起这件事情都有点胆寒。

为了赶上深夜里过江，一刻也不敢停顿休息。到了沙洲县的唐桥已经是夜间十点钟了，实在太累了，到路边的一个工厂门卫室向看门的人要了点热水，既当饭又当茶。

这在当时真的很满足了，要不然不会过去32年了，还像是昨夜发生的那样记忆犹新呢。

到达江边的八圩码头时，晨曦尚在酣睡之中，并未理会我们这俩夜行人。也许是我们疲惫不堪的样子感动了渡口的工作人员，他们没有为难我俩，很快我们就购票验票，奋力把装载苗猪的自行车推进了船舱。

到了江北我们还是不敢放松，想起路过无锡清江东的闸口时，给在无锡工作的舅舅带的几斤花生被没收的情形，心里仍是不寒而栗。就这样一路鬼鬼祟祟、慌慌张张、疲惫不堪地蹬着胯下越来越沉重的自行车，向着如皋向着家慢慢地慢慢地骑行着。

直到下午三点多钟，我们终于到了家门口，心里的那根绳子一下子放松了，我是一点儿力气也没有了，车子猪子全由父母亲帮助处理。

从无锡回家耗费28个小时，没有吃饭，没有睡觉，没有休息，而且自行车上装载重达100多公斤的8只苗猪，而我当时才16岁。

今天舅舅在车上还说："当时我还说，怎么放心让你去无锡的?"其实我知道，父母亲也无奈，在那样的年代又能有什么更好的办法呢?

说实话，我心里从来没有责怪过父母亲，而是心存感激，要不是父母亲给了我吃苦锻炼的机会，也许就没有今天这样的我，再苦再累也不知疲惫的我。

现在，感到累了，洗洗澡，睡一觉，吃饱饭，马上又能精神抖擞地面对新的挑战了。

车到门前停泊好，提上带回来的香蕉进屋。看见父亲在与老牌友们战得正酣，母亲也坐在父亲的身边看父亲清点"战果"，我的心顿时轻松多了。先苦后甜的日子，父母开心，我也开心。

说实话，我的过去还真的有点儿故事呢。想起来真的很好玩。常说"往事不堪回首"，其实有时回首往事，会让现在的日子更有滋味。

生　日

1959 年的农历六月初三，公历 7 月 25 日，我出生在农家的草房里。风风雨雨 48 年后的今天，又是农历六月初三，公历 7 月 16 日，幼小的生命已经成为两个女儿的父亲。额头上的三道深深的抬头纹，两鬓灰白的头发，昭示着我不再年轻。

清晨醒来后，透过窗帘布，发现天已经亮了，侧头发现爱人还在“呼噜”呢。我轻轻地下床，拿上衣裳，光着脚，打开房门。先到厨房，打开电磁炉，煎“养胃汤”。再进卫生间清理隔夜废弃物，打开水龙头，冲了个热水澡。接着是洗脸、刷牙、刮胡子。等我喝了“养胃汤”，穿上衣裳，回到房间，爱人已经醒了。

“今天是我的生日，我去买点儿菜送到弟弟家，留给母亲中午吃。”和爱人说过之后，我即开车去乡里的市场。没想到太早，市场的店铺还没有开门。猪肉没有，鱼也没有，去外地批发的摊主还没有回来。再到烧饼店，还没有点火呢。这时候才想到看手表，发现才五点二十二分。难怪烧饼店的老张对我说：“你也太早了。”“嘿嘿，是早点儿。”

正好碰见也来买早点的胖张健，闲聊了一阵闲话，打发了无聊的等待时间。等热乎乎、香喷喷的烧饼出炉，马上开车往家赶，半道上又买了 3 斤猪肉、6 条鲫鱼，送到弟弟家的时候，妈妈已经起床，弟弟正在刷牙呢。

回到家里，放在桌子上的稀饭已经凉了，就着老咸菜，一碗稀饭很快下肚。爱人说是太多吃不完，我又从爱人的碗里分出大半稀饭，一口气喝完。

六点二十分，我与爱人以及二女儿一起开车去公司上班。到公司后，爱人开她的车子，带着二女儿走了。我开始处理公司的事情。

总监晨会谈论的是本周的工作计划，特别是月底活动的筹备；与康交代的是近期内的工作重点和注意点；安排胡办理资金的事情；接待教我学开汽车的师娘谈其女儿的工作以及借款的事情；再加上其他零零碎碎的事务处理。时间在不知不觉中从眼前穿过。

快十一点钟时，二女儿来到了办公室，给我送来生日礼物：《老子·庄子》《图说庄子100名言》《庄子心解》《人一生要规避的50种人》，并在书上签字。人们常说，知子莫若父。看来，知父也莫若女。特别是《庄子心解》，是印度人奥修的著作，我很喜欢。

结婚纪念日

25年前的今天，是兰芳到部队与我结婚的日子。为了纪念这个日子，兰芳想今天去当年部队的驻地——盱眙县打石山，寻觅当年的记忆。为此我推掉了几个安排，专门留下时间来了却心愿。昨晚上，兰芳说："去不了，去不了。明天我都安排人来葡萄园摘葡萄。"临了还来一句："是工作重要，还是玩重要？"我能说什么，只能"嘿嘿……听你的"。没有办法哟，通知小范明天活动取消。

不管怎么安排，反正一天的时间属于兰芳。早晨，征得兰芳同意，去兄弟家看看妈妈。看到妈妈能够自己吃饭，好开心。陪妈妈说了一会儿话，又去葡萄园看看新挖的鱼塘。一路上，遇见一群生产队的老邻居，无论是年长的长辈，还是年龄相近的伙伴，好像都有说不完的话。谈葡萄园，谈新挖的鱼塘，谈排水，谈土地庙，与每个人都有话说，都能谈得来。等走到鱼塘那里，已经快七点钟了，不到500米的路，走了一个小时。

鱼塘的水真清，青青的带点儿乳白色，全是渗透的地下水，没有任何杂草，真的好想跳进塘里洗个澡。但看见塘边植草坪的长辈与伙伴，再说年龄不饶人，没敢放肆。等到绿树成荫，群花环绕，独成一体的时候，再找机会，了却今天的心愿。

告别植草坪的长辈与伙伴后，即往家里赶。虽说没有什么大事，再说出来也得到了兰芳同意，但让她一个人在家，总是不好。今天的时间属于兰芳，就要听从兰芳的安排。回到家里，兰芳让吃早饭，就吃早饭，昨晚上没有吃的稀饭，还有前天晚上的煮大豆，兰芳要用微波炉加热，没同意，要煎鸡蛋，没同意。凉稀饭就着煮大豆，再来点儿老咸菜，真的是找到了几十年前的感觉。

兰芳让我到公司"好好休息"，不敢不遵命。来到公司后，先是找胡谈上半年公司经营分析报告的事情，接下来就是独自一人，回到25年前的今天。

那天好热，汗珠子不断。不要说没有空调，就是电风扇也没有，只有芭蕉扇。新房就是单独的一间屋，在营区的最后一排。其他的房间都空着，只有我们一家。那时候，部队的驻地有许多的蕉藕花，火红火红的，特别喜庆。兰芳也特别喜欢，成家后在房前屋后也种植了蕉藕花。

房子靠山坡的地方，有一口井，井水好凉爽，正是降温的好东西，打几脸盆井水，倒在房间好凉快，汗珠子马上不见踪影。那口井旁，也是兰芳第一次杀鱼的地方。记得是条草鱼，老乡王其贵拿来的。我不知道爱人不会杀鱼，骇得不知从何下手，还是王其贵帮助兰芳完成的。

那天中午，兰芳洗澡，把我赶了出来，我站在走廊里。她让我把她换的衣裳拿给她，但要求我站在门口，从门缝把衣裳递进去。

那时候，我身体还未完全康复，不敢太劳累，也特别怕动，所有洗衣煮饭的事都是兰芳操持。现在懒惰的习惯，也许就是那时候养成的。

后来，部队成为预备役编制，营房也给了当地政府。就是去，也未必真的能够找到快乐。房子没有了，几年前去的时候就没有了，那口井也早就没有了，蕉藕花也早就没有了。只是那段记忆还深深地埋藏在心底，并随着时光的流逝，越来越纯真、香甜。

夫妻闲聊

星期六，南大的部分老师与同学相约来葡萄园摘葡萄。作为主人我必须尽地主之谊，等候大家的到来。

早晨，外面下着无声无息的雨，似乎是为了清洗泥泞的路面，以及黏滞在葡萄上的飞尘，迎接大家的到来。望着雨滴落在院中汽车上溅飞的水花，与兰芳谈论起家长里短、过去现在未来。说着说着，就归结到人生的决定因素是什么的话题。能够有今天，是命运？是努力？到底是命运重要，还是努力重要？决定人生的是命运，还是努力？

“要我说，命运重要。蒋与薛都比我聪明，也努力过拼搏过，为什么没能像我一样？就是命运的问题。‘五寸的菩萨，巴不到六寸高’。”这是我的解说。兰芳也附和说：“是啊！有的人家看着他发财，也看着他败落，要不然真的无法解释。”

其实不然，在心底，我更倾向于努力。为什么没有说出来？是为了让命运说成为兰芳安于现状、满足现状、乐于现状的理由，我知道爱人需要有一个充分的理由，来支撑她更年期的意志。命运说是麻醉剂，像酒精一样。

一切存在着的，都是合理的，重要的是如何利用存在着的来帮助实现自我的需要。虽说是夫妻闲聊，也未敢忘掉帮助兰芳寻找一个充分的理由快乐地生活，这就是我。

兰芳的快乐，就是我的快乐。一定有人认为此话虚伪，怎么可能爱人的快乐就是我的快乐？其实，用心想一想，就能明白。工作了一天，很想有一个快乐的夜晚，如果说爱人不快乐，不能热心地准备晚餐，不能笑眯眯地相迎，不能倾心相叙，能够快乐吗？我也是经历了许多坎坷之后，才有了现在的感慨。

人活着，不能忘乎所以。工作、学习、生活如此，夫妻、同事、同学、朋友、同行也如此。不求没有不快乐，至少不能自找不快乐，而忘乎所以就是自找不快乐的罪魁祸首。越是细小的不在乎的时候，越容易自找不快乐，至少是埋藏不快乐的源头，就叫自寻烦恼。

中秋话缘

俗话说："年怕中秋月怕半。"不知不觉中秋又到了，又到了一年中月亮最圆的那个时节。当天空玉盘似的月亮露出了得意的微笑，向我炫耀"我圆了，你圆了吗"时，心里顿生凄凉：年过半了，月圆了，人生也过半了，我尚未圆。

有人说，人生有三重境界：如戏，如梦，是缘。回首人生，真的有趣。当人生大幕拉开，开始孕育理想灵魂，寻找生命突破时，此时生命有幸福的、美好的、迷茫的、孤独的诸多基调，似一台戏，京戏、小品、相声、话剧等。生旦净末丑，你方唱罢他登场。穿梭时空，此乃人生一重境界：如戏。

然而在未入真人生、真性情、真自我之际，一切烦恼、忧伤、愤怒、焦虑伴随着功名利禄而生、而涨、而消。"不可确定"是诱惑，是魅力，是陷阱，是希望。一切似梦非梦。如此人生则有些想梦怕梦，喜梦恨梦。此乃人生二重境界：如梦。

活在此界之人，真真假假，虚虚实实，亦真亦假，非真非假。不要说世人无法知我真假，就是自己也不知自己之真假。真的是假作真时真亦假，真作假时假亦真。完全在于想真、想假、喜真、喜假。

经历过大起大落之后，人生回归自然，也就是人生的第三重境界：是缘。一切发生的都有其发生的缘由，有缘由的就是应该的，应该的就是规律性的，适应规律遵循规律，是强者智者心圆者之必然选择。悲欢愁怨，都会坦然面对。以平常心看眼前风物，不偏执，尽人为，顺天意，珍惜人生，赏玩人生，享用人生。芸芸众生，相聚是缘。同事是缘，同学是缘。虽说缘非圆，然而，缘即圆，识缘，知缘，惜缘，人生想不圆，难。只可惜，尚未能达是缘之界，故叹未圆。

月圆了，又会缺，还会圆。人生似乎也是一样，圆了，又缺了，还会圆。如果说梦想留住十五的月亮，不再让它缺，是不可能的。那么人生希望停留在是缘之界，不再缺，同样也是不可能的。此非无奈，实为自然之规律。

人生三重境界：如戏、如梦、是缘，是系统，缺一不可；是阶梯，逐渐递进；是循环，循环往复。此也是规律。

八月十五日，天上的月圆了，水中的月圆了，心中的月也圆了。圆即缘？圆非缘？心知！自当珍惜。

人生不留遗憾

2008年，我们兴奋着奔来，承载过悲哀，经历过兴奋，向迷惘走去。祖国母亲是这样，我亦不例外。

也许是“知天命”的缘故，一切又似乎是那么的平淡，忘却了昨天，留下的是“过好今天，不要留下遗憾”的警言。

金秋之后，就是冬季，是自然，亦是必然。无论是喜悦，还是讨厌，冬季只会听从大自然的安排。作为自然界的一个动物的我，也唯有愉悦适应地选择，否则只能徒生烦恼。

因此，窗外微凉的风，丝丝缭绕耳畔，助我保持微凉的心绪，不致将工作的烦躁带回去。黄昏中的漫步，浅浅地轻轻地晃动脚跟，月光下拉长的影子，竟然在摇曳着。原来惬意了看着世界，无论是闪烁的部分，还是黝黯的部分，皆是这样的美妙浪漫。

心理极为挑剔的结果，只能是放纵了若似清高有如孤僻的沉沦，助长了形影相吊的秉性，独守的夜晚，沉溺的思想，万劫不复。如此说来，惬意了看着世界好。

夜色总是很贪婪地吞噬一切，慌张的、惶恐的、惆怅的、欢欣的、喜悦的、新奇的，所有情绪沉没在浓浓的静寂中，过去了就让它过去吧，融化在夜空中，消失在历史的长河里。好好地睡上一觉，又是一个需要拼搏的白天。理智地绕过那些不快乐，择了好受的细细地想，慢慢地进入梦乡，好好地睡上一觉。

人生应该有信仰与追求。我一直对有信仰与追求的人虔诚地膜拜。其实，有信仰与追求的人还是人不是神。是凡人就难以做到脱俗，不可以不食人间烟火，不可以切断七情六欲，不可以心若菩提无嗔无求，甚至要看着自己的信仰与追求被揉捏在别人的手掌，还是要漫无表情地去笑语嫣然。反顾即将离我而去的2008

年，我还是凡人一个，并未能够脱俗。

2008年，国人难以忘怀，我亦如此。一些人，一些事，注定要在人生今后的旅途中，在特殊的时刻想起，然后，又渐行渐远，疲倦成茫然的记忆。身份的转换，角色的变化，理念的完善，江水横在其间，也难以阻隔。

“晚晴风歇。一夜春威折。脉脉花疏天淡，云来去、数枝雪。胜绝，愁亦绝，此情谁共说。惟有两行低雁，知人倚、画楼月”。这是范成大的词《霜天晓角》。虽不是他最好的词，但是在此刻我却觉得最美最爱了。九月初秋，冷却了所有炙热；九月的心事，也别无选择地冷却了一切燥热松懈的牵挂。徐志摩说：“一棵憔悴的秋柳里，一条怯懦的秋枝上，一片将黄未黄的秋叶上。”杜运燮说：“连鸽哨也发出成熟的音调，过去了，那阵雨喧闹的夏季。”痖弦说：“落叶完成了最后的颤抖，荻花在湖沼的蓝睛里消失。”还有郭小川说：“秋花、秋实、秋天的红叶，哪一样不曾浸透我们的汗液？”戴望舒说：“装点着秋叶，你装点了单调的死，雾的娇女，来替我簪你素艳的花。”而我，却在秋弦上弹奏着你说的胡言乱语，苍白着空白着，等待假装不懂的来临。

敞开了窗子，我沏给自己一杯浓浓的茶，我愿意恋想着你记着给我的白开水，也不愿意留给自己一个苍白的夜，浓浓地品，浓浓地把苦涩的味久久弥漫舌头直至心怀，直至灵魂，不论有否伤身伤神，已经与之无关了。我愿意，就这样肆意任性，还自己一个有颜色的夜。

相忘于江湖

《相忘于江湖》是云岫博客上的文章，看到后，心为之一动。很想能够改变自己的风格，将想说的话用寓言的形式表达出来，结果写着写着就成了随笔杂文。现全文引用过来，以为示范。

“从前，有一只雄鹰在天空飞翔，它拥有坚强的翅膀。当它低飞过湖面时，水里的一条鲤鱼暗恋上了它。下辈子我也要做一只鹰，陪它一起飞。

为此鱼去佛前许愿，让它爱上我吧，这一求就是三年。

这期间鱼结婚生子，但心中的愿望从没有停止过。为了能偶尔看见雄鹰，鱼不怕危险经常游到岸边。

这一天，鱼又来到岸边，终于看见朝思暮想的鹰，鱼兴奋地跳跃着。鹰停在水边痛苦地呻吟着，原来鹰受伤了。鱼不知所措，缓过神来，鱼将鹰安顿在一条废弃的船里。

每天鱼最幸福的事就是去给鹰做饭，冒着缺氧的危险诉说着对鹰的崇拜与爱恋。鹰被感动了，与鱼一起来到佛前求和谐。好日子总是过得很快，一晃半年过去了。

看见鹰痊愈了，鱼最担心的事摆在面前。鹰属于天空，望着鹰发呆的样子鱼绝望、恍惚，甚至想过自杀。当一切恢复平静，鱼想鹰到底能给自己什么？只不过是满足自己想飞的梦罢了，而这恰恰是能要命的。

此刻面对鹰，鱼想最遥远的距离不是天空，而是爱人的心已远离。

还是和爱人相忘于江湖吧。望着远飞的鹰，鱼想如果有泪流该是多么幸福的事啊！”

回顾茫茫大地芸芸众生，能够有鱼之明智选择的又有几人？能够像鹰一样动真心的理解鱼的又有几人？既然如此，也就无须太在乎一时的冲动，时光会让鱼与鹰都能理智地面对现实。

酒后失德

早晨醒来，习惯性看手表，可手表没戴在手臂上，以为是晚上洗澡的时候放在洗澡间，也就没有在意。起床后，到洗澡间没找到，厨房也没有。这才想起，昨天坐女儿汽车回家前在公司洗过澡，也就没着急。等上班后，到了公司又没有找到手表，不知道丢哪里去了。

突然间，想起昨天午餐的时候喝过酒，下午又到皇驾喝过酒，而且好像还与人发生过争吵。马上打电话向于了解情况："我昨天是不是喝多了？有没有得罪人？"在听了于的介绍后，还真的是"闯了祸"，"说了不该说的话，气得人家一句话没说，中途一个人走了"。没想到又一次酒后失德，胡言乱语。马上拿出手机发短信："刚才打电话给于，他说昨天我伤害你了！真诚地说一声：对不起！酒后失德！酒后失德！"

信息发出后，期待回复，盼望原谅。好在也没有大事需要处理，就在办公室阅览星期六上午的员工培训心得。可心难以安静，回想近期的生活，觉得似乎是有些变味儿了，我已不是原先的我。一是喝酒的次数多了，而且总是有些过量。虽说喝酒的理由是对的，但似乎是坚持不喝酒也未必错误。如若不能认识到其中的利害，长时间下去命不保是小事，酒后失德得罪人是大事。二是涉足并不熟悉的圈子，彼此并不是很了解，又有着太多的差异。如此的交际，浪费了精力不说，而且容易走火入魔，搞不好真的"出人命"。三是真以为自己是个文人，考虑经营少，思考写作多。有那么多问题在等候思索，有那么多同事在盼望交流，成天埋头书堆中，又有何意义？

想到此，心灵深处冒出一股寒流。近一个月来的早晚一个小时散步，虽说有点疲劳，但效果显著，体重已经减了三公斤。如果说体重轻了，肝脏坏了，企业偏离了方向，朋友得罪光了，还有意义吗？我就是我，一个农民企业经营者。还是回到习惯的天地里，过好自己习惯的生活，做习惯的事情。不要贪婪，老子教导说："'大成若缺''大直若屈''大辩若讷''大巧若拙'。"人无完人，事无完功，一个没有受过正规系统教育的"活不过三个月"的农民企业经营者能够如此，应该知足了。

能被原谅，高兴。不能被原谅，理解。错了就是错了，没有权利要求什么。能够在犯错之后联想到这些，也算是意料之外的收获。有人说"没人管真好"，而我是多么渴望能够有人管，特别是在喝酒的时候。

难以忘怀的聚餐

有些事，是一生难以忘怀的。之所以难忘，是触动了心底的那根弦，在又大又小的心脏上留下了痕迹。留下的痕迹，会有愉悦快乐的回味，也可能是心酸悲伤的记忆。而今天的生日聚餐又将注定是此生难以忘怀的事情。

一群有趣的聚餐人，难以忘怀。如果从与其相识的程度来说，有熟悉的朋友，也有初次见面的生人。从各自的“官职”来说，有助理、校长、园长、记者、主持人、总经理，而且还是“名嘴”“名记”“名兽”。从属相来说有鼠、狗、鸡、猪。

两个特殊的日子，难以忘怀。今天是农历六月初一，与公历的6月1日对应的话，今天就是农历的儿童节。还有今天是500年一遇的日全食，“太阳在大白天拥月亮入怀”，足够大胆的。

三项聚餐的缘由，难以忘怀。提前为我“祝寿”，是人生的第一次，难以忘怀。说心里话，过生日对我来说，想到父母亲的生养之恩，买点鱼呀，肉呀什么的送给父母亲，或者说请父母亲一起吃餐饭足矣。三十岁、四十岁、五十岁都是这样过来的，哪有提前“祝寿”之说。几乎是被迫地受邀聚餐，而且是女性的相邀，难以忘怀。也许是事先听到过一些风言风语，以及已经发生过的几个小插曲，总是觉得怪怪的。又要说“对不起！酒后失德”，难以忘怀。没想到同席的一位女士那天我酒后发飙时也在场，也不知道有没有失礼过她。出于多一礼好于少一礼的想法，主动说：“对不起！那天酒喝多了。”

四处小心，不敢多言，难以忘怀。按理说是该高兴愉悦，有人为我祝寿，有人为我搛菜，有人倒酒，谈笑风生，可我总是觉得不自在、不自如，像小学生见了老师，束手束脚，害怕有失当之处。而这样的心态举止也是异常的。都已是“知天命”的人了，见了生人还要这样紧张，真的不可思议，所以难以忘怀。

五朵小花，象征着五十春秋，难以忘怀。蛋糕上的五朵奶油小花，粉红粉红的，有人说是“桃花”，也有人说不是。坚持说“桃花”的人问我：“已经有了几朵‘桃花’？如果说才有四朵，还有机会。如果说已有五朵，就没戏了。”我能说什么？边傻笑而答，边悄悄地把两根提蛋糕盒子的红扎带装进口袋。回到办公室，将它系在玉猪的身上。

有人说我像贾宝玉

无故寻愁觅恨，有时似傻如狂。纵然生得好皮囊，腹内原来草莽。潦倒不通世务，愚顽怕读文章。行为偏僻性乖张，那管世人诽谤！

富贵不知乐业，贫穷难耐凄凉。可怜辜负好韶光，于国于家无望。天下无能第一，古今不肖无双。寄言纨绔与膏粱，莫效此儿形状！

——曹雪芹《西江月·批宝玉二首》

读《红楼梦》还是在学生时代，近日好友跟我说起："老兄，有人说你像贾宝玉。"不知这是褒是贬，对红学只称得上泛泛了解的我，唯有一笑。书中的宝玉只有一个，而各人心中的红楼儿女，岂是我能揣测得了的。

闲暇时刻，我对着屏幕想写点什么，好友的调侃又在耳边响起。1987 年版电视剧《红楼梦》中那唇红齿白的贾宝玉随之闪入脑海，他对丫鬟们的温柔体贴，丫鬟环们的悲惨遭遇悲伤愤怒，对传统的四书五经嗤之以鼻。这个在以奶奶为首的女人呵护下长大的"不肖之子"，我与他相像吗？

《红楼梦》中贾宝玉的性格特征是"天分中生成一端痴情"。他的"痴情"，不仅表现在对林黛玉的钟情，还表现在他对一切少女美丽与聪慧的赞赏，对她们不幸命运的深切同情。他的叛逆性格以"似傻如狂""行为乖张"的形式表现出来，以及他的"囫囵不可解"的疯话、呆话，带着点孩子气的可笑的行为展现。他的性格核心是平等待人，尊重个性，主张各人按照自己的意志自由活动。在他的心里，人只有真假、善恶、美丑的划分。这就是我对贾宝玉性格的理解。

扪心自问，我"痴情"吗？"叛逆"吗？追求"平等""自由"吗？说我"痴情"，肯定没人信。说我追求"平等""自由"，赞同的人也不会多。说我"叛逆"，还有点儿像。在我的骨子里叛逆的意识非常强烈，与贾宝玉相比是"有过之，无不及”。

其实，说到相像，也许指男生女相吧。宝玉生得一副好皮囊，“面若中秋之月，色如春晓之花，鬓如刀裁，眉如墨画，面如桃瓣，目若秋波。虽怒时而若笑，即瞋视而有情。项上金螭璎珞，又有一根五色丝绦，系着一块美玉”。而我的相貌似乎也缺少了男人该有的棱角和沧桑感。没有阳刚的容貌，给人以阴柔的印象。

写到这，想起女儿带给我的《明镜》周刊。那一期的杂志封面是看上去像活佛的达赖喇嘛。女儿还有些愤怒地说：“这些外媒尽挑对中国不利的话，还有那达赖怎么看上去就那么谦卑友善呢？这也难怪一些对中国根本不了解的外国人跟着瞎起哄。”我当然给予劝说。结果女儿的结论是：“看来长得老实的人最不老实，爸，你也是。”本来还有些恼怒，后来想想也是这样，所谓“不老实”的定义有很多种，不同的时间、地点，“不老实”的定义都不同。

其实，我乃商人，曾有好友戏称我“商界人妖”。如果说真的老老实实，也许还在家乡的百岁桥头，和老婆经营着那家小小的商店；或许在某个工厂里谋个职，安安稳稳拿着国家的伤残军人抚恤金。但是偏偏是个“不老实”的人，不安于现状，不喜欢走固定的路，也就这么不断地在生活里“不老实”着，变得越来越像是姜子牙的坐骑——“四不像”。

所以，女儿说的也对，看起来长得老实，却偏偏生得不老实，这也许就是“叛逆”。我理解中的贾宝玉也具备这一份不老实。他本该按大家都认为理所当然的“学而优则仕”的道路走，然而他都做了些什么？他只过那种随心所欲、听其自然，在大观园女儿国中斗草簪花、低吟浅唱、自由自在的生活。四书五经他懒得读，偏着爱看《西厢记》《牡丹亭》和那些与封建思想背道而驰的小说，这是种反抗，说白了就是在生命中不老实。只不过他是想那样外乎凡尘的自由，就如他始终虔诚地爱着那些纯洁似水的女子一般，而我是想着不断地向高处走，想看看我能走到社会的哪个制高点。

别的，还有哪里和贾宝玉相似呢？甚至想重新翻开那本旧得发黄的《红楼梦》细细研读一遍。可是时间不允许，一本红楼，醉倒了多少学者，他们为之痴迷，为之惋惜，残缺的艺术，是种让人心痛的美。在这种美里，每人都可以把自己当作宝玉，再续写一个属于自己的结局。既然有人说我像贾宝玉，那么如果是我，我要看开一切的冷暖，但是不要放弃，应该是绝不。

下一次，如果有人说我像贾宝玉，我会说：“一点点像，却又不只一点点像，也有一点点不像。”

怡心园的葡萄熟了

怡心园的葡萄熟了！这是初夏的喜讯，也是对朋友们期盼和牵挂的深情回报！怡心园的葡萄，总是带着别样的温情和诗意，热忱地相邀朋友们！

初夏如约而至，怡心园的葡萄开始撩开面纱。漫步穿行在怡心园的葡萄架下，徜徉在茫茫的绿色海洋之中，无不惊诧于葡萄的繁茂无比、生机蓬勃。葡萄园的主人引进良种，栽播进这片肥沃的土地。葡萄这个西域尤物便在江海平原恣意生长，滋养着一方土地，造福一方乡民。初夏时分，葡萄贡献出大片的绿荫，笼罩了四野，乡野农民如同乘上漂亮的舢板，在绿海中扬帆，冲浪前行，微风过处，从这边涌到那边，又从那边涌到这边，仿佛葡萄架是静止的海，而那屋舍则是动荡的船，此情此景，足够让你流连。

仰望头上那一串串、一挂挂或红或紫、或绿或黄的葡萄，璀璨如宝石，晶莹如玛瑙，垂垂落落，挨挨挤挤。红男绿女早已融入其间，小儿郎更是雀跃奔走。甜汁溢出面颊，酸味触咧大嘴，甜耶酸耶？别有一番滋味在心头。醺风吹得游人醉，朋友们比肩而至，摩肩接踵，相约葡萄架下，实在是不醉也难。那般怡人，那般热烈，真不知是怡心园的葡萄熟了，还是葡萄熟了怡心园！

当年，这种西域奇果传入中原，文人雅士便闻风而动，品尝之余，便把感触付诸笔端。那首脍炙人口的“葡萄美酒夜光杯”横空出世，赞之者不绝如缕。唐朝时的捧剑仆诗曰：“青鸟衔葡萄，飞上金井栏。美人恐惊去，不敢卷帘看。”精致美图衬出怜爱之心。中国古代，因诗文而名垂史册者不乏其例。如果不是“劝君更尽一杯酒，西出阳关无故人”，有谁记起边塞关隘的“阳关”呢？如果不是因为“白日依山尽，黄河入海流。欲穷千里目，更上一层楼”，鹳雀楼也许早已湮没于历史风尘。葡萄，更多的是因为酿成了美酒，由夜光杯承载着，其实承载着的不光有“喜君不酿凉州酒，来救衰翁舌本乾”的适意，还有“醉卧沙场君莫笑”的悲壮。

在当代，葡萄也因歌而名。一曲《吐鲁番的葡萄熟了》，歌声里闯进了一位美丽的阿娜尔罕姑娘，异域的舞蹈，葡萄般晶莹的双眸，羞涩的脸庞，飘扬的长发变成藤蔓紧紧捆住了心房，柔弱无骨的手勾勒出恋恋风尘。

所以葡萄不单单是消夏的水果、单纯的美味，那是隐喻，那是象征，那是深爱。

著名作家汪曾祺曾写了一篇《葡萄月令》：“你就把字典里那些‘斜王’旁的字全用上去吧。”葡萄之美，葡萄之情，它配。

交友与用人当须择仁者

《弟子规》第七章“亲仁”，16 句 48 个字，文笔精练，直见灵魂。我认为“亲仁”有两重意思：我须为仁者；须亲近仁者。

何为仁者？从字面看：两个人为仁者，一个人不是仁者。也就是说，遇事只想“我”，而没有他或你的人，不是仁者。须为仁者，就是必须遇事心中有他或你，而不是只想自己。就像《弟子规》前面几章说的那样，仁者要知孝行孝，要会悌能悌，要懂谨行谨言，要践行诺言，要博爱无我，也就是俗话说的有“菩萨心肠”。

人生在世，无论是上学、参军、工作，还是之外的空闲时间，都要与人交往，形成各式各样的小圈子。与哪些人交往好呢？《弟子规》说：“仁”者。又说：“能亲仁，无限好。”“不亲仁，无限害。”正是源于此，历史上有孟母择邻而居的典故，现在才有贵族学校的出现，有了管理学上“真正的有效管理在八小时以外”的论说。

几天前，与部门副经理以上人员进行履新面谈，了解大家的履新状况，帮助他们找到重点，听取他们的想法。在谈到最近发生的事情的时候，有好几个人问我：“有人主动为你分忧吗？特别是中高层领导，还有你信任的人吗？”当时，我先是一惊，既而感叹两点：人在做，天在看，公心在人间，千万不能自欺欺人；经典就是经典，历经千年，还是人生交友指南。

人与人之间的差距是很大，大得一般来说无法想象，真的是“类不齐”。此时此刻，又想起听课的时候老师说的话：“老板是鸟，员工是猪。猪怎么能听懂鸟语呢？”是不是也缘于“类不齐”呢？其实，我是猪，“道院猪”，那员工就是鸟了。一样的是鸟也听不懂猪语。

曾经听说过“狼孩子”的故事。说的是一个小孩子走丢了，被一只狼救了，就与狼生活在一起，慢慢地小孩子不会说话了，也不会走路了，有了狼的习性。也许就是小时候常听父亲说的那样：“跟什的人，学什的人。”所以从小时候起，就挑人一起耍，否则，被父亲晓得了，就要遭受皮肉之苦。回顾所交的朋友，喜欢亲近的人，大多是仁者老师，至少初交之时还是仁者老师，给予过我指点、提醒、帮助。也许正是如此，才会有今天的我。

再简单点说就是“近朱者赤，近墨者黑”。你想“赤”，就得近“朱”。反之，你想“黑”，那就只要近“墨”。古人也曾说：“与君子交，如入芝兰之室，久而不闻其香。与小人交，如入鲍鱼之肆，久而不闻其臭。”所以人生在世，既要给子女选择一个或者说创造一个良好的成长环境，多与仁者老师、仁者长辈亲近交往，又要注重选择自己的交往人群，多亲近仁者，多与仁者交往，为子女树立榜样。

作为企业管理来说，首先需要聘用仁者，重用仁者，既而创造一个适宜仁者生存、工作、学习的氛围，还要让仁者得到尊崇，得到奖励。只有这样才能形成企业的核心竞争力，为企业带来财富。如此，难度可以想象。也正因为异常艰难，才更显珍贵。

今儿早晨，薛对我说：“真被你说准了，＊＊＊死了。”（为了敬重死者，故用符号代表名字。）他说的是去非洲创业的乡亲，其中一个在那里死于非命。当初，他们出去的时候，为什么会说“没有好事，能够平安回来就好”？一是环境因素。安哥拉，钱好挣，非常乱。二是自身因素。皆好赌，又年轻，还喜色。虽说他们有人中途回来碰见的时候，曾经提醒过、告诫过，不幸的事还是发生了。《弟子规》：“不亲仁，无限害。小人进，百事坏。”又一次被佐证。

闲聊“兆头”

“兆头”之说，由来已久。《易经》的智慧，即是“兆头”的智慧。几千年来，历经圣贤们的诠释，“兆头”已是越来越高深莫测了。

“兆头”之说，入诗入词入歌，更是美不胜收。“好年头，好兆头”“瑞雪兆丰年”。

“兆头”之说，深入人心。打卦、算命、看日子、选时辰、看风水。

“兆头”之说，信不信由你，反正我信。

过年，大女儿带了个男朋友来家。

来的当天，我睡觉房间的空调坏了，安排人换了一台新的。爱人认为的“兆头”：好好的空调，又没人动它，怎么就坏了？我认为的“兆头”：新人新空调，意味着新生活。

第二天，我们床上的电热毯坏了，没办法，过年后再说了。爱人认为的“兆头”：好好的，怎么又坏了？我认为的“兆头”：新生活就是要彻底，省得不协调。

第三天，敬祖先的酒杯，敬前多拿了一只，敬后被我失手打碎了一只。没敢告诉爱人。我认为的“兆头”：敬祖先后打碎东西，不吉利；多拿了一只酒杯，不吉利，打碎了一只，不就是说把“不吉利”消灭了吗？

第四天，给始祖敬的香，第九层被我拔断了，只好敬在桌子上的香炉内。没敢告诉爱人。我认为的“兆头”：好好的香，怎么就拔断了？而且想把断在里面的拿出来，怎么努力也不能如愿，只好放弃；在点燃香之后，第九层香被我点燃之后，无意间“倒插”在香炉内，意味着这个上门女婿被祖先认可。

想起了生大女儿的“兆头”：临去医院前，倒茶给爱人喝，没想到正常使用的茶杯裂开了。当时，好担心，不知道意味着什么？28 年过去了，还没明白。这几天来的一切，就更不明白了。

第六天，初三，大女儿与男朋友去了河南。心中轻松了。

第七天，初四晚上，爱人告诉我：女儿打电话回来，说男朋友家的院墙在初二被鸡飞掀倒了，而且是往外倒的。知道大女儿初三过去，就全家出动，把院墙垒好了。没想到初三，女儿们在院内闲聊，惊飞的鸡子又一次把院墙掀倒了，而且还是往外倒的。女儿问爱人："什么意思？"爱人告诉女儿："别问什么意思，你认为好就行。"

爱人告诉我这件事的时候，说起了她当年来访亲的事情：当她与同行的人来到我家的时候，从未拱过圈的猪子把猪圈拱翻了，而且逃了出去。为了拦截猪子，身上的衣裳脏了，手上的皮破了，流血了。当时，心里是有点儿疑惑，至今也一直在担心着。

那么，鸡子把院墙掀倒了，意味着什么？是性格不合，从此不得安宁，还是那个院子太小了，容纳不了她们？

第八天，初五，女儿从河南回来，高速公路海安出口被扣下车，原因是没带行驶证，后被放行。"兆头"一：提醒生活在海安，就是生活在我的势力范围内；"兆头"二：行事要守规则，否则有风险。

晚上去如皋吃饭，去的时候还好好的，回来的路上发现手机显示屏坏了。"兆头"一：交流坏了；"兆头"二：不需要操心了。

怎么办？告诉女儿与不告诉女儿都有利弊！

顺其自然吧！尽父母心！

沉重的良心债

是我撞伤了他！是我撞碎了他家庭的幸福！是我……一切都是我的错！这些是我近期内心反复不断的呐喊！

一个原本幸福的家，因我的失误而陷入痛苦之中。我的灵魂背上沉重枷锁。

4月19日，是参加仲氏家族会议的日子。参会人数120多。族人代表来自10个省市，有博导、政府官员、企业家、退休干部、农村群众等。会议议题是《仲子世家谱》的编纂与仲氏商会的筹建。报到工作由企业办公室派人协助海安的仲氏族人完成。我因忙于企业日常工作，下午四点多从公司开车回怡心园，先查看多功能厅的建设进度以及扫尾工作的安排，忙好这些才回家。

正准备去海安王府酒店参加招待晚宴。尹庆华来家说："王老师通知拿的镜框拿回来了，放在怡心园。"我又与尹到了怡心园，同时请了张健，三个人一起，把镜框挂起来。房子结构不一致，八个镜框只挂六个，其余两个，待到以后再想办法。我把原来的书法作品以及仲子站像收起来时，电话响了，赵斌问我："你参加招待晚宴吗？"我说："你们开始吧，不要等我。"此时已快七点。

车到了沿海高速公路出口与海防公路的交叉路口，停在直行道上等绿灯，前面有两辆大货车。绿灯亮了，车驶过交叉路口，变道上了快车道，超过行驶在直行道上的两辆大货车。突然，左前方出现一个灰影，我赶忙踩制动，已来不及！撞上什么东西？疑惑间，车又往前滑行十多米才停下来。此时，小孩哭喊声直刺耳鼓。心想：坏了！撞上人了！

想推开车门下来，已推不开。我不顾一切从车右侧门爬出。打110报警，打120急救，抱起小孩，来到倒在路上的大人身边。四周围了一些热心肠的人：报警的，维持秩序的，安慰小孩的，寻找大人信息的……我坐地上，将大人的头轻轻放在我的大腿上，抱着小孩，焦急地等待救护车与交警到来。心里只有一个心愿：尽一切努力，确保伤者生命安全！

在我正沮丧无援、需要帮助的时候，熟人倪姓夫妇正好有事路过。他们一边陪伴安慰我，一边帮助照顾小孩。他们让我心里多了一分安慰。

十几分钟后，交警来了。随后，救护车也来了。伤者被抬上救护车，小孩也被抱上去。我想从地上站起来，腿脚麻木、不听使唤，差点摔倒。我让闻讯赶到的小斌随救护车一起去医院，交代他："一定想方设法保住大人生命！"

我坐在路牙上，等交警测绘现场，惊悸难堪。人在此地，心却在医院。一会儿一个电话向小斌了解情况。在交警指挥下，赵斌开我的车，我坐张健的车，一起先去指定的停车场，把我的车子停在那里。然后，我们三个人一起到开发区中队，做相关笔录。此时，交警又接到报警，让我等他们回来。我怕小斌一个人在医院忙不过来，就让赵斌也去了医院。

张健在开发区中队接待大厅外面等候，我独自一人坐在接待大厅等交警回来。阴森森的黑夜，冷凄凄的空气，凉冰冰的塑料椅子……我感到特别不安。第一次碰到这种事，伤者生死未卜，内心愧责不已。

二十几分钟后，来了一个人，面相熟悉，名字叫不出。他似乎认识我，热情地说："仲总，你坐。"然后，带我到他办公室，才知是李副队长。他找来茶叶，给我倒了一杯茶。录好笔录，已是十点多钟。

第二天上午，向小斌了解伤者的手术情况，得知手术很成功，小孩没事，一颗心不再悬着。然后去王府酒店主持会议。会前，正式拜会了熟悉的仲氏族人，以及仲彬、仲新春两人。县政协朱春主席、开发区吴建华副主任莅临祝贺。朱主席代表县委、人大、政府、政协致辞。中午，在怡心园接待南京来的林小立夫妇。

下午，会议安排各地与会的仲氏族人交流编修族谱的经验。我本想抽空去医院看望伤者，结果还是没去成。一是觉得他们说的有道理：去了除看看还能做什么？二是不敢开车，想起开车，心就发毛，腿脚发麻，真怕固执己见去了，再出什么事。

第三天，也就是 4 月 21 日。仲氏族人到怡心园讨论《仲子世家谱》编修与仲氏商会筹建。车祸之事，有意向与会仲氏族人隐瞒，所以，大家毫不知情，一切按计划进行。我强装笑颜，和与会的 25 名仲氏族人共同努力，《仲氏商会章程》签字通过，商会主要机构人选得到落实。

时间慢慢挨过，伤者仍未脱离生命危险。我心理压力越来越大，负罪感越来越深。除掉天天为伤者祈祷，就是请小斌在保证治疗资金的前提下，代表我多去看望伤者，安慰伤者家属。

我不敢开车，上下班，都是接送，哪里也去不了，而且哪里也不想去。原本与蔡县长约好一起去贵州，票都买好了，最终还是决定放弃，实在放心不下伤者。

家人、亲友、同事见我心情沉重，都安慰我不要太过自责。我深感情债沉重，钱债沉重，良心债更沉重！良心受到谴责，像噩梦附体，紧随其后，一刻也不能摆脱。伤者尽快恢复健康就是我的解脱之日。

月光下漫步

初秋的夜晚，被白天的一阵雷雨清洗过，微微的秋风略有一丝凉意，吹在脸上特别的舒畅，增添了晚饭后散步的兴趣。从德国放暑假回来的二女儿也乐呵呵地与我做伴，增添了情趣。遗憾的是有了她，情趣多了，但不能散步，而是漫步了，锻炼的目的难以达到了。

我们边闲聊着一些着边际的与不着边际的话题，交谈着彼此的意见，边漫步在怡心园的葡萄长道上。谈到的话题，彼此之间看法有相似的，也有相左的或者难以统一的。但无论是相左的或者难以统一的，都没有影响到交换的气氛，交谈一直是愉悦的，这才是难得的天伦之乐。

其间，我们谈论到幸福。我说：夜饭，一碗杂粮粥，一盘胡椒炒黄豆米，好幸福；月光下漫步，且有爱女相伴，好幸福。女儿问我："幸福就这么简单?"我说："是啊！人与人不同，我的幸福就这么简单!""那为什么他们非要那样不可呢?"女儿问我。我知道女儿所说的"那样"指的是"找情人""养小三"，也就是社会上与传统观念不符的言行。我说："不要这样悲观！社会上还是好人是主流群体！你是被舆论以及心理阴暗者误导了。"女儿停顿了一刻说："哦——知道了。"

后来，觉得再说下去有些沉重，对不起一轮明月的辛劳，就换了话题。我提议："我们各写一篇月光下漫步吧，然后交换阅读，看谁写得好。"女儿说："我没心情，你写吧，我帮助修改。"我能理解女儿，饭后陪我散步已是难得，如果再为了一篇没有兴趣的文章花费时间，确实有些为难她了，就说："好啊!"

话音落，正好走到了怡心园的西大门。我们开始边漫步，边专心欣赏月光美景。

月光下的葡萄叶，映照在葡萄长廊的地面上，似一幅典雅别致的水墨画，令我们落脚不忍踩坏它。我们小心翼翼地落脚在留白处，以保葡萄叶不致踩坏。

田间，葡萄叶丛中的蟋蟀，不知疲惫地鸣唱着，歌声此起彼伏，似乎与我们分享幸福，又似乎是在提醒我们："布拉万，要来了！珍惜月光吧，台风来了，月光就要躲开了。"

葡萄长廊北侧，尚未完工的"蓉塘别院"已流光溢彩，映照出的青砖黛瓦景致，增添了乡邻孩子高考中榜的喜悦。

葡萄长廊的东头，战友豢养的小黑狗，远远地摇摆着尾巴，在路上等待着我们。等我们走近了，它在女儿的脚前脚后转悠着，且不时地用嘴巴闻闻女儿的脚跟，吓得女儿不停地喊叫，紧紧地抱着我的手臂。

一座青石山门，将葡萄长廊与孝道界定。横梁上绿色的"孝道"，在月光下更为幽静。

透过高高的意杨树梢，觉得月亮似乎更遥远了。虽说意杨树遮挡了部分的月光，其下的孝道碑刻文字图案，只有抵近弯腰尚能依稀可见。

孝道北侧，承载童年记忆的茅草屋、展示当年理想的红砖瓦屋，静静的，没有一丝的动静，唯有远处的羊圈、猪圈、鸡窝、牛棚透出淡黄色的灯光。

孝道南侧，林间的三座不同形状的简易草棚，呈三角形陈列着，唯有远离孝道的长方形草棚亮着灯，似乎有人在等候我们。

侧耳细听，此时此刻，不但有风吹树叶的沙沙声，还有蟋蟀声、鸟叫声、蛙鸣声、羊咩声、猪哼声、鸡谷声。如此宁静的夜晚，真的是醉人哟！

不知不觉，一小时过去了，该回家了。

当我们走到河边的时候，柴草中"苦啊苦啊"的叫声引起了女儿的好奇，问我："这是什么东西在叫？"我告诉她这是"苦啊鸟"，并告诉她我小时候听过的传说：有一个儿媳妇，总是受公婆的欺负，不但要整天做活计，而且吃不饱。一天，儿媳妇在田间做活计，捡拾到一窝野鸡蛋，乘煮饭的机会，偷偷地煮野鸡蛋吃。从不进厨房的婆婆突然去了厨房，儿媳妇看见婆婆来了，连忙把野鸡蛋放进嘴巴，结果被噎死了，死后变成了一种鸟，叫着"苦啊苦啊"，大家就叫它"苦啊鸟"了。

听完之后，女儿说："不提'苦啊鸟'吧。"我问："为什么？"女儿说："与月光下漫步不协调。"我说："现实如此，人为的'协调'，何必？再说，知道还有'苦啊鸟'，未必有什么损失啊。"

甲午年生日

时光流逝，又一个六月初三来到。

清晨，雾蒙蒙的怡心园，多了些许的神韵。荷叶上的露珠更大更圆更娇柔，望不到头的葡萄长廊略显幽深，庄严的观音堂多了仙境的风貌。

六月初三，巧合的也是我母亲的受难日之一。

母亲，您好吗？

儿子又想您了！您与父亲都好吗？时日无多，去日苦多。离开您与父亲的日子，儿子好想你们！

昨天说好，今天要在您与父亲的牌位前叩三个响头，这不，清晨，起床后，先是忙着去观音堂，回来后怕开前院的门会吵醒怀孕的大女儿，就从后院门回来，又忘了。中午回家，一定不忘。

哦！父母双亲，你们的长孙女怀孕了！

没想到记得我生日的人还真不少。难得难得！真的很难得！微信、短信、鲜花、“如意”、素餐……感慨万千。

55年来，一些人，因一个故事，一段时光，彼此留下了难忘的记忆。生日之际，感慨万千。

我也不懂为什么人们祝寿时要祈祷：福如东海长流水，寿比南山不老松。

“安安稳稳做个凡俗长者”，坐看流水随世就形，守望青松戴雨披风，阅尽人世间的美好风光。是好！

可我——

“俗”，没问题。本身一俗人，也谈不上雅。

唯“凡”，有点儿难。何为凡？平凡人？没问题，本一平凡人。平凡事？也没问题。根本就没有出奇的事，关键在于人们是不是认为我是个“凡人”。

坚持素食，平凡事。

衣裳缝补，平凡事。

乘机而为，平凡事。

过去所为，均乃力所能及，顺势而为，再平凡不过。

可是，要真的如此平凡，也许就没这么多的祝福了——这才是我的心结。

平凡的事，坚持做，也许就不平凡了。

俗不可耐的事，坚持做，也许就阳春白雪了。

人心如此，我能奈何？

“长者”，不敢！

长者，一种解释为佛教常用词汇，意为年长或辈分高的人，亦是对有道德的人的尊称。梵语曰“疑叻贺钵底”，积财具德者之通称，如须达长者等。法华玄赞十曰：“心平性直，语实行敦。齿迈财盈，名为长者。”

长者应有人文和自然之分。

人文的长者，如上佛语所释，心平性直，语实行敦，齿迈财盈，确是需要人生历练觉悟而得。

自然的长者，为子女之父，为孙辈之祖，却是不可逃避的实实在在的存在。

当然，人各有心境，便各有理解。不同一，才丰富。但无论怎样诠释，每一种理解，都是一种充满祝福的企盼，都是一种心存美好的夙愿。

不强求，不刻意，不深究，自在得之，便是了。

凡事，刻意了，就永远也达不到真正的境界了。

故此，不敢言长！56岁，当算壮年，正当做事的年龄，没有资格言长。

未来亦不敢居长！未来如何？能够有今天就已知足了！早在30年前，医生断言我“活不过三个月”。医学书上写着肝硬化病人“最长活15年”。1983年，我被诊断为肝硬化，30年过去了，我不但活着，而且活得有滋有味的，知足了。

再说，人生生死谁能了？颠倒梦想又何必？

做一个凡俗长者，是值得企盼的理想！

人生在世，当尽心尽力履行职责。于我来说，注定是啥，就是啥。心存慈悲，言透感恩，行彰善缘。

是人，就要活得有意义，对得起“中国好人”的称号。

不是人，也要对得起父母的养育、师父的教诲、女儿的期盼。人子，猪子，佛子，子子当善、当慈、当孝、当勤。

剑走偏锋，不是我的选项。

珍惜当下，把握当下，活好当下。

管一天企业，就得一天视企业为生命的一部分。

当一天俗人，就得像个俗人一样活着。

虽说青春已被年龄锁定，但一样可以带着被锁定的青春前行，用青春的激昂，壮年的阅历，谱写好人生的又一乐章。用壮年的身，青春的心，滋润心田，升华灵魂。借生日，思考去日，畅想未来，满足！

守住园子的魂

怡心园，又叫蓉和怡心园、葡萄园，而在我心中是“寿园”。它是我送给爱人的50岁生日礼物。

人生五十“知天命”，爱人“知天命”于我来说是莫大的幸运。说实话，人生五十一般都能过到，但能“知天命”的人则不多，更多的人被世俗的情、利蒙住了双眼，蛊惑了心智，稀里糊涂过了一辈子。

有人说：男人的衣，老婆的手。我则要说：女人的脸，男人的心。50岁的女人，脸美不美，要靠男人的心来滋润——给她喜欢的，给她需要的！爱人喜欢花草树木，喜欢忙碌充实，我就给她一个园子，让她有事可操劳，有地方种植一些自己喜欢的花草树木，让她的心有个牵挂，让她看着园子日益繁盛，获得一种成就感、荣誉感、幸福感。也许正是我用心待她，才让她看起来从我的“嫂子”，到我的“妹妹”，才让她越活越年轻，越活越有自信，越活越长能耐。

虽说在政府的推动下，园子的发展有些超越了建园的初衷，似乎真的成了“农家乐”“旅游景点”“人口文化园”“寺庙”“博物馆”。但在我的心中，它仍然只是那个最初的“寿园”，它是爱人的，是爱人的舞台。

虽然有点儿不伦不类，但核心的东西没有变，那就是文化。怡心园的文化，是怡神的文化、怡情的文化。怡心园的孝文化——二十四孝道；善文化——观音堂；礼文化——礼院；福文化——五福墙；还有散落园中大小角落的《素书》石刻，都是显性文化。而福寿门、“回娘家”、“童趣”、“孔融让梨”等雕塑小品，是融在其中的文化，是隐性文化。仁者见仁，智者见智。

仲子广场，则是显隐文化的结合体，是“寿园”的文化核心。仲子不只是老仲家的祖先，更是儒家的代表性人物之一，是中华民族的圣贤之一，故事流传了两千多年。石雕书，图文并茂，喜闻乐见，是展示仲子美德的有益尝试。而广场上的树木、莲花，布局的文化则是需要觉者用心去悟的。

也许正是“寿园”文化的展示，“寿园”的独特性才吸引了来客的眼球，觉得值得来、不虚此行。

然而，园子也有生命，从诞生，到长大，到成熟，也有不可抗拒的规律，历经八年建设，园子长大了，该成熟了。就像一个人，该上大学了，该选择人生的发展方向了。未来园子应该选择怎样的发展方向呢？葡萄园肯定是不行了，葡萄都挖光了，种了冬枣、雪桃、樱桃。农家乐似乎也不对，农家乐还是一家一家的民居好，像园子这样的地方，不能往那个方向发展。“人口文化园”似乎不可能，政府做的事我来做，有点儿不务正业，再说也无法承受经营成本，现在企业效益还可以承受，未来就不好说了。

那怎么办？我已问过自己无数次，就连在梦中有时都会为此惊醒。也问过专家、领导、朋友，真的应了那句口头禅“公说公有理，婆说婆有理”，最后是我没理。专家谈的是标新立异，领导需要的是“高大上”，朋友担心的是怎样收回成本。他们都对，需要的是我怎么在他们的看法之间寻找到一个平衡点，从而作为未来的合理选择。

这个点，才是魂。

魂，在哪儿？

心间！你的心间，他的心间，我的心间，大家的心间。

其实，更在园子里，不忘初心。园子是礼物，不是企业，不能用做企业的心来考虑。

既然是礼物，就要尊重礼物主人的意愿。她说咋的就咋的。爱她，就要信她！信她，就得听她的。也许会错，错了又何妨？

院子从无可以到有，也可以从有再到无。世事无常，太过执着又能如何？她高兴、开心就好！

想到这，心里舒坦多了，不再纠结了。

顺其自然，为能为之事，快乐就好！

雨　天

“浪漫的天，缠绵的雨，善感的梅，在哪里?”一则微信，开启了雨天的序幕。

本想上午忙完工作上的事，抽时间再聊一下相关的故事细节。

可正忙着呢，我只好回说：“浸泡在坏人的故事里。”

庆典、论坛、选址，为了我的“里昂儿”，忙碌了三天，终于告一段落了。

庆典是庄严、隆重的。二十多家媒体、国务院参事、院士、导师、专家、记者、领导、合作伙伴等，共同见证了我儿的又一个成长节点。贵港里昂的投产，是里昂迈进生物质原料强省广西的坚实的第一步。身为董事长，难免有点儿小激动。

论坛是开放、前沿的。生物质能源、光能、风能、水能，发电、制气、制油、供热，花样百出，令我眼花缭乱。特别是李光斗先生的“免费能源”，更是我闻所未闻、想都不敢想的事。若是真能如此，人就自由多了，轻松多了，愉悦多了。

我不知道“免费能源”何时才能实现，倒是毛教授的“新型生物质能”产业有关的甘蔗行业的机械化种植、收割、制糖、发电、供热、制肥一体化，令我更加感兴趣。政府如能重视毛教授的建议，推行这个项目，那将是造福广西人民、提升广西经济实力、保障国民收入的好事。里昂作为以发电、供热为主的企业，也可参与其中，达到延伸产业链、涉足新领域、提升盈利能力的升级目的。

选址是严谨、认真的。在广西再上三个项目是郭总的希望，团队也已经为此做了大量的前期工作。在原料有保障的前提下，初步确定了合浦、象州、扶绥三个地方。20日，去看了合浦、象州。合浦选址不错，站在目标地带令人心旷神怡。象州的选址需要微调，以避开不利地段。去贵港的路上出了点儿状况，车子的左后轮胎漏气了，找了三家补胎店才算补好了。因此，赶到贵港国际大酒店已过了夜里十一点钟。同行的人都去吃饭了，我直接回房间休息，确实有点儿累了。

23 日上午去扶绥看了两个候选的厂址，感觉特别好。原料近，国道边就能看到，背靠山，视野开阔。虽然凌晨三点多就起来了，早饭也没吃，却并没有影响满意的心情。十点钟，赶到南宁吴圩机场。

雨天，回想一下这些，也挺好的。厘清了，记下了，留点儿记忆。年龄不饶人，“烂记忆”只好用“勤笔头”来补救了。

雨天，对于坐在办公室里的我来说，并没有什么，尤其是在我这个办公室，更是如此。没有窗户，看不到雨景，机器的响声盖过了雨声。要不是想起来时路上的情景，都忘了外面还正在下雨呢。

下雨了，广西下雨吗？贵港下雨吗？泡透了雨水的桉树皮，燃烧值就更差了。

思维习惯决定人生选择

上午，与丁聊起曾经的过去。当然不是两人的过去，而是我的过去。正因为两人之间没有过去，才有可能坐在一起聊起过去，这也许是我的性格决定的。

于我来说，丁就是一台“录音机”，也才敢大胆地畅所欲言。其实我也知道，丁不是“录音机”，而是一台“电子计算机式的机器人”，会根据需要进行编组排列，再来点儿夸张、比喻等手法，以满足视觉的需要。

今天，主要聊中学时代。从几年前的毕业 35 周年同学聚会聊起。距离那时，时间又过去 3 年了，当时的情景还历历在目，深情的眼神，诙谐的调笑，幽默的打闹……一群五十多岁的人，又活回了二十来岁时的疯狂、浪漫、愉悦。

赵双手搭在我的肩上，在我耳边说：“还是你有眼光，到今天，还是她最漂亮。”我报之一笑。说实话，当时令我心动的并不是“最漂亮”，而是那“深情的眼神”。35 年前的“深情的眼神”，拉近了彼此的距离，不敢说是心心相印，至少是心心相知。35 年后的当下，又看到了熟悉的“深情的眼神”，那才是刻骨的愉悦。可我能对赵同学说这些吗？不能！纯洁的感情，更需要呵护，只能一笑了之。

今天，我面对一台“录音机”可说了实话：“借用当今演艺圈的时尚说法，赵同学说的那个‘最漂亮’只是二号。流露‘深情的眼神’的才是一号，甚至还有三号、四号。”

丁说：“看来你的能量真的很大。”

我说：“错了，是我自卑的表现。正是由于底气不足，才不敢全身心地投入，用现在的话说就是‘不敢把鸡蛋放在一个篮子里’。”

丁说：“那么，你现在有五个板块，是不是也因为自卑，底气不足？”

听到这话，我心头一颤，头皮发麻！

我说："没想过！做企业是顺其自然，走到了，碰到了，赶上了，也就做了。是不是因为自卑，因为底气不足，还真的没想过！"

丁说："我说是能量大，你不承认，还说是自卑，底气不足。自卑的人是不能让女人喜欢的，底气不足是没有胆量涉足新的领域的！"

正说着，吴来了，未聊尽的话，只好放下了。丁与吴说着另外的事，我坐在沙发上，端着茶杯，陷入了是能量大还是自卑的自我争辩之中。

为什么我喜欢的女同学有"一号""二号"，甚至还有"三号""四号"？为什么？是自卑？自卑的人不敢去喜欢女同学，更不敢同时喜欢几个女同学，且与几个同学流露爱慕、喜欢之意。是底气不足？底气不足，应该找没人喜欢的女同学抛媚眼、献殷勤，而不是找好几个男同学都在追的女同学流露爱慕、喜欢之意。这样一想，可能丁说的还是对的——能量大！

"能量大"？似乎也解释不通。我有什么能量呢？父母亲都是地地道道的农民，兄弟两个，还有两个妹妹，两间土墙茅草屋，能量何来？

突然间，"思维习惯"钻进我的脑中。

由于家庭不好，想去改变成为习惯。

由于没有外援，发奋努力成为习惯。

由于父母叮咛，主动适应成为习惯。

由于位列老大，当好兄长成为习惯。

当"改变""努力""适应""兄长"成为人生的"思维习惯"之后，人生就发生了改变，成为不安分的人，借用丁的话说"能量大"了。

学生时代不安分，吃着碗里的，看着锅里的，就有了"一号""二号"，甚至"三号""四号"。

当兵时不安分，才有了请战血书，才有了肝炎复发，四年没好，被确诊为肝硬化，退伍回乡务农。

到企业后不安分，六个月就当了厂长，后来招干当了公务员，再后来像一只饥饿的野狼不停地探索新的目标：电梯配件、轨道扣件、立体车库、纳米材料、小额贷款，不但有了"一号" "二号" "三号" "四号"，现在还有了"五号"——生物质发电……

"你想什么呢？"

我突然被丁的问话惊醒，又回到了现实中，连期间来了陈我都没注意到。

"走，我们吃饭去吧，小南国零点餐厅。"

过去还没聊完，只好再找机会了。

“思维习惯”决定人生选择，是聊后悟到的，是不是准确，还是让时间来给出答案吧。

我是自由的

自由，很美！很神圣！

不少仁人志士为之抛头颅洒热血，牺牲了生命。

更有不少人正在为此奋斗、拼搏！

自由，远比一些人想象的更庄严、崇高！

自由，有言论自由，更有思想自由、意识自由。相对来说，言论自由、行动自由易争取，甚至还可以委托他人争取，或者说是期待有人为“我”争取。而思想自由、意识自由，则只能自己争取，任何人都代替不了。

一年又快结束了，回顾走过的今年，我真的不敢说“我是自由的”，只能说“我正在争取自由的路上”。这就是我今年的总结。

我这样说，不是矫情，而是实情，一吐为快。

在一些人眼中，我是自由的，想说什么就说什么，想干嘛就干嘛，资金不是问题，时间不是问题，制度不是问题。

事实真的如此吗？我真的可以想干嘛就干嘛，想说什么就说什么吗？不是的！真的不是的！

现实生活中，我是丈夫、父亲、祖父，负有对应的责任与义务。当本性的我与此有冲突的时候，只能放弃本性的我的自由，当个好丈夫、好父亲、好祖父。

我是个企业主，负有其对应的责任和义务。当本性的我与此有冲突的时候，只能牺牲本性的我的自由。早上多睡一会儿是好，有利于身体健康，特别是对我这两眼通红的睡眠不足之人，更加有益。可是，那么多事情，一件接着一件，都安排好了等着我去做。拖延了时间就晚了，一步慢，步步慢。

我是个男人、老男人，用一些人的话说是“乘末班车”的男人，也是离本性的我最近的一个角色。即便如此，我也不得不在有些时候让自己忘了男人的身份，变成一个“中性人”，没有亲情、友情，没有喜好，更不敢有婚外情，哪怕是常说的“第六感”。只有责任、义务、信仰，伴随着我走过每一天。

当然，如果站在一般人的角度看，我是自由的。企业效益好于上年，资金不是问题，相对于为钱愁甚至于为钱逃命的人，我是自由的。

守法经营，守法生活，守法交际，相对于那些为了钱不择手段、藐视法律、为私欲而身陷牢笼的人来说，我是自由的。

做好人，做善人，做有益于人民的人，有了这样的信仰和追求，也就看开了钱的本质，看透了因果，看懂了有与无、好与坏、信与不信，从而不争、不辩、不贪、断念、改过、谦卑、守礼、原谅、知足、利人。如此，我的心大体还是自由的，没坎的。偶尔有了一道坎，也可轻松迈过了。

经济形势严峻，企业面临的困难还会更多。不确定性因素很多，应有确定性的心态去面对，才能自由。何为确定性的心态，那就是注重过程，忽视结果，把自己能做应做的事做好、做精、做优。

处于变革时代的人，不能主动适应变革、以变革应对变革，那就只能注定被时代所淘汰。“互联网+”“工业 4.0”“机器人”“智能制造”，重要的是适应，也就是被需要。努力让自己被企业需要，让企业被客户需要，这才是核心的、根本的，也就是我的企业的“供给侧”改革吧。

我老了，我变了，争取做个自由的人吧，从心灵上让自己自由起来，也给人以自由，彼此愉悦，人人愉悦。

自由是美好的、神圣的、崇高的！应好好珍惜，好好惜福，真正的自由应该是心的自由。有了心的自由，才能有身的自由，才能奉献自由于人的自由。

我知道，如此很难。正因为难，才崇高，才神圣，才值得为之奋斗终生！

十年太短，用一生来呵护自由！

我是自由的！我们都是自由的！

来年，为了完全意义的自由，我们一起努力吧！

烦恼的幸福

打呼噜，说奇不奇，“打呼噜的人太多了，没啥嘛！”说不奇也奇，我这样打呼噜的人则少多了。先据同睡一屋的人说：“太可怕了！呼噜打得震天响，突然没声了，以为你一口气上不来了。如此反复，害得我一夜都没睡好。”睡我隔壁的人也这样说。我觉得是不是出了什么问题，就回家问兰芳：“他们说我打呼噜挺吓人的，打着打着突然之间就没声了，是吗？”她说：“是啊，你去医院看看吧，你平时头疼是不是因为这个？”我说：“不会！头疼可能是血压高引起的，吃了降压药就好多了。”因此，也就没当回事。

后来，在北京出差期间，被沈劝说去北京大学医学院做检查。本以为当天就能检查结束，没想到还需要在医院过一夜。说实话，当时还真有点儿紧张。安排了一个病房，房间里放置了好几台设备，不知道要怎样检查。我跟沈说：“你就不要回家了吧，我一个人有点儿害怕。”

第二天上午，检查结果出来了：下颌骨狭窄。医生告诉我，打鼾是因为空气通过咽部时使软骨振动引起的。打鼾意味着气道有部分狭窄阻塞，造成大脑缺氧，轻者白天乏力、嗜睡，重者脾气暴躁，智力、记忆力减退，性功能障碍，甚至引起高血压、冠心病、糖尿病、脑中风等。这一说，可是吓着我了，没想到打鼾有这么多危害。“怎么办？”医生说：“你这样的情况，不能手术，吃药没用，只有上呼吸机。”我问是不是病房里的那种，医生说不是，是小型的，便于随身携带的。接着，医生介绍了一种，瑞士产的，38000元人民币一台。

从此，我与呼吸机结下了不解之缘。

呼吸机，就是用有压力的空气给鼻子加压，强迫打通狭窄的下颌，改用嘴呼吸为用鼻子呼吸。刚开始的时候，很不习惯，不得不拿掉，过一会儿再戴上，实在坚持不住了，再拿掉……如此反复折腾，就不想戴了。这时兰芳总会说：“不戴不行，你要是真有个三长两短，两个女儿可咋办?”听她这样一说，我就只好又戴上。慢慢地就习惯了，也就不觉得有什么不适应的了。只是给兰芳带来了好多麻烦。清洗面罩、加水，她总是不声不响地就帮我做了。出差时，携带不方便，特别是在创办北京工厂期间。那时候，每月至少有三分之一的时间待在北京，来来回回，总是要有个适应的过程。兰芳看着我不习惯时的难受样子，说:“再买一个放在北京，省得这样折腾。”我说:“浪费，三四万块钱，舍不得!”兰芳说:“你呀，又不是吃喝，身体第一，该花的就要花!”我想也是啊，没了身体有钱又有什么用！就又买了一台。

十几年了，一直坚持着戴呼吸机睡觉。现在偶尔出差回来，也不会觉得不适应了。这些年来，头疼的时候少了，脾气也变好了，精神也好了，血压似乎也不再忽高忽低了，不知道是呼吸机的功劳，还是降压药等其他因素的作用?

上个月，在农庄召开“随风起舞”研讨会期间，聊起了打鼾，说起了呼吸机，引起了一些感叹。省散文学会副秘书长蒯天先生谈起成立“呼友协会”的话题，虽说是随口说说，但却引起了我的沉思。想起这么多年，我是改善了睡眠，得到了健康，可同时给兰芳带来了多少痛苦和忙碌。要不是那天兰芳心情不好说出来“你知道我睡不着时看你戴着面罩睡得那样香，我真想打你一顿”，我还真的没有想过这个问题。设身处地地换位思考，我也会这样想，甚至于这样做，可是兰芳没有。她总是提醒我“要戴上，要戴上”，总是在我上班后默默帮我清洗面罩，而且专门用香皂洗，用时还留有一丝淡淡的清香味道，好让我找不到因为气味不好而企图推托不戴的理由。总是悄悄地把水加满，担心我吸的是干燥的空气，会伤了咽喉。她总是一个人静静地看着我慢慢入睡。

这一切，都是兰芳用她无私的爱，送给我的幸福。

要是真的“呼友协会”成功设立，我将大谈特谈其中感受到的来自兰芳的幸福馈赠，感受到的来自沈友关爱的幸福，感受到的来自发达的科学技术的幸福。

元旦散记

“别哭！秀儿累了，让她休息一会儿！”听着天理的话，他们不哭了。

我的泪水却止不住流了下来。

明明自己不能生孩子，秀儿还是执意为了夫家传宗接代生孩子。结果，孩子落地后问了声：“生的是儿子还是女儿？”丈夫说：“是个儿子！”秀儿笑着躺了下去，松开了双手，闭上了双眼。

妻子的贤惠，丈夫的关爱，感动了我，令我止不住地流下了泪水，触动了心弦，写作的冲动又来了。

元旦，本是假日，当休息。可对我来说，还是待在办公室，心里踏实，能找到感觉，自在愉悦。趁机把过去的一年归置归置，该放的放下！当变的速变！要学的快学！想做的趁早！理一理，顺一顺，心里也踏实一些。

要说过去的一年有何值得炫耀的，还真没有。倒是需要着力改进的地方不少。虽然已有心放下一些，且已放下一些，只是未能完全放下。本质上还是把“我”看得太重了，似乎无“我”不行，非“我”不行。其实这个社会离了谁也能过日子，说不定还会过得更好。想过好日子是人的天性，让大家都过好日子是领导的本职。“水能载舟，亦能覆舟”的道理，我辈都懂，领导能不懂？

虽发心坚守，也坚守了一些，但还是未能完全坚守住。天下大同，顺应自然，天人和谐，人人愉悦，是我发心坚守的、追随的。说得细一点儿，就是与人为善。与天地为善，做个自在自由的人。可当面对时就忘了，克制不住了，忘乎所以了，不知天高地厚了。

尤其是学习方面，欠账太多。“听君一席话，胜读十年书。”没与名师交流，何来灵感、感悟、火花？“活到老，学到老”，这对我来说，真的是太重要了！

要说失误，最大的失误就是未能说到做到。越是到了现在的阶段，越是要管好自己的嘴，言而有信，是做人的根本。“中国诚实守信好人”不诚信，不能言行一致，愧对天地、人心。

写作，写作，怎么像写检讨了？其实，经常检讨一下自己未必不好，特别是像我这样的人，更需要发心检讨，而不是应付搪塞地检讨。检讨能让人清醒，看清前进的方向，找到着力的突破口。

也许有人会说我在唱高调，做戏给别人看。是的，我所检讨的这些，在一些人眼里根本不是问题，我能理解，也不想争辩。要不是前些年，把我过去的日记烧了，也许就可以看到，我就是这样唱高调、做戏走过来的。五十多年了，总是以高于一般人的标准要求自己，检讨自己，审视自己，习惯了，也就不觉得有什么了。

谈起日记，还有几本漏网的，也得烧了，让过去的就过去吧。我不是圣贤，也就无须“立言”了。

年龄不饶人，有些问题不得不想。我不再想我从哪里来，更多地想我将往哪里去？就是延迟退休，也只有五年的时间了。身体不再年轻，再年轻也没用。更何况，我现在已有“江郎才尽”之感，常感觉力不从心。

看到两个女儿越来越懂事，我很欣慰。“儿孙自有儿孙福”，我又何苦硬撑着呢？

随着岁月的流逝，我越来越不敢说自己问心无愧，反而觉得一身的罪过，一世的愧疚。世界大？人心大？未必是我所想象的。至今，我未能跳出“我以为”“我认为”等以我心度人的境界，仍未能放宽视野，而仅限于“我”“小我”而已。由此，是真的理解了“无知无畏”的内涵。

手机响了，一看是一条微信：“太阳正好，写完了要知道晒晒！”说实话，坐我这个办公室，门一关，真不知道是晴天还是雨天，是刮风还是扬尘。其实，我更喜欢雨天，窗前听雨，雨中漫步，真的很浪漫的！当然，我也不能讨厌阳光明媚，只是在我心中，晴天有晴天的乐趣，雨天有雨天的浪漫。

看看手上的照片，眼闭着，嘴张着，手指着，一副超脱自然、忘我自在的样子，真的好笑。可就是想不起来当时唱的什么了。只记得，这是我的美国兄弟“仲跻海”摩尔唱歌时，我跟着和的时候，被同席的人抓拍下来的。

人，真的放开了，也就可以任性地生活了。只是，这个“任性”是在孙悟空给唐僧划定的圈子中的任性，越出了这个圈子，就要被妖魔鬼怪纠缠了。

元旦，一年之始，万象更新。阳光明媚，昭示着一个美好的开始。经济的寒流，有阳光的温暖，心情好多了。

趣味人生

生活对我来说，有工作、看书、写作、吃饭、睡觉。今年又多了一项，那就是陪小孙子玩儿。孙子，天天牵着我，来来回回，其乐融融。

何来乐？趣味也！正因为有了趣味，人生才有了愉悦，也才有了意思！

细想起来，苍天对我很眷顾，给予我的人生太多太多的乐趣，就偷偷地乐吧。

企业经营，整合资源，1+1>10，这样的算术题也只有我可以算出结果呢。

老子说："天之道，损有余而补不足。人之道则不然，损不足以奉有余。孰能有余以奉天下，唯有道者。"

算术好学，1+1>10 的算术不好学，为什么？唯"有道者"方能学会。有意思吧？

此说在西方叫作"马太效应"，国内的管理学大师也常这样讲。其实，作为中国人，应该在讲管理学时应用老子的话，讲"老子效应"。

现时的我，热衷于经营，内心更多的趣味是把不可能变成可能，把 1 变成 10，把庸人、凡人变成能人、圣人。只有亲身经历才知其中之乐。

为钱？有人说："买田买到卖，挣钱挣到败。"这个道理我懂。其实，买与卖，挣与败，是一样有趣的事。

每当诵到"国界安宁兵术消，风调雨顺民安乐"时，心里特有味儿。不忘国家，不忘人民，在祈祷的时候还能如此，不好吗？

看书、写作的趣味，对我来说真的是别有洞天。喜欢看，才看得下去，不喜欢看，怎么也看不进去。刘同学送我两本书，认真地看了一本，另一本怎么努力也看不进去，就放下了，全凭兴趣。

写作更是如此。有人说，写好了要改五六遍。也有人说，写作是痛苦的。可我呢？写好了，就行了，不会再改，一气呵成。是草，是花，就它了。在我看来，写就是享受，一吐为快；写就是修行，厘清头绪；写就是释放，闷在心里不舒服；写就是告白，让该知道的人知道我的心思。如此看书、写作，能不快乐吗？

今晨三点多，小孙子醒了，一直哭。起来给他换了尿不湿，又喂了水，看他抱着水瓶不放，就又冲了奶粉。吃完了，才放下了水瓶。兰芳看我开开心心、快快乐乐的，没有一点儿烦躁样，就问：“你真的不烦？”我说：“烦什么？你看他笑嘻嘻的多好玩儿！”

可能是我年轻时对两个女儿太没耐性了，让兰芳觉得我现在这样反而不正常了。人老了，心态变了。年轻时觉得烦心的事现在也觉得有趣味了。同样一件事，没有趣味时觉得烦，有趣味了就是一种享受。特别是看着小孙子躺在我身边，咿咿呀呀学着说“爷爷”的时候，那种愉悦真的无法言说。

正是有了这些有趣味的事，才让我的一生变得很充实，很浪漫，很有意思。梁启超在《学问之趣味》中说：“凡趣味的性质，总是以趣味始，以趣味终。”在他眼中，只有劳作、游戏、艺术、学问是有趣味的。而事实真的如此吗？倒是这句话说对了：“凡趣味总要自己领略，自己未曾领略得到时，旁人没有法子告诉你。”所以在我，趣味有了更多选项。

我把企业经营、看书写作、陪孙子玩看作有趣味的事，从而乐在其中，不知疲倦。是恩赐，是福分，但不是一蹴而就、天生就这样的，而是一步步走到了今天才体会到的。

趣味有多种，有些趣味上得了台面，有些趣味则登不上大雅之堂。如果你想上得了台面，你的趣味就得上得了台面。

上得了台面的趣味不是天生的，当戒的要戒，黄赌毒要戒，这自然不在话下，更有一些要戒，你懂的。

当定的要定，冰冻三尺非一日之寒，趣味的养成需要持之以恒，水滴石穿，懂吗？坚守很难，正因为难，才能体会趣味的价值。要是很容易，《道德经》就不会流传几千年了。

再说慧，智慧，贤惠，没智不行，不贤不行。找到其中的乐趣，而且是利他的，至少是无害于他的，没有一颗善良的心是不可能的。

世界在变，人也在变，趣味也要变。要想拥有上得了台面的趣味，成为上得了台面的人，还要不断提升，与时俱进，多交慧友、慧师，多读慧书、慧刊。唯有如此，方能有戏。

拥有趣味人生真好！

怡心园的雪

醒来，打开枕边的手机看时间，才 3 点 10 分。不知道外面的雪是不是还在下？看微信，好热闹，都是关于雪的。唯刘同学的散文《落雪，念倾城》有点儿别致。是啥也没说，只转发了一篇散文。可又啥都说了，有缘从散文中得到自己想得到的喜悦与欢乐。故，转了。

我还有啥没顾及的？是近期思考的问题，再想想，万一漏了啥，在我是万一，在他人是一万，万一可以忽略，一万是肯定不行的。

今儿是敬灶老爷的日子，称小年。愿他老人家上天言好事。大家都不容易啊。特别是今年。

车上是没有雪，但车门冻住了。我使劲儿拉，兰芳在身后说："轻点，不要拉坏了。"好不容易才拉开。晨曦中，怡心园福寿门的寿星公公与寿星婆婆被洁白的雪遮住了脸，也许是西北风太冷了，他们站在门口迎客，脸冻得实在受不了，用雪盖住脸暖和点。

一路还好，平安抵达怡心园观音堂。看车上的温度是零下四摄氏度，可并不感到冷，可能是还未开始化雪吧。在观音堂走廊绕三圈时，与平时也没有多少区别，额头上和手上都是热乎乎的。

闲心观赏怡心园的雪，用手机拍下喜欢的景色。第一张是站在放生池西北角，将观音堂、财神殿、小山全放在镜框中。黑白两色别有气势，特别是小山顶的观音菩萨，因雪的衬托与堆积，比平时丰满，似乎活了，就似一个慈祥的贵夫人坐在上面。由此，我看到了怡心园雪的佛性。

沐芳斋的红木匾、红灯笼、盖着雪的小瓦与"猫头"、披着雪的茶花盆景，蹲在门脚的石鼓，构成了一幅书香门第的图画。跨进门，顿时觉得闻到了雪的书香的味道。

透过小园门，身穿灰色素衣的僧人，踩在铺满雪的地上走来。红柱、白雪、灰衣似有庭院深深之美。雪下的菠菜、萝卜已是另一个世界的俗物，它们也觉得不好意思，躲了起来。

接着我又开车去了孝道。首先映入眼帘的是鲜红鲜红的“孝”字，在一片洁白的孝道尽头，显得更为耀眼。

踏上孝道的砖地，有点儿不忍心下脚，担心踩坏大自然的神雕。平整的砖道，因雪的覆盖与地热的消融，形成了立体感特强的道道白杠，一道道白杠黑白相间整齐排列，向“孝”延展，似登天的阶梯。走到头那是神仙的世界。有弯着腰迎接你的孝竹，有捧着洁白的雪献给你的长者。洁白的地面没有污物、污水，更没有雾霾，深深地吸一口气，顿觉空灵。

紧靠孝道的北边，有三间茅草屋，那是我童年的记忆。雪后的茅草屋显得很冷清、单调。白、黄、青三色。青的是砖砌的烟囱，黄的是土垒的土墙，白的是覆盖在茅草上的雪。

墙根下《童趣》雕塑，多少增加了点儿生气。从面对墙壁挖蜂、伸手在屋檐捣鸟窝的小孩身上，似乎看到了我童年时的影子。时间真快，转眼间就快到耳顺之年了。

三友亭、三友山，因新挖了鱼塘而别有情趣。藕塘中挖了鱼塘，少了长藕的地方，多了水面。多了水，也就多了灵气。三友山被水环绕，立于一片雪地之上。三友亭似少女穿着红白相间的旗袍，亭亭玉立于三友山山腰。虽说没有“江山如此多娇，引无数英雄竞折腰”的气势，但也有江南水乡、大家闺秀的典雅气质。

拍完这些，时间已不早了，不得不开车回家吃早饭上班了。其实，我好想素雅的雪停留在怡心园，融化在怡心园，添点小山的佛缘、沐芳斋的秀气、孝道的仙气、三友亭的神气。

啊！请您再送怡心园一场雪吧，不要太大，也不要太小。

有纷纷扬扬、飘飘洒洒的视觉就好。

能给怡心园披上洁白的外衣就好。

能让我找回童年的记忆、儿时的乐趣，再打一次雪仗，堆一次雪人，再一次重温炭炉烘手的感觉就好。

我的夜饭

昨天晚上，从蒸锅中端起早上剩下的大半碗小米赤豆粥，就着萝卜干正吃得津津有味时，女儿来了。见如此简单，她就跟她妈说："至少炒个青菜，让爸吃粥也太简单了。"兰芳说："我来炒，我来炒。"我赶紧说："不必了，我都吃好了，就这样挺好。"

其实，不吃夜饭渐渐地成了我的习惯。佛教讲究"过午不食"。一开始，我也觉得不可思议，怎么可能做到？日常生活中与佛教人士接触多了，时常会记起"过午不食"。且见他们面色红润，体态丰盈，并不像是挨饿的样子，慢慢地也就接受了"过午不食"的习惯。

刚开始不行，看到家人吃，还是坚持不住。特别是参加宴席，坐在椅子上不动筷子，自己不自在，他人更不自在，而且有那么多可口的饭菜，还是会忍不住吃些。

一年后，吃了夜饭就会有不舒服的感觉，睡觉时胃很难受，早上起来，嘴里是苦的、干的，也就慢慢地习惯了不吃夜饭。

我的感受，我知道，家人未必知道。他们关心我，不同意我不吃夜饭，当然也不同意我吃素，也就变着法子做些我可以吃、喜欢吃的东西。杂鱼煮花生米、黄豆，让鱼烂在汤中，放在家中冻起来，让我吃花生米、黄豆。排骨炖海带、木耳、山药、藕，让我喝汤吃素菜，变着法让我吃肉边菜，调动我的食欲，以增加我的营养。

面对家人用真诚的心变着法做的饭菜，我能说什么？简单的一句"不吃"，既不近人情，伤了家人的心，也不符合我的风格。更何况，六根仍未清净，食欲还在。只是用坚强的意志力控制着自己"最好不吃""实在不行少吃点"，以求不伤和气。

假以时日，家人也慢慢地习惯了我不吃夜饭或简单"对付"的习惯。现在夜饭于我来说，也就变得有一顿没一顿，不再是天天必须完成的任务。能不吃就不吃，吃好吃差不在乎，有啥吃啥，越简单越好。既省去了家人的烦琐，又利于身体健康。而原来的我不是这样的。曾经把吃当作联络感情的手段、享受，展示能力的机会，胡吃海塞，一顿吃过三斤红烧猪肉，吃过十三个肉圆，喝过四瓶干红。要么可以连续吃四顿饭，要么是一顿吃四顿饭的量；对酒则是要么死不喝，要么往死里喝。现在想起来都有点儿心有余悸。不觉又脸颊发烫了，真的是不可思议。也许是年轻气盛时必须经历的一段，要不然，真的是好事都被我占尽了。忘乎所以地胡吃海塞招来了脂肪肝、高血压、肥胖症。现在是再怎样劝、再怎么激也不会这样了。

不过还好，及时认识到“过午不食”的益处。有人说“吃夜饭时小鬼都出来，看你吃夜饭，他们吃不到，就生怨恨心”。我不敢说不信此说，但我更相信“吃饭补充营养，吃了就睡，营养只能变成脂肪堆积在体内”的说法。人的生物钟是自然存在的，是不以人的意志而转移的，只有尊重生物钟，日出而作，日落而息，让它有序运转，按需按时补充营养，寿命才能长久些。

“过午不食”，我还未能完全做到，因而有了夜饭之说。可能真的是红尘未了，无勇气抛弃红尘，做个出家的菩萨。是我贪，放不下，还是命不让，不敢放？谁能给我答案？

一顿夜饭，看起来很简单，吃与不吃，怎样吃，吃什么，真的有太多的信息，你心中想的他人未必知道，你说的是不是真的，他人也未必能正确判断，但你吃什么，怎样吃，吃多少，是难以伪装的。一天两天、一次两次伪装可以，长年累月持之以恒地伪装就难以做到了。

有人问我：“不吃，不饿吗？”

有人说：“不吃肉，怎么受得了？我一天不吃肉都心慌。”

有人说：“吃这么少，能饱吗？”

有人说：“真能坚持？我不信！”

我能说什么呢？只好笑笑。对现在的我来说，吃是为了生存，给生命补充能量，而不是享受，更不是联络感情的机会、展示体力的平台。佛教流传了几千年，“过午不食”应有它的道理。更何况我已无数次得到了验证，不吃或少吃夜饭，睡觉舒服，还“不起夜”，第二天早上起来，嘴里甜丝丝的。在当下，与不信“过午不食”的人说佛学，好似与虎谋皮、对牛弹琴，徒伤和气，又何必呢？

素心坚守

素食，渐渐被世人所认识、认可、接受，是件值得庆幸的事。

这得益于素食的养生功能，以及更多有心人的推荐，特别是那些素心坚守者的榜样示范。

惠民寺素食节，将素食与佛学的推广有机结合起来，就是一个很好的推广素食的活动形式。

今年的惠民寺素食节，已是第二届，我参加了，聆听了诵经，品鉴了种类丰富的素食。当然，还是带着家人、同事一起参加的。希望借此机缘让他们也能接受茹素，至少不再反对他人茹素。

惠民寺素食节，多了一些佛教礼乐的表演，比一般素食活动更庄严、神圣。佛教的文化氛围，佛学的礼节礼貌，好奇地观摩欣赏，“吃”反倒似乎被淡化了。听到的不是“好看”，就是“好吃”。一个菜刚上桌没多会儿，很快就被吃完了。

惊叹惠民寺僧众不易！只有六个人，竟能一次性招待两百多人同时用餐，不但准备的菜品丰富，色香味俱全，分量够足，就连上菜、撤盘，也是井井有条。还附赠每人一份礼品，真的是不简单。

事后我问惠民寺僧尼妙善：“能保本吗?”她说：“应该可以，政府答应资助4万元。”我微笑不语，不再提此话题。

也许我的担心有点可笑。可当你了解了真实情况，就会为寺门担心了。两百多人吃饭，说是一人50元的门票，可有多少人真的买了门票?真的信众丢功德钱，可真的信众太少，丢钱的信众更少，故功德钱有限。游客是统一安排的，就算是每个人买了50元的门票，收入也是县旅游公司的，与惠民寺无缘。一些所谓的“贵客”，既不是“信众”，没有丢功德钱，也不是游客，没有买50元一张的门票，就是纯粹蹭饭的食客。没有了这些收入，还有义工需要安排吃饭，还要给请来的僧人们支付工资、安排吃饭，还要赠送礼品，还有素食制作是请的铜雀寺的专业素食团队来操作的，更是一分钱也不能少。开支是一定的，大约两百人参加，人均成本150元以上，开支得约3万元。但是收入却是不一定的，政府说是资助4万元，谈何容易！

回到素食话题。推广素食，是需要有能力和信仰的人支持和参与的，不是想做就能做到的！如若有一些人能理性地认识到素食的功能，愿意发心为众生祈福，为众生引领心愿，又有“余力”做些善事，举办一些推广素食的活动，那样也许就简单些了。

曾经有人说，去过一次医院，马上就会觉得自己空闲多了。去过一次殡仪馆，就会觉得人生没有什么放不开的了。我想说：去一次屠宰场，去一次养殖场，就会觉得吃素食更心安！

养殖场，且不说鸡鸭猪牛羊等产生的粪便会对环境造成多大的污染，单说喂食和注射的各种激素残留就会给人体带来不可估量的伤害，你还敢吃吗？

屠宰场，看到它们无助的眼神、眼角的泪水，心再狠的人也会生出怜悯的慈悲之心。看着它们的鲜血汩汩地流淌，听着它们被宰杀前歇斯底里的哀嚎，直透人心，令人毛骨悚然。

也许，有人一生也无缘养殖场、屠宰场，也许有这样那样的理由支撑着不吃素的借口，但同样也有一样多甚至更多的理由劝人们茹素。

从环保的角度来说，茹素可以节能环保，也更加符合人与自然和谐相处、共生共荣的自然规律。

从养生的角度来说，人体需要的其实很少，适当减少食物的摄入，对于防治“三高”“肥胖”“痛风”等疾病都有益处。所谓“病从口入”，现在的许多疾病都是吃出来的。

没有需要，就没有市场；没有市场，就没有速生的猪牛羊鸡鸭鱼，也就不会导致孩子早熟，不会有“三高”“肥胖”“痛风”等疾病。当养生成为习惯的时候，茹素就成为了最智慧的选择。

从幸福的角度来说，茹素，简单省时，可以腾出更多的时间享受亲情和阳光，阅读书刊，畅抒胸臆。茹素，让身心更神圣自在，更慈悲祥和，更有勇气坦然面对生活。

如今，我茹素六年多了。身体更好了，精神更愉悦了。正如人们见到我时常说的：“你没瘦啊！好像还更精神了！”是的，体重基本未变，精神饱满，心劲十足，有股不服老的冲劲。

也很想让更多的人茹素，也为此努力过，争取过，但事倍功半。机缘不到，劝人茹素绝非智慧之举。唯有顺应心意，静候机缘。

也许是习惯了，家人也不反对我茹素，煮饭时都会有心考虑到我的需要，熟人也都支持，聚餐时总会尽量多安排几个素菜。现在茹素对我来说已经是一种享受，不但享受了美味、营养、健康的素食，而且享受了来自家人、朋友、熟人的关心与体贴。以至于偶尔无奈吃点儿荤菜，胃就会很不舒服，而且夜里睡不好。如此，也就更加坚定了我茹素的信心与毅力。

其实，茹素重在心要素。心素了，就会自然而然地接受茹素，坚持茹素。

素食节过去了，但愿有更多的人认识、认可、接受茹素的理念，但愿到第十届的时候，会有更多的人参与进来。也就是说，会有更多的人是自愿前来分享素食美味，领略佛教文化，寻找心灵的归属。

当然，对我来说，坚守素心，不是问题，为有更多的人成为茹素信众，甘为榜样。

闲来聊衣裳

虽说我知道像我这样写作是不该的，至少也是不妥的，但还是禀性难移，我写作总是随心所欲，直抒胸臆，一气呵成，享受写作的乐趣。

其实除掉这还有什么可享受的。好不容易让心有了如此的念想，不再似从前恶心、贪婪，因而才敢随心所欲，本能直抒胸臆。

面对当前如此恶劣的经济环境，浸淫其中，步步谨慎，时时警心。

身心似绷紧的弦，再不放松，就快断了。

前几天，曾为结缘惠民寺水陆法会的事和兰芳探讨化解压力的话题：累了，压力大了，总得有个释放的口子。我现在觉得结缘能让我心安、心平、心静，让身心得到调节。唱歌、跳舞、喝酒、打牌与我已无缘了，就连逛商场、市场也忘了是什么时候的事了。我不随心所欲地写点东西，又怎样来调节身心呢？

好在我不是专业作家，既没有写作任务，也未必一定要承担宣传、教育他人的重任。对我来说，写作就是享受，就是愉悦，就是幸福。

这不，想起衣裳的话题，觉得挺有意思的。

想起了有人有那么多衣裳，每天换一套衣裳，甚至上午、下午、晚上各换一套，还说没衣裳穿。

想起了有人一辈子也就那几件内衣。虽说现在的内衣不是碎布拼成的旧衣，但相对于灰、黄两色以及款式单一，也就简单多了。

想起了惠民寺妙善说过的话：原来面对几衣柜的衣裳，为穿哪件而犯难，现在天天纳衣很简单，挺好！

想起七年没买新衣裳了。虽说有的衣裳破了补，补了再破，破了再补，我也没觉得什么，并没有人因此而瞧不起我，看不起我，认为我“穷了”“不行了”。

其实，这样做并不是为省钱，而是为省事，为舒服，为感情。衣裳穿久了，材质变软了，形状更适应身体了，穿在身上比新的衣裳更服帖、舒适。人是有感情的，特别是年龄渐大的人，对物体更易产生感情。一身衣裳穿了十几年，虽说裤脚踏破了，已经补过两次，还是舍不得丢。那套深灰色、浅条子的西装，还是十几年前在北京“蛇岛”开董事会发的纪念品，无论是颜色，还是剪裁，都是我喜爱的。不敢说爱不释手，至少在面对几件衣裳做选择时，总会不自觉地选择它。

由此想起了另一个话题：衣服对人的“统治”。说“统治”有点儿过，至少是对人的影响。“人靠衣裳，马靠鞍。”这是常用来说明衣裳对人的重要性，特别是两个初次见面的人。你对对方一无所知，帮助你来判断对方的身份、兴趣、爱好的，就是对方的衣裳。这也许就是当今名牌盛行、奢侈品畅销的原因吧。甚至于冒牌的名牌、奢侈品也畅销起来了，被真名牌、真奢侈品统治尚可谅解，要是被假的“统治”，就可惜可悲了。故，凭衣服取人，可要细心，不要被“李鬼”骗了。

有人说：“男人的心在哪，钱就在哪。”真的？其实这是男人借用衣裳这个工具达到“统治”女人的手段。可悲的是还有所谓的“靓女”为此理论欢呼雀跃，我真的不知道是该高兴还是该悲哀。男人的心，永远在自己的身体内。

“人靠衣装”成为共识，其实是时代的悲哀。由此想起庄子的典故：庄子身穿粗布补丁衣服，脚穿草鞋，去拜访魏王。魏王见庄子如此穷酸相，就说：“先生怎如此潦倒啊？”庄子纠正道：“是贫穷，不是潦倒。士有道德而不能体现，才是潦倒。衣破鞋烂是贫穷，不是潦倒。此所谓生不逢时也！”庄子破衣破鞋，能在魏王面前如此坦然、自信、雄辩，当今社会有多少人能如此？

其实，衣裳本为遮丑、御寒之用，能遮丑，能御寒，即可。古人用树叶、树皮、兽皮为衣裳，就已经起到了作用。如果衣裳成为道具，成为名誉、地位、财富、身份的象征，衣裳就不再是衣裳，而是服饰或装饰。

有人说，男人穿衣裳是为了更好地活着，女人活着是为了更好地穿衣裳，我不敢说它错，至少我不赞成“女为悦己者容”。有必要吗？在相亲相爱的男女之间，穿衣裳与不穿衣裳有区别吗？除非女人想去陌生的世界，向陌生的男人展示一个漂亮的自己，才需要“衣裳”，才需要“更好地穿衣裳”。

再说，穿衣裳与更好地活着，对男人真的重要吗？虽说现在有些年轻人受某些别有用心的人诱惑，对毛泽东有些抵触，甚至反感，但我坚信只要还有良心，还有正义心，一定认可毛泽东一生对穿衣的态度。物质紧缺的时候需要节俭，物质丰富了同样需要节俭。衣裳打补丁，袜子打补丁，也没影响老人家思考，更未影响老人家的地位与形象。

还有弘一大师、星云大师等得道高僧，他们的内衣伴随一生，活得不好吗？

衣裳以其应有的本能为佳。在实用的基础上，再追求点儿美观也未尝不可。只是不要美观重于实用就好了。再说重要的在于干净、整齐、简单、协调。至于型、色太过烦琐，则未必美！

我反对“人靠衣装”，但不反对穿衣裳。更不怀疑衣裳有透露内心世界的功能。衣裳是不说话的宣传。你内心的信念、爱好、追求，可能因衣裳一览无余。

至于“兄弟如手足，女人如衣裳”，更是不妥的比喻，是男尊女卑、“夫为妻纲”思想的遗毒。男女平等是理想，也应是现实，但不是绝对，而是相对。世界本是相对的，绝对未必正确。既然是相对平等，也就是说有可能平等或不平等，也可能是男人强加的，也有可能是女人自找的。无论是自找的，还是强加的，都应客观面对，不忘平等的理想，看开不平等的现实，如此方能人生从容，人生愉悦。

没想到，就衣裳扯出这么多，也许是空闲的原因。放假了，安静了，坐在办公室，面对补了又补的内衣，浮想联翩了。

办公室的一天

今天是星期六，我本能地来到办公室。在我心中，办公室已成为生活中不可缺少的一部分。

上班时，我在这里了解情况、布置工作。这里是企业的中枢神经，核心的指令从这里发出。

上班间隙和节假日，我就在这里看书、沉思、写作、卖呆、睡觉。重大决策的雏形会在这期间形成，待工作中进一步完善。

这里也是加油站。身体的加油站：渴了，喝点茶水；饿了，吃点零食。头脑的加油站：看书、冥想，吸收新知识。更是精神的疗养院：累了，休息一会儿；困了，小憩片刻；烦了，一个人待一会儿……待满血复活，再次出征。

总之，这里是我灵魂的休憩所，假如没有这个办公室，真不知道我的人生会怎样度过。

凡此种种，或许只有我自己能理解。

也许真的只有“我”能理解了：“高处不胜寒”啊！

人生到了如此境地，企求理解，企求支持，企求帮助，不算明智之举。猪能理解鸟为什么要飞，能支持帮助它飞吗？肯定不能！有这种企图，本就不明智，所以错在猪自己。

早上来办公室的路上，看到有卖粉丝的人骑着车，很辛苦，我停下车买了700块钱粉丝，带到公司与同事们分享，青菜烧粉丝，好菜。有喜欢的东西与同事们分享，习惯了“独乐乐不如众乐乐”嘛！

所以办公室有时也是分享的地方。

在一些人眼里，我的办公室是博物馆，“小玩意儿真多”；在另一些人眼里，又是图书馆，“书真多”。博物馆也好，图书馆也罢，可能都是他人的恭维话，不必太当真的。

丁馆长又来谈起过去。西宁追款，股份改制，中外合资，杭州办厂，烧日记，当公务员……回忆起过去，心中真是五味杂陈。被人欺的羞，被人骗的愤，被人打的气，被人爱的喜，被人帮的乐……要说立体，我的人生不只是立体，而且是多面体。

“散文精选”是个好选项，只是我为此付出太少。徐兆熊整理好的初稿，要我再看看，正好利用今天的空隙，算是调节神经，从繁忙里偷得一份轻松。

“随缘，随缘”是应圆通寺常融大和尚的邀请写的，登在寺院的宣传刊物上，说是“修改了三处常识性的错误”，现在把它收进“散文精选”。需要抽时间去趟圆通寺拜见一下常融大和尚，请教一下具体是什么错误。

可能夜里没休息好，有点困了。于是洗洗澡、刮刮胡子，吃六个红枣、六个核桃，权当午饭，然后，好好地睡一觉。

醒来已是下午三点零八分，觉得精神多了。

先把换下来的棉毛裤洗了，晾在卫生间的隔断上。再把仲马买的电热护肩戴上，边看书，边护理右肩，疼痛轻多了。

这就是我的办公室，以及办公室的一天。

与德本师、葛师小聚

三天前，来了两位贵客，是对传统智慧有独到见解的老师。老师就是老师，三人行必有我师，发乎心。不要以为我谦虚，学到他俩的智慧，是我近来的梦想。

想一想：人生真好，心有所想，马上就有缘亲近，得高人指点。

“葛师”，我送他的称号。说他是如海人、南通人都对。说是如海人，即如皋海安人。他父亲如皋人，母亲海安人，故简称如海人。南通人就好理解了，常住南通，且在南通工作。

更是性情中人，多少遗传了葛洪的智慧。对易经、八卦、相面、风水、预测都有研究，散文也特别地好，是我省知名的散文作家。

其实这次有缘分相见，缘于散文。省散文学会会长姜老师来海安，谈《江苏散文》，谈省散文学会明年的工作。葛师视姜老师为师。姜老师来了，葛也就来陪陪了。

可惜的是，葛师因工作因素，未能赶上“我与海安”征文比赛的投稿。否则，一等奖也许就是他的了。

“德本师”去云南时，一起待过几天，羡慕他的自由自在，仰慕他的佛学、医学。他靠着人的自我调节，修复自己的毛病，“治病治根”的观点，是我崇敬的理念。

人们都这样叫他，他自己介绍时也说“我是德本师”。因此，我也就这样叫他了。对于他的过去、身世知道的甚少。唯知他是上海人，独居云南，自由人，仅此而已。

他母亲在上海，中秋节回上海看望母亲，顺道来我这里参访，顺便帮我点儿忙，为怡心园的布局与未来发展方向提供咨询，同时发挥他的佛学与医学专长：

医无病，医有病。说刻意，谈不上，至少是有意为之。

同来的还有佟老师。

那天上午，我亲自去上海接，在新闸路374号“馄饨王”的门前小摊见到了他们。

在车上说起了葛洪。葛洪，东晋道教学者，著名炼丹家，医药学家，自号抱朴子。想起了前几天才认识的葛坤宏——葛师，葛家的后人，且又热心于祖上的智慧传承。

我就和德本师说：“我认识一个葛洪的后人，不知道他有没有空一起坐坐。”这时正好到了南通大桥上。

德本师听我如此说，连说：“好啊！一起坐坐看看有没有道家的拓片之类的东西，欣赏一下。”

我就给葛师打了个电话，说明了情况，葛师一口应和：“可以。”

这样就从沿海高速小海出口下了高速，直接到南通市公安局，接上葛师，一起来海安。

一路上，德本师与葛师，谈起葛洪，说起道教，头头是道，我只有听的份了。

午饭是在如皋水绘园东门北、灵威观旁的茶盈素道素食馆吃的。

利用吃饭前的时间，参观了灵威观。

饭后来到公司，从中门而进，看到“家”。葛师与德本师不约而同地问我：“这个‘家’是谁选的？”我说：“我拍脑袋，拍出来的。”德本师又问我：“没请人指点？”我说：“没有啊！那时候只是出于与人不同的追求，以及对内教育员工，对外宣传企业的目的而选择了‘家’。”葛师说：“你这个脑袋拍得可真准！”我问：“为何？”葛师说：“家的字解你应该知道的，家里有猪，有猪就富。你又属猪。”听他这样一说，回忆起企业发展的两大注脚：1993年1月，经过与一帮小年轻讨论，“家”诞生了，后由书画家王奇寅用拖把写在影墙上的。从此，企业发展顺风顺水，一年一个台阶，稳步走到今天。

进入办公区走廊，看到企业写在宣传板上的LOGO，又来了兴趣。德本师问：“请谁设计的？”我说：“也是我拍脑袋决定的。”他投以怀疑的眼光，言下之意：怎么会？而事实确实是。

那天，北京的××公司会议室，设计人员与我的同事们济济一堂，就所有的几十个设计方案进行筛选。依照我的习惯：先是听大家的，让与会的所有人都发表意见，从候选的60多个LOGO中，选出三个，最后表决：再选出一个。可我觉得似乎还未能有我心中的那个，就建议加上“27号”，再选一次。“27号”就是后来被选中的这个。由于“27号”完全推翻了原来的LOGO元素，以全新的面貌出现，而且是开放性的，又有《易》的智慧。而我正是希望未来的海迅是个全新的海迅，而不只是在转型升级时像个小脚女人。

当时，连著名的品牌推广人李光斗先生也不主张选“27号”，理由是“变化太大”。

我说：“我们再让会场外的人选择。”我发给在德国的二女儿仲马，王兆林发给在澳大利亚的儿子王磊，身在异国他乡的年轻人共同选择“27号”。

由之，确定“27号”中标入选。

这就是关于企业新的LOGO拍脑袋的过程。

还有投股里昂、建设怡心园，也是拍脑袋而定。

他们就当听故事，边走边听我讲了这些。

说实话，拍到现在我有点心虚了，不敢再拍，也不愿拍，而是希望得到高人指点，这才有了葛师与德本师海安相聚的机缘。

拍脑袋决策30年了。经过近几年的折腾，企业已不是原来的企业。无论是企业规模、行业分工、经营理念、管理手段，都发生了很大的变化。不敢说翻天覆地，至少也让老熟人有“如隔三秋”之惑。再像原来那样拍脑袋决策，真担心会误企业。这也许是老了的标志。

怎么办？首先需要自我提升。小时候，放学回家的路上，看到生产队起鱼，我也站在人群中看热闹。他们把网撒在河中，河两边各有四五个人拖着往前走，河中一叶小舟跟在网后，不停地用篙子拍打水面。我就问身边的二爹：“篙子拍打水面，不会惊了水里的鱼吗？”二爹说：“正是要惊动了鱼，它才会被拖网拖住，沉在水底的鱼就拖不到了。”我这才明白为什么从来没看到拖网拖到乌鱼、青鱼，而只是一些草鲢、鳊鱼、鲫鱼之类的鱼。这些鱼听到声音纷纷浮上来或逃窜，就被网住了。而这件事对我的影响，至今难忘：要想不被拖网拖住，就要沉得住气，不要被拍打的篙子乱了阵脚。

嘴说是“拍脑袋决策”，其实脑子早已有了相关的信息，甚至盘算过N次，只是在决策时，果断而快速地决策。要是没有前期的琢磨和酝酿，拍了脑袋，也是个错误的决策。

市场的风险，竞争的残酷，远比“篙子”“拖网”厉害多了。要想不被市场的竞争拖住，就要提升智慧，强化修炼，让脑子及时拥有真实的政府信息、行业信息、同行信息、客户信息、准客户信息、企业信息。然后，持续不断寻找一个共同许可的或可能许可的区域，这个区域就是“拍脑袋”的基础与前提。如此，企业才有可能迎来又一个骄人的30年。

想起德本师发给我的一段信息：“若有虔诚的祈祷性的修炼，一日中人人会有变化。过去说上乘修行人或者说利性修行人一日一变。为什么一日一变？他在未曾有的抉择中成为事实了。在本性具定、本来清净的起点处抉择了，在自性前进中步步踏实，能正等正觉每一个现行。他生命机制的这种内在喜悦，内在感动，法界中也在对他支持，现行对他内在的支持会唤醒极大的光辉与作用力！”

“一个貌似很简单的东西，背后有很多因缘支持，很多不是我们想象的东西。”

当时看的时候，有点云里雾里，此时联想到似乎懂了。也就是说：只要是正见就会有正觉，有正觉就会有说不清、道不明的力量助你，成就你。

看起来是拍脑袋决策，实际上则未必只是看到的拍脑袋，而是由于拍脑袋的人是正见正觉的人，故有助“唤醒极大的光辉与作用力”，助其拍脑袋。

当然，随着企业的规模越来越大，行业越来越多，模式越来越多样化，拍脑袋也要慎重，最好是先科学和民主，再拍脑袋，这样可以减少拍脑袋的失误。

如觉得没能力，没把握，还是少拍脑袋，甚至不拍脑袋好。

葛师因晚上有工作安排，在公司聊了一会儿，我就派人送他回南通了。德本师与佟老师，住宿农庄，助我了心愿：“度众生难”，就先从度有缘人开始吧——为人看病开方子。

第二天上午，要不是李光斗过来，谈“供给侧与工匠精神高峰论坛”的事，真想一起去上海，而且也说好一起去的。可无奈至极，只好再约，有缘再聚。

商定了将怡心园定位为办学基地，以后会有更多机会与德本师、葛师聚在一起谈感兴趣的话题了。甚喜！

发乎心　止于礼

留心了吗？今年的云格外地白，桂花少有地香。

是云更白了，桂香更浓了，还是心情好了？嘿嘿，你说呢？

人世间，有些话既说不清，也无须说清。“此地无银三百两”的嚼咀，又有何意思？像“心中有谁？”“喜欢谁？”说喜欢的未必真喜欢，说放在心上的则未必真就放在心上。说，有可能是顾及面子、留面子；不说，则是信心问题、火候问题、时间问题、气氛问题，并不代表心里没想。与其如此，说的不真，真的不说，还不如读诗、喝茶去。

人世间，有些事，向往是最美好的，真的实现了则未必美好。比如，希望有个农家小院，有花有树有草有水，养老。可我天天就住在这样的小院里，则没有特别的兴奋与好奇，是习惯了农家的生活。上次去南京，看到同学的复式大套也挺好的，心生羡慕。能在闹市有个如此宁静的窝，真是快意的事情。

人是这个世界的主角，也是最难以看清、相处的物种。就像看一样的云彩，闻一样的芳香，不同的人，不同的时间，不同的地点，就能有不一样的感觉，真是“像雾像雨又像风”。像雾，难识真面目；像雨，没有不行，会旱死，多也不行，会涝死；像风，来无影去无踪，当你想时，不知去哪儿找。当你正忙于应对俗世时，突然吹在脸上，好舒服啊！感叹油然而生。

其实，在大自然面前，人又是最脆弱的。地震、海啸、台风、龙卷风、洪水、干旱，面对这些时，人类几乎是束手无策，只能听天由命。只是人们在大自然不发威时，好了伤疤忘了痛，自认为人就是这个世界的主宰。

就人本身来说，也是很脆弱的。好好的一个人，一个意外，伤了、残了、没了。好好的一个人，饭菜可以吃几碗，但几句话就受不了。特别是亲人之间、同学之间、同事之间、朋友之间，乃至情人之间，又何苦呢？为了一句话，断了情、送了命的事，时常会从微信上、电视上、报纸上看到。

真的是可惜！可惜！可惜啊！

人与人，一见钟情，日久生情，无可非议。无情未必真好汉。儿女之情、夫妻之情、朋友之情、战友之情，当珍惜，当看淡，当坚守。“发乎心，止于礼。”

“发乎心”，用心说话，用心相交，用心做事，而不是出于应付、面子、无奈，也就是有心跳加快的感觉。

“止于礼”，心不能跳得太快，太快了会受不了。

孔子讲：“克己复礼，为仁。一日克己复礼，天下归仁焉。”“克己”可以理解，就是克制自己的冲动，不要任随心的跳动而为所欲为。“复礼”，不理解的人甚多，反对的人更多。可我觉得应“复礼”，恢复传统的礼仪、礼节、礼道、礼品。

有了礼仪、礼节、礼道，彼此就有了“规矩”。用规矩约束发自内心的冲动，社会将更和谐，人民将更幸福。交通事故、打架斗殴、情杀仇杀，都会少很多。

古有“千里送鹅毛，礼轻情意重”一说。放眼当下，礼品（礼金、礼物），还有情义的成分，应当被上清童子腐蚀了。衡量同学情、朋友情、战友情、同事情、亲情，不再是情，而是钱，以钱的多少作为标准。

巴金说：“友情在我过去的生活里就像一盏明灯，照彻了我的灵魂，使我的生存有了一点点的光彩。”

高尔基说：“真实的十分理智的（友谊），是人生最美好的无价之宝。”

现在还有多少人这样认为？

没有了铜臭的掺杂，友谊才是真的友谊。

没有了云雨的搅和，友情才是真的友情。

不写了，不写了，不写了。

还是瞟瞟窗外的景吧。云依旧是那样的白，花亦是一样的香。就这样挺好的，想那么多干什么呢？

记忆中的美味

幸福的人生，是由许多美好的记忆组成的，包括与爱人慢慢聊聊往事。

昨天与兰芳谈起“吃什么”的事。昨天早上去怡心园看到桃树下的青菜，以及叶子稍稍有点发黄的黄豆，“青菜煮黄豆米”就脱口而出，而且又一次把小学时代的故事与兰芳说了一遍。

那是1973年，我在胜利小学读五年级。学校离家有七八里地，逢到下雨、落雪，父亲会嘱咐我：“就在学校吃吧，不要来回跑了。”中午就在学校搭伙，请煮饭的吴师傅帮忙订二两米饭。

一个下雨天，利用课间时间，去学校食堂找吴师傅订了饭。中午放学后，等同学都走了才去了食堂。站在食堂角落里，看着老师们端着小半碗的红烧肉，大半碗的青菜煮黄豆米，一碗米饭。不要说红烧肉的香，单是青菜上冒出的热气，飘着的青菜、生姜、豆子的混合香味，简直太诱人了。更别说那黄豆米夹杂在其中，黄豆简直像玛瑙一样。

看得我肚子饿了，口水在咽喉处直翻腾。等老师们都走了，吴师傅才叫我：“把饭端走吧。”顺手在我的饭碗里加了一勺子青菜汤。

菜汤泡米饭，三下五除二，还没来得及品味，碗就空了。从此留下了“青菜煮黄豆米”的美味记忆。

兰芳见我说得眉飞色舞，特别幸福的样子，说：“这有什么难的，明天早上我来做。”

其实，菜是不是好吃，并不知道。因为当时并没有吃到菜，只是把自己认为的最好吃的味道都附加在这想象上，于是这道菜就美上加美了。

今儿早上，饭桌上放着胡椒炒黄豆米、韭菜炒百叶、扁豆煮芋头，以及清蒸南瓜、山芋、山药、土豆，最令我开心的是青菜煮黄豆米，且是农庄长的青菜与黄豆，没有施用农药化肥，就是记忆中的样子，有记忆中的味道：黄豆油的香、生姜的辣，碧绿的青菜叶，微白的青菜梗，微黄的黄豆米，也顾不上小米粥养胃了，盛了一碗白饭，白米饭配青菜煮黄豆米，风卷残云，汤香香的，有点儿辣，有点儿咸。汤倒在饭上，白饭也变得有点淡淡的绿了。一会儿工夫，碗底朝天了。

兰芳问我："饱了？"

我心满意足地说："饱了，还有点儿撑。"

四十多年过去了，直到现在，这道菜依然是我心中的王牌美味。

抢　戏

“供给侧改革与工匠精神高峰论坛”尘埃落定。

效果究竟如何？现在说不清，其实科学地讲，所有定论得交给时间。

话虽如此，我还是召集筹备组的人一起认真进行了总结，并形成了书面材料，以备以后类似的活动用。人不可能不犯错，但同样的错误不能犯第二次。

关于论坛，我认真总结了一下，主要有三个方面：一是作为承办方的一把手，分工不清，检查不够，要求不高；二是作为发言嘉宾，准备不足，太过紧张；三是作为自然人，潇洒有余，沉稳不足，礼节欠缺。

也许他人无法理解，其实也是心血来潮，我把演讲的 PPT 重新做了一遍，觉得不如此做，不足以说明我真的认清了自己的问题，是真的有能力发挥得更好。

特别有趣的是“KG”。他是看到了我发在朋友圈的信息，主动从苏州赶过来参加论坛，而且同来的还有他在海安工作的同学。见到“KG”时，我觉得好惊讶，当然也好高兴。微信群的朋友有那么多，要说交往，他不是最多的；要说感情，他不是最深的；要说利益，几乎是没有的。他来了，我能不高兴吗？更何况，在我心中他是个人才，是个有发展前途的年轻人。

有趣的还不止这些。他在会场发微信给我说：“你一件衬衫穿了八年，挣那么多钱干什么？”

我看到微信一愣。“八年？真有八年？”一想，“还真是八年”。

八年前，在苏州 SDC 打工当总经理，我穿这件衬衫，同他一起去德国柏林参加普睿斯曼的集团生产会议。

这次论坛发言，我穿的又是同一件衬衫。

他怕我不信，还发了当年的照片为证。

当年为什么穿这件衬衫我记不清楚了，但这次论坛发言，穿什么衬衫，可是纠结了好几天，且征求其他朋友的意见：白色、藏青色、红条子的这三种颜色，哪个适合我？结果我还是觉得这件红条子的更适合我。

穿了件八年前的红条子衬衣登台演讲，并不是要显示我节俭，毕竟不是谁都知道这件衬衫的历史，为什么穿呢？喜欢、舒服。

当我把相关的照片与微信内容发到微信朋友圈，留言下说什么的都有，甚是热闹。

“这个衬衫蛮好看的，生意更红火。”正是心想的。

“一点儿也不显旧，看起来依然风骚，陪您进入下一个崭新的30年。”

“八年能穿同一尺寸，羡慕。”

“内心强大的男人就无须服饰装扮。”

“抗日战争不过八年，你这件衬衫也该解放了。除非是哪个奇女子送的，那就再穿个八年。”

嘿嘿，我倒真希望是，只可惜，不是！自己花50元钱在北京的“258”商场买的，有同事可以做证。

哈哈，这次论坛的影响尚不知。衬衫是盖过论坛的影响了，完美抢戏！

漫话老

年前的一天下午，我送顾回家。路上闲聊时，无意听他说：“老了，老了。”

过年，与一起长大的伙伴们聊得正起劲儿，突然间听到刘、葛席间的呼噜声，睡着了，我真不知该不该羡慕。

刘，曾经是“刘百万”，现在是“豆腐大王”，要说年龄，也就比我大两岁，可明明是他带着他的儿子来找我的，按理说不该就这么睡着了呀？

一起吃饭时，他说向我学吃素。我说：“好啊！先改变习惯，上床睡觉而不是坐在椅子上睡觉。”因为我知道他有这个习惯，困了就在椅子上躺着睡，慢慢就养成了习惯。大家都知道了他的习惯，为此还有人送了一把好调节的椅子给他。

我附耳问他：“是不是怕她找你麻烦不上床啊？”他一笑说：“瞎说。”他老婆在桌上一起吃饭，见我与他有说有笑，就问：“你们说什么杲炅？”我就把悄悄话说了出来。她说：“我们已七年没有麻烦了。”这回轮到我：“真的？”我们毕竟是同龄人，有的一起长大，有的共过事，有的同学过，而且还是好朋友。我能不“老”了吗？

60 岁是个什么概念呢？

古人这样划分：“三十而立”步入中年；“四十不惑”称为壮年；“五十知天命”当算老年；“六十耳顺”“七十古稀”“八十、九十为耄耋之年”“百岁为期颐之年”。如按此划分，是老了。

世界卫生组织提出的年龄分段：“45 岁至 59 岁为中年人。”如此说来，不老。

想起人家的小目标：“先挣一个亿。”我也给自己定个目标：“100 岁。”先活到 100 岁再说，且是健健康康地活着，而不是苟延残喘，虽不想学杨振宁 82 岁时讨个 28 岁的年轻老婆，但至少要有如此的身体性命。性命，没有了性，还有命吗？这也许是人们总爱用最原始的性来检验是不是真的“老了”的原因。

佛祖释迦牟尼说人生有四苦：生、老、病、死，其中就有老苦。也许我知道顺其自然、自然而然的智慧。年轻有年轻的好，老有老的好，而我总是看到好、想到好、感受到好，所以并未觉得苦，而且是发自内心地不觉得苦。

自然界有春、夏、秋、冬，生活中有酸、甜、苦、辣，人生里有生、老、病、死。老，不可逃避，重要的是认老。怎么样认老，人生规律不可改变，人人一样。出生年月不可改变，决策权在父母，不在我。

古有“黄忠暮年拜将”“佘太君百岁挂帅”。

认老，但是不卖老，方为智慧。老是宝，重要的宝是人人需要、人人喜欢，有人爱书，有人爱字画，有人爱玉器、古董，有人爱花花草草。喝点儿小酒、打点儿小牌、泡杯茶、晒个太阳、读读喜欢的书，也是挺美的生活。无论你是喜欢书、字画还是玉器，只有喜欢的人才视为宝。那些退居二线的公务员与我年龄相仿，工资不少拿，工作不要干，不在饭桌上，就在牌桌上，好点儿的延续着曾经的“一杯茶、一支烟，一张报纸看半天”的生活，偶尔要是有人不甘“寂寞”，到某企业帮个忙，挣点儿外快，也是提心吊胆，担心纪委找去谈话。

在我看来，最要紧的是调整心理，适应生理，以最佳的状态适应这个社会。是像凤凰涅槃重生，翱翔在蓝天，还是像乌龟不吃不喝，静静地看着这个世界年复一年地改变，这是需要想一想的话题。

有些问题，只有适应。

有些问题，可以做些努力。

有些问题，只能留给后人去解决了。

尝过成功的喜悦，品过失败的滋味，沿着既定的方向，洒脱地走，执着地走，不着急。

修心　修德　修身

也许是年老的因素，越来越对“活过百岁”感兴趣了。

怎样才能“活过百岁”？还真没仔细想。直觉告诉我，需“修心、修德、修身”。如果说再简单直白点儿，就是“学道”“守道”。

正是基于这样的心理，参加了“道医班”的学习，即“学道”。此道，非“道可道，非常道”之道。它有“道可道，非常道”的魂，又远远小于它，仅限于道之医范畴的道。

学道，需有“缘”。我能老来与道结缘，得感谢佟老师领我去云南。初识“佛医”“道医”的厉害。当然“我命在我，不在天”（《抱朴子·内篇》）。得益于养成“活到老、学到老”的习惯，以及善于抓住人生主要问题的能力。要是不去云南，也无缘结识“李博士”“德本师兄”，也就不会结缘大夫道人、张其成、胡孚琛等大咖了。

学道，须知“道”。“道可道，非常道。”也许是相隔的时间久，两千多年前老子的话，让今天的人很难理解其本意。不要说我辈凡人，即使是学者大咖，也是各说各话。道是什么？从哪儿来？有什么用？

要学医之道，须先知“大道”。道家、道教、道学，迷惑了我这么多年，要问我“它们之间的关系，先有谁，再有谁，有什么区别”，更是一头雾水、一脑糨糊。

为了学“道医”，拜读了《道学通论》，才对此有了初步的了解。“道家是道教的哲学支柱，道教是道家的宗教形式。”“道学是以老子的道的学论为理论支柱的整个文化系统，其中包括道家的哲学文化，道教的宗教文化，还有丹道的生命科学文化。”“道教是以太上老君为教主的，以道为信仰的宗教。”“道学是以老子、庄子为代表的有关道的哲学。”这些引用的部分都是《道学通论》中的观点，我觉得可以认同。

其实对于初识道者来说，有一种认同比没有强，只要不是专家、学者，有一种认同足矣。道家、道教、道学的基础皆是道，识道成为了一切的一切。知道了这些，才有可能对“大道”有所兴趣。

医道之于“大道”，犹如太极之于八卦、八卦之于六十四卦。没有太极，也就没有八卦；没有八卦，更没有六十四卦了。

“大道无形，生育天地；大道无情，运行日月；大道无名，长养万物。”“有物混成，先天地生。”我认为大道是“无形”的，也是“无名”的，更是“无情”的，先天地而生的东西。“无形”，是强调变化，千变万化，就像释迦牟尼佛一样的“千百亿化身”。“无名”是指深奥、不可知。没见过，当然无名了。“无情”是告诉你严肃认真的态度。靠乖巧打动是没有用的，亲情、友情、利益也都是没用的。一句话，大道就是神圣不可侵犯的东西。借用佛教禅宗的说法：悟。有，则有道；无，则无道。

道是什么？是一切之源。一切源于道而生。

道是什么？是“一”。“一生二、二生三、三生万物。”

“一”又是什么？是地平线，上半部是天、下半部是地，上半部是阳、下半部是阴，负阴抱阳。

道是什么？佛家的“空”。这是我对“道”的理解。

知道医之道，方可学道医。何谓道医？我觉得张其成老师的定义合我口味。“道医学是以易之‘道’为源头，以老子之‘道’为核心，以《易经》《道德经》《黄帝内经》为理论基础，以精气神调养为手段，以身心兼治为目的的道家道教医学。”

道医是什么？是利用“道的法则”调整人的机体平衡，提高生命质量和实现人生价值的医生。不但会用中药原理治病，还会用“符咒”“仙丹”治病。也就是花少的钱，解决大的问题。特别是治“未病”，将“五行”“八卦”“八字”运用来调整人的机体让人不生病，更是了不起的事情。

自从确定“活过百岁”的人生目标后，我在佛教里寻找修心之路、修德之谜、修身之径，缘分未到，我没看到希望，这才借“佛”入“道”，往“道”里寻。

初次听课，感觉挺好，似乎回到现实中，脚有地可踏，手有物可扶，方向也很明确。就在前面，老师让我们每个学员说一说为什么来参加道医班学习。我就说："一是为了'活过百岁'；二是帮助我身边需要帮助的人一起活过百岁。"大夫道人说："这个目标太小了，师爷已130岁啦！"说的是资明华道士。大夫道人的话顿时调动了我的兴奋神经，把心中的一丝怀疑赶跑了。

道医可治已病：行为病、肉体病、习性病。

道医可治欲病：行为偏、肉体偏、习性偏。

道医可治未病：行为、肉体、习性。

道医需学道理：《道德经》《庄子》《黄帝内经》《周易》。

命理：信仰、八字、相学、风水、符箓、易卜、咒语、祝由、祭祀、驱鬼。

生理：预防、调理、养生。

病理：治疗、修炼、内丹。

道医特征：本体观，自感论。

轻治疗，重修养。

不仅诊病，还可诊命。

不仅治病，还可治命。

不仅追求健康快乐，更追求人生存在的价值。

我能不能毕业？能不能拿到毕业证？不知道，不过我会努力，是在做好企业的前提下，学道医。否则，道医追求的"人生存在的价值"也就无法体现了。如果说只为"活过百岁"而活，又有什么意义呢？

"学道"才刚刚开始，未来的路还很长，博大精深的道医学问，不但需要时间，更需要天分。对我来说，既已上路，就要坚持不懈地走下去、走向前，利用一切可以利用的时间探道。

"守道"，需从探道开始，懂多少，守多少，知多少，改多少，日积月累，会成为有道之人的。

"生活病了，身体才会有病。"要先守好生活道。

"一人成不了道。"人补、双修，真的很重要。

这一点体会特深：气场因人场而有，没人就少了气，对初学者来说很重要。

"皮肤是最大的器官。"要从保护皮肤开始，比如少洗澡，不用沐浴露、洗发水，真的是颠覆了我的观点，而且要"早上洗""洗半小时""十秒钟喝一升水"。

修心，即修善心，有了善心即可以开始积德。

有了德，特别是阴德，就可改变命运。原来80岁的，也就可以"活过百岁了"。这也是道，人生之道，长寿之道，愉悦之道。

渡　过

今天是读书节，在办公室读书，写读后感。

既是过节，也是还愿。《渡过》这本书，放车上好多天，拿到办公室也好些日子了，一直没读。不是不想读，而是被《道学通论》抢了个先。后天又要去参加“道医班”的学习了，如不课前温习，势必会茫然无措，徒增学习的困难。截至昨日上午，对道、道教、道家、道学，算是有了个初步的了解，并写下了自己的感受。今日恰逢“世界读书日”，读一读朋友送我的《渡过》，度过今天这个节日。

《渡过》是张进先生写的，同是南京大学的校友。不过，张先生不仅是文学学士，还是中国人民大学的新闻学硕士，我只是南京大学 EMBA 的硕士，不可与之相提并论。再者，张先生还是网络名人。书中描述了他从抑郁症重度患者到治病专家的度过过程，这是我感兴趣的话题。当然也有生活之需要、生存之需要、愉悦之需要、幸福之需要，让我静下心来，认真读了这本书。

我很佩服张进先生有勇气、有能力把坏事变成好事，而且放大了好的幅度。正如书中引用慧能的话说：“迷时师度，悟了自度。”何况他还在度人，真的了不起。

抑郁症是常见病。有很多人，明明有病却不承认自己有病，即使认为是病，也不敢告诉身边的人，怕人说“神经病”。然而，幸运的是，张进不但能偶遇“明医”，在“明医”的对症治疗之中很快自悟，主动认真配合“明医”治疗，并最终走上“度人”的阶段，真的是了不起。

张进先生认为“抑郁症”这个名词不科学，称为“脑功能失调症”更恰当，是“大脑病变”，而不是“心理病变”。而我一直将抑郁症当作神经病的一种，认为是心理问题，因此也总是用心理的方法应对它，难免会让我遭遇生活的惩罚，付出艰辛的努力而没有回报。看了《渡过》，我明白是我错了。

“科学的态度就是对未知常怀敬畏之心”，看到这个标题，我完全赞同。

“当下西医治疗精神疾病确实不够理想，但暂时没有别的疗法可以替代。它是无奈的选择，也是最不坏的选择。”张进先生很智慧，肯定西医又不否定中医，也就是说既坚持西医治疗，也可以选择中医试试。

写到这，我想起道医班上的三位师兄，他们在大夫道人的指导与治疗下（针灸），两次即有了明显效果的事实。我不因我开始“道医班”的学习而否定西医。我认同张进先生的观点，西医治疗是“无奈的选择”，也是“最不坏的选择”。等亲身见证大夫道人的治疗实效后，我也许会有新的更好的选择。是药三分毒，不吃药，靠自我调节就能治愈抑郁症，是最好的。

再就是“情绪如洪水，可疏不可堵”。这是张进先生从朋友话中得到的感悟。想想自己经历的一切，确实是这样。“洪水可疏，不可堵。”大禹治水时已有此认识，我少年时即知道这个典故。在经历了生活的多次遭遇后我懂得了“两害相较取其轻”的道理。有情绪，是对环境的自然反应，就像阴与阳一样，阴阳碰撞就会有变化。自我是阴，环境是阳，自我与环境碰撞就会有变化，这就是情绪。

给情绪出路，引导情绪朝着利于自我、利于环境的方面转化，而不能走极端，放任自流任其泛滥或死命堵截不让其爆发。

“情绪就像洪水，一旦产生，就有了一股势能。越阻挡它，它越会蓄积起来，变成更大的能量”。是不是只能“顺应情绪，尊重情绪的自然规律”？我与张进先生有点儿差异。我主张引导，即引导情绪朝着利于自我、利于环境的方向变化，就像炸堤泄洪一样，不是任其泛洪，而是选择一个相对较小损失的低洼地，让洪水流向那里。

如果是我，我会把标题改为“情绪如洪水，应顺势引导”。与其告诉别人“不可为”，还不如告诉别人“怎样为”。因为人们更需要知道“怎样为”。

我之所以这样说，并不是否定张进先生，更不是否定《渡过》，而是希望我自己能很好地度过。我希望未来的几十年人生路，能愉悦地度过。我不敢保证未来我不会是“脑功能失调症”患者，更不能杜绝与“脑功能失调症”患者为伍、为友。

有了这本《渡过》垫底，再加上我对人生的修炼、对医学的探求，我想，我会愉悦的，我的家人、我的朋友会愉悦的。

读书节的时间是短暂的，读书是快意的，有感而发是难得的。读书的目的，是让生活更愉悦、人生更有价值。

火　火　火

火，让人兴奋，让人羡慕，让人眼放光。

火，也让人心惊肉跳，紧张得腿发颤，眼发红。

火，让一些人幸灾乐祸，眼闪亮。

火，更让人心静，志宁，眼有神。

“五六”火灾，过去已半个月了，除了维修工作还在继续，生产、办公已基本恢复正常。

至于损失多少，我还真不知道，也没想过。我心里只是在想，我还能做什么？还可以做什么？还能争取做什么？

那天，是我在北京参加方略谷生活营的第六天。中午回到房间正准备躺下来休息，接到赵斌发的微信：“公司着火了，在救。”不一会儿就在微信朋友圈看到了视频，同时接到了朋友的电话，向我了解情况，我只能如实说：“我还在北京，不在公司，具体情况我不知道。”

我马上给赵斌、金涛打电话了解情况：“有人受伤吗？”“火势控制住了吗？”“记住那些勇敢救火的人！”“确保人员安全！”“尽量减少损失。”

兰芳问我：“你不回去？”我看她一眼：“回去干吗？不是还有一天吗？然后还要去北京工厂呢！我现在回去又能解决什么问题？不回去了！”

“对！还有一天，坚持！”兰芳也支持我的决策。

8日中午，我回到了公司。放下行李，即去现场，一股焦煳味儿钻进鼻子。看到现场一片狼藉，心里还是有点儿酸。

好好的一个办公区，就这样没了。特别是为了公司30周年庆典而装修的“企业文化陈列室”“企业发展史陈列室”没有了，有点儿可惜了。我从东往西，只要能钻的地方都钻进去看了看，直到西边的检测中心。

接着，分别找人了解情况，布置工作。以“尽快恢复生产、恢复办公”为第一要务。在尽量减少损失的前提下，抓紧时间恢复。同时，布置第二天上午，也就是九日上午，召集海安厂区全体员工临时开会。

在会上，我讲了三点：一是感谢大家，特别感谢火灾发生时冲在第一线的员工们。“你们让我看到了希望，看到了你们火热的心。面对火情的时候，你们没有任何的犹豫，勇敢地拿起灭火器冲在前面，为你们自豪，为你们骄傲!”二是告诉大家火灾损失是可控的，不会超过 50 万元。三是拜托大家，善后工作还有很多，需要全体员工齐心协力，发挥救火时拼命的精神，把能做、应做的工作做好。“越是困难的时候，越能体现一个人的素养与能力，希望能有更多值得自豪与敬佩的人和事涌现!”

这也许就是我能做的了。

随着恢复工作的推进，围绕火灾的话题就多了起来。有人说：“怪了，本来要死的鱼，着火后又不死了，鱼塘也就不要清理了。”听了这话，我想起了“城门失火，殃及池鱼”这句话。只是我们的智慧不够，还未能看懂“鱼塘里的鱼无缘无故死亡”的警示。同时，我还想到，要不是有鱼用生命警示，也许火灾的损失会更严重，最可怕的是人的损失。

我在北京时，就想到了企业新的商标。那是一个卦，否极泰来的卦。这意味着当我选择了这个商标时，也就给火灾开了批准书，只是我没有意识到而已。这又怨得了谁？

有人说社会上竟有传说，是我们有意放火，我一听，冷笑以对。发生这样的事，有人冷嘲热讽，乃情理之中的事。不是因为我们做错了什么，而是我们做得好，没有被火灾拖垮，让某些人舒服一下，也不失为一件好事。

我的办公室没有受损失。说实话，出乎我的意料，但事实就是如此，我又不得不信。为什么会单独空出我的三间，而把我东边的一间办公室也烧了？我既信“有观音菩萨的保佑”（因为我的三间办公室都有观音菩萨的像），也信“消防队员集中保”的结果。

说实话，这些年，收藏品都放在办公室，特别是随手放在保险柜柜顶上的一堆字画。要是有个火星落在上面，即会燃起大火，从而所有的工艺品、艺术品毁于一旦，也就不足为奇。奇的就是没有被毁，而且连水渍也没有。

倒是在处理善后的过程中，与外方发生了冲突，这又一次验证了我的观点：在关于保险赔偿后的修缮工作由谁做的问题上，跨国公司很腐败。设备保养已是国内同行三倍的价格，考虑到外方控股，也就顺从了，没有计较。没想到厂房的修复更是报出了国内九倍的价格，而且找到了外方高层签字，继续给他们指定的企业做。我不同意后，又与我下属一起开会。碰到这样的情况，我第一次发了火："告诉他们，我不同意！告诉他们，我很烦！"

牺牲企业的利益，我真的做不出来。这也许是我的底气，否则，作为打工者，哪敢如此与"控股"公司的高层这样说话。

火灾，似一面宝镜，照出了千姿百态的人心。

火灾，是一次际遇，其昭示的信息我都读懂了吗？

火灾，是一次大考，成熟了吗？明白了吗？坚定了吗？

火是可怕的，过了即成了灾，就不好了。这几年来，有些太顺了，几乎有点儿忘乎所以，忘了应守的规则。若是早听消防大队的指示，停用或改造，就不会发生这次火灾了。

要不是只想到"泰来"，而忘了"否极"，选择了这个新的标识，也许就不会有这次火灾了。

要是能静心读懂"鱼塘死鱼"的警示，也许也不会有此之灾了。安全检查每月都在认认真真进行，但还是忽略了最关键的死角。

有人提醒我"是人为"，要我引起注意并采取措施。我知是人为，但我所认定的人为与人家提醒我的"人为"不是一个概念。我宁可坚信，是"失误"造成的人为，而不相信是"有意"造成的人为。事已发生；重要的是杜绝类似的事情再次发生，重要的是要激励那些优秀的员工，让所有的员工向他们学习，以他们为荣，而不是惩戒谁。

如果要惩戒，只能是我。我是企业的法人，是企业的领头人，都是我不智、太贪造成的。火灾是对我的惩戒。

表面上看，我还淡定、沉着、洒脱，对火灾没当回事。其实，八日从南通下飞机，当我踏上家乡的土地，一种骨子里的责任压力让我宽松的心突然间就绷紧了，这只有我知道。

火，是火了。真的火得起来吗？

有人安慰我：别担心，在着火后三天内下雨，会有好事。但愿如此。年岁不饶人，真的经不起折腾了。

火，是火了。我应受的教训，已有了；同样的错误应该不会再犯。当然，还要举一反三，杜绝其他错误的发生。有人督促提醒，是好事，谢谢你！

火，是火了。要经得住火的考验，把握好度，不被火烧昏头脑。
静心，宁志，淡泊。发生的，已发生，该发生的，还要发生。
眼放光，眼发红，眼闪亮，眼有神。一切都有道理。接受吧！

我给你背首诗吧

“我给你背首诗吧!”

“好啊!”

“你走你的阳关道，我走我的独木桥。你痴心妄想，我坚持做不到。”

“对不起！对不起！我正式向你道歉。那时候，我什么都不懂。”

“别，你没有错，无须道歉。我是真的这样想的。中午吃饭时，我还和金加海说过，不信你问他。”

“其实，我应该感谢你。要不是你的这首励志诗，也许不会有今天的我。”

这是我在下午回海安的路上，对同车的许说的。40 年了仍记忆犹新，可见这首诗在我心里的位置。对话到此，一个 40 年的故事，终于画上了圆满的句号。

说起这次同学聚会，差点儿搞不起来。负责召集的金加海与张英群同学在五月中旬来到我这里，两个人都说：“算了吧！打了几个电话，都说没空。”我说：“也好，省得多操心。”我也就不再为此上心。

没过几天，夏志山打电话给我：“同学聚会还搞吗?”我说：“金加海说好多人联系不上，就不搞了。如果你觉得能联系上的话，就和金加海说，我全力支持，肯定参加。”说心里话，缘于我现在的状况，同学聚会的事，我不可太热心，也不可不热心，无论是“有意显摆”还是“看不起人”都不是我想要的评论。

直到 7 月 3 日，我安排好吃的问题，让大家吃饱。请专业人士拍照、摄像，好给同学们留下点儿念想，而不是酒一喝、牛一吹，一切又都过去了。都是 60 岁左右的人了，聚会当珍惜。

原计划给聚会的同学准备统一服装，后来又想，变化太大，难以把握尺寸，就去华艺给每位同学买一张购物卡，让他们自己去选衣服。可当我拿到购物卡后，又后悔了，不该如此冲动。本是一片好心，也许会引起一些误会，也就放弃了此心意，把购物卡放在办公桌抽屉里。

毕业40年，有好多同学都没见过。朱金建与一个女人一起过来，我马上问夏志山：“这女的是谁？我怎么不认识？”夏志山说：“你忘了，一个大队的，王启秀。”名字记得，原来比较黑，现在比较白，变胖了，人与名字已无法联系在一起了。知道她嫁给了战友孙映权，据说在上海，混得不错。

还有蒋加华，没想到也从滁州赶回来了。40年了，没见过。不过还好，他变化不大。饱经风霜的脸上一双小眼仍是“深藏不露”，一脸的精气神尚在，一眼就能认出来。

40年了，大部分同学的变化还是挺大的。当然我的变化更大，至少多了60斤肉以及两鬓白发。

变化最小的是葛坤连，基本上是未胖，也不显老，一脸的忠厚相还保留着，一副老大哥的神态。

可惜的是有些同学没来。他们不来，一定有他们的理由，都是60岁左右的人了，人生的第一个甲子已画上了句号。圆与不圆，想与不想，好与不好，都该放下了。钱多，能用多少？够吃够穿就好。位高，离退休还有几日？退休后也是一个平民百姓。在乎身外之物干什么？能健康地活着就是资本，就是自豪。想想那几位已先行去另一个世界的同学，好好珍惜吧！同学们聚一次不易，但愿下次你们能不缺席，好吗？大家想你们啊！

“我们活过百岁，毕业80周年时，我请大家再来相聚。”这是我在同学聚会上说的话。面对同学们的神情，我能理解，正如成加山说的：“我能活60岁，一个甲子已很知足了。”要不是遇上大夫道人师父，我也不会这样，也想不到这样说。医生曾经在30多年前诊断我“活不过三个月”。30多年过去了，我还想再活一个甲子。

“从今天开始，我们一起活过一百岁。”我发出了倡议，也得到同学们的附和，毕竟我们都到了希望长寿的年纪。

午饭基本吃好时，鞠明硬拉我去女同学的那桌，我就知道没好事，也就不想去，可又不好意思拒绝，就这样在一拖一拉一逃中过了十分钟。非让我与金拍合影，要不是金的老公胡也在，也许我会顺从了，可胡在，我必须照顾到胡同学的感受。

此时，胡瑞美同学主动替我解围。“带给孩子们看看”，用自己的手机请朱同学帮忙，与我合影留念。

以为瞎闹就此结束，可鞠明还是不依不饶，硬是“拉郎配”。

在这时，只好主动出击，转移大家的兴趣点，主动与许美琴同学拍照，虽说我们曾经在学生时代有过故事，留下了至今未忘的诗句。后来她嫁我族叔，按风俗，是我长辈。我说：“我和许美琴拍一下，你们准备好手机。”我以晚辈之礼相待，垂手站在她右身后。有人硬让搭上肩，我说：“那不行，她是我婶，需行晚辈之礼，不可放肆。”

拍过之后，同学们还是不放我过身，我又主动找何亚平同学拍合影，勾肩搭背拍一张，又与夏瓦风同学拍了一张，这才基本上让他们闹够了，放过了我。

其实，学生时代，有过故事的又何止我一人，只不过觉得在大家面前出出我的洋相，更过瘾、更有乐趣。

热闹的时光，人容易忘了时间。不知不觉该说再见了。

“45 周年再见。”有些人也许真的只会在那时候再见，而有的也许会再也见不到了。40 年前的那天下午，伤感气氛又回来了。

40 年前的 7 月 7 日，下午四点多，临离开学校，王同学含着泪跟我说：“再见。”我还开玩笑说，“又不是生离死别，哭什么呆戾？”今天想想，我真的太无情了！

40 年后的今年，我看着金同学的眼神，心里有一种说不出的感觉，那眼神好熟悉好熟悉，几十年了，我时常会想起来，可我到今天也没读懂她的眼神昭示的是什么。

我说：“今天，没让你为难吧？”意思是说：“大家让我与你拍合影，我想方设法躲了，你应该谢谢我。”可她说：“有什么，不就是拍个照片。”无语，我智商为零。

我与她谈起了她的妹妹，真的没想到，她的妹夫会这么早就“没了”。人生四大苦的“中年失偶”，而且她的妹夫与我很熟，常以“姨夫”相称。身体很棒，年纪轻轻，事业单位干部，工作又轻松。可惜！可惜！

由此，想起又一个甲子的开始，人生第二春当好好珍惜。

辟　谷

初识辟谷，纯是巧合。

那是前年深秋，中央电视台记者张东来海安，闲聊时谈起辟谷。我觉得很好奇：“什么是辟谷？它有什么好处？”也许是我普通话不标准，张记者未能听清，没有回答我的问题，而是按他的思路在说话。“不吃、不饿、精神好。”“万一饿了，可以吞咽唾液。”“还可以喝水，实在还饿，你就要吃，说明你还没达到辟谷的境地。”断断续续地记住了这些话。

第二天开始辟谷，要不是家人死劝，也许就坚持下来了，结果三天就结束了。从此，与辟谷结缘了。

家人出于关心，劝阻辟谷，也是情理之中的事。“人是铁，饭是钢，一顿不吃饿得慌。”何况三天、七天呢！

后来，又在几个时段分别进行过几次辟谷，最长的一次有七天，真的是“不吃不饿，精神好”。该上班上班，该运动运动，一点儿不乱。偶尔饿了，胃难受，想起“辟谷”这两个字，马上咽唾液，吞咽两次，也就缓解了，形成了条件反射。

正规辟谷，那是今年的5月1日，去北京参加方略谷“丹道辟谷生活营”，我与爱人一起参加的。

说正规，是有人指导，有人监护，有人调理，而不是法律上的正规。

清肠、排毒，是服用方略谷特制的制剂。虽说味有点儿怪，但还算好，可以接受。特别是看到排出的黑色的珠子，感觉是值得的。

吞津服气是斋功的目的。“醒脚”也就是散步，不过有差异的是，散步时没有特殊要求，而“醒脚”时，两手的大拇指需紧压无名指的根部，再握紧手，从而达到保住阳气的目的。

生活智慧，虽说有些知识知道，但更多的还是不知道，特别是从《道德经》中发现的智慧，还真的不知道。就是知道的东西，也未必能用起来。在辟谷期间，由指导教师讲出来，分量就不同了。

七天也就这三大方面的东西周而复始地进行。一天三次斋功，三次“醒脚”，三次生活道开导，时间排得满满的，很充实。

只是七天不洗澡、不洗头，有些不习惯，好在经过排毒，身体的毒素也基本上排空了，也就没有多少异味。

到出关的时候，体重减轻了六公斤多，特别是爱人，不但体重减了，脸上有光了，更重要的是精神更好了，让我特别开心。明白了辟谷不但能减轻体重，而且能把血压、血糖降下来，还能让人精神愉悦，不再悲观失望。

我曾跟爱人说：“你开心，我们全家就开心。”她问我：“我真的有那么重要？”我说：“当然。”现在终于找到了能让爱人开心起来的途径，我更钟情辟谷了。

8 月，再辟谷。在新疆伊犁，爱人同去。为了强化效果，我提前三天开始辟谷，也就是说，七天的丹道净化生活营，对我是十天，不是七天了。

应该说，与第一次大同小异，没有了太多的新鲜感，因而也就没有增加抵制自己习惯的难度。

吃饭不是需要，是习惯。到时候想吃，看到了想吃，说起了想吃，想到了想吃。

疲劳，不是真心，是习惯，以为疲劳就会疲劳。要不是亲身经历不吃饭，一天还要走三万步，可能吗？我也会怀疑，更不要说李双举的一天十二万步了。

练功，不是没时间练，而是不习惯练。斋功真的不难，会了，坚持有难度。人的惰性起作用，同住的人起作用，也就是说气场的作用也很重要。

好在有爱人同修，可以监督我，克服惰性，才能坚持到最后出关。

血压、血糖，再次恢复正常，体重也减轻了近六公斤。更大的收获是，我在想辟谷与道的话题。有人说：食肉者勇敢而悍，食谷者智慧而巧，食气者神明而寿，不食者不死而神。

真的会吗？张东记者还在辟谷，已 77 天了。他天天工作在第一线，而不是像我们辟谷时，生活在一个特定的环境中，除掉辟谷还是辟谷。工作是以后的事了。哪个更近于道？我又能怎么办？

辟谷，为什么？

健身？治病？生活？

我认为辟谷未必适合“你”。由于人与人不同，不可强求千篇一律。当需要时，就不会问为什么，直接告诉你“这个好，我有用”。当不需要时，告诉你再多理由也没用的。当你还有选择的时候，就先不要辟谷，当你已走投无路的时候，辟谷也许可以渡你到达彼岸。

不同的人有不同的需要。在我，现阶段以健身治病为重。一个甲子，一个轮回，当又一个轮回开始的时候，第二春，能否健康很重要、很关键。要把高血压、高血脂、高血糖、高尿酸都丢掉，把呼吸系统症丢掉，把肥胖丢掉，辟谷不失为一种捷径。

能不能成为生活习惯？我不知道。想一想，真的很开心，像张东那样，77 天不吃饭，正常上班工作、生活，省了买菜煮饭、洗刷的时间，省了家的约束，社会的约束，可以自由自在地生活在一个没有人间烟火的仙境中，是多么美好的生活啊！

辟谷，只是断食还可以，还需要“载营抱魄”“抟气致柔”，练好功法。斋功、桩功、静功、阴阳功，要根据自身许可与需要，持之以恒地练习、修炼。

我信，辟谷会成为我的生活习惯。

书院的何妈妈

8月19日晚上，我正在书院某宅茶室津津有味地听王老师聊茶经。

服务的小姑娘跟我说："何妈妈叫你过去。"我没反应过来，"何妈妈？谁是何妈妈？是跟我说的吗？"小姑娘见我一脸疑惑的神情，又说："何妈妈叫你过去，她要送书给你。"我这才想起是青峰书院的何洁老人家叫我。

我跟随小姑娘来到茶室的另一边，见何洁老人家正在整理书桌上的书、笔、印章盒子。我上前以晚辈身份行拱手礼。

"你坐吧！"

"也是北京的？"

我说："不是！我是江苏南通人。"

"哦，我有一个干儿子是南通人，做丝绵被的，我盖的丝绵被都是他给我的。"

一番家常话，一下拉近了距离，我也不再紧张。

"你是做什么的？几个孩子？"

我说："有点儿杂，好在都有团队打理，我可以有时间参释道，学道医。"

"我有两个女儿，大女儿在帮我打理其中一块，二女儿还在上学。"

"是不是离过婚？"

我说："没有，就一个老婆。"

因为在我这个年纪的人，一般只能生一个小孩，有两个小孩则显得不正常。

"好！好！好！千万不能离婚，对孩子伤害太大了。"

因为我事先看过《何洁往事》，了解她与流沙河的儿子和女儿的一些事，知道是何洁老人家的肺腑之言、谆谆忠告。

"你把你的姓名与你夫人的姓名写下来，我写上你们两个人的姓名。"

我遵何洁老人家所言，写下了爱人的姓名与我的姓名。

老人家边与我聊天，边在《何洁往事》的扉页上写下自题联：“云淡风轻看天地，心平气和谈古今”“书赠跻和先生兰芳女士雅正”，附上“何洁合十”并慎重地盖上“何洁合十”的印章。

应我的请求，何洁老人家与我合影留念。

我站起来，再次向老人家行晚辈之礼。

有此殊胜，出乎意料，也就特别的愉悦、兴奋。

何洁，中国当代著名女作家，释道文化资深学者，曾是流沙河的夫人，他们一起生活了25年，她是青峰书院的创办人，赵朴初曾为其题写“俗语佛源”。

何洁老人家从释入道创办书院的经历，以及崇尚“自然、生命、智慧”的理念，令我有高山景行之感，也就更为兴奋。

回到房间，我怎么也睡不着，打坐也难以静心，索性上网查资料，关于流沙河的、何洁的、青峰书院的。

何洁老人家，人们称“何妈妈”。“平静超脱睿智深刻”“虽虔诚清修，却始终怀揣着最纯真而美好的家国梦”。她虽处在一种“出世”的状态与境界中，却依然保持一颗“入世”人的心，这不正是我所求的状态吗？我知道我不敢与何妈妈同行，也无法与之同行，但我可以跟在后面，坚定前行，修一颗“出世”的心，把“入世”的事做好。

青峰书院，何妈妈独立创办，北靠青城，南邻古刹，东瞰千里平原，西望万里雪岭，参天古林耸立，仿明清建筑，历经“5·12”汶川大地震，安然无恙。用何妈妈的话说：“菩萨知道我不易，不舍得毁坏我的房子，地震时，40只鸡蛋掉在地上，一个都没有破。”真是块风水宝地。

巧的是，青峰书院是历史上的雪山古刹，在开挖地基时，“育子菩萨”重见天日，成了书院的镇院之宝。一手拿书，一手摸着小孩头的菩萨，还真的是第一次听说，更是第一次礼拜。三炷香，三叩拜，是我对菩萨，对何妈妈，也是对青峰书院的礼道。

清晨，站在院内读刻在墙上的《我与青山共白头》，心情难以述说，觉得任何文字都不能描述那时那刻的心情与感受。

“强说愁”的年龄早已过去，越来越喜欢明朗的晴空。清晨漫步森林，青青的草丛、碧绿的枝头都还挂着露珠，微风来时，串串下滴。当那树梢的露珠即将消逝时，熹微的晨光透过丛林，每片绿叶都变得晶亮闪闪，犹如万点繁星，真是

“一花一世界，一叶一菩提”。人间？仙境？乐土？青峰书院？怡心园？我？何妈妈？乱了！空了！没了！

人也只有回归自然后，才会豁然开朗。在生活中你究竟缺少些什么？你会暂时忘掉都市中那些被污染的空气，灰暗的天宇，过分热火频繁的你来我往。

要不是怕打扰了睡梦中的同修者，我真的想大声朗读出来，让愉悦、感慨、豪情，直冲霄汉，再伴随晨露洒向崇山峻岭之中去。

“道可道，非常道，老子的道不是道教的道，更不是道家的道，是形而上，而不是形而下。显了形，就不是道了。”“何妈妈”关于道的论述，令我们同修者耳目一新。

何妈妈又说：“什么是养生？穷人吃好点儿，少做点儿；富人少吃点儿，多做点儿。”更是充满道的智慧。

何妈妈还说了一件小事：“前些天，来了一批卖保健品的人在这里办培训班。早上起来给正果师父上香时，闻到一股臭味。不放心，换一个地方，还是有，就问小赵（书院的工作人员）这批人是干什么的。我怎么闻到了一股臭味？小赵告诉我说是卖保健品的。到中午，我就开始拉肚子，坐在马桶上离不开了。我赶紧把小赵叫来，让她把收的钱全都捐到寺庙去。这些人是卖假药的，我们不能挣这个钱。结果钱汇走，我不拉肚子了。说明什么？不干净的钱不能挣！”

“不干净的钱，不能挣！”如雷贯耳！不知在场的同修者听了有何感想？

鹦鹉学舌也好，东施效颦也罢，何妈妈的青峰书院留在了我的记忆深处，带给我很多启迪。

乡　愁

前些日子，战友相聚蓉和怡心园，畅叙甚欢。

老连长问我："为什么想起建这个园子？"

我说："纯属巧合，一路走过来，也就这样了。"

其实，当初只是出于改良土壤的目的，想租用乡邻承包的土地轮休几年，降解土壤中的农药残留，增加土壤肥力，打造一个生态优美的小环境，算是感恩乡邻。

后来，先是被劝建葡萄园，而不是"只长牧草"。

后来，开始弄仿古建筑，建了两个连体四合院：沐芳斋、致远簃。

后来，有了放生池，我曾经差点儿淹死的"龙拱塘"。听几个老辈人说，"龙拱塘"是"龙打滚留下的水塘"。在葡萄园又一轮扩大时，我把连同龙拱塘在内的 80 亩地租过来，然后用挖土机把"文化大革命"后期农村土地方整化时填掉的"龙拱塘"又挖开了。

再后来，有了观音堂，弘扬佛教文化的场所。

再后来，有了孝道，那是用政府发给我的一年的奖金弄出来的，是弘扬儒家文化的场所。

再后来，有了蓉和礼院、五福堂、仲子广场。

也许是我普通话不标准，说得又快，战友们插不上嘴，净听我一人在自卖自夸。

"我带你们去转一转吧。"这话看来都听懂了。一片"好"声响起，随我从签到的蓉和礼院，鱼贯而出，走向放生池。

我边走边说："习主席说，乡愁就是你离开这个地方就会想念这个地方。"由于历史的原因，我们这一代人的记忆中的物、貌都已不复存在，乡愁只能靠重现了，而怡心园就是我重现乡愁的地方。

放生池东南角，曾经有过车篷，那时是生产队灌溉水田的主要农具。别看貌不惊人，能建造它的人只有 80 多岁的曹老木匠了。

车篷，可以用牛作动力。把牛的眼睛用河蚌壳蒙上，让牛以为一直在往前走，而不是在原地打转。也可以用六个人代替，一人一根杠子，横插在中心轮推上。正好车篷上有六根杠子，战友们争先恐后试试，在“咯吱、咯吱、咯吱”声中，水出来了，大家的汗也出来了，便你一言我一语地议论开了：“我们生产队也有。”“听爷爷说起过。”“书上见过，实物没见过。”

重现的乡愁，令战友们幸福溢于言表，大有李白“举头望明月，低头思故乡”之感慨。感叹之异是“观车篷”，而不是“望明月”；是“笑谈话家乡”，而不是“低头思故乡”。看到战友们开心，我也高兴，大有“有朋自远方来，不亦乐乎”之愉悦。

车篷，是我的乡愁，亦是战友们的乡愁，如果碰巧你的记忆中也有个车篷，那这车篷也是你的乡愁。

车篷，是壮志的乡愁，亦是海安的乡愁，是你我年幼时江海平原上无数个车篷的缩影。

当然，最主要的还是我们这些 20 世纪 50 年代农村孩子的乡愁。

接着，我带领战友们参观了石磨盘、碓臼等原始的粮食加工工具。还有茅草屋，它是我童年的记忆；红砖红瓦屋，它是我退伍时的理想；青砖小瓦屋，它是我结婚时的梦想。

“你们记得退伍时我因病致残，但我内心的理想并没有熄灭。当时，我的理想就是建三间红瓦房，开个照相馆，养个女儿。这红房子就是为纪念我的理想而修建的。”

连长见我说起这，接着说：“当时让你留部队，你不留。没想到，你回来还真是对的。”是啊！要不然，那些到政府请愿争待遇的转退军人中也许会多我一个。

说实话，我从没想到会有今天的日子。一个残疾军人能有这样的今天，想都不敢想哟！现在不但自己活得滋润，而且有能力重现乡愁，留住一个时代的记忆。不仅有那个时代的物件，还有那个时代的故事，那个时代的文化，更有那个时代的人。

说起人，我指着眼前的一片稻田说：“等你们下次再来，这里将有一个同样明清风格的纪念馆恭候大家光临。”

指导员说：“纪念馆？纪念谁的？”

我告诉他：“魏建功，曾经的北大副校长，《新华字典》之父，是我的表大。”

接着，我向战友们介绍了筹备魏建功纪念馆的由头及筹备过程，特别是魏建功的主要事迹。

起先，是有一天我在网上看到习近平出席中央城镇化工作会议的新闻。习近平在讲话中说：“城镇建设要实事求是确定城市定位，科学规划和务实行动，避免走弯路；要依据现有山水脉络等独特风范，让城市融入自然，让居民望得见山，看得见水，记得住乡愁；要融入现代元素，更要保护和弘扬传统优秀文化，延续城市历史文脉；要融入让群众生活更舒适的理念，体现在每一个细节中。”习近平“保护和弘扬传统优秀文化，延续城市历史文脉”的话让我思考起蓉和怡心园的建设。

这时，吴文凯来了，我与他谈起怡心园建设的话题。我说：“我收藏了不少字画，儒、佛、道的书籍，以及与毛泽东有关的书籍，唯有筹建一个展览馆、一个国学馆，既让它们有个安全的归宿，又可以增加怡心园的文化品位。”

“如果再建个海安名人纪念馆，那就相得益彰了。”吴文凯说。

我想也是，如果怡心园有书籍、有字画、有故事、有人物，怡心园的文化底蕴就丰富多了。

“海安值得纪念且又未被重视的名人也许还有很多，眼前就有个‘魏建功’，还是你的亲戚。”听了吴文凯的话，我立刻上了心，与他商定：“名人纪念馆，我们就从魏建功开始。”

筹建工作很快得到了海安县委、县政府的支持，宣传部董玉龙副部长牵头协调，令筹建工作取得了事倍功半的效果。

魏建功的主要功绩：致力于音韵学研究，著有《古音系研究》等书；领衔赴台推行国语，为台湾恢复使用汉语立下了至伟之功；主持编纂《新华字典》，对现代辞书编纂起到了承上启下的作用；致力于汉字改革工作，为汉字简化、拼音化做出了贡献。至于他善诗书画印，以及他发生的一切故事都是不可多得的记忆。借用吴文凯的话说就是：“一个海安人，影响十亿中国人。”

由于没有实物可看，对战友们来说又是相对生疏的人物，我就说得多了点儿。

“目前，筹建草案已定，并送魏建功之子魏至老先生修改。魏建功全身铜像、半身铜像已雕塑完成，正在进行有关手续的报批。”

“到时候，海安的乡愁又将多了一处。”

“听你这样说，我们可真的要来参观的。”来自浙江的司务长沈金林说。

“欢迎！欢迎！希望大家在这里眼见我的乡愁，忆起你的乡愁，勾勒出我们一代人的乡愁来。”

槽　儿

“槽儿”，不知道什么意思吧？即猪食槽，喂猪时装猪食的器具，既有木质的，石材的，也有陶的、瓷的。有专门用来喂猪的，也有借用来喂猪的，总之是一种器具。

“槽儿”是我的小名。小时候，听我妈说，我还有个哥哥，生下来没有开声。后来妈妈生下我时，怕我长不大，就按照农村的习俗，把我当猪养，也就给我取名“槽儿”。除取名“槽儿”，还把我的胎发扣在家乡百岁桥的桥桩上，期盼能长命百岁。就这样，我作为假的长子，与一个弟弟、两个妹妹一起长大。直到现在我60岁了，舅舅仍叫我“槽儿”呢！

我不知道，父母亲为什么没有像一般人那样给我取猪啊、狗啊什么的，而是取“槽儿”。是不是我生来就是个需要服务于人、给他人提供方便的人。说不上牺牲，但至少需要克制自己的欲望，而让他人开心、快乐。再饿不可以吃，再好吃的也不可以吃，只能眼睁睁地看着他人吃。

《道德经》第十一章说：“埏埴以为器，当其无，有器之用。凿户牖以为室，当其无，有室之用。故有之以为利，无之以为用。”如此说来，我那“秀才”父亲给我取名“槽儿”，也许是受了《道德经》之影响，“无之以为用”。看起来是无用的“槽儿”，其实寄予了莫大的希望——能做个至少给他人提供方便、带来食物的人。

“秀才”是读过书的人。父亲是他同年龄人中少有的上过私塾的，再加上有思想、有观点，也就是人们常说的“鬼点子多”。想想我现在的人生，我得感谢父亲为我取名“槽儿”，让我活出了父母亲希望的我。

如今，“槽儿”头发已花白，生活的艰辛也在脸上留下了深深的印记。“槽儿”已不再年轻，不再癫狂。给“槽儿”取名的父亲已离开十二年了，“子欲养而亲不待”。今天是母亲节，而我的母亲也离世八年了。呜呼！呜呼！呜呼！

父亲、母亲，你们在天堂还好吗？“槽儿”想你们了。“槽儿”也已是爷爷了，看到仲崇铭越来越懂事，真的好欣慰啊！

偶尔听到舅舅叫我“槽儿”，真的很亲切，很开心。“槽儿”不老，还年轻，还有未来。

因为，还有人叫我“槽儿”。

端　午

端午节，对诗人来说，是言不完的情，抒不尽的意；对小说家来说，是可以让人流泪、发狂、悔过的节点；对史学家来说，就是屈原。

“年年端午风兼雨，似为屈原陈昔冤”（赵蕃《端午三首》），连天都被屈原感动而流泪伤心。回想还真是的，端午节多下雨哟！

端午节，对我来说，吃粽子印象最深，也是最开心的事。而现在随着生活条件的改善，以及年龄的因素，像当年那样吃粽子只能是美好的回忆。

今儿早上，小孙子从北京回来，看到他从车上下来后狂奔过来，扑到我身上，并说：“爷爷，我想你啊！”幼稚的童言，熟悉的海安话，听在耳里，特别的悦耳、怡心，再多的辛苦、再多的疲劳、再多的委屈已被这童音融化，转化为幸福快乐的笑容。

人们都说“狗不咬空声，孩不说假话”。60岁了，能让我激动的事已不太多了，能被孝孝想着、记着是最好的传承，也是最大的收获，更是真正的成功。被人认可是幸福的，被家人认可更幸福，被家里最小的孩子认可更是幸福加幸福。

吃早饭时，一家人除了去香港玩的二女儿，其他人都在。当然，还有两位，一位是帮助带小孙子的阿姨，另一位是习惯了农庄生活的朋友，挤挤一桌子。

知道小孩子回来，还有大女婿第一次回来，兰芳早起准备了好多吃的，有红烧鸡、清蒸肉圆、南瓜，还有水饺、白米粥。当然还有新鲜的粽子。青青的粽叶，好有诱惑力，拿在手上，挺结实的。闻一闻，清香味儿钻入鼻孔，进入胃里，勾起欲望。三下五除二，撕开粽叶，看着白里透青的纯米粽子，学生时代的记忆又显现了。

“我上五年级的那年，端午节的早上，你爷爷奶奶到生产队割小麦去了，我与你叔在家先吃早饭去上学。我一口气吃了十二个粽子。粽子也有今天的这样大，二两米左右一个。”我说。大女儿看着我：“怎么可能？十二个粽子，至少够三个人吃。”是啊，没有经历过谁也不信。

“那是1968年，那时候农村粮食紧张。如果没有‘瓜菜代’‘半桩子，饭缸子’，很难吃饱。我11岁，正是长身体的时候，也是人生最能吃的阶段。平时吃‘瓜菜代’，肚子被撑大了，也就吃得更多。主要是只有粽子，没有其他的菜，更不要说是鱼、肉了。”听我如此一解释，女儿才点点头算是信了。

今天又是端午节。艾叶也有，菖蒲也有，把艾叶与菖蒲捆在一起，不是插在屋檐下，而是放在敬祖先的香案上。粽子也有，咸鸭蛋也有，而父亲母亲已去西方极乐世界近十年了。母亲裹的粽子再也吃不到了。早上给父母上香的时候，我拿了六个粽子，放在父母亲的牌位前，算是尽儿子的心意。我记得父亲特别喜欢吃黏的粽子、年糕、汤圆。这一点我随父亲。

现在，我的食量也没有当年那样大了，不要说是一次性吃十二个粽子。吃一个最好，吃两个等于把午饭吃了，吃三个可能就会难受了，女儿也不允许。今天心情好，本想吃两个粽子，在女儿的提醒下，我还是把第二个粽子放下了，年龄不饶人啊！不认输不行了。有些事，再不能任性了，还是放身体一个轻松好啊！在吃的问题上，消化能力下降是随着年龄的增长而不可避免的事情，要不然怎么会有“老要乖，吃得少，跑得快”的俗语呢！

“日月忽其不淹兮，春与秋其代序。惟草木之零落兮，恐美人之迟暮。”端午，是当下，是挤挤的一桌子，还是对过去时光的怀念。

岁月静好

何谓“阳光心态”?“岁月真好，岁月静好。”

岁月催人老，老也有老的好，重要的要知好、识好、惜好。

妻子早在二十多年前就经常跟我说：“真羡慕夕阳下漫步的老年夫妻，还有静坐门前晒太阳的老伴儿。”每当她说的时候，我投她以一笑。不知不觉间我们也成了可以夕阳下漫步的“老夫妻”，以及可以在门前晒太阳或在树荫下纳凉的“老伴儿”。虽说没有刻意为了今天的生活而做出过什么英明的决定，只不过是活好当下，珍惜当下，也不知不觉就走过来了。这就是岁月的功劳，没有岁月的包容、坚持、理解、迁就，又哪里会过上曾经羡慕的生活。

岁月给了我们太多的诱惑和误解，三观原本不同，从而诠释了人生一场又一场的喜剧、悲剧、悲喜剧、喜悲剧，当然，也有惊险剧、战争剧，可什么剧都演过了也就过了。发生的一切的故事，只不过是生命的笑话、佳话、呆话。

人们都知道，家不是说理的地方，没有对错，没有是非。电影《李双双》中有句台词“天上落雨地上流，夫妻吵架不记仇”，可又有多少人能做到？总是计较对错，在乎是非。为什么要这样呢？一切发生的都是应该发生的，我们要坦然面对；一切没有发生的都是因缘不具足，同样需要一笑置之。

回想人生真正能记下的，又有多少惊天动地的、生离死别的、水火不相容的事情，就是当初真的有点儿怒火中烧，几十年后再想想，又有什么？不就是人生长河中的浪花吗？

要是不生肝炎更不无休止地复发？

要是 1979 年自卫反击战没能回来？

要是出车祸真的像赶到现场的人说的“人没用了”？

要是没有跟摩尔的合作？

要是没有涉足铁路器材，更没有小额科贷？

要是没有认识大夫道人？

要是我人生一路走过来的男性朋友、女性朋友们缺少了谁？

要是没有改革开放、没有股份合作制？

要是我也像歌中唱的那样“跟着感觉走”，也任性一回、自由一回？

我的人生又会如何？人像鱼，生活在历史的长河中，有的长大了，有的没机会长大，有的被一次又一次的机会断送了性命。虽说经历了很多，可也收获了很多，生能如此，知足了，而且是很满足了。这也是我认为“岁月真好”的根本原因。

随着时光的流逝，对人生、社会、家人又有了近乎道的认识。“岁月静好”。“真”固然好，至少比“假”好。同样的人生，用相命的说法，同年同月同日生的人，而人生也未必一样，有人当我的面说：“属猪的命好。”我一笑而答：“是啊，命好。”我不这样回答又能怎样回答？我命是好，人家又没有说错。

也正是经历了太多的类似的场合，才会喜欢静静地坐在办公室看看书、写写画画，或者一个人行走在乡间的小路上，边欣赏风景边拍下喜欢的景色。

曾经有段时间，喜欢发微信朋友圈，缘于我“藏不住事”的习惯。自从当了个“南通市作协副主席”，也就不敢写了，更不发微信朋友圈了，也就给了我一个静的理由。

也曾有过可以无话不说的朋友，可后来随着时光的流逝，慢慢地变得无话可说了。渐渐地就疏远了，悄悄少了往来，从而给予了我静的时间。

人与人相处，从“不认识”开始，再到“不认识”结束。其实，人与人相处始终没有离开“不认识”，只不过是在相处的某个阶段有意忽略了“不认识”的存在，想到的、看到的都风花雪月、小鱼绕小虾。

自然界有春夏秋冬，有狂风暴雨，也有风和日丽，有花有果有刺，人生亦如此。当狂风暴雨后，风和日丽还会远吗？动静动静，动了就会静，永远动下去不可能。当然，也不会永远静下去，静到极致又会动。

现在，对我来说，静胜过动，喜好上了“静静”的生活。

现在开展“学习强国”活动，我认为这样的活动适合我，只是在手机上学习有点儿困难，字太小看不清，加上颈椎不好，不适宜长时间看手机。《枢纽》读了三个月了，还没读完，边读、边思、边悟，“文化自信”“理论自信”“道路自信”，我们真的自信，还是要树立自信？看过《枢纽》后，似乎明白了：我们应该有自信，故现在要强调自信，就是要求大家树立自信。

要说自信，我还真不敢妄言，因为我知道自己几斤几两。特别是在静下心来后，更明白自己有什么、没有什么，可以给社会带来什么，可以给喜欢的人带来什么。

要说智商，也就一个字“缺”，想想自己面对他人时的呆头呆脑，真好笑。一句“别闹了”，我也就不知道怎么开口了。

要说情商，充其量也就是个“下下签”，阴极生阳，阴中之阳也。

唯一个“勤”字可以帮我。四点钟醒来，房间里静静地练、悟、想。笨鸟先飞呗。

周末办公室静静的，看、写、悟、睡。一个人的床，一个人的房，一个人的路，一个人的车，其妙，自在“唯亲身经历过方知”。

他人有心，予忖度之

是我被蜂蜇了，还是蜂被我伤了？

问我，我是不知道的！等我把事情的来龙去脉告诉你，你是不是能告诉我，给我一个肯定的答案？

虽然立秋后，有了“早晚凉”，但要是早上起来没有风，又赶上心情烦躁，再穿上三件衣服，还是一样会汗流浃背。今天早上就是这样的天气，早课一会儿汗水止不住地往眼里钻，让我睁不开眼睛。也许有人会说：“睁不开眼睛就不睁呗，闭上眼睛不一样嘛！”“瞎子不活得一样好吗？”我这个人不行，天生的胆小，不要说是白天，就是晚上一个人睡觉也不敢闭上眼睛，更何况是白天，而且是向内救赎明心的苦修时。

有人说：“眼睛是心灵的窗户。”在我看来，说眼睛是心灵的窗户，是不对的。我总觉得“心灵”窗户纸太厚了，我什么也看不到。而在我，反而觉得眼睛是我的胆量。骂我胆小鬼？不反对！事实上我就是个胆小鬼。而且还觉得胆小未必不好，无法无天，无知无识，胆大包天，又有什么好呢？就像这些闹哄哄的“港独”们，自以为了不起，自以为是“正义”的，不知道在更多人的眼里，在国家的眼里就是个“小丑”，“跳梁小丑”。

哟！扯远了，还是回到“是我被蜂蜇了，还是蜂被我伤了”的话题。

前天早上，虽说上一天参加完省里的首届“最美退役军人”发布仪式，回来晚了，但还是习惯性在四点钟醒来。没办法，生物钟定时了，无论何时上床睡觉，四点钟一定会醒来。

随着对身体的重视程度越来越高，用于自我保健的时间也就越来越多，特别是按摩降血压的穴位，更是不敢含糊。即以指代针，把曲池、太溪、太冲、内关，各按摩两百下。说说容易，做到难，因为我们的心难以静下来，总容易被世事干扰，而忘了按摩；因为我们人难以静下来，总是易被世人干扰。而早上相对来说好多了。事，要么过去，要么还未发生，无须分心。人，多数还在睡梦中，不会有人这样早打扰。

更难的是持之以恒，“三天打鱼两天晒网”，按摩难以见效，也就在情理之中。因无效果不能坚持按摩，还是不能坚持按摩而效果不好？似乎又是一个难题。看来我是真的老了。近期，总是会碰到这样类似的难题，让我难以释怀，无法安心，是顾虑多放不下，还是瞎操心、瞎忙活？算了，不想了，再想，头又涨了，还是回到是蜂蜇我还是我伤蜂吧！

等我把降压穴按摩一遍，时间已过去近30分钟，身上已是汗渍渍的。

到了观音堂，觉得特别的热。转身看外面的旗杆，国旗在旗杆上静静地休息，一点儿动静也没有，难怪觉得热。

习惯了不偷奸耍滑的我，一样地放开喉咙唱诵，汗水马上就眯住了眼睛。我抬起衣袖在脸上擦了一下，突然间左脸被什么蜇了一下，好疼。展开衣袖一看，是一只蜜蜂从脸上掉到了地上。可能是被我用衣袖擦脸时压了一下，掉在地上的蜜蜂在打滚挣扎，我并没有用脚去踩死它，而是眼看着它在地上慢慢地躺着，忽然一下子就飞走了。直到蜜蜂飞走了，我才想起：它怎么会在衣袖上呢？我怎么没有看到呢？

还好，脸并没有因为被蜜蜂蜇了而肿起来。等唱诵结束，也不觉得怎么疼了。这让我好奇怪，一般情况下，被蜜蜂蜇了都会红肿的，而且会火辣辣地疼好长时间，而我没有。不知道是不是蜜蜂也因事出突然，并未做好蜇我的准备，也就没有释放太多的蜂毒，还是我对蜂毒有了抵抗力？虽说这种抵抗力不一定是来自蜜蜂，或许是练功后，身体的抵抗力强了所致。

事情就是这样，你能告诉我，是我被蜂蜇了，还是我伤害了蜜蜂？

其实，答案未必重要，只是想借此提醒自己，生活有好些事情都说不清是伤害还是被伤害，是好事还是坏事，是应该的还是不应该的，是对的还是错的。与其费力地去寻找这些令人头疼的答案，还不如顺其自然，做些力所能及的事情。

当然至少是主观上不伤害也不被伤害，其他的一切就留给时间去判断吧！“祸兮福所倚，福兮祸所伏”，是福不是祸，是祸躲不过。

秋天随笔

周末，习惯性地在办公室待着。

处理好昨天的《会议纪要》，伸个懒腰。“咕咕……咕……”鸽子的叫声钻进耳朵，抬头望向窗外，石榴红了。

鸽子把枝头压弯了？不知是本来石榴多压弯了枝头，还是站在石榴树上的鸽子起了“压垮骆驼的最后一根稻草”的作用？灰白的鸽子，胖胖的，站在红红的石榴上，冲我叫着，不知道是不是在问我：“为什么还不吃饭？是不是想吃这个石榴？”再看鸽子脚下的石榴，裂开了个口子，露出了亮晶晶的籽，看起来好诱人。真的有点饿了。口中溢出酸酸的、甜甜的口津，轻轻地咽了口，感觉真好。

石榴好吃吗？既然鸽子都来提醒我了，再不吃个石榴，也有点儿说不过去了。那就去摘一个呗。

等我来到屋后的石榴树下，石榴还在，红红的挺诱人，而鸽子却不在了。看来是我多情了。鸽子就是鸽子，人还是人，我又怎能听懂鸽子的话。只不过我触景生情、善感罢了，自娱自乐了一回。

一下子摘了五个石榴，看着感觉不错。亲手摘的石榴，似乎更有感觉，蓝天、白云、绿树，红黄相映的石榴。虽说被树刺刺了一下手指，但没有影响到我的心情，想着怎样能品出石榴应有的情调呢。

泡了一杯绞股蓝茶，虽说有些苦，但已习惯了，也就不觉得苦，更何况还有利于降血压，再苦也要喝啊。现阶段对我来说，不要说是一杯苦茶，就是再艰难困苦的事，再难吃的东西，只要有利于身体健康，就会愉悦地接受啊！

打开上午朋友刚送来的月饼盒，有玫瑰味、椒盐味、海苔味三种口味，拿出一块海苔味的月饼。椒盐味的月饼从小时候吃到现在已习惯了，玫瑰味的又似乎太浪漫了，应选择远离。唯海苔味的月饼没吃过，有品一品的欲望。现在吃东西，食欲很重要，没有食欲的东西还是尽可能地选择放弃。吃进去可以勉强，也不是多大的事，要想消化掉，不留存在体内变成垃圾就要辛苦多了。

拿来瑞士军工刀，选了一个最大的石榴，从中一切两半，看着从切面溢出的汁液，用舌头轻轻地舔一下，好甜好甜！

一个石榴，一块月饼，一杯绞股蓝，解决了生理的饥饿问题。

本准备不吃午饭的，鸽子的叫声引起一段多情的联想，打乱了我的计划。正好也借机品尝了海苔味月饼的特殊味道，享受了品味自己现采石榴美味的快乐。

常有人问我："一个人待在办公室，怎么待得住的？"其实，对我来说，并不是一个人，有书上的主人翁，有心里的他、她，更有鸽子、知了。也许它们并不是在与我沟通，但当听到知了的群鸣、鸽子的"咕咕咕"，以及工厂东墙外农户家传出的公鸡打鸣声，还是挺溜的。此时又听到公鸡在叫，用农村人的话说应是"到吃晚茶的时候了"，而我才吃过中午饭呢。

其实，忙碌了五天，虽说不是焦头烂额，但也好不到哪里去。本着利人的初心，本着担当的追求，本着能为尽为的责任，再难的事，也就不难。就像上午来办公室的路上去看望岳父大人时与老人家说的："我正在解一团乱麻，现在已经找到了突破口，接下来的问题也就简单多了。"有了这样的心态，还有难题吗？有了这样的心态，还会累吗？

剥点儿石榴籽啃，轻轻地嚼一嚼，酸甜的汁液，顺着食管沉下了胃，再嚼一嚼，石榴籽就一点儿也没剩，全咽下去了，真好。

投票背后的心思

突然发现微信朋友圈在投票，我也是第四届江苏省“诚实守信之星”的候选人之一。年关，需要处理的事情本就多，诚实守信，立身之本，立企之本，星不星有意义吗？也就没有太当回事，只在朋友圈转发一下，顺其自然，任其发展，事情到此就结束了。

可没想到由此引发了同学、朋友、同事、亲人的拉票大战。当年我参（竞）选乡党委副书记时，也没有像今天这样，争得不可开交，弄得我不知所措。若不表示感谢就显得我冷酷无情，置大家的热心、热情于何地？还有人向我推荐专业的拉票平台，“100 元 300 票”，我没有同意。之所以不同意，是因为我反对商业性评选。陈同学说：“你发的红包有人领，未必领红包的人个个投票。”我说：“一乐也，发红包是奖励，又不是发工资，是开心，又不是交换，在乎投不投票就太累了。”

票选结果我不知道，也不关心。关心的是那些帮助拉票、投票的人的情谊，应放在心上，这不只是简单的一票，而是我在大家心中的形象。是不是诚实守信的人，是不是值得投上一票？值不值为我去动员不认识我的人为我投上一票！

投票过去几天了，当时查看朋友圈投票情况时的情景仍历历在目。说历历在目，是微信上的消息，以及透过文字我想象的投票人的表情：投上票的兴奋，投不上票的焦急，动员孩子、丈夫、村干部、学生家长投上票的自豪，以及看到票数还没有人家多时的担心。而我除了发红包，别无其他。经此次投票活动，我更坚定了善待他人即是善待自己的真理！再次谢谢你们！谢谢！

投票这一个动作是简单的，但由此带来的思考才慢慢展开，它会影响到我的人生以及参与投票拉票者的人生。

票选有用吗？投票的结果真的是真实符合候选人的真相吗？我经历了此次投

票，越来越怀疑有时候票选的公正性、合理性。当然，合法性是没有问题的。也许正是因为“合法性”被有心人有效利用了。“怕当恶人”“怕担责任”“怕得罪人”怎么办？票选！而且是未设置条件下的票选。这样可以规避决策者的责任，也可以为不合理找到借口。

是不是票选就不可以用了？当然不是！只是不可以像这次评选“诚实守信之星”这样滥用。如果在一个相对熟悉了解的圈子里进行选票，也许是可行的。相当于“选举人制度”“代表制度”“委员制度”。由选举人投票选举，以及一级选一级，这样有可能将应选、该选的人选上。一味地否定与一味地肯定都是不可取的。

对候选人来说：对投票不在乎，不对！太在乎，也不对！不在乎即是对抗活动本身，一般来说活动本身很少有错，同样也会伤了为你拉票的人的心。别人热脸贴你的冷屁股会给别人带来不舒服的感觉，无形中给自己埋下人际关系的隐患。说实话，面对热心的同学们、老师们、族人们、同事们、朋友们，我装不出来“不在乎”。我可以大声说：我不但在乎你们为我投的票，而且更在乎你们对我的认可、认同。有了你们的认可、认同，人生再苦、再累、再委屈，我也会笑嘻嘻地面对一切。

你们的鼓励与支持会一直留在我心间。陈加山同学为我拉票，自己还在群里发红包，而他身体不好，月工资只有两千多元，我怪他“不能这样”，他还在微信上回我：“没事的，这点儿钱算不了什么，何况你我是好同学。”夏同学微信告诉我：“我老公今天回来，给您投了一票，2042。我女儿这三天也都在给您投票了，我的亲朋好友们今天给您投了 11 票。”冷月在微信中说：“看他们在群里截图留言，好热闹。”壮志小学的李校长有两则朋友圈特感动我：“这两天大家遇到熟人，别忘了借人家手机扫个码，投上宝贵的一票。”“督促家长截图为准，适当奖励，调动亲朋好友的积极性。”

看到这些，我能“不在乎”、能无动于衷吗？

太在乎也不对！不择手段找专业平台投票，又有什么意义？投票也是检验自己的言行是不是被认可、被认同。如果用专业投票平台，花钱买票，也就失去了我想要的：检验自己在人们心中的形象。

找专业投票又有什么价值？故当有人建议时，有平台自荐时，我选择了拒绝。

面对投票结果，当坦然面对，既在乎，也不在乎。这样也就没有了被火烤的感觉，想想当年参加乡干部竞选，那时候都能顺其自然，如今耳顺之年了，更能坦然面对。

对投票人来说，参与投票，包括帮助拉票，既是对候选人的认可、认同，也是个面子问题、感情问题，是件有趣的事情。

说认同、认可，很好理解。对候选人比较熟悉，相互间也有不少的交集，觉得候选人值得投上一票。关于面子问题，自己有能力为认可、认同的人投上一票，也是件有趣的事情。这样既开心又有面子的事情，当然乐而为之。

关于感情问题，也是最不可说的话题，启于心、动于情、发于言、着于行。情有多种，心有多属，更多的是交情。交往之情、交连之情、交念之情。心有多属，唯一可说当数阳光下的那颗心，无私利他、利人利己之心。当然也有交换之心、还情之心。不解？我也只是在一时理解，更多时候也是不理解。

星不星，并不重要。能选上，高兴，选不上，一样愉悦。仰望夜空，能看到的星星也就那么几颗，能叫出名字的更是少之又少。再说它们也是孤苦、冷静地悬在天空中，又有什么意思呢？还不如做可“燎原”的那颗星。当今社会，正在构建全国性的诚信平台，让不讲诚信的人寸步难行、无处可藏，同时，需要更多的“诚实守信之星”以身示范，带动更多的人讲诚信，让社会形成“讲诚信光荣、不讲诚信可耻”的风气。

榜样的力量是无穷的。愿我是众多“诚实守信之星”榜样里的那颗星，默默无闻，却照亮周围一片光明。

青菜烧牛肉

又一场雪，悄无声息地来了。这场雪较之以往更显温馨，没刮风，翩翩起舞的雪花显得婀娜多姿，像有灵感的小孩在空中追逐嬉戏，不愿落下。树叶很快被轻盈的雪片覆盖，树下的路面还是黑的，草坪已白了，我透过办公室窗户的纱帘看到这一幕后，“真想邀你雪中漫步，白头偕老”。也就一瞬间闪过的念头而已，真能雪中漫步者，也未必可以“白头偕老”。因血流加快，体温升高，轻轻落下的雪花，刚刚落到头发上，已被融化成蒸蒸向上的热气了。

办理好老杨的代存手续，想想没事做，也没人来了，准备静坐一会儿。这段时间来只是坚持练功、洗澡，静坐却未能做到。坐下来，“数吸”也不行，不是数忘了，就是数睡着了，也就没有执意为之。不知近来的腰腹酸疼是不是没有静坐的原因？道家有静坐当觉、静坐当饭之说，我也正好利用雪后静坐，既当睡觉又抵吃饭。想到这，即伸手松开裤带脱掉外衣，盘坐在垫子上，静听着窗外雪花飞舞的声音。随着呼吸的导引，腹中有股暖流逐渐旋转起来，渐渐就变得迷糊，不知不觉睡着了。

突然，办公桌上的电话响了，只好起来接电话，看到号码就知道是谁了，此时该是她午饭后的休息时间，“过来拿瓶子”。哦，对！昨天晚饭桌上她喜欢的酒瓶子，我上午已经带到了办公室，忙说：“好！好！好！来吧。”

抬眼看窗外，世界更洁白了，树叶更白了，雪松的枝头压得更低了，地上也覆盖了薄薄的一层雪。也真怪了，不知是静坐的原因，还是要来人的原因，疲惫没了，心情似乎愉悦起来了，只穿了件单毛线衣也不觉得冷。我打开门站在门外面的走廊上，她来了，拎着红色的小桶包，心想拎着包干什么？她说：“吃饭吧！估计你没吃饭，想着做一次雷锋，雪中送个炭。”啊！我觉得太意外了，本已以静坐当饭吃过了，又来饭菜了，这时似乎又觉得有些饿了。

蛋炒饭、青菜烧牛肉、鸡头米，都是我喜欢吃的。“赶快打开，时间长了，青菜黄了就不好吃了。”我拧开饭盒的盖子，嗅一嗅，“真香！”“慢慢吃，有些烫。”“好！好！好！”我边说边用筷子夹了一块牛肉丢进嘴里。“碗你自己洗吧！我先走了，被人看到不太好。”其实有什么呢？看见了又能咋的？只是过来拿个瓶子，顺便带了点儿饭菜过来。但转念一想，生活在这样的一个爱嚼舌头的社会，“瓜田李下”惹是非，还是少沾好。来了就走，我有一点点不情愿，真想她留下聊聊天，聊一聊近期的故事。可面对她认真的眼神，我只能习惯性地说：“好吧！听你的。”

她走了，正如她悄悄地来。我站在走廊上望着雪温柔地下着，偶尔从树叶上滑落的积雪，好像也是极不情愿的样子。雪太厚，树枝已承受不住雪的重量，树枝边松开温柔的手，边对雪花说：“飞吧！飞吧！飞吧！不管你飞向哪里，也不管你落在何处，我都会静静地站在这里看着你！看着你！看着你！直到看不见你！”

车从西边转向北了，我关上门，开始吃午饭，青菜烧牛肉，营养又爽口，真不错。

一切问题都是自己的问题

与其说是去罗浮山学《易》，不如说是去调理身体。

自从“橘子洲谢庄子”回来，血压一直未能降下来。以为是未能正常吃降压药引起的，也就恢复了正常吃药，还让师父大夫道人帮我开了活血化瘀的汤药一起吃，效果还是不理想。

月初去北京辟谷期间，又让师父针灸、艾灸，也未能降下来，真不知出了什么状况。

同在辟谷的北京中医王天芳教授提醒我：你查过肾上腺吗？如没查过，回去查一查吧，如果肾上腺长了东西，血压也会降不下来。当时就听进去了。

从北京回来后，中西药一起吃，血压还是高。11 日上午去县中医院找朋友帮忙做了个 CT 检查。当天下午，朋友发信息告诉我：真的长了东西，你来把报告拿回去吧。一听这话，我丢下手头的书，即开车去中医院。在门诊楼见到了朋友，拿到了报告。她建议我：不要担心，90%良性的，不过需要做核磁共振，做进一步诊断。

第二天上午，即去中医院准备进一步检查，是请内弟马忠帮我找的医生。到病区主任办公室后，医生看了我的报告领我去内分泌科找郑主任。郑主任看过我的片子说：“没有必要在这儿检查，反正需要手术，你直接去上海仁济医院检查或者去南通大学附属医院检查都可以。”我选择去南通大学附属医院，而且是立即就去。

为了去南通大学附属医院检查节省时间，也为了能有个可靠性，一是让马忠帮我找人，二是请仲崇阳帮我找人，这样更保险。马忠要陪我去，我没让他去，说实话感觉可以自己解决。

距离南通大学附属医院大楼大约还有 300 米的时候，车子堵在路上走不动了。一看时间快到 11 点了，我忙下车走过去，让司机小范把车再开过去。

进了医院的大门，真的是人山人海。大厅、楼梯、走廊全是人，人挤人，人靠人，当时就想：难怪医院挣钱，病人这么多。

看指示牌得知，内分泌科在三楼。我直接去三楼等帮忙的人。仲崇阳帮我找的本家护士长先来了，她带我直接去专家诊室，找内分泌科张主任。张主任看过我的片子说：人呢？直接去办住院手续，准备手术，右肾已感染，有可能需要切除。

一听此话，心悬到嗓子眼儿了。我忙对本家护士长说："不要急！不要急！不要急！先让我冷静一下。"

应该说，张主任还是挺热心的，床位本就紧张，但还是让我立即住院手术，很感动。但同时，我也有点不敢领情，不管怎么说，切除肾是个大事，需要与家人商量，需要与师父沟通，得权衡后才可决定。

我还没等张主任说完，就先从门诊室退出来了，在楼梯口给师父大夫道人打电话，他未接。一会儿佳朋师兄用师父的手机打了过来，我说了一下情况。佳朋师兄说："一会儿让师父打给你。"

这时，马忠找的沈总也来了，海安人，也是马忠的同学。她带我又去见了另一位赵医生。他看了我的片子说，未必要现在手术，可以先去上海找他的师父，国内南派一把手，看一看再说。一听这话，心又落回了肚子里。

正与赵医生说着，师父电话打来了。我忙对赵医生说："对不起，我先接个电话。"在电话中，我把大体情况说了一下，师父说："你不要急，应该认真检查一下，然后定方案，最好来北京，我帮你找人检查。"我说："知道了，一会儿我再打电话给你。"

挂了师父的电话，我先找到本家护士长谢谢她，说：回家商量一下，如需要再请她帮忙。然后与沈总介绍的赵医生聊了一阵后，我确定先回去再说，那天是 5 月 12 日。

13 日、14 日两天，也就没有急着去医院，又找了海安县人民医院张院长。他也建议我去上海检查一下再说。

5 月 15 日，去罗浮山，我把 CT 片子和检查报告带去了。当天晚饭后，师父与我聊了一阵，师父说："不要急，明天开始帮你调理，看看效果。"我想也只有这样了，要不然，真拿掉一个肾，开刀伤了元气，不要说活 120 岁，70 岁都有问题。师父同时劝我：内丹功先不要练，只做导引、叩齿、咽津、鸣天鼓。

说起不让练内丹功，想起了右边牙老咬腮帮子，练反向呼吸时右腹腔会疼、用手拔经时，右边的经索比左边的经索明显粗些，这会不会是相通的？谁是因？谁又是谁的因？也许知道了这个才是解决肾上腺肿瘤的根本之道。否则解决了右边的，左边说不定又会有了。好的是经过几天的针灸、艾灸，血压有些下降，只是咬腮帮的现象仍未改观。不练内丹功，也就不知反向呼吸，右边腹腔疼不疼？右边的经索是不是小了点？

因针灸、艾灸调理，占用我下午的一两个小时的时间，也就没能全程好好听课。学《易》本就不易，于我就更不易啦！

《易》于我来说，本就没有多大兴趣。一是记性差，记不住；二是没机会用，偶尔记住了一点，很快就忘了；三是初心在延年益寿，活过百岁，再加上时间上又未保障，也就难了。如听天书一般也就在情理之中。

想想这段时间以来的一切，扪心自问，得出的结论是：一切问题都是自己的问题。“橘子洲谢庄子”不是发自内心，其实是在劝自己佛修心，道养身，儒做事。说说容易，做到尚有一段距离。我有两个我，本性的我与本真的我。本性的我是现实的我，本真的我是理想的我。只有本性的我与本真的我完全统一，才可能与这个世界以及所遇见的人无条件地陪伴成长，也就是无条件地来，又无条件地走。一切视“你”的需要为我的需要，正是我尚未达成此境界，才会有心急话不急、心怨行不怨，才会有“激素异常”诱发肾上腺肿瘤的症状暴发。

想想长江金租事情的前后经过，也当如此：怨己不怨人！“要是一口回绝，也就不存在后来的一切。”郭的说法没有错，问题是我话太多。想让长江金租的印知道：心软，总想去成全他人。既然不应由我做，又要我做，我就要考虑避免风险。这就引起了后来的“话赶话，趟赶趟，理赶理”的事情发生。错在我“不会拒绝”。

是练功引起激素改变诱发肾上腺肿瘤？师父一直强调“纠偏”，而我却“心太急，意念太重”，这是师父的评价。我想，是不是练功时，动的功练得多，静的功练得少？动静相宜，才是师父的要求，特别是意念太重，内丹强调以气调经，过分执着，也就会过度，也就失去了平衡。师父让我停止练习内丹功，好有个自然调整的过程。错在谁？在我，在“心太急”！

佛修心，当从明心见性修起。我识本心了吗？见本性了吗？五戒唯色戒难持。是命？是性？是心？五祖断臂，我断根？可道家讲顺其自然，自然而然。人身之发受之父母，当珍惜。发尚如此，何谈根呢！人生不苦，这一点没问题，经历了这么多，从未觉得苦，而是发自内心地觉得“不苦！真的不苦！确实不苦”！这算不算离苦得乐？

道法自然之“道”，非道教之道，道家之道的生存道、生活道、生命道。道与道亦同亦不同。“法财侣地”我真的理解？“发大愿”，我不发大愿就不会有大成就？我乃一只蛙，井底之蛙，有疾之蛙，愚痴之蛙。既然是蛙，就走蛙步吧，一步步来吧。坚定信念，持之以恒，唤醒内心的智慧，行动就有可能。不要急！不要急！不要急！

儒做事。身为凡人、俗人，既然没有决心跳出红尘，那就在红尘中好好受业，唤醒、陪伴。我曾经多次与人说过，你当官，不为我办事，与我有什么关系？你发财，我沾不到你的光，与我有什么关系？也就是说，当官就要力所能及地为需要的人做事，有钱就要帮助需要的人。这既是了自己的业，也是圆人家的业，世上没有无缘无故的业。

要说唤醒，主要是唤醒自己。学习、感悟、转化，是唤醒的途径。学习是做事，感悟是做事，转化更是做事。“天生我材必有用”，既然有需要，就是我的业，是我的责任。丈夫、父亲、朋友、同事都是业的需要。不还，不行！不受，不行！不要，不行！

所说的陪伴，当然是本性的我陪伴本真的我。“本真的我”是我，更是他、她、它。这一切都是本真我的幻化。骂我的是“他”，其实是我自己；算计我的是“她”，其实也是我自己；咬我的是“它”，更是我自己。这样的陪伴就是最好的修炼、最好的工作。当有一天，不为己悲、不为己喜、不为己怒，我陪伴的任务也就结束了，作为凡人、俗人的使命也就完成了。

《易》有数、象、理、辞共64卦，章伟义老师说，佛家如卦“兼山艮”。查阅得知：“兼山艮，君子以思，不出其信。”不知道章老师想表达或想说的是什么意思。好像与识本心、见本性，有段距离。而道家如“地山谦”，查阅得知：“亨，君子有终，是六十四卦中唯一一个，每个爻都是吉的卦。”从中也看到谦卑是最有益的处世为人之道。这两卦让我选择，当然选择“地山谦”。做谦谦君子，卑卑的自牧。一切问题都是自己的问题，向内看到本性的我，从而完善本真的我。

肾上腺肿瘤是问题，也不是问题。战略上重视它，去找个专业的人士好好检查诊断一下，战术上藐视它，是问题也是我的问题，做好自我完善。

该来的总要来，担心也没有用，至少我还多了师父大夫道人的一道保护符！

你在他乡还好吗？

好久不唱歌了，更不用说是去KTV了。

早上来到办公室，想起了“你在他乡还好吗”？的歌词，只是歌名记不得了，想起的是那豪迈的歌声，深情的眼神，纠结的神态。

“你在他乡还好吗？可有泪水打湿双眼。你在他乡还好吗？是否想过靠着我的双肩？你那不再熟悉的笑容，对我可是一种敷衍。”能哼上几句，也出乎我的意料，不知是原来印象太深，刻骨铭心，还是今日之思动情动心动天地？

兰芳昨日又带孝孝去北京上学，又为孙辈操心操劳。要不是丢不开企业的事，我很想去北京陪着孝孝一起成长，享受天伦之乐。

唐山工厂还未能完全进入正常运行状态，也是我的心病。宏观形势本就非常严峻，要是管理上再出现人为的失误，那企业就更加危险了。很想亲力亲为，可理智告诉我如此想如此做是错的。现在的我，理应是以“宏观决策、配合团队”为主，而“发现问题、解决问题”则应以指导为主。

北京的魏师兄打电话来：“师兄忙什么呢？怎么不来我这里住几天？”“什么也没忙，就在家待着呢。”野山坡听说过没去过，魏师兄在那儿有个山庄，邀我去住几天，可我未能赴约。

虽说七天假期好像有些时间，可对我来说，却是比平时更忙。有些事就集中在假期期间做，比如祭祀活动、枣庄卫圣殿仲子像开光。有些人也只有假期才有可能聚，曾经的朋友，一辈子的朋友，不因时势变迁而冷落朋友，乃我之交友准则之一。再加上还想利用清净的时间看点东西，写点东西，以抒发心中的感叹。

这样，也就更忙了。去了一趟濮阳、枣庄，接待了上海、南通来访的朋友，写下《戊戌祭祀礼》，时间也就很快没了。“年怕中秋，月怕过半。”过了中秋，今年也就快了。要是按阳历来算，更是没有几十天了。

明天、干当下”，而没有动不动就“曾经……”“那时候……”沉浸在回忆中，只顾着享受天伦之乐。

简师兄来我这里过春节。与他闲聊时，我说：“人不老有三点：敢创新，不断否定自己；严律己，父母管不到了，子女不敢管，怎么办？只有自己管好自己；少回忆，过去有什么值得说的，未来才值得憧憬。”

听我如此说，他也感慨颇多。爱人日复一日提醒我“不要松劲，没有了企业也就没有了你”。我想我大概就是这样，像老黄牛一样默默耕耘到老到死，才安心。

古语说：“天生我材必有用，千金散尽还复来。”才既未尽，就是人道未了，既然人道未了，就当发挥才的作用。如同己亥年那样，让亏损的国有企业扭亏为盈，让亏损的民营企业扭亏为盈。再加上前些年让外资企业扭亏为盈，这也许是我擅长并可以做的：找到企业存在的亏损原因，果断采取措施，绝不拖泥带水。若能如此而不用，白白浪费机遇和能力，也对不起自己。

当公务员，我不行；把企业做得很大，我也不行。因为把企业做大需要大胸怀，需要高境界，而我仅是个常人。平凡之人，可以做个救死扶伤的企业医生，为身边企业雪中送炭，这就是我。

当然，我也会根据年龄实际，对企业做出适当调整，适应时代。企业是社会的企业，不是仲家的企业，只有让企业成为社会的企业，企业常青才有希望。分散股权与集中股权适时并举，社会拥有与传承掌控之间并不矛盾。如果企业拥有的股权因子女长大而分散，将会伤及企业根基，这一点，须从时下开始谋划。

今年春节的假期因为疫情比往年更长些。虽说年味不浓，但有了更多闲暇待在办公室。有书、有孝孝，快乐也就有了。唯愿祖国逢凶化吉，祈祷众生平安吉祥，希望企业红火兴旺。

今日无雨

“清明时节雨纷纷，路上行人欲断魂。”这两句诗给了我太深的影响。学生时代，清明扫墓写作文应用过N次。有人对这首诗进行重新创造，说杜牧这首诗用词重复，完全可以更精练。要说今人的诗作水平超过杜牧，我不信，但就这首诗来说，所说的修改意见还是有点道理的，去掉“时节”“路上”“借问”“牧童”也好懂。

“清明时节雨纷纷”，似乎成了定式，而且我记忆中也确实是清明这天下雨的时候多。而今年没有下雨，我不知道这算不算不正常，至少与心中的清明不一样：毛毛雨似雾又似雨的那样，南风微微拂面，略感到些许的暖意，用父亲在世时说过的话：“清明杨柳朝北摆，一年还了十年的债。”

今年的年景应该不太乐观。“倒春寒”冻死了才露叶的桃树、梨树，才绽开的蚕豆花、刚抽穗扬花的小麦、开得正艳的油菜花，也都受冻了。还“十年的债”肯定不可能，会不会闹饥荒，只有等300天后再说了。自然如此，非人力可为。作为凡夫俗子的我，也就只有选择适应自然。好在我也习惯了适应，适应社会，适应员工，适应家人，今年还多了个适应，即适应疫情带来的一切考验。

清明是个怀念的日子，怀念仙逝的父母亲及列祖列宗。有人终身思考“我从哪里来”？“将向哪里去”？我认为，我从父母亲身上来，将来还要回到父母身边去，这就是我的答案。有了答案，也就不需要花太多精力去思考人生的终极问题，也就少了些许不必要的“颠倒梦想”。就说我现在的生活，不工作我干什么？不练功又干什么？生活哪里有那么多的为什么，又哪里有那么多的崇高理想，生活本应如此，何必大惊小怪。

父母亲先后离开我已近十年，我也是爷爷辈的人了。父亲、母亲，你们现在在哪里呢？我经常想念你们，你们有感应吗？量子纠缠告诉我，人的意念力是很大的，儿子想念父母亲，无论与父母亲相隔几重世界，都会感应到的，用我们人世的话说，你们会打“喷嚏”吗？

今天，我又带着孩子们一起看你们来了，你们的重孙边烧“包子”边说：“老爷老太来拿钱哦。”父亲母亲，你们听到了吗？

我想起把生命留在南疆的战友们。40年前，我们都还是才懂事的大孩子，刚穿军装20多天的“新兵蛋子”，不要说单兵战术、操作技能，连打枪还不会呢！但我们响应祖国的号召，听从部队的指挥，勇敢地走向战场。我幸运活着回来了，不但活着，而且活得很好，去年还被评为“全国模范退役军人”，而有些战友，他们却永远留在南疆，坚守着祖国的边疆。

我告诉你们，今天也许会有很多人不理解我们，不承认我们当时面对死亡的勇敢。我告诉你们，我参加过那场战争，我懂得军人的牺牲精神是一个国家最宝贵的财富，我们用生命践行了自己的人生誓言，完美地画上了人生的句号，我们并没有忘记。你们不能忘记，牺牲的战友们，他们永远活在我们的心中！

当然，也有些与我一样活着的战友，总是跟国家计较一些钱财得失，不知道想起牺牲的战友，他们会不会脸红。说实话，我真的不喜欢这样的战友，就像我不喜欢方方日记一样，我不评论方方日记的真实性，更不猜测写作动机，我只是作为一个凡夫俗子说说心里话。

疫情的灾难，已经令人难以正常呼吸，太需要一口新鲜空气了，就像黑暗中的人需要一盏灯，阴霾中的人需要阳光一样。而方方呢？那些倒在岗位上的党员、医生、干部、军人，你看到了吗？你写他们了吗？中国的中医药疗效你写了吗？全国支持疫区你写了吗？

我觉得有一句话说得好：心里有什么，眼睛里才会看到什么。当然，我也只是说说，要是去参与争吵，也没有意思，在疫情影响下，有那么多的事情在等着我呢！

全社会都不要忘记那些为了人民、为了祖国，敢于“逆行”的人们，更要永远怀念那些“逆行”后没能回到亲人身边的勇士。在心里默默地为他们祈祷，为他们献上一朵洁白的花，这才是社会的主旋律，是人们希望看到的“灯光”和“阳光”。

清明没下雨，没有“雨纷纷”，并不影响我想念仙逝的父亲母亲，怀念牺牲在南疆的战友，怀念倒在抗疫前线的英雄。

同志，我在等你

“同志，您好！让我们一起为实现共同的志向而搏击，好吗？”

有人说：“党内才可以称‘同志’，你这样寻找‘同志’是否会让有心人误会曲解你的意思，引起不必要的麻烦。”我只能说：“活到现在，还不能活出本我、真我，不能大胆说出心中的志向，还有活着的意思吗？”

我的志向是什么？一是活好自己，让自己拥有健康的身体，不要给子女添乱；二是有一份热发一份光，把自己的才能贡献给社会，贡献给人类，为创造价值而活着。

我是我的，更是社会的、人类的。活着耗用资源，不创造价值，又有什么意义？更有些人要名誉，要地位，要享受，他们的勇气，从哪里来的呢？

曾经做出过贡献？曾经有过功劳？请问当年你做出贡献时，有没有耗费资源？有没有得到你应得的报酬？

我不了解、我不知道的不说，只说我了解的。1983 年退伍回乡，我的伤残军人抚恤金每年 168 元，我还觉得挺知足的，真的不少了。一个农村家庭，一年的开支基本上够了。而我还可以劳动，别人能干的事情，我也大部分能干，而且我多了“公费医疗”，省去因大病无钱的担心。而现在，伤残军人抚恤金一年两万多元，我同样感觉党和政府对我挺关心的。

虽说物价涨了，但我的生活质量并没有下降，因为我并没有拿抚恤金当回事，而是总在尽自己的所能为社会创造价值。当然，在创造价值的过程中，我不但拥有了丰富的精神财富，让人生多姿多彩，而且也得到了较多物质财富。但我没有把这些财富当成我的私有财产，留着传给子孙后代，而是抱着我只拥有这些财物的使用权，应该把它们用在能够发挥更大作用的地方。

兴办企业就不说了，一切按企业规则、市场规律办事。投资农庄以及正在兴建魏建功纪念馆、仲子书院，正在筹建的壮志康养小区，都属于造福一方乡邻的事情，要是我没有可以使用的财富，这一切就是空谈。

我想经过10年的建设，未来的壮志康养小区一定是环境优美、食材安全、设施齐全、宜居宜养的温泉社区，而且居住在社区的人有抒发情怀、发挥才能的用武之地，所有居住在小区的人都有继续为社会创造价值的机会。

“命运共同体”，这就是所有同志的命运共同体。

这个“命运共同体”首先需要你一起参与建设、经营，把你的智慧融入其中，把你的汗水浇灌在其中。文有仲子书院，武有军事乐园，有枪有炮有炮台，让你重游少年梦；农有“自留地”，只要你有兴趣就可以有一方自己的地，有权决策种植什么，怎么种植，让你天天有事做，可以闻到泥土的芳香，又看到花草的娇艳；医有护理检测中心，更有专家团队随叫随到。生活道是一大特色，让你返璞归真倒过来长，越活越年轻。不信？看我就行！让我们一起活过120岁！

再好的理念，不能实现，也是纸上谈兵。要实现这些理念，需要先期投入，当然我是当仁不让的先期投入者，也欢迎有此志向的你一起参加先期投入。风险？风险我担我垫底。回报给你的是社区的居住权，以及各种服务的优先享受权。当然，投入大，超过了你晚年的需要，也会有现金回报，不会低于同期的银行存款利息，而风险为零，因为这笔钱是你在参与使用并监督。

更需要有人参与实施，一个人再能干，又能干什么？正如刘邦所说，没有萧何决策千里，没有张良运筹帷幄，没有韩信统兵百万，哪里有大汉的天下？

虽说此比喻欠佳，或者说就是不恰当，但意思你明白就好，不是同志不能明白，明白了才是同志。一个好汉三个帮，一个篱笆三个桩。没有大家的加盟参与，我的理念也就是个空中楼阁，一个让世人后人笑话的传说；而有了你们的加盟与参与，理想才能变为现实，成为我们共同的世外桃源。

你能干什么？我不知道，扫地浇水，总可以吧。重要的是你要有一颗“自了汉”的心，首先要努力让自己健健康康，至少可以自助，当然能助人更好。助人很难吗？未必。把已经被证明的养生方法告诉他，也是最好的助人。他不信，那是他的事，你尽你的所能，劝说过他告诉过他就可以啦。

“三人行，必有我师。”我们既可以虚心向他人学习，同样也可以热心地帮助他人，分享我们的学习收获。这将是未来社区的主旋律。

当然，我更需要懂经营、会管理、能营销的人，还有精于“三教九流”的民间高手的加盟与参与。有了你们，未来的社区才是我理想的社区。我们的社区有传统、有传承、有发扬光大，这样的社区才是有生命的。

有人说“50后”“60后”是被误了一生的两代人，而我却认为我们是最幸运的两代人。临老我们还有能力，还有兴趣，还有机会干我们自己想干的事情，其实我们这两代人是最讲奉献的两代人、最有信仰的两代人。

“老骥伏枥，志在千里”，讲的就是我们这两代人。我所希望的同志，也只有这两代人中的人才更合我的口味，毕竟我们是同年代的人，人生经历相似，教育经历相似，也就有更多的共同语言。猪与猪在一起，一定胜过猪与鸟在一起。

同志，指志同道合的人。唯有志同道合，才有共同语言，才能心往一处想，劲往一处使，才能听懂彼此的心声。这也是我的人生转变，60岁以后的深切体会，虽说有点晚，但至少还有机会补救。

《国语·晋语四》中对同志一词做了解释：同德则同心，同心则同志。也就是说，“同志”才能“同心”。这也是我大声呼唤“同志”的本心所在。

《后汉书·刘陶传》曰：“所与交友，必也同志。”我们的先人早就告诉了我们，“交友”必须是“同志”，否则，又哪里来的真朋友呢？可惜的是，我未能早看到，而总是忽略了“同志”的重要。

时光不再，光阴催人老。人生留给我们的时间不多了。我们也许错过了很多的机会，但这一定是我们人生的又一个机会，而且也许会是最后的机会。于我是这样，于你呢？

在活好自己的路上，我在等你，我们一起活过120岁，当个自了汉。

在实现自我价值的路上，我在等你，我们一起为人生余下的旅程谱写完美的篇章！

懂了，就要做好

人生有许多不如意、不称意之事。

仔细想想，这些不如意或不称意，并不是因为不懂，而是因为大意，因为疏忽，或者因为心存侥幸。

总以为会有例外，总以为自己有多了不起，一定可以例外！一定会没事！而事实是：规律不可违！谁违背了规律，谁就要被惩罚！在规律面前，人人平等，没有特权，没有例外！

前几天，有个熟人，找我投资地产，说有个项目只要投入 2 亿多元，6 个月就可以挣近 3 亿元利润。

听他说的，还真的是没有一点儿风险，拿到土地证就可以向银行申请项目贷款，先把投资收回，然后按照建筑进度由政府收购分期付款。因为收购是肯定的，所以没有营销风险。即便如此，我还是以“我又没有做天大的好事，挽救多少生命，怎么会天上掉馅饼在我头上？没有风险，才是最大的风险”为由，拒绝了投资这个项目。

当然这也是坚守我此生不碰地产的底线。办企业挣钱是目的，但有些钱不能挣，比如歌厅浴室，比如房地产，我不是说别人开歌厅、浴室、搞房地产就不行、不好，至少我就是不挣这些钱。

这样是不是明智？两年后再看结果吧。其实结果怎样又如何？是不是明智又如何？社会并不是我们看见的、看清的这样。他能成未必我能成，同样地，我能成，并不是所有人都能成。你干什么，自有安排，不可逾越。

说到这里，我想起曾经的同事。他是和我一个生产队的发小，而且两家之间还有点儿亲戚关系，我妈妈让我叫他妈妈为“姨娘”，也就说他妈妈与我妈妈是好姐妹。在我的记忆中，他的父亲帮过我们家，帮过我。就这样一个小兄弟，不知道因为什么，总是爱跟我比，我干什么，他也要干什么。我曾经想，他这样也好，我们俩人都可以有比学赶超的目标，既有压力也有动力。可后来，由于各自都忙，也就很少有机会碰到，我也就慢慢地忘了这件事。

就在最近，他突然走了，因脑梗而丢下了他的家人、他的事业。当昌隆法师告诉我时，我说："瞎说，怎么可能，他不是好好的吗？怎么突然就走了呢？"后来才知是脑溢血，抢救无效，他才53岁，人生正当年，可惜！

听到他的事，我心里空落落的。名誉、地位、金钱，相对于生命太微不足道了！我连续几天心情都不好，加上今年的大环境，企业的困难更多，压力更大，纠缠在一起，对我的影响也就更大了。只是当时并不知道，直到我感冒躺在床上，浑身难受，一点劲儿也没有，出虚汗，出冷汗，这才觉得心被伤着了。

感冒，这已经是十几年前的事情了。而我这次就倒在了不起眼的感冒上，好在不发热，不咳嗽，也就不担心是"新冠肺炎"。

不想动，也没办法。虽说五一节应放假，可企业还有人在加班赶货。早上，我坚持起来，来到公司，先到车间转了一下，看到工人们在忙碌着，工厂负责人也在现场，我也就放心了。回到办公室，躺在床上，不知不觉似睡非睡似醒非醒，我起来时，已是下午两点。又去车间看看工人们，虽说我不能帮助干活儿，但至少让工人知道我也在企业，当然我更要送上我最真诚的"谢谢"。四点多，我往回走，把中午没吃的粥也拿上。到家后，不想动，更不想吃。好在二女儿回来，烧艾水让我泡脚，出了一身汗，就上铺睡觉了。实在是坚持不住了。

5月2日，我还是没劲儿，但比昨天好些了，没有昨天难受了，只是还没劲儿，怕动。想起昨天公司发了一车货，今天还有两车货待发，不放心，又来到了公司。我到公司时，工人们已经在干活儿。看到这样的工人，我的身体似乎不再那么难受了。企业有这样的员工，我还担心什么？疫情无情人有情，只要我们的员工都像假期坚持加班的员工一样，我又有什么可担心的？

不知道是员工的精神帮我抵挡了感冒的烦扰，还是我自身的免疫力起了作用，总之比昨天好多了，感冒似乎认输了，不再向我示威了。

此时此刻，我想起了为什么会感冒。我可不该感冒啊！

真别说，这一想，还真发现了一个秘密：一切都是我自找的，是我违背了规律，心存侥幸大意了。

年龄不饶人啊！不服老，是好事，但也要面对现实。

退而不休可以，但不能忘了年龄。有些事情该放手的就要放手，要省下时间来返璞归真，回归人道之道，把调理身体作为第一要务，也就是要分清身体与工作的主次关系、先后关系。

要把能做的事情做好，至于结果，怎么样纠结也没用。该来的总要来，不该来的强求也没用，纠结只能徒增烦恼。把握过程，忽视结果，就会少了纠结，省了心思。

师父说的“止漏”也要认真重视，因为漏得太多不利于身体。另外，心漏比身漏更可怕，该收收心了，要心无旁骛。

天热脱衣，天冷加衣，这是必然，不要认为身体健康就无视这些基本的常识。要不是这次赤身睡觉，再加上换了床厚被子，盖被子一身汗，不盖被子又嫌冷，结果冻着了。本就被纠结摧残了身体，又被这最后一“冻”给彻底压垮了，于是感冒了。

其实真正致使感冒的，是在地下室又被冻了一下。

回想感冒的前前后后，我深深地体会到：“懂了，就要做好！否则会前功尽弃！”这么多年学得再多，懂得再多，不在生活中应用，就等于没懂，就像有些人跟我说的：“你钱再多，不用，还不跟我一样，是个穷光蛋。”

我不承认自己是个“穷光蛋”，不是因为钱，而是因为我懂得：决定生命长度的是人的寿命，决定生命厚度的是生活质量，要活过 120 岁，不是要人服侍地活，是要有尊严、有自由、有品位地活，是健健康康的“自了汉”式地活。这样我们才能既有生命长度，又有生命厚度，既长寿，又健康。

不懂也就罢了，懂了不做好就太可惜了，也太不应该了。就像打牌一样，抓了一手好牌，没能打好，可能以后就再也抓不到好牌了。为什么？也许是牌有灵性？你不好好待它，发挥它的作用，它就不愿再与你打交道了。

命运如此，人生如此，生活如此，工作亦如此。

所以，要好好珍惜手中的牌。懂了，就要做好！

担当　正义　善良

实事求是，会说的人多，真正懂的人有几个？能把它当成座右铭的人又有几个？

实事求是，最早出自《汉书·河间献王传》："河间献王德以孝景前二年立，修学好古，实事求是。"说的是汉景帝时期，河间王刘德特别喜欢研究儒家的经典著述，他读儒学著作时，总是根据实例求证真相。

毛泽东也曾倡导实事求是，他在《改造我们的学习》中说："实事"，就是客观存在着的一切事物；"求"就是我们去研究；"是"就是客观事物的内部联系，即规律性。

在六届三中全会上，毛泽东做报告时说："共产党应是实事求是的模范，又是具有远见卓识的模范。因为只有实事求是，才能完成确定的任务。只有远见卓识，才能不失前进的方向。"

也正是"实事求是"的大讨论，拉开了改革开放的序幕。40年前的那场讨论，以及几年前的大讨论，都是说改革开放的事情。从"不懂实事求是"到"懂了实事求是"，是这两场大讨论的效果。仅仅局限于"懂"，而不是践行实事求是，把实事求是当成座右铭，必然会酿成时代的悲剧。

曾记得当年，并不是真的懂实事求是，但由于是毛主席提出的，人们就无条件执行，举国上下形成共识，拧成一股绳。"实事求是"成为党和政府、干部和群众的言行准则。党和政府是为人民着想的，干部是以身作则的。没有"黑恶势力"，没有"弱势群体"，没有"八项规定"，也没有那么多的形式主义。

之所以突然间想起这个话题，是因为邻里发生了事情，又触及心底的神经。农村基层组织力量的没落，村官的无能与无为，是这个社会最可怕的安全隐患。

连续几天暴雨，农村被水淹的田块越来越多。田还好说，房子被淹就麻烦了。因此为了放水，兄弟两家闹起了矛盾。亲兄弟为放水争吵，本不应该发展到打人，结果导致伤者肾脏出血，真是不可思议。两兄弟打架好说，或者说两个女主人打架也好说，奇怪的是弟弟的老婆与女儿去打哥哥的前妻。这个妻子在家里本就不被尊重，因为她生来就是个智力障碍者，是有残疾的人。

面对这样的情况，找村干部，居然置之不理，推脱责任；找警察，“110”来了，说是家庭纠纷，他们不管。最终导致打人者逍遥法外，被打伤的人没有人管，病也得不到医治。听邻居说，我将信将疑。

联想到以前的耳闻以及亲身经历，身为党员，我为党担忧，如果说没有一个强有力的基层政权，又怎能快速形成合力，确保社会的长治久安？

说起农村基层组织力量，可以说不是政权，而只是“自治组织”。可以这样说，但不可以这样认为。

村民委员会，应该是党和政府的基层政权指导下的自治组织，而且是重要的自治组织。与人民群众的联系，靠村民委员会；党和政府的政策与关怀由村民委员会落实。村民委员会干部的形象，就是党在人民群众心中的形象。

我坚信，党的政策是正确的，重要的是执行。比如“扫黑除恶”，农村真正的黑恶势力并没有受到触动。一是本就躲在背后，二是避风头装老实，三是黑白本就难分。打了黑伤了白，还能打吗？何为恶？打人算吗？家暴是恶吗？更何况这不是家庭内部的打架，是邻居打架，而且打伤了人，有明显“内脏出血”的症状。村民委员会没人问，警察也不问。请问被打伤的人还有法律保护吗？这个社会还有正义吗？干部还有担当吗？

“当官不为民做主，不如回家卖红薯。”难道当下的村干部与基层警察的觉悟还不如旧社会的官老爷吗？

说到这，我想起了自己曾经想做的一份社会调查，农村村民委员会主要人员情况的调查分析。看来真的需要做一下这项工作。不管怎么说，作为党员，我应该实事求是。了解情况，反映情况，为人民群众排忧解难，为党的基层政权指导下的自治组织建设贡献一个党员的绵薄之力。这不仅是一个党员的担当，也是最大的正义，更是无畏的善良。

我与兰芳商量好，不行就由我们出钱给伤者治疗。虽说她是个智力障碍者，但也是生命，我们有义务去保护她、帮助她。再说我们有这个能力帮助她，不会影响到我们的生活，更何况这样也能让我们心安一些。

早上去伤者家，找到了她老公，责成他“务必先治疗伤者，没有钱不要担心，医疗费由我们出”。邻居们见我们去，也去了不少人，大家都非常关心伤者，同时对村干部不作为、警察不作为大为不满。

作为党员，我们不仅没有忘记维护党的形象，同时要求邻里之间一定要相互关心、相互帮助，遇到这样的事情要立即制止，既是对伤人者的关心，也是对伤者的保护。但愿我的话能引起大家的共鸣。我们就要善于抱团取暖，邻里间相互关心、相互帮助，共同抗击黑恶势力。只有这样，社会才能安宁，人民才能不被欺负。

周庄语醒梦中人

我的桌子正常都会有几本书，既不是畅销书，也不是名著，偶然相遇，觉得有趣，就会放在办公桌上。有空的时候翻一翻，调节一下情绪，理一理思路，找一找感觉。

王蒙写的《庄子的奔腾》看了一段时间，还未看完。这段时间事情有点多，偶尔有点时间翻一翻，也总是找不到感觉，就放下了。我想要的是能与文字交流的感觉，能让人神清气爽的感觉，能找到“夏虫不可语于冰、井蛙不可语于海”似的快意之语，没这种感觉也就难以读下去了。

今天下午我又看了一本书，书中说：“一个人不妨试试，遇到嗔怒、遇到压迫、遇到穷途、被挤到了墙角，试着换一角度忽悠忽悠自己，离开俗见，离开一般性，乃至离开常理，用全新说法逗自己笑一笑，也许会有些许新的启发。”读到这一段文字，我有醍醐灌顶之感。

再读，方知是王蒙先生就惠子与戴晋人的一段对话的感叹。惠子：“吹起竹管就会有响亮的声音，吹着剑首的环孔只会有嗞嗞的摩擦声罢了。”尧与舜都是人们所赞誉的圣人，在戴晋人面前讲什么尧与舜就好比那微弱的嗞嗞之声罢了。是什么才会发什么声，何必需要自我惩戒，自己选择了什么，就要乐于接受什么。手执宝剑，遇到了风，只能听到“嗞嗞之声”，又怎会听到竹管之“响亮的声音”——“夫吹管也，犹有嗃也；吹剑首者，吷而已矣”。

读到这里，头似乎也不再那么疼了，相似的信息钻进脑海，如闻“嗞嗞之声”，心安理得。

仲崇铭今年5周岁，因工作繁忙，我很少有时间陪他。有几次带他一起吃饭，客人有带小孩来的，他特别开心，总爱和其他小孩儿一起玩，连饭也顾不上吃。

有几次，我发现他被小朋友欺负了，哪怕被打了，他也不还手。我以为他性子弱，不敢打架，就问他："他打你，你为什么不打他？"他说："又不疼。"就又只顾自己玩去了。

春节前一次朋友聚会，他正和其他小朋友玩得欢。突然，他拿着筷子追着另一个小朋友，要去捣他的眼睛，把那个小孩儿吓哭了，躲到大人身边去了。我赶紧把他拉回来问："你为什么要这么做？"他说："他把我眼睛弄疼了。"我这才注意到他的眼白部分有个明显的红点，估计这次是被弄疼了。再联想到以前他说的话，我才明白了，别人真正侵犯到他，他也不会软弱，也就不再担心他将来会被人欺负了。我为他有这样的性格而高兴，小打小闹不跟你计较，真正侵犯到我，也一定会还回去。人生处处计较、事事较真，哪里还有人生乐趣？

又想到关于蚊子的话题。天热还好，只要有风就不会流多少汗。没风就容易出汗，像我这样容易出汗的人，更是汗如雨下。人们常用"狗鼻子"形容嗅觉灵敏的人，我不知道蚊子是靠嗅觉找到了我，还是凭听觉找到了我，每当这个时候，总是在我身边飞来飞去，总想找机会咬一口吸点血。

虽说蚊子叮咬也有点儿疼，可能还会传染其他的病毒，但我没有太在乎。不就吸点儿血吗？我这样胖，吸点儿血还减肥呢！传染病？哪有那么巧？更何况又不是在深山老林中，就这江海平原上的蚊子，还能有什么大不了的传染病？第一次被蚊子咬了，看了看，就随它去了，蚊子也不容易，也要生存。

过了一会儿又来了，还是在原来的地方咬上了，我的心情似乎没有刚才那样轻松与无所谓了。蚊子啊，你太不自觉了！让你咬了一口也就算了，还又来第二次，得一望二过分了。手随心动，挥手去扇了扇，把蚊子赶走了。

可不一会儿，蚊子又来了，还是在那个地方，我趁着还没被咬，随手一巴掌拍过去，就在快拍到时，我心一软，又改拍为扇，再次把它赶走了。

我想，这是同一只蚊子，还是三只不同的蚊子？如果是同一只蚊子，我对我的心态尚可理解，如是三只不同的蚊子，我的心态就不对了。饶恕了甲，为什么乙、丙就不行呢？一视同仁不正是世人提倡的吗？我非圣贤，抱"一视同仁"应是没有错，只是我之"一视同仁"与社会之"一视同仁"还是有着不小差距的。

其实，真的想明白了，有些事，有些话，有些人，也就这样了。"响亮之声""嗞嗞之音"又有何区别？不就是外界送我的一段音乐吗？

"已经这样了，还能怎样？""承不承认，与事实哪个能证明问题？""与其两败俱伤，不如牺牲我一个！"更何况，"被认为的牺牲"，是不是牺牲？

听一听周庄的话吧："夫吹管也，犹有嗃也；吹剑首者，吷而已矣。"

似水流年

面对危机

人生在世遇上危机是难免的事情，生活上的，工作上的……能否妥善处理好危机，决定着能否化险为夷。处理不好危机，会无法前进，搞不好还有可能回到原点。妥善处理好危机，就能实现新的跨越，步入新的天地，人生得到升华。

看当今世界，凡成功者，都是处理危机的高手。之所以能够成为伟人，成为企业家，成为令人羡慕的人，都是因为在面对危机的时候，能够认清形势，能够做出积极客观的选择，能够下定决心实施决定。秦皇汉武如此，刘备如此，毛泽东更是如此。为什么当皇帝的是刘邦，而不是萧何？就是因为刘邦在面对危机时选择了坦然自若，坚信会成功。毛泽东一生遭遇了二十多次危机，无论是在被民团抓住的时候，被撤销军内、党内职务的时候，还是在面对朝鲜战争的时候，他都能认清形势，透过错综复杂的现象，看到事物的本质；能够结合实际情况，做出科学、积极的选择，并能够下定决心实施决定。

危机时，认清当时形势，是妥善处理好危机的前提。处理时要准确、全面、深刻，千万不能顾此失彼。准确重在时效，及时很关键。全面重在空间，看到的看不到的都要考虑到，特别是看不到的，往往起着关键的作用。深刻重在理解，现象源于本质，本质才是解决问题的根本所在。

选择，是妥善处理好危机的基础。做出选择的决定有积极、科学、及时三个要素，三者缺一不可。

积极就是要主观努力，奉行“尽其所能而为之”的原则，把所有能够利用的资源，能够借用的资源，全都考虑到。

科学，即适宜性，过分强调主观努力，忽视自然规律，是肯定不科学的。及时的重要性在于杜绝“马后炮”现象的发生，再科学、再积极的选择，错过了选择的时间，也就失去了意义。

及时是妥善处理好危机的关键。十里行了九里，最后的一里没走好，就会前功尽弃。当然，再怎么科学、积极的选择都会存在缺陷，实施都会有一定的风险。同样，再科学积极的选择，不及时实施，就是放弃。及时需要立刻行动，情况瞬息万变，只有即刻行动，缩小选择与实施的时间跨度，才能充分发挥选择的作用。

人生在世，要有应对危机的智慧，并能在人生的实践中应用，只要化解不同时期的不同危机，就一定能够实现心中的理想，做自己想做能做的事情。

漫话国学

国学，神奇的话题。读了这么多年的书，听了这么多年的课，已过“知天命”年龄的我，觉得越来越不知何为国学。

国学，时尚的话题。国学书籍，成为书店亮丽的风景：显眼的位置，拥挤的人群。国学班，似雨后春笋，只要是个国学班，就有人报名。结果皆大欢喜，办班的挣了钱，参与的消遣了时间。

国学成为时尚的话题，是社会发展的必然，还是偶然呢？我倾向于必然。

国学不是一个理论体系，是众多的圣人学说构成的宝藏，人们可以根据需要选择自己的“喜好”。

要是选两个字代表国学，我认同“中”“和”。“中”，核心在于不偏不倚，不轻不重，不上不下，不好不坏。“和”，核心在于心言相和，言行相和，也就是内外相和。

看到“根源性典籍”说，才理解纪晓岚为何一生不写书，同时也为自己的肤浅脸红。孔子说：“述而不作。”而我呢？充斯文！好显摆！所谓的五本书，也就是“别人嚼过的馍”，只不过是嚼得细腻些，多沾了些许我的口水罢了。

国学典籍浩如烟海，根源性典籍有“三玄”，即《老子》《庄子》《周易》，有“四书”，即《大学》《中庸》《论语》《孟子》，有“五经”，即《周易》《礼记》《尚书》《诗经》《春秋》。如果把其中重复的去掉，只有九本书，构成国学的根源性典籍。读好了这九本书，也就懂了国学。

如此说来，愧疚！愧疚！国学班上了这么多年，除听讲过《大学》《中庸》《春秋》《老子》《庄子》之外，尚未系统性地阅读过九本根源性典籍。该咋的？明白了！能不能咋的？让时间证明一切。

倘若能够利用怡心院的物质资源、仲氏族人的人脉资源、国学班老师的师资资源，开设系统性的国学根源性典籍研讨班，推动无形社会的重塑，提升上流社会的素养，将是人生的又一快事。

东西方的社会现实告诉我们，唯有东方智慧能够拯救世界。国学是东方智慧的核心所在。时势造英雄，赶上了，就要勇于担当。否则，愧对社会。

有空咱聊聊

——无聊时的自语

人，有时有些感觉真的是难以说清，好与坏、乐与哀、甜与苦、真与假、近与远、高与低、爱与恨。因为现实生活中的好，也许就是坏；乐，也许就是哀；甜，也许就是苦；真，也许就是假；近，也许就是远；高，也许就是低；爱，也许就是恨。换个角度，换个时间，换个人，换件事，坏，正是好；低，正是高；恨，正是爱；假，正是真；苦，正是甜；哀，正是乐。这就是生活的哲学，生活的辩证法。

人到了这个年龄，哲学、辩证法成了生活的佐料，没了它们，生活的滋味就会单调许多。虽说同学们、战友们、一起长大的小伙伴们都羡慕我的生活，妒忌我的拥有。这不，现在大女儿又生了小子。对我来说，则未如他们所想象的那样兴奋。要问为什么？我还真的不知道为什么没有想象中的兴奋。

连我的二女儿都看出来了，问我："是不是姐姐没生女儿不高兴？"我说："没有啊！怎么会不高兴？生的男孩，还姓仲，当然高兴。"

不过说句实话，真的没有我生女儿时的那种手舞足蹈的兴奋。也许是年龄的原因，早就过了兴奋期，也许真是女儿的孩子，是孙辈的，多多少少隔了辈分。最本质的原因应该是企业的事情太多，大环境的严峻超过了想象，特别是"整体联动、终身负责制""一切按规定办、按程序办"，将拉响中国经济的寒潮警报。

"新常态"是个什么常态？只是速度吗？不！而是"一切按规定办、按程序办"的常态，是再没有官员敢为给企业办事而打擦边球了。

企业的成本增加了，速度也肯定慢了下来。一个月可以办的事，也许一年也办不了。本来可以办得了的事，也许就办不了了。

"一企一策"曾经是企业的助推器，可是遇到了红灯，不但不可以抵押贷款了，还要追缴政策税。资金压力，生产压力，想到这些，我还有心思兴奋，还有精力兴奋吗？

还有“涅槃”项目，此阶段处于婴儿诞生的阵痛期，组织机构的调整，人员岗位的调整，制度、流程、核算体系、考核体系的改变，都到了实施阶段。年度会议，明年规划，过年筹备……

太多的工作压着，哪里还有心情兴奋哟！

像今年这样的情况，还真的从未遇到过。能不能安全度过“新常态”的转型期，关键在于资金安全。政策调整的影响，将胜过蝴蝶效应。企业虽不致处于旋风的中心，但至少是重灾区。能否应对好，我是关键之关键，心静神清，心定神明，心安神轻，先把心安妥吧！

安心，难啊！也不知为啥，近期来，心很乱。是第二青春期的冲动还是贪婪的本心所致，抑或是职业的本能驱使？真的是既想当和尚，又舍不了“老板”；既想当好人，又难舍人之本性；既憧憬未来，又难舍眼前、当下；既想享天伦之乐、世俗之福，又难舍佛之智慧。弄得心疲、神乱、智迟、语钝，辨不出近与远、重与轻、得与舍、是与非了。

按常理说，56 岁，已到了该思退的时候，而我似乎才刚刚开始人生的征程：和信上市，电厂上市，天恒改板，贷款改债，股权让渡，机构重组，股权重组……我想通过一系列的动作，实现企业脱胎换骨的目标。

这一切，到底是为什么？我也问过自己多次，可每次的结论都是不一样的，金钱？名利？地位？生活？其实，仔细想来，我也就是顺其自然，本性使然，习惯而为。习惯，一种习惯，上升为本能的习惯，不甘放弃做事机会的本能习惯。

说是有空咱聊聊，可我又能与谁聊聊哟。谁又敢与我聊聊？谁又能听懂我说的话？更谈不上理解、支持、帮助了，这才是我的悲痛之处。只好来一个现实的“我”与理想的“我”，或与本性的“我”的瞎聊了。聊了，心就轻松了，轻松了也就顺了，也就不那么乱了，不那么烦了，不那么六神无主了。

一切顺其自然，尽力而为，把能做的、应做的事做好，这也许是我唯一的选择。着急，又有什么用呢！

风云变幻，市际交错，代际交错，态势交错，处于交错之际，这样的选择也许才是明智的选择吧！

唉！愿，心安！不再烦，不再乱，不再……

无去亦无还

——读《问君此去几时还》有话说

友人送我的《问君此去几时还》，总算是读完了。前前后后一共花了两个月的时间，包括去台湾健检时，也没忘记带上它。也许因为有空就坐下来看会儿，忙起来就把它丢到一边，我才没有被它俘虏，而产生了"无去亦无还"的想法。

正如作者苏泓月所言，《问君此去几时还》相当于"李叔同传"，也就是"弘一传"。未看书之前，若是你问我"李叔同是谁"，我会脱口而出"不知道"，但若是问我"弘一是谁"，我会毫不犹豫地告诉你：大师，得道高僧！

此时此刻，我对弘一大师则有了不同的印象。从情上来说，他痴情过，疯狂过，绝情过，忘情过。从理上来说，他从不知理，到喜理，再到守理，一心弘法没有错，终身弘法也没有错，但抛弃妻儿、不尽人伦之责，则未必妥当。始乱终弃，不是道德之人该有的言行。大丈夫当尽人伦、尽人责，为自己的言行承担起应尽的责任，而不是唯我独尊。天下人需度，妻儿也要度。度天下人却唯独不度妻儿，理上也说不过去。

此时此刻，我想起兰芳的担心：不要痴迷，你还有未尽的责任，女儿需要你，企业需要你。想起了女儿的担心：你出家了，妈妈怎么办？企业怎么办？当时，我觉得很奇怪，我本身并没有这样的想法，她们怎么会有如此的担心？如今看来，类似弘一大师的故事，肯定不少，只是我没有在意过。

也许是人生际遇不同，对弘一大师的绝情之举，我真的是不敢苟同。

弘一大师有许多名字，不同时期、不同场合名字不同。弘一大师的学生刘质平在整理弘一大师的文稿时，竟然列出了近两百个别名。

特别是弘一大师的文采令我折服。虽说我也喜欢写作，但也就是停留在喜欢上，并未能深入地研究、提升。弘一大师则能广征博引不断精进，“二十文章惊海内”，集诗、词、书画、篆刻、音乐、戏剧、佛学于一身，是我学习的榜样。

他的《满江红·民国肇造志感》：“皎皎昆仑，山顶月，有人长啸。看囊底宝刀如雪，恩仇多少！双手裂开鼷鼠胆，寸金铸出民权脑。算此生，不负是男儿，头颅好。荆轲墓，咸阳道，聂政死，尸骸暴。尽大江东去，余情还绕。魂魄化作精卫鸟，血花溅作红心草。看从今，一担好河山，英雄造。”读来荡气回肠，热血沸腾。

弘一大师的经典语句更是激励人心，是我前行的动力：

“无心者公，无我者明。”扪心自问，我差远了。

“事不可做尽，言不可道尽。”还在努力中，做到是难。

“以虚养心，以德养身，以仁义养天下万物，以道养天下万世。”道理好懂，记住也不难，做到则非一日之功。

“欲论人者先自论，欲知人者先自知。”

“取人之善，当据其迹，不必深究其心。”

“论人之非，当原其心，不可徒泥其迹。”

如此待人，还用得着担心没有团队、没有朋友吗？

弘一大师，从望族公子到风流名士再到佛门高僧，这样的人生，可谓戏剧性，但最终也没有逃脱世之俗径：得意—失意—出家。只不过，弘一大师出家后找准了目标，日益精进，持戒苦修，成为一代宗师。

我从哪里来？将到哪里去？超脱生死轮回？在我好像还未有如此的想法。对我来说，生，则活好当下；死，则坦然面对。

还有就是爱情观的不同，也许是我没有亲身经历过，因而也就没有像弘一那样癫狂过。在我这里，男女是因有缘而交结，因交换而需要，因责任而相守。弘一大师则是风流名士，我是猪，弘一大师是鸟，当然也就无法懂得大师的情了。

在我心中，家庭即道场，生活亦修行，自修度家人；企业即道场，工作亦修行，自修度同事；旅途即道场，奔波亦修行，自修度有缘人。这也是我与弘一大师的不同之处。心静，则闹也静；心不静，再静也闹。

当然，也许是我还没能了尘缘，需用出世心，做入世事。

故此，弘一大师的妻儿、朋友才会问大师："此去几时还?"大师则为朋友留言："君子之交，其淡如水。执象而求，咫尺千里。问余何适，廓尔忘言。花枝春满，天心月圆。"可怜的是妻儿，连一字也未留。似乎在弘一大师心中，早已没有了他们的存在。绝情太过！

故此，我借机向妻女表白：无去亦无还！为人当尽人责。

我还是我吗？

难得的热天，难得的偷懒，难得的烦恼，难得的想起：我还是我吗？

时势推着我，风风雨雨走过了56年，成了今天有人怨恨、有人羡慕的人，成了“不知我是谁”的人。

今天夜里两点钟就醒了，想起了北京工厂部分工人罢工的事，反思：为什么会这样？问题的根源究竟在哪里？

“家”文化是企业的品牌。“企业视员工为家人，员工以企业为家”，员工与企业共同圆梦、共同发展，是我一直坚守的理念。员工持股、股权激励，是企业留住有用人才的措施之一。在政府还没要求企业为员工缴纳社保的时候，企业就在人保公司买了商业保险。工作服、工作餐、法定假日都是企业一直坚持在做的。特别是北京工厂，考虑到外地员工多、年轻人多、住厂人员多，从免费午餐，到免费三餐，再到每月加餐改善伙食，同时要求工作任务再紧也要保证工人每周至少休息一天，特别强调要确保员工收入以及福利待遇在同行业处于领先水平。

我前不久刚去过北京工厂，在与厂区相关人员沟通的过程中并没有人向我反映员工要求增发加班工资的问题。为什么我才离开没几天，就发生了如此不可思议的事情？为什么？

是机构设置出了问题，还是用人出了问题？是公司的文化出了问题，还是管理出了问题？为什么？为什么？

这么多的问号，挂在心上，不容我不反思自己：我还是我吗？

我不是我。要是以前的我，还会发生今天这种事件吗？刚去苏州特雷卡工作的时候，没有任何症候发生员工罢工，从得到消息赶到会议室，到员工恢复上班秩序，事件平息，前前后后不过才用了20分钟。而这次，我竟让女儿去处理这件事，可见我已经没有了当年的豪气。

我还是我。社会在变，我也要变，否则，后果不堪设想。而我似乎变得慢了，不能跟上时代的步伐了。由于管理层次多了，很少有时间去了解一线员工的心声，了解他们的诉求，从而制定出适应时代发展要求的管理措施、制度、方法。正是由于信息不对称，导致了北京工厂罢工事件的发生。

我能不是我吗？应该没有问题，只是需要等候合适的机缘。企业大了，用人是关键。从“以做事为主”到“以用人为主”的转变，是我顺应企业发展的需要。

用人的关键是识人。几十年来，我一直在不断地培养年轻人，但现在不得不承认在培养人的问题上是失败的。四个学生中有两个已经离开了企业，带走了公司的业务，自己当起了老板。

说到识人，我又想起“148”团队。我现在这样做有用吗？我躺在床上编辑了一条微信发到了“148”的微信群里：

想过北京工厂事件后，我觉得高层人员必须具备“懂事、明理、担当、依法”的素养。

“懂事”，遇事就要知轻重，不能等事大了，才知轻重。

“明理”，我该做什么？怎么做？心里有底，按章办理。

“担当”，心底无私天地宽。只要真心为企业好，履行职责中发生误差是可以原谅的。

“依法”，依法经营、依法管理是企业的底线，做决策、处理问题都要在此前提下。

微信发出后，就期待着天亮后有人会回应，可是直到上午“148”活动时，一个回复都没有收到，心里很失落。

今天的“148”活动，请心理咨询师从心理学的角度谈沟通的话题。我因为要处理另外的事情，未能全程参与，只在活动正式开始前，通报了“北京工厂罢工事件”，谈了“148”活动的主旨是“娱乐”，在娱乐的过程中加深相互之间的了解，达到相互信任的目的。至于学东西，“师傅领进门，修行在个人”，凭悟性收获自己喜欢的。这也许才是我应该坚守的底线，我不能是我。

我还能是我吗？今日的我，非昨日的我，明日的我，一定也非今日的我。从某种角度来说，是这样，我不能是我！

从另一角度来说，我就是我，企业的大股东、企业法人。企业大股东是企业利益的攸关方，企业法人就是企业带头人。有成绩是国家的、社会的、员工的、朋友的。有问题是自己的。这是不可否认的事实，并不会因为我将工作重心从“以做事为主”调整为“以用人为主”的转变而发生转变。

怎样借机转变管理理念，调整用人策略，以适应社会，适应企业，适应员工，是我当前要做的最重要的事情。

没用的用处

《庄子·外物》有这样一段对话："惠子谓庄子曰：'子言无用。'庄子曰：'知无用，而始可与言用矣。夫地非不广且大耶？人之所用容足耳。然则厕足而垫之致黄泉，人尚有用乎？'惠子曰：'无用。'庄子曰：'然则无用之为用也，亦明矣。'"

突然间想起这段话，是缘于近期发生的一些事，深思无解。有用？无用？无用？有用？想来想去，就想到了这段对话。

用现在的话来解释，这段话的意思大概是这样的："惠子对庄子说：'你的话没用。'庄子说：'懂得无用才可知有用。大地很大，但人们踩的也就脚下那一点有用，其他地方无用。既然无用，那么只留下脚底的一点，其余的全部挖掉，直到黄泉，脚底的那点儿大地对人来说还有用吗？'惠子说：'当然无用。'庄子说：'无用的用处也就明白了。'"

现在我能理解庄子这段话的逻辑与思想。有用的，未必真的有用。无用的，未必真的无用。看起来有用，也应该有用，可事实上就是无用。

明知道无用，可还要用，因为没有更有用的来替代，这就是现实。

看到这些，不易。认可这些，更加不易。正是因为如此，才着急、上火、发脾气、骂人，才有那么多的委屈、痛苦，才有那么多的意外，才会让不该发生的事发生了。

事实告诉我，当权宜处之、权宜置之、权宜回复。

吃饭没用，肯定有问题。吃饭有用，也未必都对。一切要视详情而定。开心就吃，不开心就不吃，不吃一样开心当然更好。

举一反三，联想到企业用人、机构设置是对的，是错的？不能当事后诸葛亮，要辩证地看待，两害相较取其轻。抓住主要问题的主要方面，先解决它。对也好，错也罢，只能如此选择或决策。

《庄子·外物》还有一则寓言，说的是宋元君与白龟的故事——

宋元君梦见有人对他说："我来自名为宰路的深渊，作为使者出使河伯的居所，你的渔夫余且网住了我。"宋元君醒来，派人占卜，说："这是只神龟。"宋元君问："有叫余且的渔夫吗？"左右侍臣回答："有。"宋元君说："叫余且来见我。"

余且来了，宋元君问："你捕捞到了什么？"余且回答："网到了一只白龟，周长五尺。"宋元君命令说："献出你的白龟。"余且无奈，将白龟送给了宋元君。

见了白龟，宋元君一会儿想杀，一会儿想养，捉摸不定，卜问吉凶。卜者说："杀掉白龟用来占卜，一定大吉。"于是把白龟杀了，用龟板占卜 72 次没有失误。

孔子知道后说："神龟能托梦给宋元君，却不能避开渔夫的网；才智能占卜 72 次没有失误，却不能逃脱落网被杀。如此说来，才智也有困窘的时候，神灵也有不灵的时候。即使存在最高超的智慧，也逃不掉万人的谋害……"

看了这则寓言，多少有点儿欣慰，不再为"有用的我也有无用的时候、无用的地方"而懊恼、生气、愤怒、自卑。

有用无用是相对的，有用依无用而生，无用因有用而存，这是自然的规律。对既没有超人智慧又没有他人帮助的人来说，只能无用当作有用，有用视为无用，一切视需要与可能而定。

淋个太阳雨

忙好了，准备散步去，发现天有点儿毛，好像又要下雨，但又不像马上就会下的样子，没有压顶的黑云，太阳时不时地穿过浮云露出笑脸。再看手机，快五点了，再不出发，今天就不能完成散步的计划了。到点儿得回家抱孙子去呢。

果断打消怕下雨的顾虑，出了公司，径直向着七星湖走去。雨后的空气很清新，嗅一口，甜甜的、香香的青草味钻入鼻孔，吸进肺里，再使劲儿甩几下手臂，迈开腿，身心好愉悦。

也许是才下过雨的缘故，也许是有人怕下雨的缘故，路上的行人很少，车辆也少，偶尔才有辆小汽车从身边驶过。路边的草坪，绿得惹眼，散发出饱吸雨水后的激情。湖水的颜色特别深，仿佛有一股寒气逼来。蝉声穿过树枝，在安静的湖畔听起来更加震耳。

也只有在这雨前雨后的时候，没有人和车辆的干扰，才能有心看见草的绿，感觉水的寒，觉得蝉的响。写到这，我又想起风动、幡动的争论。看来，还是要放在一个更大的时空中去思考一些问题。我没看到的，不等于就不存在，而只是我无缘看到，或者是没留意，又或者是没能看到。

就像今天，要是怕下雨，不出来，就不能领略到七星湖畔这雨前雨后的别样景色。要是没下雨，车多，人多，恐怕就惊扰了蝉，吓得它们躲在树上不敢吱声了。要是没下雨，草坪上的浮尘还在，就不能看到小草富有激情的绿色了。要不是要下雨，浮云累积，湖水的颜色也就没有这么深。要不是我心情愉悦，就不能感受到湖水的寒，草坪的绿，蝉声的响。这一切都不是偶然的，也不是孤立的，是相互联系在一起的。怕下雨，不散步，恐怕就错过了这个机会，无缘领略七星湖的另一番韵味了。

忽然，觉得有雨珠打在脸上。抬头看看天空，并没有黑云压顶，太阳还是时隐时现在浮云之间，也就没有当回事，继续漫步在湖边的人行道上。时不时扭扭头，抻抻臂，伸伸腰，抬抬腿……一路走来，一路摇摆着，倒也自得其乐。

渐渐地，雨点儿似乎变大了，密了，淋湿了额前的头发，淋湿了睫毛，挡住了视线，不得不用手撸一把脸上的雨水。

不知道太阳是不是觉得我好笑，从浮云后露出了笑脸。不！太阳是在鼓励我：坚持！坚持！坚持！贵在坚持！

阳光下，雨水中，七星湖东北角的荷花池里，尖尖的荷苞，盛开的荷花，败落的莲蓬，比肩争艳，各领风骚。雨珠落在荷叶上，好像雨更大了，响声也更大了。栈桥被雨水浇得格外洁净，有点儿不忍心踩上去。平时喧闹的人群不见了，唯我一人独行其间，任我自由漫步，不必左右避让行人，偶尔还得躲避伏在桥面的狗儿们。

月亮广场上，平时闲坐在树荫下的保安们不见了，垂钓的人们也没了踪影。雨越下越大，几乎睁不开眼睛了。看看身上，裤子还没湿，也就不担心放在裤袋里的“信号树”了，我是这样叫的，应该叫什么？我不知道。像是信号塔，伪装成树的模样。要不是这样站在跟前看到边上的控制柜，我还真的不敢相信它是信号塔。曾经有好几次在高速公路上，突然看到一棵高大的“松树”长在田野里，心想，怎么一棵大树孤零零地长在这里？

信号树，在七星湖的西边，离公路大约有两百米。从公司散步来到这里全程约 40 分钟，再从这里返回公司又是 40 分钟，来回 80 分钟左右，基本上达到了万步的目标。

返回的路上，竟不知道雨停了。直到阳光晒人，才察觉雨小了，几乎不下了。再看看身上的衣服，上身的 T 恤已经湿透，下身的裤子除大腿前面有点儿湿了，其他都还是干的。这时发现了毛质和棉质衣服的差异，在防雨方面，毛质的面料更胜一筹。为什么？我不知道，也没必要知道，只是记住：下次再遇到类似的天气，出来散步时一定穿毛质面料的衣服，而不要穿棉质的，更不能穿化纤的。

当老板，痛并快乐着

当老板，正是许多人向往的职业。特别是“双创”的号召，更是起了推波助澜的作用。如此，是好事，亦是坏事。

当老板，已有30年，已经习惯了这个职业，喜欢上了这个职业。同时，偶尔也会有点儿怕这个职业，担心稍有闪失，毁了几十年的修为。

当老板，深刻的触动有过不少。时间长了，也就忘了，唯有近期两件事还记得。

“时隔两年，再去海安拜访我的第一位老板、人生导师。结果用我兄弟的话说，衣服被扒光，被冻着、冻感冒，灰溜溜……最后无地自容，只能发愤图强，知耻后勇，致敬老师。”这是两天前，一位老同事发在朋友圈里的微信。“人生导师”说不上，以诚相待，没有问题。作为年轻人，他是优秀的，也是成功的。没有“李刚”似的父亲，完全靠自己奋斗，努力打拼六年，“年薪百万元”。他的一段话令我不知说啥好，“前几天我还做梦，梦见被你骂”。我真有那么厉害、那么不近人情吗？

他问我一个问题：“靠什么决策？”我用手拍一下脑袋，说：“拍脑袋决策！”他不信：“怎么可能？”我说：“事实确实如此哪！”他还是不信。我说：“你专业学的是英语，毕业后又一直在外企工作，西方人的工具方法对你影响太大了。”我接着说：“你记住，中国人做事，习惯于拍脑袋，但不是随便拍的，是建立在自信基础上的，是对所有信息快速‘心算’得出来的结果。”他还是不信。我也只能像西方人那样两手一伸做无可奈何状。

而与他同来的一位年轻人，刚出校门就当了老板，在做了四个项目后，现在正准备投资第五个，他就能理解我的话。

最后我说：“你目前很好。但要想更上一层楼，就必须‘工具’与‘智慧’

并用。”

昨天，又有一位年轻人来谈起这些，我将那个“挖井”的漫画故事又说了一遍。我说：“你缺胆略、恒心，这是至今未能成功的最大原因。独立经营一家企业三四年了，没有起色，着急是难免的。但着急又能解决什么问题呢？”

我说：“善于总结，敢于否定，勇于创新，才能有成功的把握。你应该总结一下了，是坚持还是改变？”其实，有一个潜台词没好意思直接说出来：如果当老板不行，就打工去。

我将前一个年轻人的故事也讲给他听了，从他的言谈之中得到的信息是他还想继续坚持。但愿他能成功。

回忆过去30年老板生涯，得到的结论是：一件事情的成功，不是由一两个“对”造就的，而是由千万个“对”堆积起来的。经营过程的每一个程式、动作、细节都必须保证到位，不能有一丝一毫的马虎。从决定做什么，到怎么做、具体执行、收回现金，再到售后服务，哪个环节出了问题都不行。

当老板不是荣誉而是责任，需要具备一定的基本素养和能力，否则再努力也是徒劳的，很难当好老板。

一是取舍之道的判断力。当取？当舍？要果断决策。不能果断决策会贻误战机，会影响团队的情绪、执行力，从而影响到结果。如果说不能果断决定取舍，就不要去当老板。

二是用人之道的智慧力。跟我一样能干的人还能为我打工吗？识人在前，用其长是基本，用其短才是最高境界。某人的缺点，可能正是团队所需要的，这个“短”就成为“长”了。用好这种人，才是智慧。

三是奖惩之道的准确力。当奖则奖，且奖到位。当惩则惩，且惩到位。说说容易，做到难。往往因这方面失败的很多。岗位是为工作设立的，不是为了奖励，人情是为了更好地工作，不是为了人情而人情。

四是信念之道的意志力。诱惑很多，能不能抵挡住？房地产挣钱，我做则未必能挣钱。一个项目必须把握住人、市场、产品、资金、政策要相互匹配，否则就要考虑是不是先放一放。

五是学习之道的创新力。社会在变，企业也要变。企业变，关键是老板要变。互联网+、工业4.0、机器人……过去的成功只能说明过去，而不代表现在，更不代表将来。像我这样的老年人需要学习，是没话说的。重要的是，年轻人也要学习，也要创新。时代在变，老板也要变。

六是超脱之道的洒脱力。有人说：“创业成功的概率还不到一成。”我不敢说这话是对还是错，但至少有一点可以说明：一起长大的弟兄，一起上学的同学，一起当兵的战友，真的当了老板的还是少数。失败是必然，成功是偶然。当失败降临的时候，能否坦荡很重要，不能超脱失败，就不要创业！

当老板，是好！

当老板，不易！

有播种，才有收获

前天，范跟我谈起一件事，令我百思不得其解。

事情是这样的：

那天，参加同事儿子的谢师宴，遇到了一些离开公司的老员工。应该说大家都是以礼相待，不管过去在公司表现如何、由于什么原因离开公司的，离开了，就当是熟人见面了打个招呼，也是人之常情。“舌头打滚不折本”，你来我往，礼貌而已。可是遇上了一个见面扭头就走的人，当时也就没在意，以为是误会，他可能是没看到我，也就没往心里去。

没想到，与范谈起这事，他说，“早就知道了”“好几年了”“为这事，我还说过好几次”。我更是奇了怪。我问范：“为什么?”范说：“没什么，他说不出来。”经我再三追问，他说：“在企业，不曾弄到钱。”一听这话，我没话好说了。客观上说，用现在的标准，确实是没弄到钱。一个初中没毕业就来公司学电焊工、当销售员，途中还送出去培训的人，正准备让他发挥更大作用的时候，他却选择了辞职。离职时还支付了三年的竞业工资。虽然，我得知了他离开企业后即开始到与企业有竞争关系的公司工作的消息，但我还是睁只眼闭只眼当没这回事。他的妻子仍在公司工作，父亲还在做打扫卫生的工作，并没有因为他而影响他的家人在公司工作。

说到这，我想起了公司的贾。同是电焊工出身，也去北京工作过，现在是集团下属公司的营运总监，主管生产、技术及质量工作，月薪 2 万元，年收入 30 万元以上。想起了章，从去北京当销售员，到现在的销售副总，年收入 15 万元。再想到李，一个小姑娘，刚来公司即被派去北京工作，没有一句怨言，现在在集团监审部主持工作。同样是派驻外地的企业员工，回来后仍留在公司帮企业承担起更重要的工作，同时自己也得到了应有的报酬。

这些人满足吗？我不知道，我只知道他们在自己的岗位上尽心尽职、任劳任怨、踏踏实实地工作着，而那些中途离开的人，也就没能享受到本来可以享受的报酬，也就难免有所怨恨了。

曾经有一幅漫画，画的是一个人在挖井，他在快挖到水的时候放弃了，又到了另一个地方挖井去了。是运气不好还是地下没水？都不是，是自己未能坚持。

还有一个员工，在公司20多年，一直没离开，与公司一起成长，与他同期进公司的人，以及在他之后进公司的人，先后离开了企业，有的自己当老板去了，有的去了其他公司继续打工。我不知道他们之间真实的财富差异有多少，更不知道辛苦程度差异有多少。至少我知道，精神、气质、形象、知识、见解似乎不在一个层面上。平台很重要，就像李薇薇说的那样："我选择与你合作吃亏，与老师合作见的是部长，与你合作见的是科长、厂长。"

前段时间，曾有这样的一个故事在网上流传：

两个同学换了车票就换了命运。一个去北京，一个去上海。可是在等车的时候，听邻座人说：上海人精明，外地人问路都收费；北京人质朴，见吃不上饭的人不仅给馒头还送旧衣服。去上海的人想：还是北京好，挣不到钱也饿不死。去北京的人想：还是上海好，给人带路都能挣到钱，还有什么不能挣钱的。结果两个人换了车票，原本去上海的人去了北京，打算去北京的人去了上海。五年之后，去上海的人去北京考察市场，在火车站看到一个捡破烂的人，正是五年前换票的那个人。由此可见，平台重要，选择平台更重要，起决定性作用的因素是自己的心态与追求。

其实，谁不辛苦？谁不难？谁不要强？谁不委屈？当老板的有，当员工的也有，只是委屈与委屈不一样，难与难也不一样，辛苦与辛苦也不一样。

人生就是人生，没有假设，不可重来。选择了就承担起选择的结果，甜也好，苦也罢，自己选的，怨不得别人。

青春是个冲动的代名词，最容易走丢了自己。如果你现在过得不怎么样，一定是当初选择错误，是你辛苦还不够。种了树，就要培养，否则难成大材。

是男人，就要勇敢面对自己的选择，承担起选择的后果。当然，这些话是对一个有伦理觉悟、有孝悌修养、有感恩心、有报恩心的人说的。

说实话，看到范的泪水，我能理解他的无奈、无助之苦，既是年纪相近，又是多年的同事，我不理解他，又能怎样？我说：你不要急，等到春节再说吧。

这也是我现阶段能说的最好的安慰了。

别再炫耀自己有多忙

昨天，把新出版的《随风起舞》送给丁。他拿到书，翻开看看，问我：“你哪来的时间？”

“哪来的时间？多出来的时间呗！”

“多出来的时间？你还有多余的时间？”

“是啊！总不能是偷来的、抢来的吧。当然是多出来的！”

随后，他说起梁实秋的《骆驼》。因为没读过，也不了解梁实秋，所以只能洗耳恭听。“借物抒情”是当时得到的启发，是描写，而不是叙述，给我的触动很大。我平时只是写出心中的话，叙述难，更难得有借物抒情的技能。

丁有事要召集人开会，我就告辞了。

有空一定要去把《骆驼》找来读一遍。读书少，真不是个事儿。有多出来的时间，不能只是写出自己的心里话，更要多读书，读好书，省得再在这样的场合尴尬了。

要说忙，我可以很忙。忙得昏天黑地，没空吃饭，没空睡觉，也就更不能坐下来想一些问题并把想到的写出来了。五个板块，五个团队，五个市场，该有多少事要做！

之所以不忙，我坚持只做非我不可的事，该做应做的事。而且有时心血来潮时，就这两件事还偷工减料，把本来该我做的事委托给某个信得过的人代劳。

有些问题，不是我看不到，而是我选择看不见，因为它们不影响大局。

有些话题，不是我听不到，而是我选择听不见。因为它们是些小节、“气话”，不必当真。

诸葛亮，聪明智慧，任劳任怨，结果又能怎样？曹操这也不好，那也不好，结果怎样？得天下的是曹操的团队，而非诸葛亮的团队。

现在的成功学太多，毒害甚广，似乎不忙碌就不能成功，成功的人就是忙碌的人。你不忙碌了，你就不是成功人士。一百美元掉在地上比尔·盖茨都没空捡起来的传说，给了人们很坏的误导。

其实，真的那么忙吗？如果真忙，有两种可能。一是能力问题。确实不具备适应工作岗位的能力，不能坚守“非我不可的事”与“该做应做的事”的原则。倘能坚守这个原则，就算是不会管理，也能充分发挥团队的作用。二是理念问题。认为说忙，领导就会真的认为他很忙，同事就会真的认为他很忙。是不是还有第三种可能，我还没发现。

一个会生活、懂生活、有张有弛、游刃有余的人，才可能成功，才可能担当起更重要的工作。就像拉车，只管拉车不看路，行吗？不补充营养，行吗？就算是汽车，都还要停下来加油、检查车况呢！

不要再说“我忙”了，这样博不来同情、赞许，只能换来“瞧不起”，至少也是“怀疑”。

看看书，多点幽默，多点笑声。

喝喝茶，清清胃，神情更优雅。

听听歌，陶陶情，张弛更有序。

游游山，视野更开阔，看问题更全面。

玩玩水，心胸更了然，再多的事也能容下。

散散步，边走边赏，边赏边悟，又一次心灵的升华。

“磨刀不误砍柴工。”多花些时间想明白了，会比求胜心切的蛮干效率高。

抬头，看准了方向，也省得像第二轮龟兔赛跑比赛中的兔子，第一个到终点，但是方向反了，结果还是会输给乌龟。

我一个人知道这些又有何用呢！要是我的团队，特别是我的核心团队成员都能有这样的想法、观念，该多好啊！

有时候，看到他们忙得屁颠屁颠儿的，我真是又好气又好笑，真的是恨铁不成钢啊！

如果企业也办个咖啡室，经常叫来喝喝咖啡、喝喝茶，是不是能改变些什么呢？

我们活着为什么？

——《人类简史》读后感

与《人类简史》结缘，是偶然，亦是必然。

书是南京的刘同学寄给我的。出于对她的敬重，我准备认真拜读一下。同学近十年，第一次推荐书给我，兴奋和好奇驱使我用心阅读。

越读到后面，越觉得此书不只是“简史”，而且是散文，是小说，是哲学。我对作者能从物理学、化学、生物学、人类学、生态学、政治学、文化学、心理学、生物工程学等不同的角度，把人类的演变史看透的能力，无比佩服。但更对作者痛恨“人类中心主义”的思考，以及对“智人”正用自己的创造走向毁灭的预测感到无比的崇敬。特别是有关“我们活着为什么”的深究，震撼我的心灵，产生强烈共鸣，越看越觉得合胃口、对脾气。知我者，莫若刘。

人类，从动物——“一种也没什么特别的动物”起，经历农业革命、工业革命、科学革命，到“智人末日”，发生过无以计数的改变与发明，其根本动机，就是满足自己的欲望——快乐！为了快乐，不择手段，穷尽智慧；为了快乐，日夜操劳，精疲力竭；为了快乐，你死我活，血流成河；为了快乐，痴心妄想，自我毁灭。可回过头来看看，农业革命后的人比农业革命前的人快乐吗？工业革命后的人比工业革命前的人快乐吗？科学革命后的人比科学革命前的人快乐吗？

要回答这个问题，首先需要弄明白：何为快乐？

正如作者所说：“如果只受客观条件影响，要谈快乐的历史也就相对容易。但我们知道快乐有赖于主观的期望之后，历史学家的任务也就更为艰巨。”历史学家都难以回答的问题，我也就更不敢胡言乱语了。这是最明智，也是无错的答案。

谁比谁快乐？自己也许知道，也许不知道。但有一点是肯定的，知道的是少数，不知道的是多数。习惯了相互比较，再快乐也不觉得快乐了。能反思习惯、善于比较的毕竟是少数。谁比谁快乐，也就是快乐的多与少，我以为比较简单，很好回答："鞋合不合脚，脚知道。"但作者说，快乐多少与这样的四个因素有关："金钱确实会带来快乐，但是有一定限度，超过限度之后的效果就不那么明显"，这是一；"疾病会短期降低人的幸福感，但除非病情不断恶化，或是症状带有持续让人无力的疼痛，否则疾病并不会造成长期的不快"，这是二；"对快乐与否的影响，家庭和社群要比金钱和健康来得更重要"，这是三；"快乐并不在于任何像是财富、健康甚至社群之类的客观条件，而在于客观条件与主观期望之间是否相符"，这是四。

如此说来，挺有道理。虽然我无法准确回答上面的几个问题，但我可以借用这四个快乐的相关因素，向问我"累不累""苦不苦"的人解释我为什么不苦、不累，而且很快乐，"子非我，安知我不知鱼之乐"？

至此，我想起了庄子。"知足者不以利自累也，审自得者失之而不惧，行修于内者无位而不怍。"如此，能不快乐吗？

庄子"日出而作，日入而息，逍遥于天地之间"，对我影响甚深。几十年了，不但身体好了，而且省了电费，节约了资源。乐在其中也！

书中专有一节"快乐的化学成分"，令我茅塞顿开。怎样用西方的思维习惯遣词造句，把东方的智慧说出来，我觉得这是最好的例子。

"生物学家认为，我们的心理和情感世界其实是由经过数百万年演化的生化机制所形塑。所有的心理状态并不是由外在因素来决定的，而是由神经、神经元、突触和各种生化物质构成的复杂系统而定。"我所理解的前世修炼、今世轮回的意思就是，你不只是你的，还有父母、祖父母、外祖父母等祖辈的。你继承了他们的基因、修行、债权、债务、喜好、憎恶，你不但继承了祖辈的这些，还有你的修炼，综合成今天的你，今世的你。

写到这，我感到找一个快乐的她真的太重要了。这不但影响到我，而且影响到我的子孙后代。谚语"一代没好妻，三代没好子"说的就是这个意思。

找个快乐的人做同事，会省去很多的心思。

找个快乐的人做朋友，会给自己带来更多的快乐。

找个快乐的人同行，旅途会更快乐。

至此，快乐究竟与什么有关，应该大体差不多了。那么，人活着到底为什么呢？其实就是享受快乐。只是快乐与快乐不同。拥有食物是快乐，拥有智慧是快乐，放下是快乐，捡起也是快乐。对病人来说，健康是快乐；对穷人来说，有金钱是快乐。这些曾经认为是真理的话，读了《人类简史》之后，我却不敢认为是真理了。

“人类的主观感受没有任何实质或意义。主观感受就只是一种电光石火的波动，每个瞬间都在改变，就像海浪一样。不论你感受到的是快乐或不快乐，觉得生命是否有着意义，这都只是一瞬间的波动而已。”活着为什么？真的是为了快乐？也许不是，至少不全是。我现在的想法是人生谢幕时能心安理得地死去。执着又何必？活着，顺应，有所为有所不为。快乐是快乐，不快乐是快乐，有感触就是快乐。

想起正在掀起的“科学创新”，特别是“生物创新”浪潮，让我有点杞人忧天。人类自己给自己掘好坟墓，然后等着我们亲自创造的“人”来把自己推进墓中的事会不会发生？何时发生？借用《人类简史》作者的话说，“拥有神的能力，但是不负责任，贪得无厌，而且连想要什么都不知道。天下危险，恐怕莫此为甚”。

心安理得地死去，看起来很简单，但要真的做到则实非易事。

至今，书是看完了，对我的人生有多大影响尚未可知。活着为什么？不同的人有不同的解答。同一个人不同的阶段、不同的场合，也会有不同的解答。这样是正常的。没什么可纠结的，说不清，就不说。

“有人已经在海滩上站了数十年，总是想抓住好的海浪，让这些海浪永远留下来，同时又想躲开某些不好的海浪，希望这些海浪永远别靠近。就这样一天又一天，这个人站在海滩上徒劳无功，把自己累得几近发病。最后终于气力用尽，瘫坐在海滩上，让海浪就这样自由来去。”

哈哈，好在我不是这样的人。

挣钱是我现时的世间法

周六，我早早地来到公司，不是因为上午约了人面试，而是习惯。

4：20 起床，5：00 做早课，6：00 吃早饭，7：00 到公司……死板的作息时间，机械地执行着。

来到公司，打开电子计算机，查收邮件，处理邮件，看新闻，看《私用飞机驾驶员执照理论考试知识点（试行）》，读《人类简史》……不知不觉就 10：00 多了。

突然想起约好面试的，人还没来，打电话给钱了解情况，才知道，是我记错了，约的是明天上午 9：00，而不是今天。

扭头发现办公桌旁的抽湿机水箱满了，红灯亮了，正好借机活动一下身子，弯下腰，把水箱抽出来，先将水倒在面盆内，把水箱还原，再把盆里的水浇在花盆中。花盆里灰白的土上冒起了泡泡，转眼间水就没了。土的颜色也随之变深了，不再灰不拉儿的了。

重新坐回桌边时，觉得轻松多了，身子也不再那么僵硬了。看到桌上的香蕉，早上带过来的，是女儿买的，放在家中好几天了，一直没记得带来吃。今天早上，发现有些已经长满黑斑点，正是口感最好的时候，再不吃就浪费了。尝了一口，口感不错，软软的，香香的，甜甜的，只是不知道是不是真的有降血压的作用，反正两根香蕉很快就进了肚子。

又想起明天要去广州的事。想去，多时了，但真的要去了，心里还是有点担心。早上兰芳问我："有没有希望？"我说："当然有！没有的话，我去干吗？"说是如此说，其实心中没底。好多年了，一直在努力，人也找了，钱也花了，都未能成功。希望我这一次去就能够成功，有些天真了。我出面是最后一招了。不试一下，怎么知道行不行？虽然我心里有些担忧，但还是义无反顾地决定去，这也许就是我的性格。在企业几十年了，明知有风险，有失败的可能，有难以忍受的冷脸、冷言、冷语，有不可知的艰难，总还是选择勇往直前，“干了再说”“做了再谈”“见了再议”。明天又要出征了，这次又会怎样？“回来的时候就知道了。”这是最好的回答，也是最应该、最科学的回答。

写到此，我想起了近期热议的“企业家精神”。人们说我是“企业家”，其实，我有自知之明，我不是企业家，只是企业经营者，有人说是企业主。其实，不是是个企业主就可以称“老板”的。“老板”要具备两点：一是敢拍板、敢决策；二是会拍板、会决策。敢拍板容易，会拍板就不容易了。拍板，盈利了，才算会拍板。盈利不是挣了几个小钱，是要对社会有所贡献，把挣的钱反馈给社会，而不是单纯用于自我吃喝玩乐。

企业家比“老板”又上了一个层次。企业家是老板，但老板不一定是企业家。企业家不但要敢拍板、会拍板，而且要知道为何这样拍板。只是凭“第六感”“灵感”拍板的老板，不能称为企业家。我，充其量是个老板，而不是企业家。因为我还不能说清楚为什么要这样拍板。

今天，我这个不是企业家的人，要说一说“企业家精神”了。

首先，我想起“乱世出英雄”这句话。曹操、刘备、朱元璋、毛泽东都是我敬仰的英雄，他们把握时代、顺应时代、造就时代的勇气、能力、智慧，是一般人不曾拥有的。他们的精神，也许是企业家们应该拥有的。

再者，我想起了褚时健、史玉柱，他们东山再起是我佩服的，这样的精神是企业家应该有的。顺风顺水固然好，像史玉柱、褚时健这样从风雨中走过来的企业家，更令人敬佩。

现在的经济学成灾，成功学成灾，谈论企业家精神的书刊多，人更多，我是人微言轻，说的未必是真理。之所以要说出来，是因为闷在心里不舒服，为了一吐为快而已。

企业家精神是特定的、潜在的素质、性格、能力适时的爆发与提升。

曾经有人跟我说：“‘买田买到卖，发财发到败。’你何苦这样？”我只能一笑了之。我知道他说的没错，因果轮回，“三十年河东，三十年河西”，谁也无法保证未来会怎样。重要的是：“我不能明明看到有钱掉在地上，却还装作看不见，从边上走过去吧？虽说四大皆空，但也不能不面对现实吧？”如此回答，也是无奈之举，不说不行，说了更不行，权当说了玩吧。我一说，他一听，也就结束了谈话。

“企业家精神”又热了起来，是时代的悲哀。没有当下的经济大势，哪里还有人会想起“企业家”与“企业家精神”。想到了“企业家”与“企业家精神”，总比不想强。就像抗战胜利70周年纪念给老兵发证书、发慰问金，虽说晚了点儿，但总算是有人等到了。能坚持到最后的人，总是幸运的。

顺应时代，是企业家的必然选择。“双创”“转型升级”“互联网+”“工业4.0”，是时代的呐喊，装听不到，只会被淘汰。

人，没有欲望不行，欲望太强也不行。现在人们不是没有欲望，而是欲望太强了，领导如此，百姓亦如此。“双创”助推了人们对欲望的声索，至少给了人们一种克服当下颓势的选择。到每个具体的人当如何，又是另外一回事了。

时下流行一句话：所谓迷茫，不过是你的才华配不上你的梦想而已。欲望要与能力相匹配，与可能相匹配，否则将是很可怕的事情。认清自己很难，认识他人容易，这是无法改变的事实。

虽说修心悟性几年了，但仍不能超脱世俗的纠结。从“足球是我的世间法”的说法，联想到“挣钱是我现时的世间法”的归宿。

除了挣钱，还能做什么？只是，今天的挣钱之道已经改变，“合作·共享”，将是挣钱之道的时代主旋律。与有能力、有热情者合作，一起再创业；与有贡献者共享发展成果。发展需要团队，国家间需要“TPP”“一带一路”抱团取暖。企业间、员工间同样需要抱团取暖。认识到这点，并改变自己，适应它，是明智的。否则，将会被社会和时代淘汰。

“经济基础决定上层建筑。”马太效应的作用，让我有更好的机会挣钱，还是好好地把握吧！在挣钱的时候，坚持拥抱一颗澄澈明净的心，不当钱的奴隶，不当钱的主人，只是与之握手言欢，茶叙未来，回向众生。

虽然出版了六本拙作，但我不认为自己是作家。随风起舞，做一片树叶，该生长时生长，吸收雨露和阳光；该长大时长大，利用好所有的资源；该飘落时飘落，洒洒脱脱舞一回；该化土时化土，又一个轮回，来年又是一片新的树叶。我的拙作只是一吐为快的情感寄托，不能称为文学作品，因而也就不幻想当个文人。

月底，将在怡心园举行《随风起舞》的研讨会，不知为何，心里总有些不踏实，甚至有点儿害怕。我时刻不忘“捧杀”有多可怕。人家这样说我，是出于“尊重”“讽刺”，还是源于文人的心性？只有他们知道。对我来说，不可飘飘然，不知天高地厚，不可自以为是“作家”。我就是一个企业经营者，运用手上的资源、头脑中的理念，顺应时代的潮流，挣点儿能挣的钱，让自己的心灵在挣钱的路上得到抚慰。

明天，将要再披战袍，带部属出征。特殊的时期，恶劣的竞争，此行，不为挣钱，只为圆梦。

谈写作

上午，于＊来公司拿书，准备写一篇《随风起舞》的读后感。闲聊时，谈起“原生态”“自由任性”的话题，让我想起前阶段读到的一些文章。

对我来说，写作谈不上爱好，应该是习惯。节假日没事做，没地方去，干吗？看看书，伸伸腰，睡睡觉，时光就这样被打发了。再加上好联想的习惯，总是在看书时不自觉地就联想到身边的一些人和事，联想到曾经经历过的以及想要经历的，联想到欢喜、悲观、焦虑、担忧，联想到该想的、不该想的，这就有了源源不断的想法，有了想法就写下来呗，于是就写了。

这样写下来的文字，谈不上文学，只能算是记录。有了生活，有了阅历，触动心弦，产生新的想法，然后迫不及待地写下来，就完事了，什么谋篇、修辞、技巧，既不会，也不屑。故此，我写作，一吐为快，把心中想的写下来，把心中的闪念写下来，是生活的记录，思想的留痕。

写作对我来说，不是遭罪，而是享受。这也许就是“原生态”的来因。有话想说了就写，怎么想就怎么写，写好了也就好了。注重的、在乎的是写的过程，而不是写得好不好。别人怎么看？能不能发表？哈哈，无欲则刚。写作对我来说，就是消磨时光，让人生更有意思。有人说我“高傲”，其实他们哪里知道，我是在他们那里找不到共同的话题，无话可说，或者偶尔说几句弄得大家很尴尬。与其如此，还不如“躲进小楼成一统，管他冬夏与春冬”。久而久之，我也就养成了独处、独居、独行的习惯，就被他人误认为我是“高傲”的了。

工作之余干什么呢？总得做点事，于是读书，写作，消磨边边角角的时间。曾经有人问我累不累，我总是笑笑回答：“不累!”其实，我根本就没有让自己思考累不累的时间，而是把全部的精力都用来工作、读书、写作了。

写作于我，是用来厘清思路的手段之一。挣钱是我现阶段的世间法，但我并不是嗜钱如命。其实，我需要的很少，不抽烟、不喝酒、不买新衣服、不吃大鱼大肉……我要履行作为社会人的责任和义务。有那么多的员工要吃饭，有那么多的员工家属要吃饭，还有那么多的人需要帮助，这些都需要我坚守岗位，把企业经营好。如果说写作是一种职业，管理也是一种职业，我可能更适合于管理，而不是写作。

我懂“井淘三遍出好水，文改三遍添新意”“树木不修长不好，文章不改意境少”的道理，可写起来还是习惯一写了之，不喜推敲。这也许就是我写了三十年，还是个“原生态”作者的原因吧。对的，是作者，不敢妄称作家，因为我深深知道自己当不起这个神圣的称呼。

其实，于说得对，我至少思想是自由的。正因为自由，我才可以信口开河，直抒胸臆，少了好多顾虑，也就少了推敲的必要。

写作于我，是写生活、写自己，其实又不是真的如此。生活中好多东西是不可写、不好写、写不出的，而正是这些不可写、不好写、写不出的，才是生活最精彩、最本真的部分。《红楼梦》《西厢记》之所以会流传至今，也许正是因为写出了不可写、不好写、写不出的东西。《红楼梦》中的“温存了一番”（第四回）“才入港”（第十五回）等生活小节，是我不好写、不可以写的。更要紧的是写不出，由于阅读太少，再加烂记性，到时能想到的词太少，无法描述清楚，也就是写不出了。正由于少了这些生活的精彩，少了精彩的文眼，文章也就平庸多了。

写作于我，是因为与文人墨客在一起多了、久了，沾了点儿文气，也就有点儿手痒痒了。仅此而已。

说白了，写作于我就是玩儿。

有心看书，处处有喜欢

年会开了，大局已定，心里的石头落地。颠倒已过，不再纠结。

饭好香，觉好甜，身好轻，气好爽，神好足。哈哈，真好！

会上，王谦老师送我一本书——《修好这颗心》。看书名，心生欢喜，感觉真是送得太及时了，是得修一修我这颗躁动不安的心了。初阅有益，与同事分享：

“工作越努力，运气越好。”

“创新，就是敢的精神。”

“圣人之道，为而不争。”

“我，就是我自己的贵人。”

“学习做圣贤，与天命无关。”

“写作，如同播种。”

前阶段，躁动不安，纠结难解，其中感受，冷暖自知。

来年的规划已定，未来三年的规划已有，责任也已落实，特别是调整后的铁配集团，是工作的重中之重。新架构，新机制，新流程，铁配成功了，腾飞就成功了，接下来的主要工作就是熟悉、磨合、完善、精进了。

其实，成功还需要有太多的忍辱、太多的苦难、太多的精进、太多的牺牲，太多的太多……企业规划有了，需要企业中高层的核心人员的生涯规划与企业规划一致才行，但愿我心不再落空。

年龄渐长，到退休年龄，但“年长”与“老”不是一个概念。但愿“老人心态”不会影响企业发展。否则，就愧对这个“家”了。

当然，老了也挺好的，省心了，省力了，省事了，也就少事了。坐在办公室，有2014年第24期《思维与智慧》，还有《修好这颗心》，轮流着看。再看着电子计算机里的电视剧，又有二女儿送来的西红柿鸡蛋面当午饭，真好！

“每天都冒一点儿险。”也许是未完全老的标志。以前没干过的事，试一试。

“强者让不适变得舒适。”我是强者？其实，我也就是个俗人！凡人！只是我知道我无法改变他人，只有改变我自己去适应他人。遇合伙人，当如此。遇同事，也当如此。遇家人，更当如此。

“德是人间富贵根。”“小成靠智，大成靠德。”企业走到现在这一步，德，也许就是保险锁了。会议期间谈论的话，言犹在耳。当商人只想到挣钱，就会失去好多机会，有机会投资新能源，就是最好的例证。我不敢说自己是有德之人，但至少不是只顾挣钱，只顾自己挣钱的商人。

“寡欲可清心，心淡方明智。”认知难，践行更难。

“忙而不满，实而不塞。”如书画的留白、八卦的阴阳，忙而有序，忙而有法，合理授权，大胆放手，与此同理！

“写作，如同播种。”我觉得还是撒种恰当。我权当在撒种吧。把拾得的智慧种子再撒出去！是放下！是工作！更是功德！

真没想到，一天之中，能有如此合我心意的文章、精彩的语句，触发心灵的畅想。

轻松愉快的一天！

有书看，真好！

有心看书，真好！

心在哪，哪里好

读《孟子·离娄下》时，看到过一句："夫大人者，不失其赤子之心也。"

所谓赤子之心，即是率真善良、好奇热情、富于想象力和生命力的简单之心。至于大人，除了智慧的年长者，也可指位居高官者和成功人士也。

某次聚餐时，席间有位武总刚从美国归来，边上的朋友恭维他："气质好了，精神多了。"我抬头细望片刻，隐约嗅到了一股无奈的味道。觥筹交错中获悉，他在美国"宅"了一个多月，"除了家，哪里都没去"。

他的企业近来危机重重。作为同道中人，不宜多嘴。于是孟子的这句话，就在那时不由自主地浮现在我脑海，以至于脱口而出。

同席的人看着我，不明白我在说什么。我赶紧岔到其他话题。

我对他的不解在于：为了保住一张美国绿卡，在公司最需要的时候，丢下所有的事务，去美国宅了一个多月，此举是否合适？作为一个企业主，最起码的经济账必须要算，他是如何算的？

由此联想到另外一些"成功人士"，或投资换国籍，或买房拿绿卡，究竟是为了什么？有钱人，非要有绿卡或外国籍不可吗？

曾有朋友好心劝我："就算不移民，至少也得有张绿卡，随时可以出国门。"我的回答很果断："我不移民，也不需要绿卡。"这固然与我不会外语、觉得交流受阻有关，更深层次的原因是我舍不得离开故土。

故土难离。我国台湾诗人余光中的《乡愁》之所以经久不衰，是因为击中了在外游子的心："乡愁，是一方矮矮的坟墓，我在外头，母亲在里头。乡愁是一湾浅浅的海峡，我在这头，大陆在那头。"乡愁似缰绳牵着我的心。

为什么有人要加入外国籍或拥有一张绿卡，深究一下，不外乎两个原因：自然和政治。

先说自然条件。海安比外国差吗？我不觉得如此。“不识庐山真面目，只缘身在此山中。”也许不过是在海安待久了，待腻了，看不到它的好而已。

三十多年来，我走过三十多个国家和地区，外国朋友中不乏生意伙伴。礼尚往来，他们也来海安多次。海安的自然条件和人情氛围，用他们的话说是“OK”。我的美国合作伙伴摩尔，对海安特别感兴趣，说这方水土既成就了我，也成全了他，“孕育了我们共同的婴儿”——海迅特雷卡。他还取了中国名字“仲跻海”。

虽然我土生土长，但我对生我、养我、成就我的家乡，之前的了解只是一鳞半爪。借此机缘，我认真查了相关资料，得知海安真的值得我留恋。

海安，曾经有“海阳”“海陵”“宁海”“紫石”等称呼。青墩新石器时代遗址的发掘，让我们找到了江海文明的起源，也将海安的文明史推进到五千多年前，再一次证明了这片土地文化底蕴的深厚。

从经纬线上看，海安不极热，不极冷，处于热带与暖温带的过渡区，是海洋性湿润季风气候。统计学上显示，年平均气温 14.5℃，无霜期 210 天，降雨量 1012.5 毫米。别看这区区几个数字，它的意义很大，代表了四季分明，风调雨顺。万物生长，除了要有太阳，也要有肥沃的土壤，适宜的气温，充足的雨水。大自然恩赐，“鱼米之乡”得以久负盛名。

庄稼种得好的海安人，不忘崇文尚贤，于是人才辈出。远的不说，谈谈近代我所敬仰的几位。

魏建功，语言文字学大师，曾任北大副校长，由他主编的《新华字典》，影响最深，应用最广。这一点，毫无争议。

蒋和森，中国社会科学院教授，饮誉海外的红学家。

范韧庵，精于书法、国画，编纂了多本书画辞书。

仲贞子，德艺双馨，诗、书、画、印四绝。南京艺术学院陈大羽教授认为当今能将“四艺”集于一身的人，江苏仅仲贞子一人，中国也不多见。

爱国人士韩国钧，民国时期曾任江苏省省长，曾经的韩府，就是现在的“海安博物馆”，仍服务于今天的海安人，以及来这里的朋友们。

有如此多的名人引领，涵养了海安崇文尚学的社会风气，培育了一批高素养、肯吃苦、能创新的人才。君不见，当今有许多海安籍人士活跃在各个领域，回馈给家乡特别的荣耀。

海安从来不是穷乡僻壤，在汉代就有“三十六盐场咽喉，数十州县要道”之称。近年来，利用临江凭海的地理优势，实现了“公铁水无缝对接”，为更多人的创新创业提供了便利。

既要活得好，又要活得久，这是人的正当追求。邻城如皋乃“长寿之乡”，长寿文化蜚声海内外。其实，咱海安现有百岁老人21名，占总人口的0.21%，与如皋相比，毫不逊色。如皋海安自然社会等客观环境大体相当，海安不过是低调一些，未大力宣传而已。

还有饮食。民以食为天，海安这个天，也是明朗的天。江鲜、海鲜、河鲜这大三鲜，一样不缺；各种应季蔬菜，丰富多彩；八大菜系，在海安开了三十多处店面。“吃货”在此，自在一世。

我是土生土长的海安人。因拓展市场需要，几十年来，走过很多地方的路，见过很多地方的人，吃过很多地方的菜，喝过很多地方的酒，从无自卑之心，亦无久漂之意。出差回来，一踏上这片熟悉的土地，浑身都舒坦了。金窝银窝，不如自己的狗窝。更何况我们的这个“狗窝”，从外到内，都不比人家的金窝银窝差。

认真思辨一番，就发现，自然条件不如人家这一理由不是很充分。那咱们再来掰扯一下政治因素。

很多的“成功人士”，背井离乡，想着到别国去当二等公民，并不是不爱家乡，更多的是缘于不甘心、不踏实。以我之见，属杞人忧天。

有人反问，再来一次“文化大革命”似的运动，你怎么办？

再来一次？不太可能。那是特定历史时期才会发生的特殊事件。社会进步到如今，大部分民众不乐意，精英们肯定反对，领导们也不会糊涂至此。没有广泛的社会基础，也没有上层建筑的意愿，这样的事情如何能发生？

何况，别国他乡就是桃花源和安乐场吗？地球上依旧每天都有战火在燃烧，都有无辜的民众遭殃，他国的公平太平，也只是暂时和相对的。你能肯定，在异乡，一定比在自己的祖国好？至少我，不敢认同。

就是再来一次“公私合营”又能咋的，财富永远是社会的。说是拥有，其实是拥有财富的支配权。钱存在银行，不用，与没有钱又有何区别？有人会说，有钱存在银行，心里踏实、自信，其实人的踏实与自信是靠心，而不是财富。事实证明，财富已让一些人不踏实、不自信了。

另外，私有化真的是永恒的、公平的、公正的？我表示深深的怀疑。只有一点我可以确定：别国的月亮，和我们的月亮一样圆，一样亮，同样地，也会初一十五不一样。

一切都是相对的，没有绝对之说。变，才是永恒不变的真理。

举个终生难忘的在美经历。六年前，我抵达洛杉矶机场，行李箱到手时，大吃一惊：箱子的锁被撬开了，里面的衣服脏不拉几地乱成一团，一提箱子，小物件哗啦啦掉了一地，怎一个“窘”字了得！开始以为是行窃者为之，责问美方随行人员后，我才弄清原委——在美国，安检人员有权撬开你的行李箱检查，无须告知，也未必当面。

之前，我觉得美利坚还是很不错的，民主公平，尊重人权。此事却颠覆了我的看法。那次参访之行，我拼命压抑着自己的负面情绪，却还是难以平复心中的不快。旅行箱是私有物品，出境和入境前后，安检等已重重把关，理应得到保护，不受他人侵犯。就算为了安全大计，要查也行，当面总是可以做到的吧？在中国的任何机场，从未出现过如此荒唐的事情。无论是哪类乘客，至少是保有尊严和隐私的。堂堂国际大机场，可以如此不尊重人？

这只是一个侧面。还有很多是我们所不知道或无法体验的。

我当然不会糊涂到只看见自家的好。咱们中国，有待改进的地方也不少。海安，也并非完美无缺之地。但，没有一个人的祖国和家乡是完美的，完美的国度和家乡，从来只在梦境和回忆中。

不完美，不是离开的理由。恕我直言，武总之类的成功人士选择移民或预备离开，无非是内心深处对自己祖国或家乡的不认同不接纳，“儿嫌母丑”，试图去寻找更好的“后妈”而已。

这些所谓的“成功人士”，享受过中国和家乡的优惠政策和宽松环境后，拍拍屁股走人，顺便移走财产，这算什么行为？

他们所有的成就，源自家国的滋养和成全，当他们带着胜利成果投奔异国他乡时，人家表面上笑脸欢迎，内心又会如何看待他们？当他们需要庇护的时候，谁能真正保护他们？人家为什么要保护他们？这才是个大问题。

安全感，来自内心，而不是他国、他乡、他人。一定程度上的财富，让你拥有安全感，但超过了你赖以生存的那部分财富，就是社会的，你所拥有的不过是一时的支配权而已。真正的安全感，与绿卡无关，也不是移民就能够有的。真正的强者，要学会顺应历史，顺势而为，笑到最后。这才是成大事者的创新求胜之路，才是成功者的生存发展之魂。顺势而为，才能拥有更多的安全感；向死而生，才能真正活出滋味。

对武总的现状，我的理解是："是福不是祸，是祸躲不过。"想通过移民来解决远虑近忧，怕是不能如愿。当前新常态下，企业经营本来就压力增大，困难重重，理应带着团队全力以赴解决问题，获得重生。关键时刻，为了保绿卡和国籍，丢下企业去国外那么久，分散了宝贵精力，浪费了最佳时间，对事业造成了不可估量甚至无法逆转的损失。可惜，可叹！

一棵在农村长大的树，若真移植到陌生的城里，能活过来，能活好吗？

古人云："心在哪儿，哪儿好。"此话既是因，也是果。想起佛教界的一个争论，幡动？风动？其实是心动了。

我的心，在海安，故觉得海安水美、地丰、人亦好。七星湖、东洲公园、苏中植物园、怡心园……适合百姓休闲的免费公园已成气候，越来越赏心悦目。以怡心园为例，随时敞开着大门，欢迎认识不认识的朋友们观景散心。它是我建的，但不属于我，它是乡邻的，是海安人民的。

我是唯物主义者，但有些偏于主观唯物。

唐太宗问宰相许敬宗："我看大臣之中，只有你德才兼备，但有人却不这样认为，这是为什么？"

许敬宗回答："春雨如油珍贵，农民喜欢它滋润了庄稼，但路人却厌恶它让脚下变泥泞了；秋月像镜子一样，美女喜欢它明亮的光辉，但是盗贼却怨恨它的光辉。"

细细思量，那些弃家乡于彻底不顾的成功人士，大抵也是如此吧。

海安，我看到的是机遇，是责任，是行动，是担当，是骄傲，是更多如父母亲那样勤劳不息的亲人，是亲朋好友般纯朴善良的普通群体，是埋头苦读的莘莘学子和他们满怀希望的青春，是傍晚时分依稀的炊烟和黑夜中等待的灯火，是承载着我多年的酸甜苦辣的厚厚一摞日记本……这一切，已经渗入了我的血液和灵魂，如何能够舍弃？

毛泽东在晚年曾对身边的工作人员说："人对自己的童年、自己的故乡、过去的伴侣，感情总是很深的，很难忘记的，到老年就更容易回忆和怀念。"一辈子叱咤风云的领袖人物，一语道破了生命真相。叶落，需要归根，叶不落时，更需要根的滋养，否则，只会飘零和枯萎，只会无依无靠。

从生命"呱呱"坠地开始，到最后"无可奈何花落去"，无论是达官贵人，还是富甲一方的富豪；无论是高朋满座，还是"穷在闹市无人识"；无论是"躲进小楼成一统"的僧侣，还是奔走职场的蓝领、白领……在家乡的好好护着，在外的常回家看看。

海安，是我的根，如同空气一样，无时无刻不包围着我，支持着我。它好了，我才好。它若不好，无论我走到哪里，都不能好到哪里去。

活　说

“汉现”未标示“活”为多义字。

国庆节宅着，看够了蓝天白云，闻饱了桂花幽香。回到办公室，想起正在读的《问说》以及曾经读过的《师说》，来个“活说”，也挺好，胜过了外出旅游。

活（huó），《辞海》解析有五义：一是生命，与死亡相对，如《孟子》的“自作孽不可活”；二是救命，如《庄子·外物》的“君岂有斗升之水而活我哉”；三是生活，如《魏书·北海王祥传》的“但令母子相保，共汝扫市作活也”；四是生动，如杜牧的诗“雨余山态活”；五是灵活，如《朱子语录》的“人心活则周流，无偏系即活”。

若用“活”来组词，则有养活、灵活、救活、活力、活动、生活、活板、活便、活极、活茬、活泛、活佛、活人、活该、活化、活话、活活、活火、活脱、活句、活计、活络、活塞、活泼、活码等。

从词性可分为名词、动词、副词、形容词。

活，现代人关注的是：为什么活？怎样活？至于“活”的演变，它的过去、现在已不重要，只取其中“我在乎的、我关心的、我需要的”，这就是今人的心态吧！

为什么活？

为名？有讲究，但名有“可”与“不可”之别。为“可”之名，能理解、支持；为“不可”之名，不敢苟同。

为利？也有甄别之需。君子爱财，取之有道。“有道”之利，可以理解、认同。

为情？无情未必真君子，关键是情之真善美。

最近在微信上看到著名导演冯小刚说：“年过半百终于活明白了，让自己高兴才是真格的，其他全是瞎掰。”

放眼社会，为自己活，似乎成了时尚，成为荣耀的事情。为什么会这样？除去舆论的毒害，更为要命的是像冯小刚一样的名人示范、教唆的影响。

不但我要“为自己活”，你说你“不为自己活，我才不信呢！”诸如此类的怪话、废话、呆话，甚嚣尘上。

该怎样活？不同的人有不同的活法，我不强求千篇一律，那样社会也就乏味了，至少要有“利己不损人”的底线，若突破了这个“底线”，只能无语。

最佳为信仰而活，有违信仰则拒之。共产党讲为解放全人类奋斗终生，道讲无为，儒讲仁义礼智信，说法不同，殊途同归：做好人，做善事。

我也就说说，人微言轻。

唯我自律，能影响多少算多少吧。说多了，说不定成“活说”了。

是你的，也不是你的

名、利，越不过的坎。假装越过没用，心里会苦。

名、利，无视它的存在，一般人难以做到。因为它是人生的基础。不饿，需有“利”；快乐，需有“名”。

名利，自古以来，有过很多名人名言：“慨然抚长剑，济世岂邀名”（唐·李世民）“男儿生世间，及壮当封侯。”（唐朝·杜甫）“莫言名与利，名利是身仇。”（唐·杜牧）“为天地立心，为生民立命，为往圣继绝学，为万世开太平。”（北宋·张载）“渔利者害多，骛名者毁至。”（清·申涵光）“计利当计天下利，求名应求万世名。”（于右任）“谁要是为名利的恶魔诱惑，他就不能保持理智，就会依照不可抗拒的力量所指引给他的方向扑去。”（马克思）。

名利，多少人为之“前腐后继”，多少人为之深陷其中，难以自救。

两千多年前，古印度迦毗罗卫国王子乔达摩·悉达多，有感于人世的生老病死等诸多痛苦，舍弃王族生活、王子地位，出家修行，在菩提树下，大彻大悟，创立了“名利是空的”的佛教。

佛祖对名利是“空”了，放下了。但他的信徒、徒孙们呢？空了？放下了？我受戒，不可妄议，但我又不能不面对现实。如今想通了，现在的和尚、法师、比丘、比丘尼，是佛教工作者，而不一定是佛祖真正的信徒、徒孙，也就难免有信徒、徒孙不能视“名利”为空了。

近期，读了《元音老人文集》《福报》《谈佛》，对名利的认识，也有了些许的改变。

我就是我，学不了李叔同大师，无法放下妻子。我知道，妻子需要我，我不能把她丢在半路上。她习惯我的臭脾气，就像我习惯她的呼噜声，要是夜里醒来听不到她的呼噜声，会担心，忙问：“又睡不着了？有什么烦心的事，说来听听。”

我就是我，学不了元音老人，修炼托生死当然好，可我的心太乱，难以静下来。在读《元音老人文集》之《佛法修正心要》期间，也曾努力收心练呼吸，可谈何容易。我的思绪可比孙悟空的跟头还快。

叩拜如此，唱诵如此，供佛如此，长拜如此。心未妥，就会为名利而操持，也就不能静了。既然静不了，那就顺其自然，任由思绪纷飞、天马行空，等候时机再求自在吧。

我就是我，学不了季羡林老先生。也很想做学问，可我的记性太差，书看过也就过了，要记住书中的经典名篇，真太难了。还有坐也难，想坐下来，半天不动不可能，一天不动更不可能，这样怎么做学问啊？

我就是我，也不是我。这也学不了，那也学不好，是不是停滞不前、等至老死，非也。其实我还是在变的，特别看到星云大师的“拥有”与“用有”的观点，受益匪浅。“钱用了才是自己的。”

既然我逃不了“挣钱”的宿命，那么就应该把“应挣的钱挣回来”，否则“用有”时，何来之“有”？

当然挣钱的过程中也应不忘“用有”。“合作分享”就是“用有”的具体体现。与有能力的人合作，让他成为股东，成为产业链上的一个节点，成为团队骨干，就是用即将挣的钱与大家分享。与有贡献的人分享，就是鼓励大家活明白、想明白、算明白，最终干明白。人生百年也就三万多天，真正可以工作的也就四十年吧，而且每天的时间又有多少可以工作？三分之一睡觉、三分之一休息、三分之一工作，也就十几年，也就四千多天，再不好好工作，岂不可惜？

如此，用“用有”的观念来挣钱，也许可以解决人的问题。企业的竞争是人的竞争，没有适用的人，没有肯干的人，挣钱谈何容易啊！

如此，用“用有”的观念来挣钱，会轻松许多，也有更多的时间来寻求心灵上更多的归宿。虽说我现阶段尚不能安心，也就谈不上静心，但只要坚持，我坚信，总有一天我能安心，会安心的。

昨天，徐安问我：“挣钱为什么？”对我来说，“挣钱就是生活，我不挣钱又能干什么”？虽说宏观经济形势有点严峻，不容乐观，但就企业微观层面来说，经过去年的调整与努力，应该说有把握比去年好。即便如此，在我心中，今年只是团队的事，明年、后年才是我需要关心、用心、上心的事。

如此用挣钱来界定我的人生，似乎不太合情理，真正挣钱的买卖我并没有参与，难怪有人问我“与＊＊＊的合同定下来了吗？”“＊＊＊产品鉴定通过了吗？”“＊＊＊人调走了，新来的你认识吗”之类的问题时，我只好答“不知道”。我只是在为挣钱做准备，解决“挣什么钱？谁挣”的问题。

集结号再次吹响

1979年2月17日，广西崇左郊区的某坟岗，人生的集结号吹响。天边震耳欲聋的炮声，惊醒了梦中的舟桥兵。

“打响了，这么快就打响了。”一群入伍只有两个月，来自江苏、浙江、上海的新兵蛋子，就这样开始了真正意义上的军旅生涯，真刀实枪地经受战争的洗礼。

三十九年后的6月10日，江苏海安怡心园，心中的集结号再次吹响。当年的新兵，如今都成了老兵。天空飘着丝丝细雨，蓉和梨园的庭前广场上，战友们在雨中握手拥抱，言笑晏晏。

三十多年了，原以为退伍就是永别，没想到今生又见面了。哪能不高兴？怎会不激动？

问得最多的话是：“你还记得我吗？”战友们近四十年未见，有的一眼便认了出来，也有的不得不挠头打招呼：“对不起！一时真想不起来了。”当说出诸如“代写情书”的细节后，眼前的现实与曾经的记忆重叠了。

院门前、走廊上、大堂内，登记报到的、拍照制通讯录的，三五成群在一起谈论着共同的话题。此时的老兵们，忘了年龄，忘了地点，忘了“四个口袋”与“两个口袋”的区别，尽情地回忆着那些惊险的、青涩的、好笑的往事，清晰爽朗的笑声，前仰后合的身姿，欢呼雀跃的拥抱，让整个庭院沸腾了。

“那时候，咱连队伙食全团最好，杀了七头猪带到广西去的。”司务长的自豪从他身上的每个毛孔散发出来，感染了大家。

“那次打靶的事故真险，要是不准，偏那么一点儿，指导员就没了。”当年因此事吃了批评的战友老江到如今都心有余悸。

“烂裆，好难受，现在想起来还疼。”战友老冯说到此时，皱着眉头，情不自禁去捂裤裆。一群人笑翻了。

“那时候，营地的小龙虾都没人吃，现在倒成宝贝了。”炊事班战友邹忍不住慨叹三十年河东，古十年河西。

“你胖了，但眼睛还是大大的，好记。”下连队时的第一任老班长一眼认出了我，真的不易，我比那时可胖了整整五十斤啊！

讲大实话，见面时问“你还记得我吗”不太妥当。被问的人恰好记得，皆大欢喜；要是记不住，大家都没面子。被人问“你还记得我吗”时也容易紧张，记不得显得我呆，说记得，又睁着眼睛说瞎话，只能开动脑筋，记得多少算多少。

其实，能不能被人记住，关键还在自己。身材走形不能太厉害，判若两人，人家当然认不得。个性也不能太平淡，有故事才会时常被人谈起。联系也不可太稀疏，没事就走动走动，人家想忘，大概也忘不掉。

有个老兵，1978 年入伍的，后来恋爱出了点儿问题，给我留下了深刻的印象。那时我在连部当通讯员，曾与连队干部一起处理他的事。我倒是很想帮他的忙，奈何自己光棍一条，始终不得要领。他最终没能留住未婚妻，俩人以分手告终。这次他走在人群里，刚开始我没有认出来，当他走过我身边时，突然脑中灵光一闪，想起了某个镜头。我悄悄地拍拍他的肩，拉他到一边轻声问：“你是不是在部队时婚姻出过状况？是不是××县的×××？”他说：“是。”我追问：“现在怎么样？”他答：“还好。”同时忍不住追加一句，“就你记得我的糗事！”

每个人多少有点儿“糗事”。毕竟“糗事”更容易被人记住，这是不争的事实。三十多年了，除了“糗事”能记住还能记住什么呢？说到底，能让人念念不忘开怀大笑的，还就是那点儿“糗事”。这次，把糗事翻出来，笑了个尽兴。

三十多年过去，很多事情，仍历历在目。战友情，日渐深。连长说：“最深的情是战友情，而且是一起上过战场的战友情。”这话我信。天下哥们有五铁，其中的正义一铁，就是一起扛过枪。

冯全标，浙江人，是我的同班战友。第一次探亲，我借了他一块上海牌手表，想给准丈人丈母娘一种衣锦还乡的错觉。这次他也来了，家乡口音依旧非常浓重，很多人都不太听得懂他的话，一如当年在部队。但这并不妨碍我和他的交流，他人好、热心，跟我是铁杆。年轻时他是少白发，如今头发已全白，脸色倒是比当年更黑了，只是胖瘦没有变化，也是不容易。

自然是一番握手叙旧。他现在家里开着油坊，日子也算滋润，这次能来看我，特别高兴。我当然也是。一忘形，就把当年借手表的事在大庭广众之下说了。冯全标很惊讶："我都忘了，你还记得？"

当然记得。少年家贫，一块手表，增加了几分的底气。我立刻打电话给不在现场的妻子："当年借我手表的人来了，你快来看看吧！"妻子提议："你应该送他一块手表。"这主意不错，颇有谢媒之意。只是这么多的战友，如此做怕是有些夸张，还是以后再说。

以后，有的是机会。以前，只是人生的上半场。该有的、该来的，一样没少；该放下的、该忘记的，都当放下、遗忘。

老"阿尔米"们虽说年纪相当，健康状况却已是千差万别。有先行一步到另一个世界报到的，有因身体太差无法长途跋涉来参加战友聚会的。就是这次到场的一百五十多号战友，也未必个个健康有神。最明显的就是"付连长"，脸色灰暗，哈欠不断，与当年那个人不可同日而语。我真为他担心。

第一天，我三次提醒他"要注意身体，你气色很不好"。第二天上午，我终究还是没忍住，提议给他治疗十分钟，保他一天不打哈欠。他将信将疑。我调心静息，帮助他拍打背部的经络。还没到十分钟，他已有感觉，说是脸上发热。第一次出手帮人治疗，看他脸上灰暗退了不少，人也精神许多，我暗自高兴。

现场的战友们也为我的手法惊奇，觉得"有戏"。我索性躺在地板上为大家"表演"，边练习边讲解，出了一身汗。战友们听得津津有味，能够真正听进去、看进去多少，只能顺其自然了。

当年"因病致残"的老病号，能活到今天，且有能力邀请战友们来怡心园聚会，除了老天不灭我，自己也是很拼的。我的人生小目标，就是活过百岁，尽我所能和志同道合者一起追求健康长寿，争取未来的日子更加自在有趣。

常有人问我苦不苦，我说不苦，他们似信非信。这事儿吧，没法解释，信不信由他。苦，好像成了大多数人的口头禅。社会上流传着好些段子，不是说"60后""70后"命苦，就是说"80后""90后"心苦。其实，人生苦不苦，不在出生年代，而在于内心世界，心不甜，锦衣玉食，也是苦。

有奔头，天天都是好时光；好时光，好像都被我赶上了。上学的时候，不像如今的孩子压力那么大，整天被作业压得喘不过气来；工作的时候，赶上了改革开放，让我们有了大显身手的机会。如今两鬓斑白了，恰逢"我命由我不由天"的国学思想大苏醒，在这个浮躁的年代，值得一试。纵然做事已不属我辈主戏，但修心、养身的同时兼做事，也是一种活法，到头来便会如保尔所说的那样，当回首往事的时候，不因虚度年华而悔恨，也不因碌碌无为而羞耻。

作为个体，活得精彩，活出价值，值了。

临别时，战友们相约十年后再次穿上军装聚会，这是个好主意。

行动吧！从今天的告别开始。

行动吧！为了集结号再次响起。

行动吧！为了十年后更好地相聚。

为了又一个甲子

常在嘴上说的，一定是头脑里常思索的词。心里有，嘴上才会说。

“甲子”，现在的人已很少谈到这个词。特别是我遇到的人，不是没听说过，至少也是在心里没有强烈的感觉。这样的人，年轻人偏多。再就是没有谈论甲子的氛围。甲子太长，还是今天好就好，更不要说“又一个甲子”了。这样的人，老年人偏多，也就是同龄人偏多，说老不老，还能做些事，还有点儿雄心，说小不小，毕竟快 60 岁或已 60 岁，更有过 60 岁的人。

儿女已成家立业，父母亲的责任应是尽了，也该享享福了。

这样想错吗？当然不错。存在的就是合理的。如果说每个人都“再活一个甲子”，那这个社会的老龄化就成灾了。

在同学聚会上我说“再过 40 年，我还请大家再聚”时，引起哄堂大笑。第一个“40 年”已有五位先去了极乐世界，再过 40 年，我们还在吗？笑我痴，笑我愚，笑我不自量力。

扪心自问，真能再活一个甲子？准备好了吗？

此时的我，就好像小时候父亲说的：“你好好学习，将来能成为大干部，天天有肉有鱼吃。”曾鼓起了我五分钟的学习热情。现在大夫道人“100 岁，小儿科，师爷 130 岁了”的话，又鼓起了我五分钟的养生热情。也就凭这点儿仅有的热情，说出了“再活一个甲子”的豪言壮语。

同学成加山说：“我能活一个甲子，已很知足了。”其实，要说身体有病，我未必比他少，未必比他轻，重要的是心态。闲聊时我曾说：“我命在我，不在天。”改变心态，不再怨恨命运，要坚信“我行”“我能”“一切都是缘于我的原因才会这样的”。能不能改变心态，取决于想不想改变心态。自己不想，别人说得再多也无用。

再活一个甲子，只要努力，就一定能做到。

随着生活水平的提高，环境质量的提高，医疗水平的提高，特别是养生意识的提高，人活过百岁，应该没有问题。

如此说，并不是盲目乐观，被动等待，而是需要发心、用心的。

发心不易。当今社会，追求太多，诱惑太多，能不被五色盲了眼睛、五音聋了耳朵、五味毁了肠胃的人，虽说越来越多，但毕竟还是少数。发心“活过百年”，而且要活得有意义、价值，也就是对社会有贡献、个人又愉悦的人更少之又少。

当今社会是信息社会，特别是有了手机，有了微信，人快被各种各样互相矛盾的真假信息淹死了。它们引诱着人们满足本性的需要、眼前的需要，而忘了因果报应，忘了活好活久才是本事。只有笑到最后的，才是最有资格笑的，才是王者！

作为党员，党的章程我必须遵守；作为男人，我不能抛开家人。怎么办？都不得罪，给自己一个厚厚的盔甲。“躲进小楼成一统，管他冬夏与春秋。”

收心，真不易。企业还好说，注重过程，看淡结果，把能做好的做好。就像企业这次火灾，安全这样认真地抓，还是未能防止。还有人传说是企业有意为之。说“以小人之心，度君子之腹”有点儿过，说“不了解”是真的。我有这个必要吗？

对子女，就难些。传统观念根深蒂固，说“操碎了心”，有点儿过；说“瞎操心”，还真是。“儿孙自有儿孙福”，何必为儿孙做马牛？再说，与其“吃力不讨好”，还不如“睁一只眼闭一只眼”，就当没看到。说说可以，做到就需要收心，收心，收心。

收心难，守心更难。做好事，难的是一辈子只做好事，不做坏事。在这一点上，《道德经》的智慧之“见素抱朴”的为人之道、“以柔克刚”的谋事之道、“复归婴儿”的养生之道、“无为而治”的管理之道，会有助于守心。

“见素抱朴。”穿不冷，不失礼。吃越简单越好，有什么吃什么。当吃穿不再成为追求，人的心情也就轻松多了。

“以柔克刚”，还不如说是顺其自然、自然而然。谋不如无谋，无谋才是真谋，当势已起，还能挡得住吗？

“复归婴儿”，就是在散步时，学婴儿握住手而已。不吃不喝，现在还做不到，需要炼、炼、炼。

“无为而治”，我是在努力，但效果不好，是脱节太严重了。我尚在有为期，非要“无为而治”，揠苗助长，难免会适得其反了。

虽说每天坚持锻炼，身体已有变化，如指甲上月牙痕回来了，脚心不再是热的，但是好是坏，我不知道。还有，已“有人叫起床”了，这是没想过的，特别是对现在充满愉快，对未来充满信心，挺好。所以说“再活一个甲子”，多大的事？行动就一定会实现。

除夕话传承

忙完了年的事，总算可以静下心来看会儿书。借助书香，来驱逐鼻孔中残留的腐臭味儿。

问我为什么一直如此过年，而不是“外面的世界很精彩，我想去看看”？其实这很好解释，有人选择“出去看看”没有错，我坚持留在家也很简单，存在的就是合理的。

年轻时“父母在不远游”，不可以出去过年。现在老了，自己也不想动了，已习惯了在家过年。看看书，理理绪，写写文，再卖卖呆，喝喝水，真的是水哟，可不敢喝茶了。“有过结石的人，不宜喝茶。”这是医生说的，还是要听的。原来还用红枣煮水喝，现在也不敢了。发现喝了红枣煮的水，血压更高，吃降压药也降不下来。

今年春节看了《家族企业书系·传承系列》，共五本书：《家族教育》《传承的智慧》《传承的力量》《放权的艺术》《家族领导力》。书是以美国为主的西方人写的，王骏铭译的。不知是年龄的因素，还是思想的因素，我现在对西方人写的书提不起阅读的兴趣，但不影响我认真翻看书的序言与目录，发现有好的内容还是会认真拜读，并将人生阅历、社会见闻、当下所处带入书中去，碰撞出新的思考，产生我的想法与观点，比如传承的话题。

海迅算不上家族企业，是标准的股份制企业，企业的大部分员工，特别是老员工、核心员工都是企业的股东，我只是个大股东，也可以说是控股股东。随着年龄的增长，传承的话题也应该提上议事日程了。企业在我手上过去了三十多年，从一个十几个人的乡办小厂，成长为今天的集团企业。企业文化、企业制度、流程、架构、员工团队，无不渗透着我的基因，打上了我的烙印。特别是企业的客户、企业的声誉、企业的行事风格，都有我的影子。

光阴不再，人生的第二个甲子启程了。既然我准备用五年的时间办理好交接班的事情，那么传承的话题，也就首先要考虑了。

所谓传承，传，传递，主要是我要把什么传下去；承，继承，托着，接着，承认，承担，承当，也就是接班人的责任。即传承是两代人的事。

那么，企业需要传承什么呢？我又需要传承什么呢？家族又要传承什么呢？

先谈企业需要的传承与家族需要的传承。和我需要的传承一样，有个共同的内容，也是最为重要的内容，即接班人的培养问题。人是一切的一切，关键的关键，接班人更为重要。在这里，我也只能说出我的心愿，而不敢强求什么。几十年来的实践证明：我无力改变经理人，只能告诉他们我希望什么，企业需要什么，社会需要什么，客户认可什么，也就是需要与可能的矛盾将是长期的、复杂的、多变的。但一定有解，只是需要时间，需要机缘。言传身教的工作好做，效果需要有“我要改变”，而不是“要我改变”的心态来配合。企业一把手的人格素养、能力是有特定要求的：“如果说，抱着‘我做铁挺好的，为什么要变成钢啊’的心态，那就没有戏了。”无论是企业人、家人、家族人，如果抱着这样的心态，也就不再存任何幻想了。当然，抱有这样心态的毕竟是少数，更多的是能力与意识欠缺，只要稍加培养与培训，还是有提升空间的。

在我来说，“首先需要把企业与家分开。家是家，企业是企业，不可混为一谈。在企业层面，需要把企业股权明确，用股权明确决策权，明确责权利”。在家庭层面，家庭成员的股权也要分开，并根据各自的喜欢与能力做有益的设计与安排，用股权的形式把家庭成员在企业的责权利进行固化，即分中有合，合中有分，合分之中综合平衡。只有企业与家之间责权利清晰，家庭成员之间责权利清晰，才能有利于传承。

企业传承，更多的是要关注企业文化、企业价值观、制度的传承。比如“三纲五常”“企业为员工之纲”，如果说这样的理念不能得到传承，把员工个人的利益需要看得高于企业的利益需要，这样企业还有希望吗？就像我在今年企业年会上讲的那样，“虽然你有客观原因，不能服从企业的需要，企业站在人性化、以人为本的基础上理解你、原谅你，但这样的人，一定不可以被评为先进员工，否则企业的风气将会改变了”。无论是今天，还是明天，“三观”都很重要，这是企业的灵魂。制度与流程，应在传承中发展，在发展中传承。

海迅是个菜篮子，可以把有市场的菜装进去。企业的转型升级是个永恒的话题，日新月异的社会，需要日新月异的企业，因循守旧是没有前途的。

至于说到家的传承，更多的是言传身教与基因遗传了。人们说孩子是父母亲的复制品，可我更觉得环境对孩子的影响会更大。虽说父母亲有权责备孩子，但不应责备孩子。特别是有些是非观，长大成人的孩子已不是孩子，是具有自我行事能力的人，也有自己的判断能力，应该以言传身教为好。虽说这样对孩子的影响会慢些，但效果会更好，对处于叛逆期的孩子更应如此。

要培养孩子的兴趣，让孩子觉得企业挺有前途的，经营企业挺有意思的。变父母亲要孩子做为孩子自己要做，这样才能激发孩子喜欢企业、热爱企业的热情。

培养孩子的沟通能力特别重要。会说话不易，而且要三句话说完想要表达的意思。因为当下，很难有人听你长篇大论。

当然，核心还是提升孩子的境界与胸怀，放眼未来。要想当一把手管理企业，就要有一把手的胸怀与境界。与其要孩子做他们不想做的事，还不如请职业经理人代劳，省得误了孩子，又误了企业。

我是幸运的。我的两个孩子都对企业有兴趣，而且具备基本的素质，只是需要提升境界与拓宽胸怀，需要在与人沟通方面做些努力。我是个开明的人，允许她们自由选择，重大决策会充分尊重她们的意见，允许她们进行变革，以适应她们的喜好。

家族传承，对我来说是最大的软肋，也是我一直以来渴望改变、希望发力的地方。特别是近期，正为家族的事情而操心，取舍难定，利害参半，不出手吧，情理上难以说得过去。有能力不出手，难道眼睁睁地看着他们走向破产吗？出手吧，风险太大，完全不可控。技术、市场都在他人手中，怎么办？怎么办？怎么办？谁能告诉我！

家庭传承，随着企业规模的扩大，显得越来越重要。我认为同样条件下，有钱还是家族人挣的好。不论怎样说，割不断理还乱的亲情还是要认的，重要的是按市场规则办事，而不是意气用事、感情用事。这样，家族的传承才能持久。

传承，我希望用五年时间完成。能否如愿我不知道，但我会努力。当然更渴望得到企业中高层员工、两个女儿以及家族成员的积极回应。只有这样，传承才有希望。

努力吧！重过程。

寒风中绽开的梅花

吃过早饭，健步走向院中的车子，准备去公司上班。说实话，真的不早了，已是八点五十二分了。要是在两年前，我已在公司工作至少两个小时了。自从前年十月开始锻炼以来，逐步地调整作息时间，也就到了现在这个时间上班为常了。

当我看到墙角竹林下的梅花，其修剪过的枝条上，单单的一朵盛开的红梅花，好艳，似在向我微笑。

我赶紧将手里拿着的午饭盒放在地上，掏出手机拍了下来。为了突出它的高洁、孤傲与亮艳，我近了又近，靠了又靠，调了又调，点了又点，终于拍下了一张我满意的照片，才高高兴兴地开车上班去。拍摄红梅花的喜悦伴我一路，带给我轻松愉悦。

走进办公室，看到办公桌上的文件，从神游之境又回到了现实之中。神经又紧张起来。恒鼎的事，南通棉机的事，以及心中仍未泯灭的一丝豪气，似乎比量子纠缠在一起还要令我伤感。难怪这段时间，吃药、按摩、针灸、放血都无法把血压降下来。怎么办？找人商量？找咨询公司？放弃？要是这样简单也就好了，众多的因素交织在一起。

比如恒鼎，“不救”，当然省事，就算损失 1000 万元，就当少挣了 1000 万元。重要的是交织在其中的亲情，不是用钱好衡量的。再说我不努力一下，争取一下，也心有不甘。我父亲生前跟我说：“力不是财，用掉还有得来。”我有挽救企业的能力，更何况还有亲情在其中。做一件事，可以让三个家庭免于陷入危困之境，还是值得一搏的。

怎样救？我可不想不计后果地救，而应是在有利于我的前提下救，至少也是在于我无害的前提下救。这就需要不但按市场规则，还要顾及亲情的双重考虑来

“救”，还是集思广益多听取意见，再综合决定。

还有南通棉花机械公司，已经投入4000多万元，原以为可以借助入股国有企业的优势，助推海迅的发展。没想到事与愿违，国有企业的优势没能看到发挥，附着在国企中的懒散风气仍无法改变，人浮于事，效率低下，亏损越来越多。入股时净资产每股2.09元，经过近三年的运行，每股净资产只有0.5元左右了。如我再不出手，将血本无归。好在遇上了开明的中国棉花集团石董事长，他采纳了我的建议，同意调整股权结构，改变员工身份，由海迅控股经营，并将会谈结果写入了《会议纪要》，作为中棉集团内部开会讨论的议案。随之而来的是，企业董事会是否会同意？如同意，钱从何来？事由谁做？

如果仅仅是这两件事，还未必让我焦虑，不论怎么说，今年的我，并不是过去的我，虽说有了“活一百二十岁”“当自了汉”的理想，但必须面对现实的道理还是懂的，我会时刻不忘自己是名共产党员，人生的理想不会忘、不能忘、不应忘。

人生六十岁了，该成熟了。昨天在上海参加同学聚会时黄总说：“不论怎么说，过了六十岁，交班是必须的。”其实，这道理我懂，理念也已形成，并准备好“五年交班计划”，用五年的时间把担子让给两个女儿挑或请职业经理人挑，实现企业的平稳过渡。

一边要考虑接班人的综合能力问题，为了确保交班顺利，平稳发展，适当控制企业规模是关键。如此，也就是说不控股南通棉花机械公司、不救恒鼎才是对的。另一边是企业自身发展的需要，机遇“可遇不可求”的特点，“过了这个村也就没有这个店”的因素不得不考虑。企业不发展，就意味着落后。

要说这是矛盾，也未必。处理好了，就不是矛盾，既顺利交了班，又让企业上了一个台阶。这就要求我“无论干什么，必须征得两个女儿同意”，而现在面临的选择，对三十多岁的两个女儿来说，还是有些勉为其难的，这才是我头疼的事。

想着、思着、思着、想着，头又涨了。再次打开手机，把早上拍的红梅照片打开，绛红的枝，粉红的花，以及映在其后模糊的竹与房。此时已没有了拍摄时冷丝丝的晨风，看着心里也就更温馨。只是梅花显得有点儿孤单，单单的一朵。我不懂花草，不知道红梅花有无雌雄之分？真不知道这朵是雄的还是雌的？梅花啊，此时，你冷吗？没想到我在欣赏你吧？我的房间可暖和了。你不会怪我没有带你来我的房间里暖和吧？你知道吗？我早上想过，但我克制了，因为我知道你在枝上，虽说有些寒冷，但你可以保持自己的艳，可以更长久地展示你的风采。

陆游在《卜算子·咏梅》中写道：“零落成泥碾作尘，只有香如故。”也许是我风寒感冒了，鼻子塞了，没有闻到你的香，但我还是乐意你“零落成泥碾作尘”。你躺在墙角竹林的泥土里，每当我走近你身边，至少还会想起你，会有“梅花入梦香”之享受，让我这颗疲惫的心，有一刻是愉悦轻松的。

一半一半

一半一半，有多少解？我不知道，也不想知道。现在对我来说，已经过了“为学日益”的人生境地。能看不见的就“看不见”，能听不见的就“听不见”，能忘了的就尽可能地“忘了”，能不管的就尽可能地“不管”。当然，也包括能不吃的就尽可能地“不吃”，至少也是“少吃”。像一半一半这样，似哲学，似科学的东西，更是不愿意，至少也是不乐意去碰了。故有多少解，不知道。

虽说还没有到“损之又损，以至于无为”的境界，但似乎也差不多了。拿看书来说，一般很少看书。我不敢说现在书的“好”与“坏”，喜不喜欢是真可以有的。随着年龄的增长，不对口味的书，不想看，虽对口味，但字太小，看起来费力也不愿看。

近来买了一套毛泽东主席在世时常读的《资治通鉴》影印本，线装书局出版的。字大看起来省力，有毛泽东主席的眉批，可以跟着老人家去看书，从中感受他的智慧与兴奋点。虽说我读过两遍《资治通鉴》，且工作上还有点儿忙，但我还是准备挤出时间来再读一遍，以增加人生下半场的智慧。

我现在属于只看适合口味且字大点的书的人。我知道我的口味有些变态，未必讨人喜欢。重要的是我自己喜欢就好。就像我闻抽烟人的身上发出的气味一样，我觉得又臭又难闻，而别人则未必认可我的评价。我曾对一个爱抽烟的朋友说：“真见了鬼，你身上的烟臭味这样浓，还有那么多的女人喜欢你。”他说：“烟臭？为什么不是烟香？”我说：“好吧！看来是我香臭不分了。”今天想起来曾经的对话，不知道我是该为自己悲哀呢，还是该为自己高兴？

不只是看书如此，与人交往亦是如此。曾经是“一日不见如隔三秋”的朋友，走着走着，慢慢地也就平常了、平淡了、冷淡了。我知道是我的问题，一是“借口工作忙”，很少主动联系，慢慢地也就“被忘了”。“借口忙”与“被忙”

多了，慢慢地也就习惯了，不再相见，不再促膝交谈，不再有欲望，也就不再思念，这也涉及一半一半的话题。

人与人的交往，也是一半一半。如果说总是一半主动、一半被动，一半热情、一半冷淡，一半激情、一半应付，一半奉献、一半享受，一半迁就、一半较真，一半高高在上、一半俯首帖耳，一半清醒、一半迷乱。一半一半，如此这么多的一半一半，也就难免会由在乎到平常，由平常到平淡，由平淡到冷淡。更何况主观上无法控制的，一半忙碌、一半清闲，就像铁轨一到岔道处，偶尔的牵手终究要分开，否则也就失去了存在的必要。我这样说，并不是为自己辩护，而是自己选择的路自己走。

其实，成为孤家寡人并非每个人都可以。我认为我能有机会成为孤家寡人，既如此，则安之。好在我这个人适应性强，只要有水和空气，就可以活十天，要是再加上自然的恩赐，有“杂草”可以食用，一个月也不是问题，活成个野人，一个洒脱的孤家野人。

说到“损之又损”，在做事上，真是越来越懒，越来越尽可能地“不问事”，越来越尽可能地“不做事”。当然，不是“无为”，而是“有所为有所不为”。我不问事，是安排人问事，或者充分授权。我不做事，是安排人做事，我只是事后给予奖励。面对我“不问事”，有人说我“行坏”。其实，我不问是有人问，我不问是问不出结果，我不问是问了也白问，我不问担心不是增加我的烦恼就是增加被问人的烦恼。不要说问事，就是个简单的祝福，也会被人误认为是“悲情”，故就是祝福往后也要“损之又损”了。

一半一半，还有“一半烟火，一半清欢”之说。即身在烟火中，不是为“油盐柴米”，也是为“贼”积累财富。心在云水间偷盗天地之灵气，滋补后天之亏空。人生的上半场欠账太多，透支太多。人生的下半场，要在边为“贼”积累财富，边腾出时间来，向大自然偷盗一些法宝来弥补一下自己的亏空。这也许就是我现实生活的写照。

其实，一半一半也没有这样烦琐。还有一解：半年半月，也是一半一半。当然，夫与妻更是一半一半。

生活本来很简单，想复杂就会复杂，想有多复杂就会有多复杂，何苦要复杂呢？回归简单吧！“损之又损，以至于无为”，多好！

号音嘹亮　兵心永存

“江苏省最美退役军人”首届发布仪式结束了。至此，南通市、江苏省、全国三级的退役军人评选活动也终于结束了，也可以说是告一段落了。

说实话，能当选“南通市最美退役军人”“江苏省最美退役军人”“全国模范退役军人”，出乎我的意料。首先是没想到政府这样重视退役军人，再就是我太平凡了，没有什么值得称道的故事，也没有轰轰烈烈的经历，能评上真的可以用“幸运”两个字来解释。

荣誉带给我更多的是责任，而这样的责任未必是说得出口、拿得上台面的。老战友微信群，我本已经退出了。在得知我荣获荣誉后，又有战友邀请我进群。想想投票期间战友不但自己投票，而且帮我拉票，我又同意加入了，同时给战友们发个红包，算是感谢。后来，我发现有些战友，特别是海安的老战友，在群里用海安话说些庸俗下流的话，我就在群里说：“为了尊重战友，不要说海安话，更不要说庸俗下流的话，如果你们执意不听，我只好退群。”发了这条微信，也就没有人再在群里说庸俗下流的话了，但海安话还是免不了，因为离开部队时间太久了，已经习惯了说家乡话。

“号音嘹亮　兵心永存”是“江苏省最美退役军人”发布仪式上对我的评语。五年军旅生涯，军号一直伴随着我，想起那个时候，腮帮吹肿了，嘴皮磨破了，还是坚持着，后来也就习惯了。每当军号声响起，就是我雄起的时候，无论是起床号，还是集合号，都是指令，听到了指令，战友们会令行禁止、雷厉风行。

六年前，与一帮好友在如皋水绘园吃饭后，到老城门口的旧货市场，看到一把军号，我就花 20 元钱把它买了回来。虽说有点儿旧，还有点儿破，但那是一把军号，能让我想起当年的青春勃发。从此，这把号一直放在我的办公桌上。前期来采访的省电视台导演，把它作为介绍我的短片的主题，也就有了“号手英姿仲跻和”的短片。人生六十年，风风雨雨，一路走来，正是在部队时养成的“严肃、奉献”的作风影响了我。遇到困难时，看到军号就又拥有了信心与毅力，再大再多的困难也一直选择向前、向前。

现在不敢说“号声嘹亮”，但至少我还能吹响，还是挺自豪的。特别是看到我的孙子仲崇铭（5 岁）也能吹响军号，更开心。说心里话，这可比获得更多的荣誉更令我兴奋。人的生命，因子女而延续，现在我的生命延续了，是不是个“我”？我喜欢的“我”？我喜欢能做的事情，“我”是不是也能喜欢？这才是核心之所在。不是有一首《我们的生活比蜜甜》歌曲吗？对 60 岁的我来说，听到崇铭吹响军号，心里也就比蜜甜！

为了培养崇铭的军人情怀，我去南京参加发布仪式时，特意带上了他，让他知道爷爷当过兵，当过兵的爷爷是光荣的，告诉他没有军人的奉献，也就没有国家的安宁。

没有未来的荣誉，就不是真正的荣誉，没有晚辈的理解与尊重，再成功的人生也是失败的。

其实，当我面对奖章、奖状时，想到了牺牲的战友们，那些长眠在祖国西南边疆的战友们。那时候他们与我一样也就十几二十来岁，是什么都不懂的孩子，不要说什么荣誉，什么享受人生，生命都早早地奉献了。我的母亲，因为我参战把耳朵哭聋了。那些牺牲了生命的战友的父母亲该是怎样的痛苦？我不但比他们多活了四十年，享受了人生乐趣，还在退休之年获得了如此殊荣，这更加令我思绪万千！

我现在唯一笃定的是，“当祖国需要时，召必回”。这是参加南通市“八一”表彰晚会时，台上台下互动的一句话。虽说人老了，但心未老，志仍坚。祖国需要，一定“召必回”！！！

我比祖国小十岁

您七十岁，我六十岁，我小您十岁。但我还是想说一声："母亲，生日快乐!"

曾经有个爱钻牛角尖的人问："你说，祖国是母亲，父亲是谁呢?"当时，竟没能答出来。把祖国比喻为母亲，确实听得不少，看得不少，慢慢地也就认为没有不妥当的地方。当真的有人问我时，语塞了。

后来，查阅相关资料得知，将祖国比喻为母亲源于闻一多的《七子之歌》。母亲既是伟大的、坚强的，有时又是软弱的、悲伤的。无论是方志敏烈士，还是作家冰心、老舍等，都曾把祖国比喻为母亲。

你真要问我："祖国是母亲，父亲是谁?"那么我可以毫不客气地告诉你，父亲就是能让母亲不再被欺凌、不再被看不起、不再贫穷的人!

时间过得真快，转眼间，您都七十岁了。七十年，"弹指一挥间"，风萧萧，雨霏霏，沧海桑田。世事无常亦有常。您从"一穷二白"走来，从被欺凌的"东亚病夫"成长为世界舞台上的佼佼者。"中国梦""一带一路""5G""蓝天白云"是今天您值得骄傲的资本。

您让十几亿子女自豪地、自信地、快乐地生活着、工作着、学习着。

您的召唤，又唤醒多少党员的初心不忘。"国家兴亡，匹夫有责""撸起袖子加油干"，有人担心没有了人口红利，中国的经济发展将会困难重重的时候，一群不服老的人重新走上了一线。放眼身边，与我一样的人还有那么多，他们有着能干事的身体，有着想干事的豪气，他们需要的是机会，您又号召他们"创新""创业"。

您七十岁大寿，我也沾了不少光，谢谢啦!

作为企业人，国家的政策正变得越来越为更多的企业人着想，很高兴。减税、减费、放权给企业带来了利好。企业强则国家强。当然，企业必须是员工的企业，是那些以创造价值为己任的人的企业，是把员工视为家人的人的企业。

作为曾经的军人，不但获得了至高无上的“全国模范退役军人”的荣誉，而且实实在在感受到了政府的关怀。抚恤金的增加，节日的慰问，令我们这些曾经的军人感受到了您的关怀备至。虽说已是六十岁开外之人，但我还是想说：“若有战，召必回!”退役不退心，曾经是一名军人，终身是一名军人。服从、奉献，永远是人生的基色调。

您十岁的时候，我出生在江海平原上一个普通的农家。

您二十岁的时候，我开始记事了。那时候，上小学。放学回家就帮助家里挑猪草，或扫地，或带弟弟妹妹一起玩儿。其实吧，那时候上学挺轻松的，比现在的孩子幸福多了。虽说我读的书也不多，但并不影响人生活，更没有影响到为母亲您做贡献!

您三十岁的时候，我参加了中越边境自卫反击战，算是个上过战场的男人。也是我长大成人后，第一次为您勇敢地挺起胸膛，走向战火纷飞的战场，接受生与死的考验。幸运的是，我没有把命丢在战场。也正是因为这一点，后来因病，有人劝我不要退伍，留在部队当志愿兵。我没有同意，毅然退伍回乡，利用国家的政策，靠自己的双手，打拼出了现在的天地。

您四十岁那年，我来到了现在企业的前身——壮志橡胶厂当供销员。那时候，乡镇企业没有计划供应，原料需要到市场上去找，产品需要到市场上去销。一个人出去，既有采购原料的责任，又有推销产品的义务。所以那时候叫供销员，而不是现在要么是采购，要么是销售。社会发展了，分工也越来越细化。好不好？不知道呢!

后来，股份改制，乡镇企业变成了集体属性的民营企业，因为当时的股份合作制，有乡砖瓦厂的股份，有企业大部分员工的股份，而我的股份，只占总股权的 5%。即便如此，企业仍得到了快速发展。

您五十岁那年，随着深化改革“借船出海”“借鸡下蛋”的大潮，企业与美国公司合资，加快了企业走向国际市场的步伐，为您挣得了外汇，夯实了企业家底，有了能力与资源做您想做的事情。

伴随着您的脚步，我也慢慢长大。从毛头小伙子到“新兵蛋子”，再到供销员、厂长、董事长，而且其中有过三十几年的公务员生涯。虽说是一名没有拿过一分钱工资的公务员，但并没有影响到我履行职责，尽一个公务员的责任。不论是分管乡计划生育工作，还是分管乡办工业，我都尽了自己的所能，做出了应有的贡献。

现在，我头发白了，也到了退休的年龄，但我并未停下脚步，放下企业的工作去享受天伦之乐。在企业出现异常情况时，我果断决策，增持南通棉机股份，拿下控股权，也就是把企业经营的责任与义务扛到自己的肩上。也许这样一来我的担子更重、压力更大，可为了南通棉机的品牌与员工，为了海迅股东的利益，再苦、再累又算得了什么？说句心里话，让我一杯茶一支烟、一张报纸坐半天，还不如让我忙得焦头烂额充实。

您七十岁，我六十岁。我们都不小了。人生的路怎么走？应该是心里有底了。世界风云变幻，山雨欲来风满楼，只要我们坚定地跟您走，您叫干啥就干啥，您的明天，我的明天，都会有美好的期待。

企业是企业人的企业，企业是您的企业，没有您的强大，没有您的支持，企业会有怎样的结局？

身为企业人，为您争光、为员工谋幸福、为社会创造财富，是应该的。也许有人会说，这是真心话吗？请问，你怎知我不是真心话？如果说活到六十岁，还不明白这样的道理，还不懂得这样的道义，这六十年就白活了。

您七十岁，我六十岁。我们还年轻。看您越来越年轻漂亮，越来越充满活力，越来越值得为您疯狂，为您勇往直前。在您的感召下，我也觉得自己满血复活，觉得有使不完的劲儿。

“若有战，召必回！”这不是一句空话，需要我有个好的身体，有颗不服老的心。

您放心，为了您，我甘洒最后一滴热血。

我感谢他们

岁月的流逝，似东去的江水，流出一江清波，滋润出一片芬芳。

岁月的年轮，记载着曾经的酸甜苦辣，化作一道道皱纹，刻在额头上。

三十年，算长不长，也就三十年。说短不短，已经三十年了。人生能有几个三十年？

曾经的往事，曾经的人，借助三十周年之际，在头脑中又一次集中浮现。我可不敢忘了他们！企业能有今天，曾经有过他们的一份贡献！

还记得刚当厂长的那年，只干了六个月销售工作就被推荐当厂长，心里真的没底。副厂长在，总账会计在，销售科长在，按理说，应该从他们之中推荐一个人当厂长，而我只是个才工作六个月的销售员。企业经营、企业管理、企业财务等都是一片空白。正当我犹豫的时候，老销售员夏志林在下班的路上，边骑自行车边跟我说："别怕！有我呢！"正是他的这句话，给了我信心，让我有勇气挑起了厂长的担子。

一天傍晚，副厂长汤远林，总账会计汤永生，供销科长范钦宣，还有老销售员王资明等在一起闲聊。突然，范钦宣来了一句："我拼过六任厂长，不知你能干多久？"我当时就来了一句："希望你不要倒在第七任厂长任上。"正是他那句话，激起了我的雄心，不因循守旧，坚定走改革创新的路，发誓要把工厂弄好。要不是有他们两位的一个正鼓励，一个反激励，也许就不会走上现在的路。三十年了，我记得他们的好，谢谢他们。

当然，走向当厂长的路，还有几个人是需要感谢的。

老厂长曹文生，我的师傅，要不是他当初办了这个厂，要不是他接受我当销售员，我又哪里来的机会与平台展示自己呢？

范从富，乡工办副主任，蹲点橡胶厂。正是他向乡党委极力推荐了我，才让乡领导了解了我，最后同意我当厂长。

总账会计汤永生，是我财务知识的老师。正是他利用能利用的时间，给我讲核算，讲摊销，讲科目设置，讲财务报表的相互勾连，让我学会了看财务报表。

王则民，得力的干将。他会干肯干，是一名能吃苦的退役军人。他与我同龄，进厂比我早，是企业懂电又懂机械的人才。企业的几次搬迁，都是他负责的。为了按时完成任务，最长一次他一个多月没回家，白天工作在企业，晚上就睡在车间地面上。

胡开林，企业的技术骨干。肯钻研是他的特长。交给他研发任务，他总能想方设法完成。从生产自行车配件、皮鞋底到研发三角带，再到电梯配件、铁路扣件的开发，具体的研发工作，都是他负责的。他为企业的产品更新换代做出了特殊贡献。

马伯华，分管销售的副厂长。电梯配件开发的过程中是他牵的线搭的桥。正是由于开发了电梯配件，才逐步淘汰了盈利能力差的三角带，才有企业效益快速提升，年净利超百万元。

企业走上正轨，迈向健康运行的快车道，与他们的努力是分不开的。虽说后来由于这样那样的原因，他们离开了企业，但他们曾经为企业做出的贡献是不应被遗忘的。

随着企业规模的扩大，特别是跨行业经营，我应该感谢的人越来越多。有支持企业的领导，如县委王秀和书记，由于他的秉公支持，海迅才未被退股风波压垮；有支持企业产品开发的郝屈勇先生，他支持开发了电梯用平衡链，成为海迅的主导产品，成为海迅第一桶金的主要源泉；有支持企业开拓业务的郭振军先生，由于他的支持，我才有信心与勇气在北京创办了自己的企业；有杨学军先生、王笑莲女士，正是得到了他们信任，才让海迅有机会进军奥的斯市场；有曾辉欣、张强等的帮助，海迅才有机会进军铁路扣件市场；有周云昌、李薇薇、李家荣的辛勤操劳，海迅才有了进军纳米材料领域的机会。虽然为响应政府的要求，关闭了天恒纳米公司，但我们不能忘了曾经的历史。

有了钱秀明的加盟，我才有信心把和信科贷办起来。

有郭振军的再次信任，海迅才有机会接触生态能源。

正是由于有了这些人的信任、支持、帮助，才有了海迅的持续兴旺局面，我应该感谢他们。

当然，我更应该感谢一直坚守在企业的员工。在一个企业工作十年、二十年真的不容易。特别是我这个人，性格急躁，追求完美，工作方法简单，批评多、表扬少，惩罚多、奖励少，但他们理解我，不与我计较，一直与我一起拼搏、奋斗，我应该感谢他们。

俗话说："一个好汉三个帮。"我不知道我算不算好汉，但他们对我的帮助我是刻骨铭心的。帮助过我的人还有很多，如沈庆伟、徐景学、朱家驰、林益庭，他们在企业最需要的关键时刻伸出了援助之手，帮助我渡过了难关。

30 年了，真快！要是没有他们在我的生活中出现，真不敢想象现在会是什么样子。

1983 年退伍时，我的理想是盖三间红瓦房，生一个女儿，开一家照相馆。没有他们在我生活中出现，也许就是这样了。

正值 30 周年之际，海迅将借助与南通棉机的合作，进军农业机械服务行业，开启海迅又一个 30 年的序幕。

企业迈向新征程，是站在他们曾经一起奋斗过的基础上起步的。因为有了他们，海迅才有今天，我更希望因为有他们，海迅的明天更辉煌。

可怜天下父母心

承蒙徐行长抬爱，希望我能为他的三本《我想说》写点什么。虽说时间有点儿紧，但我还是利用近四个月边边角角的时间把书读完了，感触甚深，总体感觉“金子不少，耐用可靠”。佩服！

谈起徐行长，有人不理解他，为他的人生选择而疑惑，说实话我也曾有过，但读过三本《我想说》之后，我彻底改变了原先的想法，我为原来的想法脸红。

如果用一句话来形容徐行长，那就是：有庄子遗风的美男子！

庄子率真洒脱的性格，他的“无功”“无名”的思想，他的“不出乎害人，不多仁恩，动不为利，不贱门隶，货财弗争，不多辞让”“不多食乎力，不多贱贪污”的处世哲学，都在徐行长这里得到很好的诠释。在现实中，特别是在当下这浮躁的社会，能有徐行长这样率直、洒脱、不为名利而活的人，真的是难能可贵！

书有摘录的，更有亲身感悟提炼的。要分开，不解的人还真有点儿难懂，就像金子融在岩石中，感悟提炼是他摘录的，也就是他的，它们已有机融为一体。

开篇之言，“当一个没有遗憾的儿女”，说出了天下父母的心愿。子女好，子女幸福，是父母的最大心愿，而且会为了此心愿，不辞劳苦，毫无怨言地奉献自己的一切。徐行长就是这样的典范。三本《我想说》记录了徐行长的人生智慧，特别是急流勇退之举，真能做到的人，我知道史有张良、刘伯温，今有徐行长，是我亲眼所见的真人，而不是书上记载的。

“真正的婚姻不是生活一辈子不吵架，而是吵架了还能生活一辈子。”我与徐行长年龄相仿，人生的路我们已过半，总希望子女们能吸取父辈的人生感悟，少走些弯路。特别是当下浮躁轻狂的社会，更希望子女们能婚姻和谐白头到老。这样对双方父母、对自己生养的子女都是最好的安慰。“吵架”难免，离婚是可以避免的。

“婚姻怎么选都是错的，一直走下去就对。”看到这句话我的眼睛湿润了，知我者徐行长也！

“我是你的父亲，我不跟你说没人会跟你说。”子女们能理解吗？无私的爱，也可以说是死皮赖脸的爱，是父母亲给子女最好的财富与教育。为何是死皮赖脸的爱？因为子女不一定喜欢。父母唠叨，并不会因为子女不喜欢就不说，反而可能一而再、再而三地说下去。其实，像徐行长这样写下来的办法，也是个很好的选择。效果也会好些，至少少了正面冲突。

“说不说是我的事，听不听是他的事；我只做我的事，我不管他的事。”人生需如此，否则烦恼。人生能如此更好。徐行长是在银行业工作多年的人，有着非常丰富的理财经验，读他的《我想说》对我很有益。“风险可控胜过挣钱机会”“可以挣钱但不能亏本”，血汗钱来之不易。但我没能做到，身为企业家，冒险的本能让我很容易忘了徐行长的劝说。对我来说，“只要亏了不影响现有企业的运行就投”，是我在做新的投资时的底线。

《我想说》还有好多经典之句，对我触动颇深，但限于时间就不一一列举。能有幸拜读《我想说》是我的福气。祝愿徐行长健康长寿！祝读到此书的人开卷有益！

缘起世俗事，归于菩提心

发心参股里昂电力，是去年国庆节的事情。

借节假日之机，组织企业的四位同事去湖北、湖南实地考察了三个电厂，有了直观的初步印象。

自此，里昂电力参股项目，进入实质性操作阶段。

行业调研、董事会讨论、资金筹集、政府认同、券商聘请，等等，入股里昂电力相关的工作，千头万绪，错综复杂，缺一不可，需要通盘考虑。

行业的不被看好，令一般人难以认同，需要解释。

相关部门能否认同，关系到“一企一策”兑现，需要解释。

资金筹集，要在确保不影响企业运行的前提下进行，需要解释。

规范运作，最终实现上市目标，需要解释。

说是解释，其实就是说服。解释容易，说服难。不说服，解释了，等于没解释。

海迅利益、里昂利益、海安政府要求、湖南澧县政府要求、券商利益、银行利益……

这些相关利益的最大公约数在哪里？需要通盘考虑！

经历了自然界的秋去了，冬跑了，春蹬了，天又热了。自然界的冷热，尚能坦然自若地面对，同期经历的心理的四季变换，却有些心悸之痛。

我没有冲过浪，也没有坐过过山车，只在北京王府井商场前蹦过极。记忆中那种掺杂着恐惧、焦虑却又新鲜、刺激的感觉又回来了。

从发心参股里昂电力至今，已经过去八个月了。八个月中，无数次感受了蹦极时的那种心惊肉跳的滋味。前几天，具体负责项目协调的赵说：“我瘦了好几斤。”我说：“记工作日记吧，把收购期间的心路历程写下来，会很有意思的。”

奇怪的是，我不但没瘦，反而胖了两斤。

要说“不上心”，未必是事实。一次性投资近两亿元，而且是一个完全陌生的行业，怎会不用心？资金还不知道在哪儿，需要筹措，怎会不用心？失败了可能会影响到企业运行，到了经不起失败的年龄，值得我用心。

那又为什么会“心宽体胖”呢？

是“有了，不在乎”！虽不能像有些人说的那样“几辈子用不完”，但至少今生够花。我的生活很简单，一日两餐，且是家常素食。衣裳旧了一样能够穿，破了缝缝补补还可以穿。再多的钱也是社会财富，我只是个负责增值工作的人而已。

是“经历多了，习惯了”！风风雨雨几十年，有过很多的惊悸时刻，以为到了“疑无路”的境地，结果却是“又一村”的愉悦。想做事，来回折腾。做事期间遇到“疑无路”的假象，不敢说习惯了，至少也习以为常了。

反过来想一想，感觉又未必是。

真的是“不在乎”吗？五十余年来，差不多也就挣了这么多，现在一次性投入，怎么会不在乎！虽说挣钱到了一定阶段，不是为“够花”，也不是为了“体现价值”，而是成为生活的习惯、生命的体现，但要是因为决策失误，导致投资失败，还是会伤心的。

真的是“习惯了”吗？打个比方，以前经历过的一些风风雨雨，就像是五六级的小地震，至多也就是“5·12”地震，而这次面临的却是日本“3·11”大地震加海啸，还敢说习惯吗？胆战心惊说不上，至少也是忧心如焚。

后来，我慢慢形成了“做人随心、做事随缘”的信念，遇到可交的人，随心而动，不要在乎深浅；遇到可做的事，随缘而动，尽心尽力，不要在乎结果。如此一来，暴风骤雨不可怕！天崩地裂不可怕！一个寻常的收购失败了又有何可怕？

有此心态，怎么能不“心宽体胖”！

里昂电力参股项目尚在进行中，一定还会有各种各样的意外发生。

本着一颗菩提心，把能够做的事情做好，就好！

我的芳华

电影《芳华》正在各大影院上演，说好的说坏的都有。我对电影的形式不感兴趣并不代表对《芳华》不感兴趣。

当董部长劝说“你应该去看《芳华》”后，我去看了。我不得不说“我不喜欢《芳华》对那个时代的表现手法与形式”。是受仲大军影响的吗？有点儿，更多的是我觉得有点儿过，不切合弘扬正能量的要求。

说实话，我不知道《芳华》的主题是什么？支持什么？反对什么？限制什么？电影是舆论工具，是教育手段，而不仅仅是娱乐形式。正是基于这个理念，我不太认同电影《芳华》。

与影片中的主人公一样，我们都是从那个年代过来的，而且我也参加了那场战争。如果说用现代人的喜好去嘲笑那个年代的理念与观念，我认为是错误的，至少是幼稚的、不负责任的，是对那代人的不尊重，更是对未来人的误导。正如莫言所说：“我们的电影评论家，就是要时刻提醒观众：这是电影，不要太当真。”莫言也当过二十多年兵，虽说没有上过战场，但至少体验过那个年代的部队生活。

有一对父女去看《芳华》，女儿哭得稀里哗啦，父亲不动声色。为什么？父亲说：“电影拍得很感人，不过调子太沉闷了。我们那个年代是奋发向上的，战友们也都很团结，相互帮助，更不存在农村兵受歧视的现象。”这一点，我是过来人，我有切身体会。

我赞同“低俗的故事，畸形的人物，扭曲的心理，不健康的小资情调与当时的部队生活相去甚远”的评价。

入伍 28 天，新兵训练未结束，提前下连队，部队就动员支边。当时，枪还不会打，更不要说了解架桥的器材。但这并没有难住风华正茂的我们写请战书，而且有不少战友是用血写的，包括我也是用削铅笔的小刀割破中指写的。

部队坐闷罐车，从盱眙向北开，从徐州向西开，从郑州向南才知道不是去北边和苏联人打，而是去南边和越南打。车上的生活，是难咽的饼干加凉水。在南宁的军供站才盼到了天下最好吃的米饭，至今都记得，透亮的米饭好香啊！

前年去广西视察工厂住在南宁市，还专门打了的士去寻找当年的军供站。“找不到了，找不到了，早拆了。”这是我在南宁的火车站向车站工作人员打听时得到的回答。

到广西后，第一站是驻在那马乡的一个生产队，我们住在百姓家，堂屋里打地铺，连队食堂设在生产队的晒场上。

我们的任务是一边训练打枪、熟悉架桥器材，一边等待战斗命令。其间连队出了个状况，在练习打靶时，结果还没等竖靶子的指导员退回来，战友小张就开始练瞄准，一扣扳机，刺耳声响起，子弹出膛，飞向靶子，好在枪法不错，打了个八环，要是偏点儿就让站在靶子边上的指导员“光荣”了。

想起一个人：石延锋，女知青，下放在生产队劳动。当年 22 岁，比我大两岁，圆圆的脸，甜甜的样子。她的家人在南宁铁路局。

四十年过去了，仍然记忆犹新。曾有人在我家见过她的照片，误以为是壮志信用社的某个工作人员，可惜的是，照片没了，未能保存下来。

为什么记得她？当时她住在生产队晒场边的房子里，连队当干粮的饼干就堆在她宿舍外的走廊上，而我们班的站岗任务就是看护饼干。虽说写了血书请求参加战斗，但心里还是想家的。二十岁呀，才离开家两个多月就上了前线，随时会牺牲，到时候还不知道有没有机会写信。连队明确规定不允许通信。可内心就想写一封信告诉一下父母亲，让他们放心，儿子不会当逃兵，也不要难过，儿子是为国献身，是光荣的。连队不允许，真的没办法，不能违反军纪啊！见到石延锋，我心生一念：请她转寄，既能让父母放心，又不违反部队纪律，还不暴露军事秘密。可就是不知人家是否愿意。

心一横，我鼓起勇气，借着电筒微弱的灯光躲在被子内写了张纸条，值班时丢给了她：“我是仲跻和，江苏人，当兵两个月。部队不允许写信回家，想请你代转寄家信。如不同意，千万不能告诉部队，否则我要被处分。如同意，请开门告诉我。”

第二天晚上，第一班站岗，我在她的宿舍外走来走去，透过窗子看见她在织毛线衣。两个小时的班马上就要到了，我还是没敢把纸条丢进去，一看还有二十分钟，再不丢就来不及了！心一横鼓起勇气，把字条从门缝里塞进去了。是动静太小她没听到，还是她织毛衣太投入没听到？反正没听到，我急得没办法只好站在门口咳了一声。她抬起头来，才发现了丢在门缝中的纸条。一会儿她开门出来，我赶紧向她介绍我的情况，把纸条上的话重复了一遍。她听后说："没问题，你写好给我，我寄到南宁市家里，让家里再转寄！"正说着话，换班的战友来了，好在是一个班的老乡，否则真不知道该如何解释了。于是，也顺便帮老乡寄了一封家信。

就因这，我与她有了交往。在接下来的十四天驻训期间，她见到我，就看着我笑，并在一天早上和我一道洗衣服时，把一张纸条塞给我。我赶紧晾好衣服，立即请假，去远在村边的厕所，边蹲在厕所的坑上假装上厕所，边偷偷地看完她的纸条。她告诉我"信已帮你寄走，你放心吧，同时，还寄了一张我的照片给你父母亲"。我当时也没来得及想什么，赶紧把纸条撸一撸，放进嘴里吃了下去，不理解吧？保密需要。

十四天后，连队移到崇左县城外的乱坟岗，不是住在百姓家，而是搭帐篷。在这期间我偷偷写过一封信，准备寄给她，告诉她我理解她的心，感谢她。信在午睡时丢进了连部的信箱，但后来还是要了回来，没有寄出。

中越自卫反击战结束又回到了盱眙，慢慢地淡忘了这段历史，直到前年去广西扶绥考察电厂用地，才知道那里是南宁市良庆的一个镇，而不是那马县。住在南宁的几次，我次次都是早早起来，在市区，特别是在火车站附近的路上，总希望能再看到她。其实真的看到也未必认识，四十年，当年的小姑娘已是退休的老大姐了。只是心底的冲动驱使，算不算鬼使神差，也许是。这就是我亲身经历的所谓的爱情。有点儿低俗吗？

《芳华》书中答案说目的是希望战友们的血没有白流，我们的苦没有白吃，更希望我们的世界观不要被任意篡改。"我们是信仰平凡即伟大的一代人，平凡就是功劳，就是精英。"

至于那场战争，是应该不应该？起了什么作用？这有点儿大，不是我们考虑的事。我是希望不被丑化，当然也不希望被英雄化，就是个平凡的战士，有一腔热血与斗志的战士。

《芳华》让人们想起了那场战争，自然也就想起了参加过那场战争的人。有人问我：“你真的参加过自卫反击战？”这还能有假？有纪念章与毛巾为证，是军委慰问时发的！随时可以拿给你看的，还有战友可以证明。

不知道再过四十年，要是再有人问我同样的话题，又该用什么来证明？《芳华》可帮不了，它不代表我们的真实生活，那是被导演艺术化了的生活。

随风起舞，莫论国是

论“国是”，看起来挺高大上的，而与我辈之人论国是，就有点儿“狗拿耗子”的感觉了。我辈是接受的原有理论、知识、思想的教育成长起来的人，又是亲身经历过世纪变革，且从中受益的人，难免会站在自我意识的状态下思考问题。还有资源的缺乏、精力的缺乏，也论不出个头绪来。与其论不出个头绪，又何苦要去做无用功呢？既然如此，还不如集中精力与时间，把我辈能做的事情做好。

也许有人说这样是“世故”。“世故”，又有什么不好？不是所有人都能“世故”的哟！世故是指熟悉世俗、人情、习惯，待人处世圆通周到。鲁迅先生曾经说过的，“不通世故”固然不是好话，“深于世故”也不是好话，那么把“不通”与“深于”去掉，去掉两个极端，取其中就是好话，也是好事了。而当今社会，“世故”的人太少了，特别是年轻气盛者，未必单指年轻人，包括一些老人，既“不通世故”，也不“深于世故”，而是自我膨胀。看到的，想到的只有“我”。我怎么样，我应该怎么样，我能怎么样，无“我”不开口，看问题从“我”出发，处理问题从“我”出发，站在“我”的角度，戴上“我”的有色眼镜去论“国是”，那还能论好吗？更何况连“我”尚未论好，还怎么论“国是”呢，且莫论“国是”，先把“我”论论吧！

这个“我”可以是自然的我，也可以是企业法人的我。说国家到了十字路口，处在十字路口国度的企业又何尝不是处于十字路口？国家是一艘大船，而我只是船上的乘客。就像泰坦尼克号一样，船触礁了，乘客怎么办？还是考虑好自身的安全吧！当然是环境许可下的安全。自己安全了，少让国家操心。

近期看了一本书《枢纽》，感触很深，也触动了心思。书中有这样一段话：“一个迅猛崛起的大国，其崛起本身会造成所处体系的深刻变迁，过去所习惯的参照系不再起作用，基于该参照系所设定的国家目标也会失效；于是它无法说清自己是谁，自己想要什么，自己与世界的关系是什么，往往会陷入一种深刻的身份焦虑。”我知道作者是站在国家的角度，是在论国是，而我读到这里，想起的是自然人的我，以及我所领导的海迅集团。

企业处于国家民族的大环境之中，就难以独善其身。比如最近公布的数据显示：企业盈利是增长的，产值是增长的，这是大环境数据，有错？肯定没错！煤、钢材、水泥、石油及制品价格大幅涨价，这些企业的产值利润怎能不增长？而传导给下游产业对利润的影响，既需要时间的传导，也有“新经济”“新动能”的增长。接下来的关键是我该怎么办；企业该怎么办；而不是去怀疑，去等待。

都知道冬虫夏草是宝贝。为什么是宝贝？因为它智慧。夏天阳光足够，它就长叶子吸收光的营养，让自己得到生长。冬天阳气下降，它就躲到土里。草不好进土，那就变成虫，也要钻进土里去。是不是智慧？冬虫夏草谁吃得多？基本上是买的人不吃，吃的人不买，这是其一；其二，有智慧的人吃得多，没有智慧的人买得多；其三，反对虫草的，说虫草没用的，基本是吃虫草吃多了的人，怕更多的人吃虫草会与他们一样有智慧。

那么我是哪种人呢？买虫草的人，吃虫草的人，不说虫草好坏的人。虫草就是虫草，我要是有虫草的智慧，什么样的困难能难住我、吓住我、弄死我？如将虫草的智慧运用在企业经营与管理中，就像我时常说的“企业是个菜篮子，可以装进我需要的、能买到的菜”。理想？战略？真正的理想是随风起舞，真正的战略也是随风起舞，既随也舞，随是主旋律，主基调，主色彩，舞乃随之体、随之魂、随之形。

怎样随？风向要明白，逆风而行，不是随，顺风才为随。风力要有数，风大风小随法有区别。风大，快步跟进；风小，可相对慢点儿，偶尔偷点懒也可以的。看看身前身后，都有什么人在跟进，他们又在怎样随，取人之长补己之短，善于学习人家的好的，对自己的随更有益。

怎样舞？借风势巧用力，以不变应万变，不变的是随，变的是舞。诸葛亮巧借东风，曹操挟天子以令诸侯，孙悟空搬救兵借神器，皆因需要与可能而决定。

前几天，在北京谈北京工厂出售事宜。初去时，信心满满，政府收储、企业收购，几拨人在谈，且价在每亩三百万元以上。到北京的第二天中午吃饭时，与翟先生谈起此事，他打开手机翻到北京市政府信息窗口让我看北京市刚挂在网上的关于停止一切工业用地的买卖、股权转让、开发建设等的文件。也就是政策突然有了变化，行情急转直下，怎么办？工厂搬迁是大势，无可挽回，且新厂房的租金款已付出半年。在此情况下，我该怎么办？深思熟虑之后，还是坚持原来的思路，工厂搬迁不变，厂房土地出售不变，变的是适应政策改变，调整心理预期，下调谈判底线。虽说北京的政策有了很大的变化，但并未影响到企业转型的战略，一切仍在按部就班地推进着。真论“国是”，并不是跳出“国是”，离开“国是”，而是顺应“国是”，应是本身埋头做好自己，把能做、应做的事情做好。

“国是”自有人去操心，我辈凡夫也就省省心，把自己的心操好，不要被“国是”的风掀翻企业的船，不要被“国是”的热浪蒸晕了头。理智使人成为人，有了理智不吃虫草，一样可以有虫草吃，我之为我，仍是理智多于激情。

《枢纽》的作者施展先生，在书中谈到国是时写道：“历史大势往往是在‘识时务者’手中获得现实化，因为在秩序未定一片混乱之际，只有那些对于利益关系的变化足够敏感者，才能够清楚地把握特殊性，懂得如何调动起足够多的人群的欲望，进而顺势成事。”读到这段话，我没想到“国是”，而是想到了企业的事与是，“顺势成事”仍是我辈之唯一选择。

习惯了，边看书边想企业的事，书读得有味，也小有建树，也就没有时间再去谈论“国是”了。也许我天生就不是个论“国是”的料，论着，论着，又论到我生命的平台上来。企业才是我的平台，也是我的命。命没了，是与非还有意义吗？更何况寻求企业人之道、企业之道人之道，还等着我呢！哪有精力论“国是”呢！

字画即人也

假期，对我来说，正好可以做点儿上班期间没精力做的事情——整理字画。自从上次火灾之后，字画一直未整理过，有的都不知道放在什么地方了。

上午正忙着，手机响了，是微信。朋友问我："在干啥?"我回："整理字画。送人，舍不得；留着，没空间。"朋友说："再盖房。"我知道是误会我的意思，至少也是没明白我想表达的是什么。"没空间"，可以理解为没地方放，还有另一层意思，没有升值空间。

说起字画，我是门外汉，既不会写字画画，也不会欣赏字画艺术，我就是个"美术盲""艺术盲""书法盲"。不是没有时间和机会学习，而是找不到兴奋点。面对字画时，恨自己没有好好学习，真的坐下来学习时，屁股生疼，坐不住；眼睛生疼，看不清；脑萎缩，记不住。几次下来，也就失去了学习的信心。

正是我的不懂，我的盲，才对会能写字画画的人特别崇拜，同时也希望能为他们做点什么，算善举？算随雅？算投资？算呆？任人评论，我还真没去想过。只是在遇到有书画家需要援助时毫不犹豫地解囊相助，更有时候会屁颠屁颠儿地创造一些机会。

是不是值得？重要吗？值不值怎么算？利益账？感情账？名誉账？谁有精力去算哟！凭直觉吧！这样一来二往，几十年下来，认识的写字、画画的熟人也就多了，字画也自然多了。自从办公室遭火灾，家里房子又小，办公室又小，字画的容身已成了问题。这不，放在南面员工宿舍的底层，湿度大，有的字画已霉变了。

经过两天的整理，总算登记在册了。具体的分类，还得懂行的王奇寅帮忙！登记在册事小，分类存放事大。四个人忙了两天，只是完成了基础工作，当然，也是最难的工作，特别是已经裱过的字画，因火灾时过了烟，黑灰处处有，只好把原有的包装袋子换成新的，省得以后还有黑灰。看着他们两手黑乎乎的，心生感叹：真是脏累的活啊！

面对字画，突然产生许多疑问。写字为什么？画画为什么？为怡情养性？为传承艺术？为养家糊口？如为怡情养性，有必要招摇过市吗？如为传承艺术，有必要“创新”吗？如为养家糊口，有必要称自己为艺术家吗？怡情养性也好，传承艺术也罢，又有多少人在用心写字画画？更多的是应付了事。让这样的作品流传到社会上，是对艺术品的不敬，更是对欣赏者的不敬，也是对自己的不负责。请问所谓的书画家们，你想过这些问题吗？

做企业，需要格局，需要胸怀，需要人品，写字画画需要吗？当然，而且更需要天分。天分加勤奋等于基本功。大家都知道，不是人人都可以当老板的，所以当老板先要掂量掂量有没有这个天分，如没有，还是老老实实当打工者，就像习惯经营企业的我不适合当公务员一样。打惯了少林拳，再让我打太极拳，真的是无能啊！那么写字、画画，是不是也是如此？如果只是为了怡情养性，那就好好地自我享受着，不要招摇过市，随便一涂、随手一送，给他人增加负担。如果是为了传承艺术，那就要对自己的作品负责，不满意的作品不要随意送人。发现有不满意的作品，就要勇于、敢于、舍得用满意的作品换回来。

假期，与字画有关的还有两乐：一是去谭老家拜年，虽说“老大哥”记不得我了，但并未影响到我兴奋的情绪。因为我与谭老是忘年交，这些年一直以“大哥”相称，作为小弟不计较老大哥是不是记得小弟了。更开心的是谭老女儿代谭老送我 30 幅作品，深深打动了我。90 岁的老人，行动已经不便，记忆也间歇性失忆，还利用精神好的时候写作品送我，能不感动吗？人生有这样的老哥，真是一大快事。谭老的作品，送人，舍不得。二是朋友送我 10 幅临摹古人的作品，很高兴。正是这 10 幅临摹的作品，让我产生了对有些作品的不屑。特别是只见创新不见传承的字画，还是艺术吗？还有保留的必要吗？这样的作品真的是“留着，没空间”。

我想起了焚字炉。焚字炉，也叫字库塔、惜字塔、敬字塔。顾名思义，是古时焚烧字纸的塔形建筑。

古人认为文字神圣而崇高，写有文字的纸张不应该随手丢弃，哪怕废纸也需洗净焚化。据史料记录，焚烧有字的纸时非常隆重，不但有专人，还有专门的礼仪，可见古人是多么重视有字的纸，更不要说有画的纸。所以也就理解了为什么流传下来的字画大多是精品珍品。

今天，要是焚字炉成了日用品，这个社会将要干净很多。是的，纸张没有古代贵了，印刷也比古代简单了，喜欢写字画画的人也多了。文化层次高了是好事，但是古人对字的敬畏心，应重新拾起来。如果自己都不满意，就不要让它在社会上流转，字即人，画即人，人即字，人即画，字画即人也！

可能是我累昏了头，才有此一通感叹。不是对写字画画的人不敬，更不是对送我字画、卖我字画的人不敬，而是有感于现代人与古代人对字画的敬畏心的差别之大，为当今社会缺乏对艺术的敬畏心而鼓与呼。当然也缘于我老了，有些守旧、恋旧、怀旧了，对古代的书画艺术有了更浓厚的兴趣。

最近在海安文化艺术中心参观了海安书画院举办的中国传世国宝画展、百年巨匠中国画展、中国传书法精品展，感受更为强烈。不知道举办者是不是也与我产生了同样的感受，觉出传承的重要，才有了这样的展览。

游学《庄子》

人们常说“老庄”，把老子、庄子连在一起。可知道为什么会这样说吗？则未必！

“老”，老子，又作“老聃”“老莱子”，春秋时人，被道家人视为宗师。“庄”，庄子，名周，战国时人，是道家学说的主要创始人。为什么把他们连在一起？我认为，一是同属于道。二是老子立论，庄子参义；老子谈教理，庄子说教义；老子表先天根本，庄子显人生张扬；老子立论乃根本之说，庄子之议乃性情之本；老子从先往后说，庄子则从后往前走；老子从上往下议，庄子则由下往上理。由于把老子、庄子连在一起说的人多了，也就成为习惯性用语。

“听君一席话，胜读十年书。”其实，听名师一堂课，又何尝不是胜读十年书。虽说书同文，但未必同音，更未必同义。要读懂老庄的书，首先要了解老庄的性格、习惯、信仰，了解那个时代的风俗、民情、政局，这样才有可能读懂。因为有了名师指点、解说，也就事半功倍了。

随着人生第二个甲子的开始，生命的重点已从以挣钱为主调整为以挣“命”为主。老庄的“无为”“无不为”“祸兮福之所倚，福兮祸之所伏”“天下万物生于有，有生于无”“天之道，损有余而补不足；人之道，则不然，损不足，以奉有余”“大上有大，小下有小。大无穷，小亦无穷”等，都给了我很多的启迪。

听完《庄子》的课，觉得自己太笨了。以为知就是聪明，就了不起，其实“人间没有真理”。我“知”什么？不是真理？那么是真相吗？“世人难遇真相。”刚学会说话的小孩子骂大人，大人不计较，还笑嘻嘻的。狗咬你，你不计较。是狗咬对了？小孩骂对了？真相是什么？我真的看不懂。既然你有心，我就成全呗。不要说“说不清”，就是说清了又有什么意义？“顺人而不失己”，你好就好！我呢，还有路可走的。路是走出来的，走过才知道呀！

“不知——知——真知”“梦——觉——真觉”“是非——理——天理”，有天地在，无愧于天地即好。我想，这样决策是适欲逍遥、适性逍遥、还是无待逍遥？无待逍遥谈不上，就算介于适欲与适性之间的逍遥吧！

说“人间无真理”，不是我发明的，是课上听来的，但我接受了。回想经历过的一些事，确实如此。人间所谓的真理就是心中的需要，而且是可以被人接受的需要，也可以是强迫后可以接受的需要。

影响真理的三要素：时间、地域、人物。

说实话，真的没有听过这样的说法。可听后再想就觉得还真是如此。故“坚持真理就是顽固不化”，被我接受了。淡化人性，回归天性，放下身心，放下执着，放下欲望，至少“适性”，争取“无待”。如此，人生才有味。

至于“鱼为什么要变成鸟？”“为什么要从北飞向南？”还真的是不知道呢！这也许就像人为什么要长生不老？为什么要去西方极乐世界？为什么要光宗耀祖？只有鱼知，你知。是否有其他智慧，我是没看出来。但我是想到了我就是个真笨蛋，不是自谦的。笨怎么办？可以不办。要办，只有先飞了，也就是付出更多的时间去努力。

庄子追求“全真”“率性”，而不是以伪作假。其实，人一旦放下了世俗的一切，活在自我的世界中，也就可以我行我素了。破衣破鞋有什么事？饥一顿饱一顿又算什么事？衣帽鞋子为保暖，我不冷即可；吃饭为生存，我不吃一样生存得很健康，为什么非要吃那么好，那么饱？“《庄子》就是内丹修炼法”，法眼在哪？在书中。你看懂了就是有缘人，没看懂也没关系，看懂多少算多少，哪怕有几句话，即使是老师转述的话也是收获。

“外化内不化”“圣人无全能”“万物无全功”“是非生于权情”“爱情是精神，性是经济，婚姻是政治”“爱情与宗教一样都是追星”“游于世而不辞，顺人而不失己”“只有往，才能远”，让我感觉新鲜，特别是一句“有资格做懒汉的人是智者、强者”唤醒了我，找到了我为什么难以抽身逍遥的原因，原来我不是智者，更不是强者啊！

“吾生也有涯，而知也无涯，以有涯随无涯，殆已；已而为知者，殆而已矣。为善无近名，为恶无近刑。缘督以为经，可以保身，可以全生，可以养亲，可以尽年。”这一段《养生主》的章节，对我的影响将是今后一段时间内最重要的。用兰芳的话说：“我们现在要用当年挣钱的劲头来调理身体。”人的寿命有限，而智慧是无限的，我们不能把有限的生命浪费在无限的求知路上，而是应从现在开始珍惜生命，爱惜生命，运用已知的智慧，让人生有更多的愉悦。也许我不能求长生，但至少可以做个“自了汉”，不给亲人添累，不给社会添乱。

庄子爱编故事，把自己想说的话，用寓言的形式说出来，是个不错的主意。讲故事，比说道理更易让人接受，更何况道理在哪？道是什么道？理是什么理？

我只是小鱼，一条小河里的小鲫鱼，稍有干旱，将有性命之忧。

还是等天下雨小沟有了水，顺水去大河，再顺大河去大海吧！也许在那里才可以少些担忧。

变成鸟？想啊！可能吗？顺其自然吧，至少眼前没有发现机缘哟！

不做小人，也不做圣人，还是把“鱼”当好吧！在水里滋润地活着也挺好的。

曾经有人戏称我是蟹。如果从性格上来说，有点像螃蟹，而不像鲫鱼。

就先来个蜕变吧！让自己活成鲫鱼的样子，少了张牙舞爪，少了横行霸道，珍惜春天的阳光，为社会多做点儿贡献。

真羡慕鲫鱼哟！

写着玩的

写作于我来说，写着玩的，一点儿不为过，且切合本心。

说“不为过”，既不为给人看，也不为换米下锅，更不为职称学历之需，至于为应景而动笔，更无能为之。写作全是在空闲时，内心有话说，也可以说是借写作理一理思路，清一清头绪，把想法归置归置。

说“切合本心”，即一吐为快，即笔尖随心而游走。心里有，笔下才会有。心里没有，硬榨也榨不出来。在我身上，文学素养是贫矿，不是富矿啊，表现在写作的过程，执笔开始、信笔由心、搁笔就好、缺少推敲、一气呵成啊！

就像今天，坐在办公室读《水浒传》（金圣叹批评本），方知道《水浒传》运用了好多文法，“背面铺粉法”“绵针泥刺法”“草蛇灰线法”“横云断山法”“鸾胶续弦法”等，真的大开眼界。《水浒传》难怪成为名著，难怪在金圣叹眼里和《庄子》《史记》并列。

年轻时看《水浒传》图热闹，想的是快意人生，忠勇信义。今读《水浒传》，受金圣叹批评本的影响，更多的是从文学的角度去发现写作技巧，领略文字的优雅以及文字背后想要表达的意思、观点、艺术。“以文运事”“因文生事”确定是两个不同的境界。

写文章有目的，也许自己还未意识到，但事实肯定是存在的，不会因为你没有意识到，否定“写文章是有目的的”的事实。

我不反对用“文章换米”，而且很羡慕。能用“文章换米”必须要有写作能力，而且是被社会认可社会需要的能力。否则写得再好也没有用，也换不来米。网红文章、报刊上的文章以及那些数不胜数编纂的文章，为了换米，也就会忘了写作应有的底线：弘扬真善美，弘扬正能量。

更尊重把写作当消遣的人。其实当今社会这样的人少了，也就少了些许没有功利性的文章。无论是社会认可、领导认可，都是把写作的核心“心里有”忽视了，也就少了灵魂，读起来也就味同嚼蜡。

有人说：不敢写！说明什么？说明心已落后于现实，更落后于人性及现状。无论怎样的时代，都会有些话可以说，有些话不能说。可如果心里只想到不能说的话，生活也就太痛苦了。一年有春夏秋冬，各有美好，一天有黑白昼夜，奇妙无穷，心里有什么，就会看到什么。为什么不想一想，找一找心里可以说的话呢？

真正可以传世的文章未必都是写“不敢说的话”，而应该是像“关关雎鸠，在河之洲。窈窕淑女，君子好逑”一样抒发美好、善良的文章。更何况还有那么多的文法，用好了还有不敢说的话写吗？

古人云：“人生三十而未娶，不应更娶；四十而未仕，不应更仕；五十不应为家；六十不应出游。”意思是什么时候就应该做什么时候的事情。今天发生的事你不写，之后还有兴趣写吗？就是有兴趣写，你还记得今天的细枝末节吗？要知道真实的才是美妙的。想象的，未必是灵动的。

上午有友来聊起书法。对书法，我是门外汉，更多的是听。偶尔也冒两句俗气的评论。谈起陈某的字，我说：“他的字就像他的头发，油乎乎的。”而友的评价则是：“由于少了阅读，也就少了灵气。只是个字匠，而不是书法家。”书法功力固然重要，灵动则更重要。这是我们共同的观点，如此精彩的比喻，今天不写下来，过段时间再想回忆今天怎么说的，则未必能记得了。

写着玩，需要自信。至少应是不愁无米之人，才可以。中学时代，王老师说过：换一种劳动就是休息。写作于我来说就是换了一种劳动，心向外，求利求名，转而心向内，求救赎、求洒脱，求快意、求知足。

在当今的环境中经营企业说不苦，真的不苦吗？说不累，真的不累吗？说不在乎，真的不在乎？说不计较，真的不计较？说放下，真的放下了吗？其实更多的时候是给自己一个心理暗示：必须“不苦”、必须“不累”、必须“不在乎”、必须“不计较”、必须“放下”，因为这样才是唯一正确的选择。

做不到，怎么办？经常说给人听呀，为了不给自己留后路。实在不行，写文章，自己劝自己呀。这时候写的文章就是写着玩的，写的过程即是自我强化意识的过程，没有自信，敢这样写吗？

玩好了，可以与别人分享。玩不好，不满意，就束之高阁。有空的时候，再拿出来翻翻呗，求个自娱自乐。

真正流传后世的文章，才是有生命力的文章。也是需要“若干年布想，若干年储材，又复若干年经营点窜，而后得脱于稿，裒然成为一书也”。《水浒传》是这样写成的，《西游记》也当是这样写成的。要是写作都这样，还有多少人敢说自己是作家？

传世文章固然好，可又有多少？特别是我这样的门外汉，既然无法丢开现在的一切，难登文学的象牙塔，写出传世的文章，那就坦然地面对文学，能写着玩也挺好了，总胜过那些无聊的“掼蛋”“搓麻将”“K歌”“喝酒”。空闲时，能翻翻喜欢的书，写出心里的话，人生如此快意，夫复何求？

午饭怎么办？吃饭为补充能量。如不饿，就不吃；如饿了，可以充饥的就是好东西。哪里有什么讲究啊！快意之事，莫若写出心里的一闪之念啊！

我知道我的文章难登大雅之堂，也就没有企求“作家头衔”“换米之乐”，自娱自乐，何其美哉！想想有些人为了个“作家头衔”可谓不择手段，不遗余力。如果真有点写作能力也还好说，可以理解。而如果只是凭个“成功人士”“领导”，就不可理解了，给人以恶心的感觉。特别是为了拿一个奖，似乎他没评上就不对！他的文章才应该得一等奖，真的可恶之至。

由此，更觉得写着玩挺好的，也想借此机会对在乎作家头衔又太计较评奖的文友说：写着玩挺好的，真的没有必要那么较真！人生本短，何苦为了所谓的名与利而玩得不快乐啊！

写着玩，挺好的。

退伍不褪色　永当合格兵

——在南通市武警支队培训会上的发言稿

有机会与战友们共话“三个正确对待”，一要感谢支队首长，二要感谢那些曾经帮助过我、理解我、支持过我的首长、领导、朋友、同事、家人。当然，更要感谢党和政府，是党的改革开放政策给了我机遇，让一个退伍还乡的六级伤残军人有了施展才能的平台。

今天，我想与战友们一起回顾我曾经的过去，从中领悟出人生的真谛。首先我保证我所说的事情都是事实。我想从以下几个方面回顾我曾经的过去。

第一，我是谁？退伍军人，老婆的丈夫，女儿的父亲。至于社会职务，那是社会赋予我的，而我在乎的是“丈夫”与“父亲”的责任。因为它们既是我人生的力量源泉，也是我人生的归宿。

1959 年，我生于海安，父母亲都是农民。

1977 年，毕业于海安县壮志中学。

1978 年底，参军，部队是舟桥八十三团。

1979 年，参加中越自卫反击战。到部队二十八天，动员支边。那时候，我们不但不会使用舟桥器材，连枪也没摸过。怎么办？有人哭哭啼啼，有人沉默寡言，也有人写请战书申请支边。我是写血书申请支边的为数不多的人之一。也许正是这一步影响了我在部队的发展，甚至影响了我的今生。当然，在写血书申请支边的时候，我也偷偷地写了遗书，放在行李包内。万一上战场牺牲后，算是给父母亲一个交代。

哭哭啼啼的战友中，有一个是我的老乡，他没有去前线，作为留守人员留下了。等我们从前线回来，他学习放电影，再后来退伍回乡后还是放电影，一生以放电影为生了。

人生遇到需要选择的时候怎么办？

是急流勇退，是随波逐流，还是哭哭啼啼？不同的选择，决定了人生不同的未来。部队的需要，祖国的需要，就是我的需要，是我当时选择的原则。

到了边境后，我们一边进行战前训练，一边进行战备施工，一边等待参战的命令，前后共三个多月。高温潮湿，再加汗水的浸泡，好多战友裆部烂了，不能走路。在卸火车扛水泥的时候，人少货多，时间紧急，一个排一个车厢，开展比赛，哪个排先完成任务为胜。当时，我是三排的。我排扛完后，又主动去其他排扛。一手夹一包水泥，匆匆来回，直到几个排的车厢全部扛完。也正是因为这个，在返回营房评功的时候，四个排有三个排都评了我。我的排长找我说：本来应该报你，但副排长马上退伍了，你还有机会，你就让让吧。我想也是。结果我获得了嘉奖一次。

从前线回来后不久，我被连部调去当通讯员兼司号员。下半年，我被连队推荐参加招干考试，被原南京军区工程教导队录取。一次积极响应部队号召，服从祖国的需要，写血书申请支边的豪举，一次情理之中的荣誉谦让，得到了连队首长的赏识，得到了既是梦寐以求的，也是意料之外的奖励。农村的人，能够提干，吃国家粮，真的是祖坟上冒青烟的荣耀。那时候的部队干部，可不是现在，一辈子的铁饭碗。得与失，谁能算得清，说得明？

可惜，好景不长。拿到入学通知书的时候，也就是我发热的时候，到南京汤山的工程兵教导队报到的第二天去八三医院门诊，当即住院治疗。在医院过第一个春节。开始，并没有当回事，心想出院了，就可以去上学了。后来，八三医院有一个考上原南京军区炮兵教导队的战友因患肾炎住院，在得知不能提干的消息后，一时想不通，跳楼自杀了。在我知道得了肾炎肝炎之类慢性病的人不能提干后，院方派人白天黑夜地看着，怕我也想不通。一同到工程兵教导队报到的老乡也不敢到医院看，怕传染上。好在我懂得顺应社会适从命运是唯一的选择，否则只能是徒增烦恼，对人生没有一点儿好，也就很快调整好了心态。

其间，有一个叫王丽平的小护士，安徽人，比我早一年入伍。她作为特护，负责我的饮食起居。她教我唱《走在乡间的小路上》，至今难忘。

从八三医院出院回到部队，连队首长并没有放弃我。鼓励我保养好身体，下次还让我去考。只是我的身体不争气，反反复复，住院治疗五次，最长的一次十一个月。还先后住过淮阴的八二医院，徐州的九七医院。当兵五年，住院时间超过三年，在医院过了三个春节。

1983 年 3 月，我成为预备党员，7 月，在八二医院，经肝穿刺活组织检测，鉴定为早期肝硬化，评为二等乙级残疾军人，于当年年底退伍回乡。当时，连队首长见我的情况特殊，劝我留在部队，说可以帮我转志愿兵。当时我想，祖祖辈辈都是农民，一样能够生活，为什么我就不行呢？再说我还有伤残抚恤金，能够保障基本生活，还有公费医疗，旧病复发也不怕，就毅然决然谢绝了首长的好意退伍回到了家乡。

当然，做出这样的决定需要自信：我行！我一定行！需要勇气：置之死地而后生的勇气。当时的理想：一个女儿，三间红瓦房。现在事实证明我的选择是对的。一起去工程兵教导队报到的老乡，一个在工商分局做一般工作人员，一个在银行当保卫。而我，一个因病致残的退伍老兵，不但拥有和谐幸福的家庭，两个聪明懂事的女儿，而且能够实现自己的梦想，特别是能够坐在这里，与你们分享人生的快乐，我很高兴。

1987 年我进厂当销售员。在这里，我有一点儿想法与大家分享："宁为鸡头，不为凤尾。""宁在小国为君，不在大国为臣。"现在的人，多喜欢去外资企业、国资企业，很少有人愿意去农村的小企业，这是不科学的。其实，外资企业国资企业人才济济，很难轮到既不是名校毕业又没有背景的新来人。而农村的小企业，人才缺乏，机会多多，只要我们把部队的严谨、服从、拼搏、耐劳的传统发扬光大，就能很快得到施展才能的平台。

正是缘于此，1987 年进厂的时候，我选择了年产值只有三四十万元的橡胶厂，而不是近千万元产值的巾被厂。进厂六个月后，我被推荐当厂长。从此以后，我的人生开始转变。

当时，厂子的状况正如《沙家浜》智斗选段中胡司令唱的那样："十几个人［十八个人］七八条枪［四台烧煤加热的手动硫化机］。"总资产 20 多万元，资不抵债近 8 万元。现在，资产 8 亿元，员工近千人，相当于一个团吧？

1988 年我任厂长后，首先推行改革，改革工资制，实行计件制，多劳多得，提高工人劳动生产率，调整产品结构，提升产品竞争力。企业当年便扭亏为盈。

我淘汰落后的工艺，投入新的设备，彻底改变了企业面貌。

1992 年股份合作制改制，我当了老板。企业总股本 10 万元，我 10000 元，是用家里的楼房担保向信用社贷的款。通过推行股份合作制，激发了体制机制的潜力，企业走上了发展的快车道。

同年我通过国家公务员考试招聘，担任壮志乡工业助理，协助乡长分管乡办工业工作。

此后，我还担任过副乡长、乡党委副书记。

2005 年，我留职停薪，在企业工作至今，其中的酸甜苦辣，在此不多说。总之一条，人生处处有险峰，同样处处有风光，关键在于我们看到的是险峰，还是风光。

也许你们会想：就这样一个当兵的还能如此有出息？

其实，我也没想过。你们怀疑，是情理之中的事情。

回顾风风雨雨走过的几十年，有这样一个词是我人生的主线——拼搏！

再难，再苦，再累，不忘拼搏！人生在世，不如意，是常事。重要的是要拼搏。拼搏过，不后悔。

为谁拼搏？主观为他人，客观为自己，也就是为社会的需要、祖国的需要而拼搏。不为自己想，不等于对自己不好，就像今天，与大家分享我的快乐，是为自己创造新的快乐。

怎么拼搏？恪尽职守，尽其所能。有多大的力，挑多重的担，不能好高骛远。

在座的有些人，即将退伍回乡，有的人也许部队需要你留下来。走与留都有原因，无论是能够理解的原因，还是不能理解的原因，都要能够正确对待。“走得愉快，留得安心”是我们退伍时候的口号，不知道现在是不是这样讲，退一万步说，作为战士，我们还能有其他的选择吗？

我身为一名二等乙级残疾军人，在此，诚恳地希望大家能够把握好“三个正确对待”。走得愉快！留得安心！

我带来了六十本《职场答案》，是我 2008 年出版的书，算是一个老兵送给大家的礼物，但愿能够对你们走好未来的人生路有所帮助。

大道无情

“大道无情，运行日月。”这是《清静经》里的一句话，也是我60岁生日在惠民寺吃午饭而不在家里或饭馆吃饭的最好解说。

时间过得真快。我还记得，奶奶60岁生日那天，我三个姑姑、一个去给人家当上门女婿的三叔，送面和寿桃给奶奶祝寿。傍晚，放鞭炮时，我偷偷地拿了一个双响，到我家南面水渠的涵洞里放，结果被炸得满脸黑烟与火药灰。

没想到我也60岁了。生日前一个月，就有人关心我：“生日怎么过？”

我能理解关注我生日的人，有真心想借机感谢我的，更有出于礼貌顺便说下的，也有出于看闹剧的心态。只想提前知道剧本，好到时发挥，达到娱乐自己的目的。

初三上午，女儿们安排去照相馆拍全家福，我觉得也挺有意义的。好久不去照相馆拍照片了，上次拍全家福还是两个女儿上中学的时候。现在大女儿伟嫱已有了孝孝，给全家增添了不少的乐趣。虽说也有点儿遗憾，但并未影响到我的心情。妻子兰芳也给足了面子，暂时放下了心结，沉浸在一家的欢乐之中。孝孝成了道具，无论是我拍，还是与兰芳合拍，或是全家一起拍，都想有孝孝在。看到孝孝的淘气样子，也就忘了我都60岁了。

饭后习惯性到办公室来，泡上绞股蓝茶，嗅一口，清香扑鼻而来，抿一口，有苦也有甜。又想起了《清静经》，“夫道者：有清有浊，有动有静”，道，道？道：顺其自然？初心？本心？原点？规律？人性？这样一想，还真不知“道”了。“上德不德，下德执德；执着之德，不明道德。”执着好？执着不好？执着无所谓好与不好，重要的是顺时顺势。顺了还有我吗？我都没有了，还有什么需要执着？

名？利？情？皮之不存，毛将焉附？

《道教与丹道》中说："60 岁恰值一甲子，人在生理与心理上会出现一种返还现象，童年时期的脾气和人格又会重现。"看到这里，我想起了俗语说，"老小孩"，我也成了"老小孩"啦。

不一会儿，有人敲门，原来是老言来了，给我送生日礼物的：一对精致的蓝麒麟茶盏，很别致的礼物。他的到来，真的惊喜重重：没想到会送礼物给我，这是一重喜；没想到会送这么精致的礼物，这是二重喜；没想到聊得很开心，这是三重喜。

人与人之间的交往，有些人走着走着就丢了，有的人走着走着成了朋友，或者成了知己，甚至有了过命的交情。其中起决定作用的是什么？是钱？是情？是名？其实未必。为什么？唯一个"缘"字可以解释。是因为喜欢人而喜欢礼物，还是因为喜欢礼物而喜欢送礼的人？聊天的乐趣在于心灵的交流，有时甚至相视一笑，彼此也能读懂。

晚上，在兰芳的坚持下，我同意了与兄弟姐妹聚一聚，前提是"吃素""不喝酒"。由于厨师用心，素菜很丰富，而且色香味俱佳，很满意。

至此，60 岁生日算是画上了句号。我这样的 60 岁生日是"无情"还是……说什么的人都会有，我无法不让人说，但我可以有选择地听乃至不听，就当风吹过。

我不反对做寿，但不会做寿。因为我怕累坏了自己，就像女儿结婚时那样简洁而慎重的安排，任人说去吧！

"大道无情。"有情？无情？我也知，也不知。看似无情，也似无情，未必真无情。

"大道无形。"无形？有形？似乎是不在乎"形"了，但内心仍然没有真的不在乎，至少不是完全不在乎。对"120 岁"的执着，就是对"形"的执着，故我不再执着于"120 岁"的目标，而只是"活好当下"，与有缘人一起活好当下，足矣。

"大道无名。"是不知名，故"无名"？还是"无名"，而不知名？道是什么？玄之又玄，妙之又妙。

抿一口绞股蓝茶，苦，苦后有回甘。

望一眼，透水的眼神：心里荡漾着幸福。

六十年轮回。心智似乎真的又回到婴儿时代，成了一个不识人世的小孩子，对一切产生了好奇。可惜的是，身体未能一起回到孩提时代，令我不得不面对现实。这也是我近期一直在努力改变的。

60岁要归道，不忘儒，不舍党之信仰。做个好人，做个有用的人，做个“自了汉”，让生命的日日夜夜活出喜悦来，是我人生又一个甲子的追求。

努力吧！

立秋后的丝瓜

是天天在怡心园见多了，是睡眠欠佳引起的神经弱化，还是人与人之间的交往真的到了一定时候就是这么回事？总之，今天想起了人与人之间的关系有时候就像“立秋后的丝瓜”。

丝瓜常见，也常吃。可敢说了解丝瓜吗？《中国植物志》里是这样写的：“葫芦科属丝瓜，一年生攀缘藤本，茎枝粗糙有棱沟，被微柔毛。卷须稍粗壮，被短柔毛。叶柄粗糙，近无毛；叶片三角形或近圆形，雌雄同株。雄花生于总状花序上部，花初开放时稍靠合，最后完全分离，喜群居。雌花单生，子房长圆柱状，有柔毛，柱头膨大。果实圆柱状，直或稍弯，表面平滑，通常有深色纵条纹，未熟时肉质，成熟后干燥，里面呈网状纤维。种子多数，黑色，卵形，平滑。有清凉利尿、活血、通经、解毒之功效。”

说实话，见过不少，吃过不少，还真不知道这些。在我的印象中，丝瓜的叶，正面光滑，背面有刺，要是没有手纸时，用来擦屁股，一定会用正面去擦，否则会有刺刺的感觉，会很不舒服。丝瓜的花是黄色的，而且黄里泛白，一层白白的粉沾在花瓣上。用手挟住，花瓣上像有油一样润滑。丝瓜味道鲜美，可以说是百搭菜。丝瓜汤，炒丝瓜，加上肉、蛋、虾，都很鲜美。特别是当季的丝瓜毛豆汤，丝瓜豆腐汤，丝瓜芋头汤，味道绝对超过了青菜烧毛豆。要是再来两根煮玉米棒头，真的是神仙美食。

“立秋后的丝瓜不能吃。”为什么？很早以前就听说过，但没问过为什么。吃时一点没耽误。今天，突然间用“立秋后的丝瓜”来形容人与人之间的交往，正好又赶上中秋节日，有空上网查、找书查，除掉说立秋后“老了吃不动”之说，似乎并没有一个让我信服的答案。

收获是从综合信息得出：丝瓜“味甘、性寒，无毒，入肝胃经”的药用特性，以及清热化痰、解毒润燥、驱虫等功效，从而推论出“立秋后的丝瓜不能吃”是因丝瓜性寒的特性决定的。立秋后，天气转凉，寒气上升，阳气下降，如果还吃性寒的食物会寒上加寒，对身体不好，就像“冬吃萝卜、夏吃姜”一样，而不是因为“老了吃不动”。还有一个，也是不容忽视的原因，为了留种，而不能再吃了。立秋了，丝瓜也到了晚期，到霜降时，今年的丝瓜也就结束了，丝瓜从开花到可以食用，大概需要 20 天，而到籽粒成熟则需要更长时间，如再不控制，只想着享受丝瓜的鲜美，明年吃什么？

明代张以宁《丝瓜》一诗，抒发了他的思念情怀：“黄花翠蔓子累累，写出西风雨一篱；愁绝客怀浑怕见，老来万缕足秋思。”居秋时想起了“立秋后的丝瓜不能吃”的俗语，是殊途同归、异曲同工，还是一样景十样情？全看心里有什么。而我今日似乎与宋代赵梅隐的《咏丝瓜》有东施效颦之嫌：“黄花褪束绿身长，白结丝包困晓霜；虚瘦得来成一捻，刚偎人面染脂香。”

想想怡心园的丝瓜，曾经是那么的美。由仲子广场起，从西往东，路南的围栏上，黄色的丝瓜花，像一个个的小喇叭，一路吹过去，“沙沙”之声悦耳，阵阵清香扑鼻，鲜嫩翠绿的丝瓜叶，直到立秋，才逐渐由绿变黄，并开始一片一片地忽摇忽摆地随晚风飘散，错落在叶丛中的丝瓜，有的似惊叹号般垂着，有的似月牙般依偎在围栏上。

立秋了！立秋了！立秋了！自然的规律不可抗拒。怎么办？“道法自然！”再美的花也有谢的时节，再鲜的果也有换的时候，天下唯一不变的是变，变仍是自然规律。

“秋后的丝瓜不能吃”自有它的道理，没找到理由并不是说没有理由，而是困于自己的悟性不够啊！

此时，想起了庄子梦蝶。是丝瓜立秋后不能吃，还是我不能吃立秋后的丝瓜，还是本来就不能吃，都不能吃？要是真有庄子境界，将不可不知。我是蝶，蝶是我，而且能“鼓盆而歌”，是何等之洒脱！立秋就立秋了呗，不能吃就不能吃呗！能不能吃？吃不吃？在心！在性！在当下！我何苦发此感叹！

想起了三国时的杨修。可惜了，全怪一张嘴。若论三国时，曹操身边论能人智士多的是，唯有杨修因“聪明”而丢了性命。鸡肋就鸡肋呗，就你聪明非要解说一番，卖弄一下，结果呢？丢了性命！人生有太多的问号，何苦都要去弄明白。如若给人一个爱弄明白的印象，你就是没想弄明白，他人也不会信。因为你就是个“爱弄明白的人”，你说你没想，谁信？不被信任，其中的滋味，真的是难以用语言来解释的。越描越黑，越解释越说不清楚。不解释就是默认。当然，不是我这样想，而在我被这样想。

想起了庄子，想起了杨修，想起了曾经的一句至理名言：一切都是我的错。想起了庄子的《齐物论》：齐物之灵魂，看起来千差万别的世间万物，其本真还是一个理，争什么？论什么哟？

寄　语

近期，也不知因为什么，来企业采访的媒体有点儿多，而且每次都有个话题：您想对年轻人说些什么？

这个话题，还真没想过。采访时也就应景一说，说了什么，我都忘了。

问的人多了，在我的心里也就有了记忆。正好这些天，一个人在家，没有干扰，有时间看看书。《论语》上有这样几句话："人不知而不愠，不亦君子乎？""学而不思则罔，思而不学则殆。"我为自己脸红。既然人家很认真地希望我对年轻人说几句，而我信口应付，不过心，更不过脑，有失为人之底线，更不是我的风格。

错了，就要改。"闻过则喜"，是孔子亦友的学生子路的品格。"未之能行，唯恐有闻。"作为子路的第七十二代后裔，也应有此担当与勇气。在通读《论语》原著与《活法》（稻盛和夫）两本书之时，结合自己的切身体会，对年轻人说几句肺腑之言。

是不是有用，不重要。这就像人吃饭一样，从营养学的角度来说，人需要的很少，而吃得很多。因为吃的过程是幸福的，吃的时候是快乐的，而不是按照"需要""有用"来确定吃与不吃的。好吃，喜欢吃，那就够了。

现在的年轻人，"与我辈不同"是情理之中的事。无所谓好与坏、对与错、是与非，也无法分清辨别。"存在即是合理"，作为过来人应该说几句。就算路标吧，竖块牌子，去哪里，会有什么结果？去不去？怎么去？还是留给年轻人去选择吧。

前几天，在去参加始祖仲由二千五百六十周年诞辰活动的路上，我与仲彬教授谈起"社会到底是不是缺少信仰"的话题。我的观点是：不缺信仰，缺信任！上下的信任，左右前后的信任，今天明天的信任！当今的社会就是这样一个缺信任的社会。

我说的对不对，我还有必要去考虑吗？随心吧！尽心吧！我说我快乐！我说我幸福。

“中人以上，可以语上也；中人以下，不可语上也。”一切皆随缘。

“人为什么活着？”不同的人有不同的解答。人的不同时期，也会有不同的解答，皆是情理之中的事。40年前，写血书，申请支边，那时候是“为共产主义奋斗终身”；而40年后的今天，当我离开这个社会，即将去找父母亲的时候，能自豪地对父母亲说“我没有愧对你们的希望”。这就是20岁的我与60岁的我的不同回答。不同吗？一样吗？就看你怎么看了，有不同，更有一样。不同的语言表达用词，一样的是“正能量”，是“活出价值”，是无愧于“父母亲给予我们的生命”。

人的一生，其实就是在追求灵魂的升华，或堕落或麻木，追求心性的纯真，或虚伪或虚浮。升华就有正反双面之可能。“性相近，习相远”，走着走着，人与人之间的差异就来了。有人在苦难中涅槃重生，有人在苦难中消沉死亡，都是正常，否则就不是社会了。

我这样说，是希望年轻人能正确看待社会现象，不能因为某些人“物质是富裕的，精神却很空虚；衣食是丰足的，礼仪却很欠缺；行动是自由的，感觉却很闭塞”的言行影响了自己的心智，从而忘了“我是为了不愧对父母而活着”的初衷。

人人都想活出个样子来，这是可以理解的。关键是我们拥有什么，通过努力可以拥有什么。在《活法》中，稻盛和夫认为“想”就成，“心想事成”。我有不同的观点。我主张“要切合实际”。先了解自己拥有什么，经过努力还能拥有什么，拼命努力还可以拥有什么，这很重要。打狗要有打狗棒。这个“棒”是买？到哪儿买？我的钱够不够？不够去哪儿借？能不能借到？是租？有没有合适的？在哪儿？租金多少？是租划算？还是买划算？只有想明白了这些问题，再下决定才比较靠谱。

“千里之行始于足下。”路是一步一步走的，饭是一口一口吃的，不能寄希望于“一锹挖个井”。

前几天有人问我：“是自己当老板创业好呢，还是打工好？”我反问道：“你管得住自己吗？比如早睡早起，比如心平气和与人交流，比如不暴饮暴食。如不能，就先打工磨炼心性，积累经验，等可以管住自己时再创业。”

人与人不同，他能创业不等于你能，因为他是他，你是你。当然，同样也可以这样说，他不能创业，不等于你也不能创业，关键是有没有创业的动机，即思想准备，有没有创业需要的资源，这资源可以是自己拥有的，也可以是众筹。总之，努力之后可以使用的都是自己的资源。

有人喜欢置之死地而后生，或者说破釜沉舟，即不计后果，只在乎眼前决策。这一点，我不认同。任何一个决策，都有两种可能：好的与坏的，成功的与失败的，如愿的与意外的。我的投资决策原则是："投资失败了，不影响现有企业的运行，不影响到家庭生活质量。否则，坚决不投资。"这一点，在当下社会尤为重要。老的盈利模式、老的行业、老的客户正在被新的盈利模式、新的行业、新客户所取代。新，即是变化，面对变化不能一厢情愿，想当然。也不能"领导说的都是不可靠的，是错误的"。

今天上午，刘总问我："需要投 70 万元，投不投？"我说："你认为呢？"刘说："怕客户不一定真的把订单给我，怕有质量问题，万一失败了就完了。"我又说："订单的可靠性，你应该有办法确定，如果说连质量都没有信心，那就不要投资。还有，失败了，会影响到你企业的运行吗？如不影响，就投。"这就是我的回答。

回顾走过的几十年，投资有成功，也有失败。正因为遵循了这样的理念，企业才能一直向前发展。既没有害怕投资风险不投资而停滞不前，也没有因为投资失败而影响到企业的正常经营。

日本的松下幸之助有个"水库式经营"理念我很认同。特别是在当下的大环境，更应注重这一点。企业不行了，不全是因为产品不行，人不行，经营不行，而是现金流出了问题。现金即是水库的水，水没了，还有水库存在的必要性吗？降杠杆，降风险，站在国家层面是对的，在企业层面，则不一样了。可银行"帮富不救穷"的盈利本性决定了银行的处世原则，特别是民营企业、小微企业更需要有"水库式经营"的理念，否则，真的离死不远了。更何况刚开始创业办企业更应有"水库式经营"理念。

想想今年企业经历的事情，好在提前有了思想准备，否则将陷于万劫不复之境。在中国，企业的发展离不开政府的扶持，有了政府的扶持，企业可快速发展，但国家的政策是随时有可能变化的，如果企业完全依赖于国家的扶持，那么企业的风险也就难以控制了。也就是说，有了政策扶持，可以发展更好，如果没政策扶持，企业不光能生存，而且还要能发展，这样的投资，这样的经营理念，才是可行的。企业正在准备上马的“生物质天然气”项目，我就是这样要求项目组做好调研论证的，风光的教训太深刻了。

说了创业，再说打工。有个公式：业绩=思维方式×工作热情×工作能力。公式好理解，能在日常工作中记住的又有多少人。

业绩，相当于价值。或者说：岗位、荣誉。价值，相当于“工资+奖金”。总之，是自己想要得到的东西，需要的东西。

思维方式，相当于理念、心态、思想、观点、哲学，要么是“我还能做什么”或者是“我还可以做什么”的正能量思维模式，要么是“全是困难我怎么办”或者“你让我怎么办”的消极思维模式。

工作热情有“要我做”还是“我要做”的区别。工作的动力源于心。心里想工作，动力就来了，也就有热情了。心里不想干工作，混着应付，哪里还有热情工作啊。其实，当下这个社会，本就是个浮躁难安的社会，就像个火药筒，一点儿火星就有可能引起燃爆，要是不从心底解决问题，想把工作做好是不可能的。

就我自己来说，有人说我勤奋，可我并不这样认为。生活本就如此，不看书，不写文章，不处理企业事务，我干吗去？睡觉浑身疼，打牌我身边还真找不到凑一桌的人，一个人也不好打啊！反过来说，要是我不喜欢看书写作，而有人强迫我这样，我也许会很痛苦，而现在则很开心，很幸福啊！

工作能力相当于“学历+阅历”。其实，说“相当于”，还不如说是“相似于”。虽说中国的文字代表的意思丰富多彩，但用在特定地方还是有差异的，而我往往词不达意，只好用“相当于”了。

近期，企业有个年轻人想离职去上海工作，说出的理由是“这里‘太安逸’，有些‘懒惰’，想换个环境工作”。应该说这个员工还是好员工，知道了自己存在的问题，但应对的方法有待商榷。企业需要人才，特别是能干的适应企业需要的中高层人才。如觉得“安逸”，说明工作能力还有富余，可以承担更重要的工作；觉得“懒惰”，说明有自知之明。而这一点在年轻人身上可是稀缺的品德。也正是出于对年轻人的爱护，对人才的渴求，我亲自做了说服工作，希望他能留下来，同时发动亲友关系帮我劝说过，只是不知结果如何。

唠唠叨叨说了啥？也就这样几句话：

想明白为什么活着；要对得起父母，对得起自己的一生；做个人不易，不要浪费！

想当老板可以的，但要知己知彼，准确决策，有能力承担决策的后果。不要因为决策失误影响到父母的生活、家人的生活。

打工一样可以优秀。牢记初心，发心工作，不虚度时光，用业绩证明自己的能力。

最后把《论语》中的一段话送给年轻人：“不知命，无以为君子也；不知礼，无以立也；不知言，无以知人也。”

我说了这么多，就是想脱光了洗个日光浴，在阳光下任世人评说，是自我的亮相，不一定只是寄语年轻人的。

食其食者不避其难

——仲大军《子路传》序

不知道他人看到这个题目会想起什么？我心里产生的是“太需要了！太好了”的感叹！回望历史，真正做到“食其食者不避其难”的人能有几个？前些年社会上流行一句口头语：“低头吃肉，抬头骂娘。”这是国人“不患寡而患不均，不患贫而患不安”的典型心理写照。对有些人而言——“我，行不行无所谓，你有问题是真的”。事实上，人无完人，“你确实有问题”这个命题是成立的。当然这个问题也许只是他认为的问题，至少是你授予了他说你“有问题”的可能或借口。想到这些，我有点为仲大军先生担心。

我更希望这种担心是多余的。

《子路传》是仲大军先生的呕心沥血之作，好多章节是在我辈正“黄粱”之时写成的。当我早上醒来的时候，看到凌晨两点多仲大军先生发给我的文章，不由得想起了“起早的遇上了带晚的”这句俗语。他的辛苦少有人看到，但他写的《子路传》将会有很多的人阅读评议。时隔两千五百多年，再加上经历过无数次的灾难与战争，关于子路，流传下来的资料本就不多。再往深里探究，这有限的资料又有多少真实性可言？此中不乏相互矛盾、相互诋毁的文字，而难以考据之处也举不胜举。写人物传记最忌讳凭空捏造，这些资料依然是他必须依靠的基石之一。《子路传》中当然会有诸多引用，会有他独特的解读，也会有适当的联想与伸展。

在我看来，后人见到的历史，就像油画家的底色板，很难分清真正的色彩，又像农家的抹桌布，酸甜苦辣尽裹其中。如果后人为了写传，非要去分清七色五味，去逐一辨识当时不同的表情呈现，就难免“人云亦云”，更难免以“我想的”“我认为的”角度去为历史人物写传。像子路这样的千古贤人，要写得独树一帜自然是难上加难。而仲大军先生“明知山有虎，偏向虎山行”，敢于挑战，勇于突破，是我学习的榜样。

仲大军先生，之前早有耳闻，但因跨界太远，又因我个性不善言谈，时间也未曾允许，直到2016年4月才有了面缘。当时仲研会在海安召开讨论修谱与修志的研讨会，我执意邀请仲大军先生夫妇参加。会议时间是短暂的，他给我留下的印象却是相当深刻的。在会上，仲大军的发言引发了某些与会人员不和谐的声音。既然是研讨会，有不同声音，持迥异观念，是应该的、正常的、可喜的事情。但若将理性的学术讨论情绪化，且迁移到日常的人际交往中，就有点欠妥了。这也是我担心《子路传》面世后会引起争议的原因。

于我而言，身为子路后裔，有人写《子路传》宣扬始祖美德，就应尽所能支持。就像李汉玉先生出版《子路评传》，仲彬教授出版《子路的道德情操与中华传统美德》一样，买些书赠送给族人、朋友、同事，也是举手之劳。同时，也巧妙地回答了一个哲学难题：“我从哪里来？”老纠结于从哪里来，钻在哲学里出不来的话，人就活得太累了。

仲大军先生在《子路传》的创作中，选择了“介于学术论文与文学创作之间，既要忠于事实，又要生动有趣”的路径，我认为是个不错的选择。纯学术论文，枯燥艰深，往往缺乏可读性；纯文学创作，又难免会离史实太远。不论是无限拔高夸大，还是将其戏剧化庸俗化，都是对始祖子路的不敬。“在叙述中直接写出史料引用的出处，有时用文学的笔触加上一些合理的想象与场景描写”，这样既可以尽可能地忠于历史，又大大增加了可读性、亲近感和真实度。但愿有更多的人读了本书后有这样的感受。

仲大军先生在《子路传》中肯定子路不仅是实干家，而且爱憎分明、疾恶如仇、有勇有谋、善于斗争，这给儒家文化带来了阳刚之气，弥补了孔子及其他孔门诸子“阴柔有余而阳刚不足”的遗憾。仲大军先生在行文中始终秉持对其他孔门诸子客观评价的原则，并无贬低，这是非常可贵的。

关于孔子与子路的关系定位问题，我曾听过许多族人为始祖子路抱不平，觉得始祖被人为地降低了在儒学发展过程中的作用，人为夹杂了诸多的情感因素。我很理解族人说这些话的出发点。又因为强大的思维惯性，我自身也随之产生了“为什么会这样？是真的被降低了作用？还是本就如此？事实是什么”等一连串疑问，但总未能进行深入分析。

借这次为《子路传》写序，我挤时间把《史记》卷六十七认真拜读了几遍。

有几句话给我留下了很深的印象：“自吾得由，恶言不闻于耳。”“嗟乎，由死矣。”前一句，是孔子切身体会到的子路在儒学发展中的作用。子路是孔子的大将军和保护神，自从有了子路，孔子的安全便有了保障。第二句是孔子对子路人品的评价，中肯诚挚。至于始祖的自语“食其食者不避其难”，最是令我心动。短短八个字，包含了义气、忠诚和担当。送给员工，送给教师，送给医生，送给公务员，送给各条战线的从业者，真是太有必要了。

从“食其食者不避其难”中，我读到了始祖何等强烈的责任心，而这正是当下世人所缺少的。身为企业人，我很有感触：如果多些像始祖一样“食其食者不避其难”的人，这个社会将会和谐很多。中国梦、民族梦、企业梦、员工梦、老师梦、学子梦，医生梦、病人梦……每个人将会离梦想更近。这也许是始祖为今人留下的最宝贵的精神遗产。

借此机缘，我还认真拜读了《论语》。《四库全书》自买回来后还没好好翻过，这次总算有了机会。我前后共花了四个晚上的时间，将《论语》看了三遍，特别是将与始祖有关的地方标注起来，然后再读。《论语》中的始祖形象逐渐明晰起来：“子行三军，则谁与？”“若由也，不得其死然。”始祖品德：“愿车马衣轻裘与朋友共，敝之而无憾。”始祖能力：“由也，千乘之国，可使治其赋也，不知其仁也。”读之引以为傲，思之则又汗颜，我辈自愧不如始祖多矣。

在此，感谢仲大军先生给予我的外力推动，让我拨开俗务，沉下心来领悟了始祖的美德与精神。这份滋养，自当久远。

书到用时方恨少

第一次觉得书读少了，是在与丁局闲聊时。

当丁局聊起梁实秋的《骆驼》时，我卡壳了，无言以对，只能老实说“没看过”。真是“书到用时方恨少”啊。

后来上网查阅，拟人化，暗喻，借骆驼抒发念乡、思乡之情，感叹人生之难，难言之苦。“骆驼为什么落到这悲惨的地步呢？难道‘沙漠之舟’的雄姿不过如此吗？”其实梁老是在自问自答：待错了地方！

“尤其是在如今这个世界，大家最喜欢豢养的是善伺人意的哈巴狗，像骆驼这样的‘任重而道远’的家伙，恐怕只好由它一声不响地从这个世界舞台上退下去罢！”何止是作者写作的那个年代如此，今天的社会，不也是如此吗？

再次被书刺激是读《感知风骚时代》中的《“风骚”考述》，真的是长知识了。

“风骚”一词并不陌生，常听人说起，也常在心中闪现，但真的了解“风骚”这个词吗？来源于哪里？什么时间有的？本义是什么？

读了《“风骚”考述》之后，我知道了许多关于“风骚”的信息。

“风”是指“国风”，是以北方诗歌为主体的《诗经》。

“骚”则是以南方《楚辞》为代表的诗集合称。

将“风”与“骚”合为一体使用，最早出现在《宋书·谢灵运传记》：“莫不同祖《风》《骚》。”

“风骚”一词作为固定词语，其引申意义在历史的长河中被人们不断增加，内涵越来越丰富，外延越来越宽广，甚至有截然不同的正反两极词义。更可悲的是把词的本义丢了，只记住了引申的词义。通过阅读，我明白了“风骚”一词的更多含义。

一是指文体。多出现在唐宋元明清诗人的诗文中。唐代贾岛《喜李馀自蜀至》中的“往来自此过，词体近风骚”，宋代苏舜钦《奉酬公素学士见招之作》中的“留连日日奉杯宴，殊无闲隙吟风骚”，清代姚莹《论诗绝句》中的“辛苦十年摹汉魏，不知何故远风骚”都为此用法。

二是形容词。多形容才情。毛泽东《沁园春·雪》中的“唐宗宋祖，稍逊风骚”的感叹，是我唯一记得的形容词，而且是正面的。可叹，书读少了。

三是比喻词。用来形象说明人的地位：“江山代有才人出，各领风骚数百年。”屈原、李白、杜甫、祝允明、袁枚、毛泽东，就是那个时代的风骚之人。

四是指男女风流放荡。如“体格风骚”“性格风骚”。《“风骚”考述》中说：“有七分之五的色彩是正色，是暖色调，只有极少数情况下才被移植到对一些人的品性描写上。虽然是灰色调的，但也时常有诙谐的成分。”

此说彻底颠覆了我对“风骚”一词的理解。要是再有人说我“风骚”，我会喜形于色，而不会动怒了。

人生苦短，时间宝贵。对我来说，可以用来读书的时间真的不多，如果多统筹、谋划，合理划分、科学摆布，也许还能多挤点儿时间出来。

书到用时方恨少，还是多读点书吧。省得到时候着急，冒汗、心虚。读原著、读经典、读序、读目录，都是读书的好方法。

巧借书的眼，滋养我人生。

那年，我20岁

1979年2月17日，对很多人而言，只是个平凡的日子。而对参加过那场战争、被清晨隆隆的炮声洗礼过的人来说，却是终生难忘的日子。也正是缘于这个特殊的日子，我才有了“全国模范退役军人”的荣誉。参过战，又是残疾军人，这样特殊的身份，是我被评上荣誉称号的因素之一。

忆起曾经的部队生活，连长崔家显，指导员吴九保，三排长许炳轩，四排长翟皓忠以及副连长王扣林，他们为了我的成长，给予了父亲般的关爱，令我至今难忘。

指导员吴九保到宿舍检查卫生状况，看见了我的日记本，觉得我善于学习，又加上检查器材时，发现我摆放的救生衣特别整齐，认为我比较严谨，就建议调我到连部当通讯员。当然，这是后来闲聊时听来的。特别令我感动的是在我肝炎反复发作，准备评残时，他说：“部队你不要担心，政治处主任是我老乡，我帮你打招呼。医院那里买点东西送给病区主任，以情感人。”也正是在他的开导下，我才明白了“正事正办也要有人情味”的道理。

连长崔家显在我的心中更像是父亲，像父亲般一脸严肃，连队的战士们都怕他。而就是这样的连长，周日休息，他跟我说：“你去找老乡玩吧，衣服放在这里，我来帮你洗。”在我评残后，他跟我说：“你就不要回去了，在部队转个志愿兵。”

虽说我没有听话，留在部队转志愿兵，但连长的这份关爱之情，令我刻骨难忘。

最好玩的是副连长王扣林，他鼓励他夫人帮我在部队驻地找对象，把打石山卖车票的姑娘介绍给我。后来，崔家显连长、吴九保指导员都先后调走了，是王扣林当连长，四排长当指导员。在他们主持工作期间，我进院、出院、再进院、再出院，反反复复几乎把医院当成了部队。住院最长的一次十一个月，是从淮阴的八二医院转到徐州的九七医院那一次。

即使这样的情况，他们并没有抛弃我，放弃我，而是鼓励我，培养我，让我光荣地加入了中国共产党，圆了我小时的梦想。

当我站在领奖台上，双手接过奖状的时候，这些故事又一幕幕浮现在我的脑海。要是没有他们慈父般的关爱，真不知我还有没有勇气、毅力坚持下来呢?

也正是在他们的关爱、支持下，我顺利走完了五年的军旅生涯，磨炼了我肯吃苦、愿受累、乐付出、懂感恩的素养，为人生的发展打下了坚实的精神基础。

虽说四十年过去了，我既没有忘了给予我父亲般关爱的首长，也没有忘了一起度过生死考验的战友们。参战四十周年纪念会在寿县举行，本准备去的。后到蚌埠参观了老营房，拜访了连长崔家显，后因工作需要直接回来了，但这并没有影响我为战友们送上心意：复制中央慰问团送给我们的礼品之一——毛巾。

年初相约广西行，直到10月中旬才终于成行。真不知道要不是提前去句容拜访指导员吴九保与副连长王扣林，广西能不能成行还是个未知数。

我们一行十三人，重游当年的驻地，重叙战友情。人虽少，情更浓。重要的是了了大家的心愿。

指导员夫妇，副连长夫妇，四排长夫妇，司务长夫妇以及四排长的老乡夫妇(也是战友)，三排副是一个人，夫人因身体不好未能参加，再加我和兰芳。

从南宁出发第一站——那马，也是我们当年参加中越自卫反击战的第一个驻地。这个乡，也正是前几年李克强总理去参观的村，村里的面貌发生了很大的变化。原来的旧房子没有了，唯有当年用来训练的池塘还在，村头的大榕树还在，在大榕树下闲聊的年老村民们还在。

在与村民的闲聊中，说起当年的那场战争以及驻扎在村里的部队，彼此也就找到了共同的话题。

当年的房东问我：“那年你多大?”

我说：“那年我20岁。”

“时间真快，转眼间，当年的小伙子已经是白发老人了。”

“是啊！你们这里变化也挺大啊!”

“感谢李总理，是他带来的变化。”

纯朴的村民对给他们带来幸福生活的人，时刻不会忘记。

聊起当年，聊起当下，聊起未来，说不完的话，叙不完的情。

我想起当年钻猫耳洞、扛水泥、站岗以及战前训练的艰辛与危险，当然也有与下放知青石延峰浪漫的故事。他们听后，都觉得不可思议。三排副说：“我们老兵都不敢，你这个新兵胆真大。”我说：“是啊！初生牛犊不怕虎。”其实我也是思娘心切，只是想请她帮我寄封信回家，给父母亲报个平安，可没有想过谈恋爱，只是交往着就有点儿变味罢了。

离开那马后，我们去了崇左，到了崇左火车站，去了凭祥，到了友谊关。遥望了越南的边防哨所，登了古炮台，感受到了军事要地的含义：“一夫当关，万夫莫开。”

应该说，此行大家都开心。吃住行，都是最好的，是我们委托旅行社单独弄了一个团。没有外人，没有购物，没有团餐，时间也相对宽松。这样的模式，是今后旅游首选。

其实，我今年又何尝不是 20 岁？至少我有 20 岁的心态。不松懈，不偷懒，尽自己的努力把能做的事情做好，这不正是我当年的心态与作风吗？生理年纪我无法改变，但我的心理年纪是由我掌控的。可以把 62 岁当 26 岁过。“年轻态，健康体”，把能做的事情做好，让人生更自在、更充实、更有意义。

既然是“模范”，就要有一个模范的样。

“只争朝夕，不负韶华。”

“十八大”——企业人的期盼

“十八大”就要开了，有多少人在关注，我不知道。

作为党员，县党代会代表，企业的党支部书记，关注“十八大”是情理之中的事情。

我不知道他人关注什么，我关注的是路线与政策。路线决定着国家的走向，政策决定着企业的兴衰。

“中国特色社会主义”，是标签，还是完美的理论？说实话，我一直认为是标签。

一个偶然的机缘，看到了《十八大思想建设前瞻》，彻底改变了认识。“中国特色社会主义”不再是“摸着石头过河”，而是有着可以信服的解读：实践特色、理论特色、民族特色、时代特色。也就是说，变是永恒的，不变是相对的。

改革开放30多年来，取得了三大成果：道路，理论体系，制度。方向明确，理论支撑，制度保障，如此政策的连续性就有了可能。

改革开放30多年，物质财富增加了是事实，精神文明有没有同步跟上？政策的“红利”强撑了30多年的发展，未来的30年，国家靠什么发展？

在清华大学学习的时候，有个教授说：金融改革与土地改革将是我国下一轮经济的发展动力。

当时听了，喜忧参半。后来想想，不如此，又能如何？无论是国富民强，还是民富国强，让人民过上好日子是执政者首先需要关注的事情！否则，人民不答应，执政者的日子也不会好过！

有很多人认为，企业的老板是“只认钱不认情的家伙，更不关心政治”。其实，企业的老板只是站在自己认可的角度关心政治，是用自己喜欢的形式为社会创造财富、积累财富。

“十八大”即将确定的路线与政策，将影响到企业的发展、国家的发展、世界的发展。

“十八大”，是党的大事，国家的大事，也是世界的大事，同样是企业人的大事。

20世纪90年代的股份制改革，正是顺应了改革开放的潮流，跟上了政策的节拍，激发了企业的发展动力，推动了企业的跳跃发展。

故此，期盼“十八大”，解读“十八大”，顺应“十八大”，将是未来核心的要务。

海迅能否乘坐“十八大”的大船，成就海迅的又一次飞跃，诚邀有志者与我一同起舞！

书到用时方知少

“贤人君子，明于盛衰之道，通乎成败之数，审乎治乱之势，达乎去就之理。”初读时似乎理解了，而且还写下了自己的感悟。但近日感悟，又有不同。因为“读万卷书，不如行万里路”。只有当你身临其境，才能真正领悟书中的智慧，从而懂得“抱道以待其时，若时至而行”“如其不遇，没身而已”。

上面这段话是《素书·原始》中的一段话，虽说企业的事情已够令我揪心的，但我还是习惯挤出点滴时间，把《〈素书〉与企业管理》的书稿推敲再推敲。这是我第一次写这样题材的文章，也是当了南通市作协副主席后第一次出版自己的书。再不敢抱着玩的心态，纯为快乐而出书，必须考虑到社会作用、历史作用。

推敲书稿的过程，亦是我提升理解高度的过程，也是化解我心结的过程。其实，治国与治企，异曲同工。企业也有“盛衰之道”“成败之数”“治乱之势”“去就之理”，也需要融会贯通，需要识得、懂得、忍得、容得。只有如此，才能做到“抱道以待其时”“若时至而行”或“如其不遇，没身而已”。

最近，因集团某企业的事情，耗费了太多精力。平心而论，这个企业的一把手是为企业做出了贡献的，不说呕心沥血，至少也是废寝忘食过。他曾说：“我夜里都睡不着。”我笑着说：“因为你睡不着，所以我才能安心睡着。”无论是企业业绩，还是他的工作表现，都令我满意，从而也就放松了管理，很少去干涉他的工作，对他平时一些小的不合集团规定、为企业小团体着想的做法，也就默许了。正因如此他也就忘了我才是企业的大股东，才是真正的决策人，而他只是个政策的执行者，而不是政策的制定者。我的放手管理诱导了他利令智昏，个人私心与小团体利益膨胀，直到违背了职业操守，突破了风险控制底线，牟取私利，牟取小团体利益，损害企业利益，才令我警觉。侵占企业利益，特别是企业一把手侵占企业利益，是我的逆鳞，是集团任何人不可触碰的底线！

我安排集团监审部专项审计，摸清情况，同时，也借机反思自己。在某种程度上，问题出在他身上，根子在我这里。如果我也能像对待其他公司一把手一样；如果也能像对待其他企业一样严格执行制度与规定；如果我多花点时间，而不是像现在这样，一个月一次月度会，连个办公室也没有，也许这一切就不会发生。

最担心的不是他一个人，而是一个团队。如果因为他一个人而影响到企业运行，是我不想看到的。可现在，发生了这样严重的问题，甚至是犯罪，我还能像以前一样信任他，纵容他吗？我做不到。

我找好友请教，向同行请教，委托集团法务向专业人士请教，我该怎么办？

好友的劝说熄灭了心中的怒火，让我冷静了下来。“我有错，更何况法律本就不健全，律法空间太大，要想打赢官司也不是容易的。”但我的战略核心追求是企业利益无损失，至少是少损失。

为此，就必须要保证企业平稳运行而不出风险。同时，又要做好应对最坏情况的准备。我为我应该做什么而犹豫不决。读到《素书·原始》的时候，我的心定下来了：原来我该怎么做，黄石公在两千多年前就写好了，也就有了我与他春节后的第六次谈话。

那天，星期五，我约他本周日上午十点到我办公室。他也没有回，也就不知道他会不会来。周日上午九点钟我到了办公室，还在担心。心里还在想，要是十点不来，我就打电话再约时间，而不是再用微信的形式约。

十点钟不到，他来了。我先给他泡上茶，然后，开始开诚布公、简洁有效地交流。我说：“我们今天谈三点：一是你对企业的贡献，我无法否定，是客观存在的，同样，我对你的信任也是明摆着的；二是我关注的重点有两点，企业无损失、员工无人生污点；三是无论结果如何，我们都要好聚好散，不要以恶相向。”有了这三点，他也心里踏实了。接下来的话，也就好说了。接着，我谈了我对企业当前及未来的一些想法及要求：一是大原则以收为主，不再发展新业务；二是以投为主，投贷联动，确保化解风险；三是裁减人员，合并机构；四是制定重点风险客户减持方案，确保到年底有明显成效，减持50%。这四点他也同意了。

同时，我知道了他准备提前解除劳动合同的意愿。双方共同寻找合适的人选，待找到合适的人后，同意他提前解除合同。当然，还有两个重大风险业务化解必须实现。说实话，我也理解他。已经干了八年，职业疲劳也很正常，更何况又有一个可以解决他心病的途径，他也需要好好争取一下。

一场已经雷动雨响的暴风雨就这样被化解于无形。虽说表象如此，但我并没有因为眼前的一时风平浪静而掉以轻心，而是抓紧筹集资金以应对有可能出现的最坏情况。有备才能无患！把能收回的对外投资抓紧收回来，把可以卖掉的资产卖一部分，确保5000万元应急资金，以备不时之需。

找人，哪有那么容易哟！我合适的人，人家不一定愿意，人家愿意的，我未必能认可。主要是太突然了。前五次谈话，我还是希望他认识到事情的严重性，及时认真地自我纠正，而且准备与他再定10年合同，前五年他当家，后五年他当导师，辅助仲马顺利接班，可现在临时去哪里找人哟！唉！

慢慢地心里有了个大胆想法，让仲马提前接班，前提是胡与樊能各自独当一面，且愿意配合仲马。五年实现企业转型，真正改变以贷为主为以投为主。心里想有什么用，还需要时间，还需要机会，还需要交流。听听他与他们的意见。当然，他能从中协助，至少不阻挠，成功的可能性还是有的，关键是仲马要尽快成熟起来，像个企业的一把手。

“如其不遇，没身而已。”火候不到，操之过急，适得其反。找人如此，企业摸底，更是如此。虽说出现这样的事情，进行全面的摸底，也是情理之中的事情，但我还是顾及到不要过急，以免伤害他的面子，也就只能借机摸一下底。

当他在董事会上把历年分红都放在会上讨论的时候，我知道他是提醒我他有贡献、有成绩，我也就顺便提议，进行一次企业成立以来的全面摸底。有多少资产？是什么构成？按金融业风险评估规则还有多少风险？他同意了。我也就省去了一块心病。要是一开始我这样做，会被误认为是早就“巴不得”。

其实，企业也到了转型的时候，而且是非转不可的时候。前几年说转型还有缓冲期，现在转型已刻不容缓了。不出这件事，我还没有勇气换人，现在箭在弦上不得不发，让我有理由换人了。从这一点上来看，我还应该谢谢他。如果这次企业能平稳过渡转型，那成本还是可接受的。

而我更要从中吸取教训。当企业大环境改变后，企业如果不能随之改变，将是非常危险的，过了这个村就没有这个店了，特别是政策性的企业更是如此。

更核心的是当发现委托的企业一把手不能带着企业依照企业战略实现转型时，就要有挥泪斩马谡的智慧与决定，否则，就会耽误战机，失去机遇。

“怨在不舍小过，患在不预定谋”，当我心里有了主张，就一步一步地往前，只要不发生重大偏差，也就无须纠结了。

结果如何？也许明年这个时候，或者说三年后的这个时候，我才有答案。现在的一切，还是未知数。我只能是“设变致权”地解惑。

牛之牛者

牛年，我想起了属牛的母亲大人。十年了，您还好吗？

父亲仙逝后，在去年还入过梦，而您一次也没有。把我忘了？是我不孝未能感动您？

“牛年，牛气冲天。”我不知道哪来的勇气，说出这样的话。社会上是曾有说法：年景随属相走，牛年年景应好。可社会现实让我有种说法错了的感觉。疫情卷土重来，而就是前景再好，似乎不可防，更不可控，又不易断粮，会有很严重的后遗症。就这样，就也不敢言“牛气冲天”，而且大有“华佗无奈小虫何”的感叹。

前几天的冰冻，油菜冻死了，麦苗冻死了，橘子树冻死了，这都是已经能看到的损失。还有什么冻死了，或冻伤了？我不知道，牛年的农作物收成应该会有很大的影响。“饿死人”，也许不会。但粮价、菜价波动，农作物收成少，生活水平下降也许在所难免。牛气从何而来？

现在，阳历年是牛年了，而农历年还在鼠年呢。疫情已让人们好生为难。不放假，不合常规，更不合情理。放假又怕春节后，无法按时上班，企业运行将会受到影响。牛气又从何而来？

昨天接到客户电话，要求企业必须在下周派人去天津，就供货事情进行面谈，否则停止供货。怎么办？不去订单停了，企业还怎么生存？去吧，来去都需要隔离，而且从江苏到天津，到廊坊，会遇到什么，会发生什么，更是一个未知数。没有办法，只好安排开车去。当天去当天回。有什么办法？要说牛气也许这样的人才是最牛气的。至少是“牛者”，敢于向疫情挑战。当然啦，是科学防护下的挑战。

牛年，企业将面临三十多年未有之变局。新厂区基建、新产品开发、码头建设、康养小区开工。特别是海迅智造的投产、运行，将是未有之考题。“五年上市”，何其难啊！海迅智造要有真材实料，要有特殊性，就必须用新的理念、新的思路、新的团队来运行。产品要升级、管理要升级、设备要升级，这一切都来源于团队升级。

人是决定性因素。为了解决这些问题，说费尽心思，有点言过其实，但至少想了很多的办法。先是内部发现培养，再是外面挖人。真正适用的人才是可遇不可求的。我再着急也没有用。我能做的也就只能是让管理部打破常规去挖掘人才。

今天应聘人员面试的情况，问我怎么样，没有特别的，可以信任的感觉。一是工作以来换的企业太多，缺少与企业共命运、共发展的精神。二是离婚了。我觉得连一个家庭都不能经营好的人，还能把企业管好吗？没有明显可信的，却有两点明显的问题。

还有一个因疫情没能来面试的应试者，我亲自打电话过去了，倾听他说话，也算是面试了。之所以给没有见过面的应试者打电话，也缘于两点：从简历上得知：一是他工作十五年，没有换过企业。二是除他自己外，他还可以带几名技术人员过来，这一点尤其重要。企业急需技术人员，而又难以在短期内找到合适的技术人员。如果说能有一个小团队来，那就解决大问题了。当然啦，这是我一厢情愿。

用人是“先求有”还是“宁缺毋滥”？我真的是有些无法确定了。我历来都是：先求有。现在说“宁缺毋滥”，心里有点没底。特别是在“五年上市”的前提下，一点时间也浪费不起，试验不起。当然，更等不起。

好在两个女儿逐步进入了状态，帮我分担了一些。否则，我会更愁。

和信的团队已逐步走上正轨，从上任总经理离职风波的阴影中走了出来。且严格贯彻我“以投为主，投贷连动”的战略。虽说投资有风险，难道信贷就没有风险了吗？投资投的是成长好的企业，而信贷则是银行贷不到款的企业，更重要的是团队的思想意识、精神状态、工作氛围都有了很大的改变，把企业利益放在首位，确保企业利益最大化，成为团队的共识。

海迅智造蓄势待发，“五年上市”，任务艰巨，困难重重。当然啦，也有利好。用5G理念来经营企业、生产产品、销售产品，把物联网落实在企业的各个环节工序中，有原华为南京研究所朱所长的加盟，我的信心爆棚了。如果再有技术团队加盟就更有把握了。虽说目前不是订单问题，但改变营销手段与方法，也是我亟需解决的问题。只有把企业建成平台，让客户、供应商、成员在一个平台上找到自己需要的、关心的、在乎的，才是企业发展的方向。

将这两块分别交给两个女儿，多少让我放心些。虽说她们还不是真正合格的总经理，但我坚信经过三年到五年的打磨，她们会成长为合格的甚至优秀的总经理的。也许我现在这样说有点早，但不这样想、不这样说，我还能说两个女儿不行？只有她们优秀、合格，企业才有未来，海迅也才有希望。

要说牛，也许只有大胆用人的人，只有勇于创新、敢于否定的人。

牛年，牛一把。我也想，也正在努力。历史给了机会，能不能抓住并发挥好？明年就会见分晓了。

突然想起，牛年，六十三岁了。我还这样似虎如狼地工作，又是为何？真的以为是我牛，“老骥伏枥，志在千里”。

平心而论，我并不认为我有什么特别的，七情六欲，生老病死，六道轮回，情理之中。其实。我已不是原来的我，而是另一种状态的我。虽说事情多，但还未到应接不暇的时候，可以说是驾心应手。我该做什么？什么样的事情该谁做？可以做哪些协调与退让？可以说是驾轻就熟，这也许是我得意的地方，不觉得疲劳的根本所在。

牛年，老黄牛当奋蹄。机会不易，机遇难求。当苍天眷顾的时候，我有什么理由不尽身心投入？机不可失，时不再来。努力过，不后悔。把过程，把握住，把能想到的做好，把能做好的做完美。

其实，我能做的也就剩下告诉团队，我们做什么，并找到做这些事的人。

至于怎么做，那是团队的事情，我就不要瞎操心了。

企业的数字化之路

“5G”“物联网”“智能制造”“工业机器人”“智能化工厂”“数字化商业模式”“人才与数字化组织能力”“技术与数字化运营体系”等，太多的新名称，已令我眼花缭乱、头昏眼花、不知所措。

形势逼人。社会已是这样，不适应只有被淘汰。未来的三十年也就是懂数字化、会数字化，且得心应手的企业人的天下了。而像我这样，已是“第二春”之年的人，也只有傻乎乎的看的份了。

这就是残酷的现实，怎么办？

时事弄人。处于大变革的时代，唯有主动去拥抱数字化，与数字化成为朋友，从自我开始，从团队着力，先解决团队的数字化。然后再从技术、运营诸方面实施数字化，最终成为时代的弄潮儿，而不是个遗弃儿。

说实话，配件也许没有这个必要。如果说配件制造业是“跟哥哥进城”，随整机企业的发展而发展。说难也不难，只要想方设法帮助少数的几个客户实现价值最优化，也就可以啦，也就没有了“数字化连接”“智能化交互”“自动化交易”，把采购、生产、技术、质量、销售服务整合在一个平台的价值需求。

而现在不一样了，企业已有了两个终端产品系列。无论是棉花机械系列，还是钢材加工设备系列，都需要面对千家万户，更需要面对世界各国市场。无论是信息传递还是最终决策，都不能再选用传统的模式。不但时间不允许，而且成本、质量、交期都不允许，唯有采用数字化平台，才能解决这个问题。

怎么数字化？原来我想象的太简单了。我以为只要找到一个优秀的操盘手，再加上舍得投入就可以了。而当我读了《数商》工业数字化转型之道之后，惊出了一身冷汗。

数字化，首先是企业一把手的数字化。不但要知道数字化，而且要懂得数字化，还要能够数字化，这个能够不是操作，而是要知道数字化转型之道应该怎么走、不应该怎样走。

“数字化转型铁三角”给予我很好的启示，“人才与数字化组织能力”“战略与数字化商业模式”“技术与数字化运营体系”彻底颠覆了我“以点带面，逐步完善的想法”。

数字化转型之道从决策准备实施数字化开始，到找到实施数字化的团队，再与团队探讨数字化战略，以及实施战略的路线，最终制定出企业数字化转型之路的技术路线图的运营模式与体系。既存先后之别，又有相互协作，是个系统工程。

企业的产品技术尚需完善。通过不断的攻坚克难，形成企业的独特技术，然后再把独特的技术转化为数字化的能力。打破技术与技术、技术与生产、技术与质量、技术与成本、技术与客户需求、技术与社会发展趋势之间的壁垒，找到一个适合的、合理的、合情的切入点，从而形成企业内部、企业与市场的双循环的数字化运营体系，形成企业的数字化的产品、技术、服务与盈利模式。

这样复杂的工作，靠企业现有的团队，真的是难为他们了。如果还是因循老路，因为对企业的民营性质与中小规模，以及企业所在地为农村的诸多因素，都制约了企业不能走老路。再加上当今社会态势，唯有变才能有机会成功。

到底怎么变，我也在探索中。“异地办公”“合作分享”“不求所有，只求可用”，都是已有的理念，但还未形成完整的思路，需要发力加快完善。

近期，准备在山东建工作室，以解决技术人员的短缺问题。以及与华为南京研究所朱先生的合作解决数字化的带头人问题。这只是个开头。还要加快加大改革力度来适应“海迅智造，五年上市”的战略目标。

企业数字化转型之路，将借助于新厂区的建设，以及组建的“海迅智造”的平台作契机。头已经开了，怎样才能实现战略目标，需要做的工作还很多。对我来说，做文化、定战略、找团队，看起来简单，实际上真要把这三件事做好，需要忘了过去、忘了现在，只想未来。未来已来，快想，快想，快想！

家文化还适应数字化的模式吗？人是活的，是在变的，今天的我，已不是昨天的我。否则，也就没有了数字化的可能。更何况，企业的员工变化更大、更多。“00后”员工也加入了企业，他们的三观代表着时代，代表着社会发展的趋势。那么企业文化也需要变，只有与时俱进，才能不被时代抛弃。否则，企业文化就会像“京剧”“昆剧”一样，虽说是个好东西，但只能被一小撮人认可了。

数字化商业模式下的家文化，更应强调个性化，更应强调舒适性、节能性、环保性，与时俱进的企业文化要拥抱个性化、舒适性、节能性、环保性，而不是拒绝，更不是排斥。例如手机，如何发挥手机的作用，而不是像防贼一样防手机。再如，自由职业的问题。存在就有其存在的合理性与必然性。既然存在了，就要想方设法拥抱自由职业者。充分发挥自由职业者的作用，处理好自由职业者与企业的关系。特别是销售工作与技术工作的自由职业者，既然是发展趋势，那么就勇敢地、大胆地、热情地拥抱自由职业者，让自由职业者在企业的平台上拥有自尊、自豪，收获价值与利益。

如何解决现在的商业模式与数字化重塑后的商业模式，有机转换是当前急需解决的、迫切的问题。无论是棉花机械，还是钢铁加工机械都存在这个问题。理想的状态是现有的团队主动转型，成为数字化转型的主力军。但实际上很难实现，所以只好在充分发挥调动现有人员的潜力与积极性的基础上，加大人才引进培养的力度，优先解决数字化转型的人才问题。打造以人才数字化组织的能力。

企业职能型组织到事业部组织的转化，企业平台型组织到生态型组织的转化，是历史的必然选择，而且是不断“优化升级”的组织转型过程。既然事实证明了现在的不行，那就大胆改，勇敢变，不改不变只有死，改了变了，至少还有一半的可能，胜利或成功。

划小核算单位，让更多的人一起挑担子，千斤重担众人挑，“众人拾柴火焰高”。抓住人才这个数字转型的根本问题，数字化转型才有希望，在这方面企业还有大量的工作要做，更重要的是要有胆量与毅力，不要怕变、怕改。担心没有必要，用心才是最好的。

用数字化重塑企业的商业模式是企业数字化转型的战略核心。没有客户满意，再好的战略也是虚的、无用的。而客户的满意是建立在企业是不是能给客户带去独特的价值需求。比如节能效益、智能效益、环保效益，是不是优于同行？只有企业的产品能给客户带去独特的价值，企业的产品才是有竞争力的，再加上有竞争力的商业模式与文化服务这样的数字化转型，企业数字化转型才有可能成功。

改变很难，所以很多人不愿意改变。就像温水煮青蛙一样，宁愿做温水中的青蛙，也不愿改变。要想不被市场淘汰，企业就必须要勇于、敢于、善于改变。集中团队力量，发展棉花机械与钢铁加工机械源于在情感与理智两个方面的因素。棉花机械特别是棉花打包机，生产、销售已有几十年历史了，员工有感情，市场也认可。但只做传统的打包机，而不上轧花线，企业难以做大，无法消化企业的固定费用，企业难以为继。面对如此情况，其实有两种选择：一是打包机跨行业使用，用扩大打包机的使用范围，来增加企业规模，这需要销售团队有作为；另一种选择就是上轧花线，做足打包机的延伸产品，这一样需要靠销售团队的能力与市场认可度去实现的。是不是正确决策，我现在有点犹豫了，但在没有作为决定改变前，还是会尽最大能力去推动这项工作。

发展钢铁加工机械，本是无奈之举，但现在反而觉得是最有前途的一个选择。当然目标是建立在销售团队与运营团队的共同努力、拼搏的基础上，接手钢铁加工机械本为减少损失、收回债权。随着各种事情的发生，我也改变了初心，不再准备放弃，特别是在当前的环境中，最能实现数字化转型的行业，也许是钢铁加工机械排第一，棉花产品机械排第二。最终会如何，年底或明年底应该会有个结论了。

以技术赋能产品做企业运营的起点。先有蛋还是先有鸡，争论这个已没有意义。产品先行是绝对的真理。而企业现有的产品并不能承担数字化转型的重任，无论是产品的性能、质量，还是产品智能化、节能化、环保化都不能满足需求。如果说企业的产品连自己都不满意，怎敢企求客户满意呢？

先集中精力，提升产品性能与品质，特别是外观品质，也就是常说的“品相要好”。该投入的要舍得投入，该改革的要大胆改变，没有非凡的改变，不可能有产品质的提升。人是一切的关键，为了技术提升，要尽可能地满足人员的要求，尽最大努力为技术人员、为销售人员提供支持与帮助。

企业数字化转型需要数字化人才，需要技术、质量、财务、人事人才，更需要管理人才，我知道用人所长，我更希望能用人所短。不拘一格用人才，是企业当前亟须要做的事情，加油！

企业数字化转型之路任重道远。虽说有徐工集团可以借鉴，但又不可以照搬，应着重于整合资源，优化组合，形成企业特色，是当前的必然首选。善于“草船借箭”，可解企业燃眉之急。

我已通知管理部买十本《数商》，派发给集团的高层一起阅读，更进一步了解数字化，培养更多数字化转型的同行人。也算是我当前假期好做的工作之一了。

年之记忆

年，这就过完啦？会不会也有人问这个问题？不知道，想也伤神，还是躲在这里自己跟自己聊聊感兴趣的话题算了。

年，也就这回事。把它当年，它就是年，可以过出年味来。年的酸甜苦辣咸，亦会随人的喜好味觉敏感度不同而不同，任何味道无所谓好坏。喜欢的就是好的。

看微信，成了生活必须选项，我不知道他人，只知道自己眼睛睁开看微信，一有空就看微信，临上床了，闭眼之前还要看一下微信，然后把手机调成飞行模式。

还别说，微信，让我了解了更多人的年都是怎么过的，又有哪些传统的过年法。只是不敢苟同。有些文章的说法大有“今天天气哈哈哈”的味道。

传统的年，在我记忆中，“起鱼”，是第一好玩的事情。生产队组织社员把养在河里的鱼，用拖网捞起来，分给各家各户过年吃，按各家人数多少决定分鱼多少，人少了可能是小鱼，也可能是几分之一的大鱼，没有硬性规定，视捞的鱼的大小来定。而我们这些小孩子们跟着在河边跑来跑去，瞎起哄，好开心。

“杀猪”，是第二件值得回味的事情。主要是把生产队集体养的猪，从中选几头壮一点的杀了，把猪肉分给社员回家过年。那时候，猪肉是要计划票的，按计划供应，而生产队杀猪是不受计划限制的，也就一人几两，大年三十煮碗红烧肉，先供祖宗，然后才可以吃。

“蒸馒头啦”，是第三件又累又脏又兴奋的事情。蒸馒头是年前家家户户都要做的事情。只是由于粮食紧张，有的人家几十斤面粉，有的人家一百多斤面粉。面粉少的就几家合起来蒸。

蒸馒头的关键是发酵。发酵不到位、过了，都不行。不到位，会蒸不透，馒头不饱满。还有一种说法，馒头不饱满意味着来年家景不好。过了，蒸的馒头会酸酸的，口感不好。

发酵好坏与酵母有关，这个酵母是去年蒸馒头时留下来的一块面，晾干后保存到今年腊月。进入腊月后，开始发酵，用水泡开，先放在碗里，再放在钵头里，再放在面盆里，逐步增加，直到蒸馒头的时候拿出来使用。

那年代，没有空调，没有电暖气，为了加快发酵的速度，白天放在朝南的墙脚下晒，晚上用棉被子包起来，或者放在灶后的草堆中。

大扫除，贴对联，基本上是小孩子所承包的事情。大年三十就忙这个了。好在那时候家里只有两间房，面积小。再加上也没有多少垃圾废弃物，只要能变点钱的废纸、废布、废铁，平时早就卖了用来补充学费的不足。简单清扫一下就可以了。

贴对联，还好，房子少，门也就少，大门、房门两副门，再加上米柜后的墙上，三副对联就好了。主要是喜线需要用凳子垫高才够到，可又没有牢固的凳子，不是四只脚不一样高，就是哪条腿松动了，担心会从凳子上摔下来。

最开心的是大年初一。可以吃饱，可以玩一天而不挨骂。这两点在我儿时就是最幸福的事情。

早饭有圆子、馒头、年糕、有鱼。午饭有米饭，而且是“光米饭”，没有“瓜菜代”掺和的米饭，有鱼，有肉。是大年三十中午吃剩下的。更准确点说，应该是父母亲没舍得吃，有意留给我们几个孩子吃的。

玩，不是“十一点”，就是“抛钱”或“摔钱垛”。那时候，我跟生产队的伙伴比，相对小几岁，再加上家里穷，也没有零钱去玩，偶尔有几角钱也舍不得，怕输了开学后没有钱交学费，所以一般是在边上看大家玩。一会儿跳，一会儿逃，跟着瞎起哄。

但也不可玩过了头，天黑了还没有回来吃夜饭，也是会被骂的。因为“初一晚上点灯，会招蚊子”。

记得吃过午饭后，父亲会在堂房地上，丢几个硬币，然后叫我用扫帚从门口往里扫，一边把钱扫起来，一边把敬祖宗烧的冥币灰扫起来。为什么从门口往里扫，说是“进财”。父亲忙着从外面的草堆上往家里扎几把柴草，从井里打一桶水倒在水缸里，也说是“进财”。

这就是我记忆中年的味道。而现在，“起鱼”没有了，“杀猪”也看不到了，“蒸馒头”“划糕”更不需要了，这些都已经商业化了，由专业的企业、专业的人在做这些事。只是大扫除、贴对联还需要做，而这些也被孩子承包了，我也就没有机会做了。

初一的玩，更没有了。“抛钱”的人都老了，现在的年轻人也不会，更重要的是“铜板”（民国时代的一种硬币）没有了，“十一点”也没有人会玩了。现在的年轻人：“那时代的玩法，过时了。”

如此说来，年过完了吗？似乎没有。记忆中的事情一件还没有做过呢！

可我又不得不面对现实，年真的过完了。明天就初五，财神菩萨生日，各家各户迎财神了。后天就要上班了。

新的一段旅程又要开启了。

现在过年，对我来说就是“一‘还’二‘谋’”。

年前，以还为主。平时事情多，顾眼前，顾有形，顾急需，也就难免欠了一些不是债的债。一年了，总要有个说法，否则人家以为“你忘了”，以为“不需要了”，以为你“不在乎了”，以为“你不知道”。总之，一年一结，人之常情。历来惯例，我就必须要随例而为。

对客户，对领导，对同事，对朋友，对我需要的，对需要我的，对给过帮助的、支持的、指点的、希望的，都要有个交代。这就是我年前的工作。虽说我有心如此，可还是难免会有遗漏忽视。对我来说，也许是万分之一，千分之一，而对人家来说就是百分之百。一个人被人百分之百“遗忘了”就需要提醒一下，也就是情理之中的事。

年前就发生过这样的事。一个朋友，以为我“不知道”他曾经为企业做过贡献，更“不知道”他现在还在为企业做贡献。其实是他误会了，信息不对称，信息不全面，再加上人员的变化，年龄的变化，也就难免了。当然，我能做的就是热情接待，诚心听取，耐心解释，毕竟这么多年的友谊，还是有信任基础的。结果是相谈甚欢，相视一笑，“拜个早年”。

年后的主题就是“谋”。“一年之计在于春”“一天之计在于晨”。

经营企业三十多年，初一上午到企业放礼炮，是我既用心也担心的一件事。“全响”还好，要是有不响的炮，心里会纠结一年。是不是初一的放炮响与不响，会影响到全年？平常年份也没有过分在意，有几次有不响记录的年份，还真的是出过几件不好的事情。看起来是放炮，实际上有“问事于天”之意，总是祈祷能“全响”。现在好了，已不是“双响”，而是几十响装在一起，也就轻松点了。

谋员工培训。春节后的企业培训周，企业价值观一直是我主讲的。今年怎么办？是我每年都要问的问题。有变：形式，内容。有不变：主题、主体、主观。出于企业已不是原来的企业：行业发生了很大的变化，商业模式也应有变化，更重要的是社会也发生了很大的变化，“双循环”的提法，影响着企业人的价值观。如果固守不变，只能会被抛弃。与其如此被抛弃，还不如大胆地变。出于此原因，今年的价值观培训：我听为主，由企业有识之士讲为主。充分听取大家的心声，让企业人优化企业价值观，跟随社会的变化而变化，与时俱进，提炼出为企业人所喜闻乐言的文化，并都能接受并遵守的价值观，才是企业所需要、所希望的结果。

谋今年大局以及未来五年之计。《企业数字化转型之路》初步揭示了我的主要思想观点及主要的工作思路。

厂区的变化，产品的变化，是偶然；而适应社会，适应市场，适应企业员工，则是必然。铁路工业园区被政府征收，才有新厂区的可能。新厂区再不能像过去一样因循守旧，拍脑袋决策，需要结合产品，结合社会发展趋势，结合装备能力，结合企业所能整合的资源，统筹兼顾，科学决策。

产品性能与质量的提升，商业模式的与时俱进，以及管理模式与手段的与时俱进，是重中之重的头等大事。

人是所有的关键，用“不择手段”招引人才也不为过。不求拥有，只求有用；不求统一，只求适用；不求武松，只求不像“武大郎”。

用好现有的人，充分挖掘潜力，让他们“有十分力，不使九分”才是眼前亟须解决的问题。

“海迅智造，五年上市”“海迅集团，百亿集团”“苏中钢材加工集约示范基地”三大目标，既鼓舞人心，也充满挑战性。无论是哪个目标，都是我原来连想也不敢想的事，而现在我必须纳入工作计划，并带领团队去冲刺这三大目标。

这就是企业人过年的记忆，若从这些方面来说，这个年我还真过完了。因为该还的还了，该谋的也谋了。

就等上班的号角吹响，带着队伍，向三大目标冲刺啦！

父亲　父亲　父亲

重要的事情说三遍，三声“父亲”，您能听见儿子的呼叫吗？

关于父亲节，于我来说，并没有当回事。但听多了，引起了我心中对父亲的记忆。酸酸的心情，满满的回忆，甜甜的味道，涩涩的感觉，交织在一起，构成我的父亲交响曲。

父亲一生清贫。年轻时，家中贫穷，子女多，农村人，爷爷奶奶又是老实人。父亲结婚后有了我们兄弟姐妹四个，又赶上了那样的时代，日夜劳动也难以衣食无忧。也真怪了，那个年代，就杂草都似乎很难长大。父亲让我们放学了去挑猪草、羊草。虽说玉米棉花长得不是很好，但就是没有杂草。而现在，真的见鬼了，像现在这个季节，二十天不除草，玉米黄豆都看不到了，全是一眼望不到头的杂草。

就在那样的年代，父亲从来没有因为贫穷而想起把我们送人。当时我大叔结婚生子晚，父亲已经有了我和弟弟。有人劝父亲，把我过继给大叔，而且大叔也喜欢我，经常把我带去大婶的娘家，那时候没有自行车，全是坐在肩上的。

父亲没有同意，“再穷，我也不送人，自己养”。就这样，父亲把我养大了。

等日子好过了，轮到我们子女当家了，父亲的身体又出了问题，年轻时劳苦落下的“支气管炎”，最终演变为“肺气肿、心衰竭”。按照十年前的医学条件、经济条件，父亲的病虽说难以治愈，但延长生命还是有可能的，可父亲习惯了自己的生活方式。“不想动”，呼吸困难，爱打牌。虽说父亲不吸烟了，可一起打牌的人吸烟，而且又是劣质烟多，“吸二手烟”对父亲的伤害还是挺严重的。

为这，我与兰芳吵过几次。她让我“管管”父亲，不让他打牌，让他多动动。而我主张以顺为孝，父亲爱干什么就干什么，兰芳说我“行坏”，而我并不认为是“行坏”。

今天，再想一想，我当时也许应劝劝父亲，父亲要是听我的，还可以多活几年。而我选择了顺从，不是劝导。不但没有留住父亲，而且夫妻吵架伤了感情。父亲已经去世十几年了，说起这些事情，兰芳还是很生气。“都是你行坏，不让他多活。”我只能一笑了之。我还能说什么呢？想起这些，心里就酸酸的，涩涩的。

父亲不但勤劳，还有远见。子女多，父母亲本就要辛苦，我妈妈又是从西场街头嫁到农村来的。当然，更主要的还是我妈妈的性格养成的，再加身材矮小，干体力活吃劲。父亲白天到生产队上工，完工回来后还要忙家务，猪子、羊子、鸡子都要照料好。虽说卖不了几个钱，可我们的学费，找生产队的口粮钱都靠这几只猪、羊、鸡了。只是劳动还好说，重要的还吃不饱。“三斤萝卜二两米，就不错了”，这样的饭能顶饿吗？即使如此，我听我妈妈说，在生我的那年春天父亲还是从“三斤萝卜二两米”中扣下了一坛子米，留给我妈生我的月子里吃。

如果说没有勤劳肯吃苦，“找口粮钱”会更多。也许会像有些人家一样，不让孩子上学，回生产队劳动“挣工分”。

特别是 1974 年，我初中毕业时，由于父亲母亲都是农民，摆在我面前的两条路：一是留级再读一年初二，等下一年；二是回生产队劳动，与父亲一起面朝黄土背朝天，在农村干一辈子。

我记得，父亲见我愁眉苦脸的，从生产队上工回到家也不开口，就跟我说：“你要是想留级就去吧，只要你努力，再苦再累我也供你上学。”听了这话，我立马高兴起来，我妈也说：“去上学吧，有文化才有出息。”而当时，我是长子，弟弟还有两个妹妹都在上学。供四个孩子上学，不但生产队没有先例，就今天想一想也是挺难的。但我的父亲还有母亲，并没有因为穷就不让我留级，而是坚信“有文化才有出息”。

要不是父亲母亲同意我留级，第二年才有机会上了高中，谈到这一点，真不知道，要是还像 1974 年一样靠推荐上高中，而不是凭考试成绩上高中，我会不会还是上不了高中？

要是我没有上高中，我还是现在的我吗？真的不敢去想这个问题。

想起这些，心里甜甜的滋味油然而生。

父亲的一生，虽说没有轰轰烈烈，更谈不上传奇，就这样平凡的一生，也令我难以忘怀。平凡的人似森林，而父亲是森林中那棵不平凡的树，是经历了太多的风风雨雨、历经磨难而正常生长的树。我想奶奶当年一定也会像现在的我一样：只要子女平平安安的就好。

1962 年，自然灾害，爷爷得了肺气肿，没能熬过去，我奶奶带着四个孩子，孤儿寡母的总算平安度过来了。

父亲去徐州煤矿工作后，因精减人员，父亲又回到了老家到生产队劳动。平安回来，没有把命丢在矿上，没有肢体残缺，真的是值得庆幸的事。

父亲，行过船，掉到河里好几次，都没有生命危险。

后来，我长大了。父亲又为我担心。

当兵二十八天，部队动员“支边”，也就是去中越边境参加自卫反击战。“儿行千里母担忧”，母亲把耳朵哭聋了，父亲虽然担心，但还要装不担心，并劝母亲不要担心。直到我从边境回到营房，给父亲写了封信报了平安，父母亲悬着的心才放了下来。

我生肝炎后，父亲母亲又开始为我操心，农村人，家里子女多，如果有肝炎就难找到媳妇。为此，父亲母亲左托右托，前请后请，总算是有人说媒了。

我请假回来后，也就把婚姻大事定下来了。说实话，与谁结婚，于我来说，已不重要，重要的是，能找到媳妇。我是父亲的长子，要是我的婚姻有问题，还有可能影响到兄弟的婚姻。总算菩萨有眼，让父亲了却了心愿，让我的婚姻有了着落。

缘于怕兰芳家嫌弃我生了肝炎，定亲的时候，我没有敢说。回到部队后，我还是在信中说了此事。婚姻不能靠欺骗获取，否则一辈子活在欺骗中，背着欺骗的心理压力，人生也难以幸福。

当然，这些父亲不知道，要是知道的话，他会骂死我的。我的婚姻解决了，他的一个心病了却了。父亲这样的心情，也就现在的我能理解，而当年我凭自己的豪气与盲目自信，向兰芳坦白了自己生肝炎的事实。

好在兰芳与我前世有缘，没有因为我生肝炎而嫌弃我，更没有因为我没有说实话欺骗她而埋怨我。也许正是因为这样的开头，深入的了解，相互的信任，彼此的包容，构成了我们人生几十年生活的基调。

父亲已仙逝十几年了，母亲在父亲离世后三年也相继追寻父亲去了。

要说遗憾，是没有能在父亲临终时见上一面。农村人有个说法：不是真正的子女，就不能在临终时见上一面。父亲临咽气的那一刻，我真的没能做到。我前天晚上回到农村家来，父亲的精神还很好，帮助父亲洗了澡，换了衣服，然后让保姆把夜饭送给了父亲吃，我才回县城的家，二女儿高考第二天，明天还有最后一天，没有办法。夜里怕吵醒二女儿，又把手机调成了静音，把座机也拔掉了。直到早上，才接到弟弟的电话，“父亲已经不行了，你快点回来吧”，我顾不上洗漱就回去了。

进院后，发现父亲已经从他睡的西厢房搬到了堂屋，放在门板上了。

我是长子，哭的时间也没有，赶紧料理后事，该通知的通知，该请的请，该买的买，好在寿材提前做了准备，再加上弟妹助力，大家理解，也就省了好多烦恼。

其实，我觉得也没有什么遗憾。父亲能善终，母亲也能善终，五福之善终，不是人人都可以拥有的，这对子女来说也是有福的事情。要说，活个百岁，什么都不缺，未必不好。可命运如此，我又能如何？

父亲终年七十三岁，比我爷爷大了十一岁。要是我也比父亲大十一岁，我还有二十年寿命。二十年，是个可以做很多事情的时间了。

父亲，母亲，你们放心。儿子一定会把你们的骄傲发扬光大，把人生价值尽显，把你们希望我做的事情做好。

秋日看云意正浓

秋日，喜欢久矣。

秋日的太阳，不被讨厌了。因为她没有夏日的浓烈，多了些许淡淡的凉，浅浅的红。

秋日的桂花，虽没有玫瑰芳香，但多了些许的优雅清淡。

秋日的巧云，不再似夏日轰轰烈烈，而多了些许灵动，似雄鹰，似骏马，似莲花。

近两年来，住在怡心园有了更多的机会欣赏秋天。秋风徐徐，心也随之平静多了。世间之纷争又有什么，遥看天边的云，真的好美。美得令人心醉。

天才蒙蒙亮，散步来到稻田边，我习惯了站在田边，遥看天边的秋日慢慢升起，随着太阳升起的巧云丰富多彩。也只有此季，才有欣赏的趣味。晨风吹拂，似少女之手抚面，不冷不热，恰到好处的温馨，也就有了秋日欣赏日出的快乐。

晨起的太阳，似乎还没有睡醒，红红的，天边的云也被映红了。在稻田对面的桂花树，似乎撑起了初升的太阳。消瘦的树枝，黑黑的，映在红红的太阳里，特有诗意。

随着太阳的升高，天边的云，会有万姿千态的变幻，眼花缭乱，浮想联翩，不一样的时间，会有不一样的感受。

淡淡的风，淡淡的云，虽没有红红的浓烈，可也让心有了淡淡的轻松。生活有什么，世事又有什么。闲看花开花落，“我有云心何羡鹤，身无俗骨不沾土”，悠然之情在心间升起。

云卷云舒，风疾风高，是云的深邃，以为要下雨了，可雨还是没有下下来。乌云背后，橘色的云又冒了出来。阳光明媚，风和日丽。以为不会下雨呢？阳光雨来了，也就是俗说的“太阳雨”。秋日的太阳雨，别有一番情趣，下的是雨，可又像是思念的泪。追忆之念在心间轻轻地升起。

而今年的云，似乎更通人性。不知道是我有了更多的机会去面对云，还是云也记住了常站在稻田边痴痴遥望着的我？

前一天早上，我以为不会看到太阳了。天边黑黑的，一片乌云压顶，白杨树孤零零地站在那，似乎也在等太阳出来。突然间，云缝里有了橘色的云钻了出来，先是一点，再是一块，然后变成了一团，慢慢地像只大雁展翅高飞。乌云退了，橘色的云慢慢地变白了，成了一朵朵的白云。映在蓝蓝的天空，像一朵彩棉花。

遗憾的是稻田边的桂花树，今年没有开花，不知是不是疫情导致的。没有了桂花的幽香，也就少了一大乐趣。

其实，这才是生活的秋日，有美好，亦有遗憾。

抚一片云，留住隙间的记忆。

轻手一挥，任云飞舞，留一片蓝天。

云有云的家，云有云的事，祝福是最好的挽留。

桂花会开的。不在今天，亦在明天，不在今年，亦在明年，去年是不是开过两次，把今年的花期提前到去年了？

秋日的云，不会因为我而改变，她有她的规则。

因秋天的云、秋天的花、秋天的风而喜欢秋天，更因秋天是个成熟的季节，是个孕育希望的季节。

成熟好，希望亦好，希望是动力的源泉。

愿秋日的花更艳，云更巧，风更柔。

跻和野居

跻和野居，我的家。

家，之所以为家，不只是有舒适的房子，优美的环境，更有老婆和孩子们。老婆是家的主人，没有老婆，房子再好，环境再美，那也不是家。故，有的人早就没有了家，却还陶醉在所谓的家中，而不知其悲哀啊！

我的家，从20世纪90年代的一幢两层平顶楼算起，至今已经快三十年了。当时两上两下，再加上半间作为楼梯间，虽说简单又不大，但可是壮志乡仅有的楼房，不知道多少人羡慕呢。那时候的建筑工资是两千五百元，建材是我自己另外买的，总费用大约在二万元。

到了2002年，第一次改造装修，用我自己的话说："给房子穿了件大衣，戴了顶帽子。"把平房进行了加固，由于第一次是泥灰砌的墙，又没有浇柱子横梁，屋顶也开始漏水，几乎成了危房。夜里担心，刮风下雨更担心，也就发心改造一下。由于第一次建房上梁时，碰上个好时辰，"文曲星上座"，改造的时候也就没有舍得破坏屋顶，只在楼顶上加个斜坡屋面，在屋的四周加固柱子与横梁，确保原来的砖墙不会塌，房子也不会再漏雨。

另外把厨房也改建了，不只是煮饭，还可以吃饭，多出了餐厅。把商店拆了改成客房，这样来个人也有地方住，反正商店也不开了。

为了尽可能实现正方形的院子，又与前面的邻居换了一块地方，不仅以地换地，还支付了五万元，借给他五万元，共计十万元。为厨房的南移与东扩准备了条件。

应该说2002年花一百二十万元改造的房子还是不错的，我当时也以为：一辈子不要再起房子了。就是现在看，除了没有卫生间，其他的都是实用、美观的。

可随着生活水平的提高，家里没有卫生间成了我最大的错误，也是我“不关心家人”的有力证据。

说实话，我不是不关心家，是舍不得为了住多花钱。企业还需要投入。更何况，财富需要积累，需要以钱生钱。如果要扩建，就不是一点投入。

现在，人也多了。女儿都结婚了，孙辈也有了。而且社会上的生活水平也提高了，再用以前的理念小打小闹已不适应。要高标准，就要花大钱，也就有点不舍得，也就一直拖着。每当兰芳说的时候，要么装听不见，不搭理，要么用其他能引起兰芳兴趣的话题转移她关于房子的话题。说着说着，也就习惯了。我也就不在乎了。

直到大前年，我才发心把家改造一下。从发心改造，开始办理相关手续，正式拿到批准手续开始施工，可谓一波三折，惊险不断。两年时间，说长不长，说短不短。解放战争时期共产党打败国民党也就三年。

先是以什么名义建？工业用地？商业用地？原来的工业用地先让政府收回，再挂牌商业用地，就这就一年过去了。

再是规划，立项、审图，求爷爷，告奶奶，好话说了一大堆，酒还请了好几次。当然这些手续并不是我去办的，既没有这些精力，也没这好脾气。否则，我不知道不按规则办事的人撞在我火头上，会被我臭骂一顿。

好在帮我建房的严老板还算给力，房子的建筑质量没话说的。当然啦，用严老板的话说：“我报的价，你一分钱没有还，我心里有数的。”至于未能满足我特定的安全的需要，那是设计的问题。墙的厚度看起来还可以，但外面的保温隔音层不结实，也就是防护的厚度少了，特别是地下防空室，墙没有按我的要求加钢板防护，楼板亦未加钢板并加厚，这是建筑方面的两点不足，也可以说是遗憾了。

说起设计，韦南老师介绍我认识她的同学周其昌，经过几次接触交流，当看到他的初步方案后，家人都同意请周总设计。虽然设计中又经历几个来回，作出了不少的修改，但总体上还有些缺陷。

说实话主要还是我的问题，注重了生活的细节，而忽视了相对合理性和适用性，结果设计上除了上面的两点安全方面的问题外，还有厨房的进深少了至少一米，三楼屋面矮了至少一米二。如果再起的话，我只要把已经发现的缺陷做一下修改调整，也就完美了。

即便如此，九十万元的设计费还是值的。当然这其中有师兄简士林就风水方面的一些建议，也起了很大的作用。

考虑到装修风格与质量与建筑的一致性，虽说周总的报价比其他两家多了二百万元，但我还是按照我的承诺："就是你公司比别人贵二百万元，我还是请你修，因为我需要设计的效果。"

经过近两年的装修施工，已基本上结束了，总体上还是满意的。特别是庭院的绿化，让我大开眼界，真的是移步换景，一步一景。负责绿化的郭总，真的不愧为大师，作品在全国多次获奖。

即便如此，装修也有些遗憾。一是窗帘。本是木质百叶窗帘，可在准备确定时，周总说："不好看，建议改布质窗帘。"而我说："我不懂这个，一切听你的。"但我说明设计效果，装修报价单上全是木质百叶窗帘。后来等装好后，一家人反对，都怪是我同意更改的。

我也发现了效果不好，就协调周总让他改过来。经过几轮后，周总同意换，但要我另外付钱。我说可以，付多少？他没说，我也没有问。按理不应由我付，换布窗帘是他要的，我说过装修效果要与设计效果图的情况一致，但也无奈同意过是事实。如果说，真要付钱，我也应只付布窗帘的钱，而不是木质窗帘的钱，结果如何？不得而知。因为周总还没有最终跟我谈结算的事情，但愿周总能让我瞧得起。

还有空调新风，热水的问题，一直未能正常使用。到底是管道的问题，还是设备的配置问题。因我是外行，也就不好说，只是强调："你能让我正常使用就好。"

智能化监控，亦是不放心。虽说具体施工的人是我介绍的，但我强调过施工质量把关是你们的事，由你们对我负担。可结果施工方太烂了，周总安排在现场的人也不耐烦，有些不安心。

酒柜，需要采购，而报价单上也是有的。装修方不同意，让我自己采购，我也同意了由我家采购。如此一来，发现了问题，价格相差三倍。七万多元的酒柜，我们不超过两万元，就买回来了。这就对周总说的"没有挣钱"产生了怀疑。我不知道是管理混乱，被他的供应商骗了，还是他在演戏，欺骗我？

我写这些并不是不满，这些都是美中不足。问题并不能掩盖这个工程的优美。写下来，为了提醒自己：不懂，就不要装，就要找一个懂的人，代表自己去监控这些事情。同时，也是提醒自己：不挣钱，没人愿意白干活，说得再好听也没有用，省成本是个生意人都会，而且越有钱的人越会找办法省钱。否则，他的钱从何而来。这个规则没有例外，如果幻想例外，那是自己呆。

绿化上，好在兰芳懂。在庭院绿化中既提升了品质、品位，还省了钱。要是我过问，真的不懂，也就难免被蒙。草坪的问题，树的问题，可以花一百万元的树，兰芳只付了二十万就元买了回来，就此一样就省了八十万元。争取了一棵黑松四万多元，庭院的绿化品位就提升了好几个档次。那棵松好像专门为我庭院长的，恰到妙处。草坪改麦冬，既美观又为未来节约了维护成本。

在零星家具的选购上，好在两个女儿发挥了作用，否则我都不知道怎么办好。家是大家的，也需大家一起共同创造维护。相对来说，我就轻松多了，也就可以集中精力处理企业的事情，还有魏建功纪念馆、仲子书院的事情。

我知道地球少了我一样转，企业离了我亦会一样转，而且有可能会更好。可心理上，就是不放心，爱操心。是命，是习惯，还是现实，真的需要？似乎兼而有之。

给家一个名字，这个可以有，也可以没有。而我偏要选择有，而且不但要有，还要尽可能合我的心。“跻和小居”“跻和茅庐”“跻和野居”，在与简师兄交流后，他建议“跻和野居”，他说：“‘跻和野居’好，吉祥、富贵。”而我知道“野”在古时又读“雅”，可惜的是，定制的餐具上是“跻和小居”已经没有办法改了，又留下一点遗憾。

又想起绿化施工人员小李说的话，“人不知，树知。”他是说：我这块地好，今年十月份移植过来的红榉树，移的时候，树上的叶子已掉光了。可移植到庭院正好一个月，树像春天一样，又长出了全树的叶子。绿绿的，亮亮的，好可爱。

我不敢自卖自夸，我家的地是个宝地。但自从我们兄弟分家后，搬到这里，建了房子后，家里就一直顺风顺水，心想事成。

有个小故事，关于存钱。20 世纪 80 年代，家里还在开商店。有一年春节盘点，家里当年结余八千多元。兰芳跟我说：“存到一万元，我不就管你花钱。”我也没有反对。第二年春天，就存了一万元。当我把一万元的存单交给兰芳的时候，她说：“等存够两万元，我就不管你花钱。”我也没说什么。按我的预估，当年就可以存一万元，这样就两万元了。其实我也知道我身体不好，有了女儿不存点钱，将来万一要用钱怎么办？

到秋天，我又拿给兰芳一张一万元的存单。她又说：“等存足十万元，说不管就不管。”我还是什么也没有说。我也不需要花钱，天天在商店，吃饭不花钱，不抽烟，不喝酒，不打牌。那时候也没有浴室、歌厅。想花钱也找不到地方花。

到1987年，也就是我进厂的那一年秋天，我和兰芳一起去李堡信用社存钱八万元，而且从李堡回来的时候，还去菜市场买了带鱼、文蛤回来，真的没有想到，我们也能有十万元余钱了。

可晚上上铺的时候，兰芳又来了一句：“不管有多少钱，都不能乱花。”其实说的是：“节约。”后来两个女儿先后出生，兰芳对节约的教育又放在两个女儿的身上。她跟女儿说：“我们家的钱只够买烧饼吃。”那时候两个女儿上学，早上来不及煮早饭就每人一毛钱到学校门口买个烧饼。对没烧饼吃的孩子，烧饼是美食，而对于两个女儿有美食的日子是“有粥吃，有咸菜吃”。

其实，当年分家后，我刚来的时候，就听陆树章说：“我外公说了这个地方是福地。”后来建房，挖地基的时候，挖了好几条蛇。好不好，我不知道。人一说，我一听。

还有第一次建房，第二次改建，上梁的时候都是南风雨，是巧合？是命运？我不知道。特别是第一次建房，本来说好早上八点钟上梁，敬菩萨。可由于帮助施工的王师傅忙着忙着就到了十点。早上还是晴空万里，一片云彩也没有。十点钟的时候，就刮起了南风，下起了细雨。而那个时辰还是“文曲星上座”的时候，是不是命？我也就一听。

第二次改造后没有多久，我出差去了湖南。兰芳一个人在家，家里失火了，可没有烧起来，只是“过了一下火”，而我家的房子是“老林杉”行条，柱子，横梁，而且用了大量的桐油油过，按理说，是无法救火扑灭的，可事实偏偏扑灭了，房子并没有受到大的影响。

这件事兰芳一个人就处理了，我出差回来后才告诉我“着过火”，而且找人已经修好。摩尔先生来中国，按计划到我家吃饭，而没有任何影响。

甚至还有人传说：“有狐狸送钱到你家。”陆树章的父亲在他家屋装修房子的时候，借宿我家，睡二楼。夜里不敢睡，跑回家。说我家“楼上有人下楼，走路咚咚咚响”。

也正由于有了这些传说，也更珍惜这房子。第二次装修改造的时候，我没有舍得把楼板破坏了，明知道楼板不牢固，不安全，但仍然坚持留下来，只是在上面加固了屋面，留下的不只是二层的楼板，更是当时上梁的风水时辰。

这次改建装修，又过了十几年，当年的风水时辰应传递给了二层屋面的梁，这才同意把楼板拆了，消除了安全隐患。而且把它作为迎宾楼使用。把原来住的功能交给新建的主楼。

新建的主楼，虽说是住宅楼，但也有三大特殊设计。

祖堂，专门供奉祖宗、先人的地方，是楼房的中间位置，且在房前留出一个庭院，显得亮宽。说是供奉父母、供奉祖宗，其实也是为自己将来能有个地方，是不是真的会住在祖堂，我不知道。至少作为子女，我有心为祖宗，为父母留一个最好的位置是应该的，而且在我的房间和厨房之间。这样早上起来，也就没有理由不给祖宗和父母上香、叩头。而这样的设计，我不知道还有人家有吗？

佛堂，兰芳五十岁时去如皋算命的时候，算命的就跟兰芳说："你家建房子的时候，会在上首建一间房子留给你六十岁以后天天拜菩萨。"而这次设计的时候周总的第一方案就在上首有佛堂，而这也是我们下决定让周总设计的主要原因之一。而兰芳今年正好六十岁，一切如算命先生所言。

应该说佛堂是无可挑剔的，几乎完美无缺。但我考虑到家的具体情况，我不倾向于叫佛堂，可又没有想到一个我觉得可以的名称，且先叫佛堂。而在供奉的问题上，我则有自己的想法。家是私人场所，不同于宗教圣地，我认为以居家为佳。而且在前几年去南京云锦博物馆参观的时候，就见到了一件作品，有太极，有龙凤，有莲花，而这分别代表了道、儒、佛，而我也是个名副其实的三修之人。就请了回来，现在正好可以派上用场，这样加上两边书柜，儒、道、佛、毛泽东的书，让书香气冲淡香火气，多些文化的氛围。至于兰芳会不会天天敬香、叩拜，用她的话："让我做主，你就不要强迫我了。"

防空房，如要说有创意，这也算一个。战争会不会来？当然不来好。可面对现实，谁又有这样的自信。还是未雨绸缪好，可以建起来不用，但不可以使用时没有。当然啦，前提是有这实力，而我正好有这个能力。

亦可以叫应急房，无论是战争还是不测的事情，有个可以生存的空间，吃的，住的，喝的，拉的，应有尽有。比如水，除去买的矿泉水，还可以用手动泵抽地下水。这一点，应该也是创新中的创新。新技术，确实厉害。可在特殊的环境下，最原始的，才是最可靠、有效的。

我这家已能完全满足生活需要，达到了设计的效果。美中不足也是不足，有不足就有改进，而有的不足，亦有可能是胎里病，设计出来了，也就没有办法改变。这些也要有随遇而安的准备，碰上了就只有认了。面对可以改造的，还是要坚持。

更难改变的是生活习惯，生活理念，比如节约。如果还像以前一样节约，就没有建的必要。现在既然建了，就好好发挥作用才对。吃的习惯要改，煎、炒要改煮了，多品种改少品种了。新风系统要天天开，而不是靠开窗。空调要天天开，而不是时开时关，会影响使用寿命。而我知道这个是最难改变的，虽说建房难，装修更难，而相对生活习惯的改变难，装修难就容易多了。

如果要说：认输。在家，我必须认输。只有认输，才有一点消停。家人的性格我太了解了，我既然改变不了她们，老婆是自己选的，且这么多年过来了，又有什么不好意思认输的。女儿是自己生的，什么性格？性格天生的，你怪女儿不好吗？好在两个女儿都是我生的，多少遗传了我的性格，否则我真不知道：“三个马兰芳，我会是个什么结果？”

真的很难怪她们，特别是兰芳，与她的兄弟姐妹比，与她的乡邻同学比，她已足够优秀，能干，吃苦，爱我，勤俭。

两个女婿也不错，与我两个女儿比，胜过不少。特别是性格方面，要是他们之间产生矛盾，错得多的一定是我的两个女儿。

孙子、孙女真的一代胜过一代，他们说我宠崇铭，其实由于崇铭早产一个多月，出生后身体不好，也就有些迁就他。但在原则问题上，我从来不会放松要求，大是大非还是要有的。否则我也就不会发明“一、二、三”的训子之法了。

家，家的演变，家人构成了“跻和野居”的三大主线，侧重演变是为了记住过程，同样也是享受。特别是将来真的没事干了，或不能干事的时候，可以翻出来看看，回忆一下这段历史，以消磨时光。

要说家的未来，不是没有想过，而是不敢写，怕给女儿们太大的压力。家的兴旺要扩展为家族的兴旺，家族的兴旺需要几代人的努力。船大能控风险，集中力量才能办大事，这就需要大家团结。将来的股权设计中要把分红权与决策权分开。子女人人享有分红权，而不能人人拥有决策权。决策权留给家族继承人。后代中谁要分股权就取消分红权，取消拥有权。算自动放弃家族财产。

这是我最大的心愿，需要找机会跟两个女儿好好聊一聊我的想法，待得到她们的支持才有可能。如不支持，我也没有办法。就让她们自己去折腾吧，到时候，我也就无须操心了。

但愿有一天，“跻和野居”成为景点，而这篇文章成为解说词的一部分。女儿努力了，也就不在乎这个家，会有更好的家，如不努力，也就守不住这个家。如此这个家成为景点，也就是迟早的事。如此一来，今天这番精力策划，认真实施，细心呵护，也就是值得留念的。

“跻和野居”，总觉得还少点什么，什么呢？文化、画龙点睛的文化、对联、名称、诗句、赋，书不代表文化，房子更不代表文化，唯有对联、诗句、赋才代表“跻和野居”的文化。

为了“跻和野居”，我还有好多事要做。

二〇二一年十一月二十七日